Cliquesad

DERNIERS CONTES

(avant la fin du monde)

En application de l'art. L.137-2.-I. du code de la propriété intellectuelle, toute reproduction et/ou divulgation de parties de l'oeuvre dépassant le volume prévu par la loi est expressément interdite.

© Cliquesad, 2025
Édition : BoD · Books on Demand, 31 avenue Saint-Rémy, 57600 Forbach, bod@bod.fr

Impression : Libri Plureos GmbH, Friedensallee 273, 22763 Hamburg (Allemagne)

ISBN : 978-2-3225-5592-5
Dépôt légal : juin 2025

table des matières et tout

injuste ciel	7
j'R quand G la N	65
violet monstre	119
la mort de Prosper Nox	151
le dernier des contes	213

injuste ciel

La cuisine silencieuse est baignée d'une lumière douce qui, teintée par un orange crépusculaire, vient habiter ce lieu de son humeur placide. Tout est bien rangé, à sa place, immobile dans la maison sans vie. Je me sers un café brûlant et je le bois debout en regardant les photos de famille accrochées çà et là, dans des cadres en bois. Le parquet craque sous mes pas, on sent qu'il a vécu et qu'il en a vu d'autres. Tous ces souvenirs contenus, renfermés, tous ces objets que l'on lègue et qui perdent leur sens à mesure. Je les observe encore quelques instants. Dans le salon paisible, le fusil de chasse de la famille est accroché au mur comme un humble trophée. Il est temps que tout disparaisse. Je descends le liquide noir et amer alors qu'un nuage menaçant vient ternir la luminosité de la pièce. C'est l'heure de se mettre à l'œuvre.

Pour obtenir un fusil à canon scié il te faut une scie, un fusil et rien d'autre. Les recettes les plus simples sont souvent les meilleures. Moi j'ai tous les ingrédients. J'enfile quand même des gants pour plus de propreté, puis je me mets à opérer méthodiquement dans l'atmosphère lugubre du vieux garage. Ça sent le métal et la poussière quand je scie le bail, mais ça me prend que quelques minutes, heureusement d'ailleurs car j'ai les poumons sensibles depuis l'enfance. J'aimerais pas qu'ils se remplissent de particules d'acier.

Un fusil a toujours une histoire, ça s'hérite, ça se transmet, c'est familial. Un fusil de chasse comme celui-là c'est pas un simple pétard pour débusquer les perdrix. Bien souvent, l'arme a surtout servi à shooter des canettes ou des bouteilles de bières, à faire fuir les chiens en rut qui venaient pisser dans le jardin. Descendre quelques lapereaux, à l'occasion. Parfois, elle a fait couler un sang plus épais : celui des bêtes agressives, des cambrioleurs qui s'introduisent par temps de pluie mais aussi, dans les heures les plus sombres, celui de la femme qui buvait trop, du fils qui aimait trop les hommes, ou celui du nourrisson qui pleurait trop fort. Des trucs qu'on raconte comme des vieilles histoires mais qu'on veut bien oublier, qu'on finit par oublier d'ailleurs, à force. Cet objet meurtrier abrite les souvenirs qu'on tait et les témoignages mutiques d'un passé moche, sinistre comme le plafond du grenier. Enfin, c'est ce que je m'imagine en parcourant du doigt le canon glacial. On m'a pas raconté grand chose. Mais quand j'observe les deux yeux menaçants du vieux fusil j'ai l'esprit intranquille. Je vois pas trop ce qu'il pourrait faire de bien joli.

Le travail est fait. Je fous l'arme dans un grand sac qu'on se dirait pas que y a un truc suspect dedans. De toute façon, mon apparence n'éveillera pas les soupçons, ça se voit pas que je vais buter quelqu'un. Je n'oublie pas le morceau qui est maintenant inutilisable et qui pourrait éventuellement servir de pièce à conviction. Il convient, évidemment, de s'en débarrasser d'une manière subtile et efficace afin qu'on ne remonte pas jusqu'à l'objet originel et aux noms qui y sont associés. J'irai le jeter dans un terrain vague à la sortie de la ville, les jeunes voyous en quête d'occupations le retrouveront un après-midi, émerveillés, et s'en serviront de sarbacane.

Avant de partir, je vérifie que j'ai rien oublié, j'aime prendre toutes les précautions avant d'agir. Je quitte cette maison dont l'âme ne repose plus que sur des souvenirs et dans laquelle je remettrai jamais les pieds. Les déménageurs vont passer demain matin pour la vider de fond en comble, effacer tout ce qu'il reste de mémoire et des trucs du passé.

Dehors dans la rue sans bruit, le ciel a blêmi et les nuages se sont alourdis. Ça sent bon, ma race, à l'approche des gouttes.

1
Les vieux

Jean et Marie Flandrin s'étaient toujours connus, mais ils s'étaient rencontrés pour de vrai le 14 juillet de l'année 1962, alors que la ville et la nation étaient en fête. Ils avaient 16 ans. Toute leur jeune vie s'était déroulée dans ce petit port de plaisance de l'Ouest français, ils ne connaissaient que l'Océan, le ressac, l'odeur du poisson qu'on entasse dans les bacs de glace, et puis l'haleine amère des gens qui avaient fait la guerre. Mais comme ils ne connaissaient que ça, après tout, ça leur allait.

Ce soir-là, ils s'étaient aperçus lors du bal, de loin. Jean avait vu un visage dans la foule se démarquer des autres par sa finesse, sa douceur, Marie avait remarqué non sans un frisson la carrure déjà forte et alerte du jeune homme encore croissant. Alors que la fanfare tambourinait, que le trompettiste alcoolique s'était endormi, valsant légèrement sur son siège, la valse avait commencé, et ils s'étaient rejoints avec hâte sous les feuilles du grand platane. Ils avaient dansé comme ça, l'un contre l'autre, sans rien dire, juste en souriant. Est-ce que tous les grands-parents du monde se sont rencontrés au bal ? Peut-être. Pourquoi pas ? C'est au cours de cette danse que se scelle leur destin empreint de grand-parentisme, à travers cette atmosphère de fête, de réunion dans la joie et dans la révolte, où l'on sait au milieu de la foule que peut passer à tout moment un visage désiré, et qui nous désire aussi, où on se demande ce qu'il va advenir de ces deux visages qui se désirent. Dans les cœurs adolescents le feu crépite. La crème glacée à la vanille, le Soleil qui disparaît, la fumée, les acouphènes. Quelques branches qui poussent en silence sur l'arbre généalogique.

Plus tard, assis tous deux dans la nuit noire au bord de l'eau, les pieds dans le vide, ils avaient contemplé le feu d'artifice. L'air s'était rafraîchi. Elle s'était serrée contre lui. Au creux du ciel d'été les bouquets de lumière cascadaient dans tous les sens. C'est à cet instant qu'ils avaient commencé à s'aimer, et puis ils s'étaient jamais arrêtés ensuite. C'était si simple.

C'était donc le début d'une idylle qui durerait plus de cinquante ans. Marie et Jean se voyaient presque tous les jours, sur la plage quand la nuit tombe, dans les cafés puant le tabac et les vapeurs d'alcool, au cinéma devant *Jules et Jim*, ou encore dans les rayons poussiéreux de la petite bibliothèque de la ville, entre *Thérèse Desqueyroux* et *Le Ventre de Paris*. Dans les criques reculées, à l'abri des regards, ils s'abandonnaient l'un à l'autre sous le soleil tiédissant de septembre avec une passion à la fois molle et teintée des soubresauts d'excitation de la jeunesse. Leurs corps ondulants légèrement couverts par les embruns. C'était comme un flot d'intimité.

Il y a peu de choses à dire sur leurs familles. Les pères étaient morts dans l'année qui avait suivi la fin de la guerre, l'un s'était étouffé dans son sommeil à cause de la tuberculose, l'autre s'était envoyé un litre de pastis et s'était jeté d'un pont au petit matin, quelque part dans l'année 1946, alors que son enfant naissait. On disait qu'il entendait des voix et des bruits, même dans le silence. La mère de Jean était une femme acariâtre et déjà vieillissante dont le seul but était la tranquillité, enfoncée dans un fauteuil confortable à écouter la radio. La mère de Marie une dame énergique qui avait contracté une addiction à la loterie et qui passait plus de temps dans les bars et dans les voitures de ses amants que dans sa propre maison. Son mode de vie un peu déluré la ruinait peu à peu financièrement, elle disait ne pas comprendre "où passait" tout cet argent qui rentrait dans l'épicerie familiale qu'elle gérait pourtant avec autorité. Les deux adolescents ne détestaient pas leurs parents, mais ils ne les aimaient pas non plus. Un peu, ils s'en foutaient.

Peu de temps avant que Marie ne fête ses 17 ans, il fut décidé que l'économie ne permettait plus d'alimenter son appétit d'adolescente, et qu'on l'enverrait chez son cousin riche qui vivait à Bourg-en-Bresse et qui avait réussi, lui. Il subviendrait à ses besoins, l'affection et l'amour n'étant pas compris dans l'offre. Elle pourrait là-bas terminer l'école et puis plus tard devenir, qui sait, secrétaire. Bien que cette décision sur laquelle elle n'avait aucun contrôle lui déplaisait, elle ne fit rien pour l'empêcher. Ce n'était pas dans sa nature de lutter, ni contre les autres ni contre elle-même, ni contre rien. Elle fut pourtant très contrariée, elle en avait parlé à Jean et celui-ci l'avait rassurée : ils trouveraient des solutions, elle fuguerait ou il monterait dans le wagon vide d'un train de marchandises comme un fugitif, abandonnant l'école, la mère, le village. L'amour serait plus fort que tout, plus fort que la distance, que la volonté des parents, plus fort que le manque d'argent et tout. Ces idées formulées par Jean, au premier abord excitantes, n'étaient qu'un embryon de folie qui s'éteindrait bien avant de naître, parce qu'on le sait bien, ce n'était pas ça, la vie.

Le 1er septembre 1963, alors qu'ils se fréquentaient sans relâche depuis plus d'un an, Marie s'en alla. Elle ne reviendrait pas avant longtemps, Jean le savait parce qu'elle avait pris des très grosses valises. Elle était montée dans un petit train bondé, où s'entassaient les familles un peu pauvres qui rentraient tardivement de vacances et les travailleurs saisonniers, abattus de fatigue, les poches pleines d'un argent qui serait vite dilapidé en loyer et en vin. Les enfants pleuraient parce qu'il faisait chaud. Marie n'avait pas pleuré car elle avait le cœur placide.

Pendant les semaines qui suivirent son départ, Jean avait gardé en lui le feu de la révolte amoureuse. Le soir, alors que sa mère écoutait la radio en s'endormant, pleine à ras bord de soupe à l'oignon, il échafaudait ses plans de fuite : les trains de fret partaient pour Lyon tôt le matin, chargés de poisson frais, il pourrait grimper dedans, oui, et puis s'il se faisait prendre par le contrôleur il sauterait du train et il s'enfuirait en courant à travers les ronces, il marcherait pendant des jours dans la campagne et se nourrirait de mûres et de quignons de pain volés sur les tables des restaurants de routiers, puis il ferait du stop, on le prendrait pour un vagabond mais en fait il serait juste amoureux, et enfin au bout d'un temps il retrouverait Marie. Ou alors un soir, alors que sa mère aux cheveux blanchissants ronflerait et puis que le son de ses ronflements serait plus fort que les voix à la radio, il prendrait des sous dans son portefeuille, il prendrait son billet pour l'Est, et en descendant à Bourg-en-Bresse avant de la rejoindre il lui achèterait un bouquet d'hortensias et quand elle ouvrirait la porte elle ne pourrait pas s'empêcher de sourire, Marie. Voilà. C'était ça le feu de la révolte. Mais le feu avait vite tiédi.

Plus le temps passait et plus toutes ces options lui paraissaient impossibles, elles grossissaient de difficulté à mesure que les jours et les nuits s'effilochaient. Personne ne le prendrait en stop avec sa drôle d'allure, les serveurs des restaurants lui jetteraient des carafes d'eau sur la tête en le traitant de clochard, le contrôleur lui passerait les menottes en le sermonnant et le renverrait chez lui, où sa mère lui taperait dessus à coups de parapluie. Les obstacles étaient si nombreux, les efforts semblaient si insurmontables et les chances si minces. Non, ce n'était pas dans la nature de Jean d'entraver le destin. Ce qu'il fallait faire, c'était attendre.

Attendre car Marie allait bien finir par revenir, il le savait. Elle rentrerait voir sa famille pour les vacances, c'était sûr. Alors en vue de ce retour Jean avait quand même décidé, malgré son flegme et son manque d'initiative habituels, de faire des préparatifs. Il avait arrêté l'école, sa mère avait rechigné quelques heures puis avait été d'accord, après tout on s'en foutait de l'école, on avait d'autres problèmes. Elle lui trouva un travail, un facteur maladroit qui lui devait des sous avait accepté de prendre le fiston sous son aile, comme une sorte de stagiaire, ou de larbin. Jean apprit rapidement ce métier de postier qui n'était pas désagréable, à vrai dire, et qu'il se voyait bien exercer quelques années, qu'il exercerait toute sa vie.

Les mois avaient passé donc, dans l'attente, l'absence de Marie se faisait plus pesante chaque semaine, elle n'était pas revenue pour la Toussaint, ni pour les vacances de Noël. Jean était passé voir sa mère à l'épicerie, elle lui avait dit que Marie ne reviendrait sûrement pas avant l'été. Elle était trop occupée "là-bas".

Jean avait donc continué à travailler en essayant de s'armer de patience, avec l'espoir pour seule munition. Il est vrai que lorsque le matin il descendait la rue principale de la ville en déposant le courrier dans les boîtes aux lettres rouillées, il levait les yeux bien haut et il se disait : "Tant que le ciel est bleu, tout rentrera dans l'ordre. Ça finira par aller." Au-delà du manque, il semblait avoir une foi inébranlable en la vie, une foi qui se lisait distinctement sur ses yeux tranquilles tous les matins quand il plongeait un demi-sucre dans son café, une foi qui, alliée à un naturel indolent et immobile, lui permettait de se dire que quoiqu'il puisse arriver, la vie allait se charger de tout le boulot.

À l'approche d'un été s'annonçant chaud et salé, alors qu'à l'ombre des parasols sur la grande plage du petit port les vacancières fortunées s'éventaient déjà sous leurs grands chapeaux, elle rentra. Jean l'avait attendue sur le quai de la gare et leurs retrouvailles avaient été tendres. Tout rentrait enfin dans l'ordre. Le soir-même ils dînèrent chez Marie avec sa mère. Elle put raconter à quoi ressemblait sa nouvelle vie "là-bas" : le cousin riche était bien souvent absent et lui laissait toujours de l'argent liquide pour ne pas qu'elle s'ennuie, mais elle ne s'ennuyait pas vraiment, quand elle n'était pas en train d'étudier elle parcourait la ville à vélo et buvait des grands verres de chocolat chaud. Quand le cousin était là, c'était à peu près pareil, il se faisait discret et passait son temps à dormir ou à regarder les courses hippiques à la télé. Il faisait en permanence des voyages vers la Suisse pour ses affaires. Il travaillait "dans la montre". "Travailler dans la montre" c'était souvent synonyme de "gagner beaucoup d'argent", parce que le temps, ça coûte cher.

Ce qui comptait vraiment, c'était qu'ils étaient enfin réunis. Peu importait le reste. De nouveau, ils passaient tout leur temps libre ensemble, à boire des grenadines en terrasse, à dormir sur la plage ou à s'érafler la peau des mollets dans les criques sauvages dont la roche était tordue et aiguisée par l'eau et par l'iode. Ils revivaient leur vie d'avant, des semaines qui avaient suivi leur rencontre et qui s'étaient écrites dans leur mémoire comme un conte de fée, une légende qu'il semblait naturel de rejouer. Mais les légendes appartiennent au passé, même quand on peut encore en sentir l'effluve, rien ne peut réellement rester figé. L'insouciance ne pouvait pas durer bien longtemps. Parce qu'on le savait, à la fin de l'été, Marie devrait repartir une fois de plus. Jean s'insurgeait mollement, demandant pourquoi elle devait absolument partir si loin, pourquoi toute l'année, pourquoi elle ne trouvait pas un travail ici, comme lui l'avait fait. Marie avait une réponse lucide et implacable pour chacune de ses questions : le cousin était la seule famille capable de s'occuper d'elle jusqu'à sa majorité car sa mère croulait sous les dettes et baissait les yeux dans l'ombre du magasin qu'elle allait bientôt devoir vendre, de plus Marie devait partir toute l'année pour ne pas être brusquée dans ses efforts scolaires et pour éviter les frais (le cousin n'étant pas prêt à assumer son rapatriement), et elle ne voulait pas trouver maintenant un travail ici car elle prévoyait l'an prochain de commencer son apprentissage pour obtenir son brevet d'aptitude afin de ne pas se lancer dans une aventure trop périlleuse et de ne pas finir fauchée comme sa mère. Face à ce bloc d'arguments, Jean se trouvait désemparé.

Les jeunes amoureux comptaient quand même profiter de leur temps ensemble. Le responsable du bureau de poste avait accordé à Jean une semaine de vacances au milieu du mois d'août, son tuteur le facteur avait d'abord grimacé puis s'était ravisé : après tout il ne pouvait rien dire car il devait encore un paquet d'argent à sa mère pour des raisons obscures. En plus de ça, on l'avait surpris à renifler les culottes étendues sur les cordes à linge dans les jardins des beaux quartiers, pendant son service. Il se faisait petit.

Durant cette semaine de temps libre ils s'étaient adonnés à tout ce qu'ils n'auraient plus l'occasion de faire tous les deux pendant un long moment. Ils avaient construit des montagnes de galets sur les plages reculées, mangé des figues en rentrant le soir, la peau encore constellée de sel, ils s'étaient embrassés au cinéma devant les piafs du film d'Hitchcock, puis ils avaient essayé les vêtements de la boutique du centre et Jean avait pu acheter à Marie son premier jean Levi's. Tout ça se passait tranquillement, comme le vent doux dans les feuilles, parce que c'est comme ça qu'ils étaient : deux âmes tranquilles qui laissent faire l'existence. Le soir du 15 août, alors que le Soleil descendait progressivement au fond, tout au fond de l'Océan pour finir mangé par l'horizon, ils s'étaient assis au même endroit que la fois où ils s'étaient aimés pour de vrai, dans le port, près des bateaux et du clapotis, les jambes pendant au-dessus de l'eau. Ce soir-là, la ville était pleine à craquer de touristes et de musiciens, les festivités de ce jour saint avaient attiré du monde et c'était tant mieux : ça faisait vivre plus. Derrière eux, les techniciens terminaient de monter l'estrade, on disait qu'un chanteur semi-célèbre allait se produire ce soir, mais il faudrait être patient et espérer car on connaissait les caprices des chanteurs, surtout des semi. Les artificiers transportaient tout leur attirail jusqu'au toit de la mairie. La fanfare se reposait sur les bancs de la grande place, suante et sous-payée. Le trompettiste alcoolique avait été remplacé par un autre, tout aussi alcoolique mais plus jeune, au moins. Jean et Marie se tenaient la main et observaient distraitement les mouettes se reposer sur les mats

des petits navires comme si c'étaient les leurs. Ils s'étaient regardés dans les yeux avec un sourire, puis Jean avait tourné les siens vers l'horizon et vers le ciel. Sans bouger, sans détourner un instant son regard, la voix pleine d'un calme fort, il lui avait dit :
— Marions-nous.
Et c'était l'élan de vie le plus intense qui l'eut jamais traversé.

Il fut convenu qu'ils se marieraient à la fin de l'août, et qu'ils partiraient ensemble à Bourg-en-Bresse. Ils vivraient tous les deux chez le cousin jusqu'à ce que Marie obtienne son diplôme. Le cousin était d'accord, peu de choses pouvaient le déranger tant qu'on ne faisait pas trop de bruit dans la maison et qu'on respectait le voisinage.

La cérémonie (qui n'avait pas grand-chose de cérémonieux) se déroula donc un vendredi matin, le mariage ayant été décidé trop à la hâte pour réserver un samedi ou un dimanche. Jean avait démissionné, il pourrait reprendre son activité une fois arrivé à Bourg-en-Bresse. Après tout, c'était tout ce qu'il savait faire et il n'y avait pas besoin de savoir faire plus. Marie était heureuse. Elle s'avança dans la mairie avec une robe blanche simple mais très élégante que sa mère lui avait achetée pour l'occasion. Cet achat signait officiellement sa faillite mais elle n'en dit mot. Les jeux étaient faits.

Il n'y avait pas grand monde au mariage, les mères respectives étaient présentes, ainsi que le facteur, qui portait sa chemise du dimanche et un nœud papillon mal ajusté qui lui donnait l'air de s'être déguisé pour un numéro de cirque. Jean et Marie, à part ces trois personnes, n'avaient pas d'amis, mais ils n'en avaient pas besoin, car ils s'avaient. Le maire prononça son blabla, les mariés leurs vœux, on s'embrassa chaleureusement. On ne prit pas la peine de passer par l'église, Dieu s'en foutait bien des affaires des gens. Le facteur avait grimacé comme à son habitude, pensant que cela était peu catholique, puis il avait songé que c'était encore moins catholique, en vrai, ce qu'il faisait avec les culottes des dames.

Le soir ils avaient mangé au restaurant du port, de la baudroie, du vin d'Aquitaine et aussi des frites molles. Le temps était bon. Les mères voyaient bien en observant les regards qu'échangeaient les jeunes mariés qu'ils avaient pris la bonne décision. Le clapotis de l'océan tendre secouait faiblement les petits bateaux, les nuages étaient dissipés, telle une larme de peinture étalée au pinceau. Les éléments du monde à l'unisson semblaient indiquer que tout se déroulait comme prévu. Un plan simple, naturel, suivre le cours des choses comme suivre le cours d'eau pour en trouver la source. Et d'ailleurs, ce jour où ils quittèrent enfin la ville à bord du train plein à craquer, aux parois moites de sueur touristique, ils ne regardèrent pas une seule fois derrière eux, pas une seule fois ils n'eurent une pensée ou un coup d'œil pour la petite gare bondée, pour la plage de galets, les criques, le restaurant du port, l'épicerie, le salon poussiéreux de la mère de Jean, tout ce qui était étranger à leur union s'effaçait de leur conscience. C'était de l'information en trop. Il n'y avait qu'eux et la vie. Ils avaient dit au revoir à cette ville. Ils ne reviendraient jamais.

Le trajet de quelques heures en train fut savoureux, il avait un goût d'ensemble. Le cousin était venu les chercher à la gare de Bourg et les avait aidés à transporter toutes ces valises, toute cette vie. Le climat ici n'était pas le même que sur la côte atlantique, il faisait plus frais, mais c'était agréable.

— Attends de voir l'hiver ! s'amusa le cousin.

Il arriva bien vite, l'hiver, et avec lui la pluie, parfois quelques flocons qui venaient ponctuer le pavé humide de cette petite ville paisible. L'existence calme s'enchaînait, lente, monotone, s'accordant parfaitement au rythme d'un Jean et d'une Marie. Maintenant qu'ils étaient enfin véritablement ensemble, que tout s'emboîtait bien, ça leur faisait la sensation d'avoir trouvé la bonne clé pour la bonne serrure dans un trousseau trop chargé. Ils se levaient à 6h30, tous les matins, Jean amenait Marie en cours dans la Peugeot grise que lui avait prêtée le cousin. Ensuite, il allait faire sa journée au bureau de poste où il avait été embauché sans trop de soucis au vu de son expérience concluante dans le domaine. En ce temps-là, trouver de l'emploi c'était simple comme bonjour. Le midi, ils se rejoignaient généralement à la brasserie du centre pour s'alimenter d'un bifteck avec de la salade verte et une petite vinaigrette à l'échalote. Ils parlaient peu car surtout, ils mangeaient. Le soir, bien souvent ils regardaient des épisodes de *La Quatrième dimension*, ou alors, si le cousin était trop investi dans les courses de canassons, ils restaient dans leur chambre assis sur le lit, Marie lisait et Jean faisait des mots croisés. Et puis le week-end, aussi, ils allaient au parc nourrir les pigeons et se coucher dans l'herbe. Quelques fois au cinéma.

C'est donc ainsi que s'engagea une routine qui durerait. Le temps passait, les mois s'enchaînaient, teintés d'une saveur monotone. Le confort des actes répétés, de la diminution progressive des sorties qui venaient parasiter le programme agréable de ces jours tranquilles, tout cela les séduisait, et les appelait comme une commande prophétique. Ne pas être trop, ne pas vibrer trop fort, calquer l'essence de la journée sur le reflet de la précédente, tout en se ménageant au maximum la cervelle : ils étaient faits pour ça. En somme, à 18 ans, ils étaient déjà vieux. Et à dire vrai, ça n'emmerdait personne.

Ce schéma avait duré ainsi, et durerait toujours ainsi, mais fut tout de même perturbé par deux événements majeurs, qui eurent une incidence définitive sur la suite de notre histoire, et sans l'apparition desquels nous ne serions pas en mesure de la raconter. En effet, un jour que le cousin était parti en Suisse pour les affaires de montres depuis plus d'un mois, il ne revint pas. En fait, il était mort. Il avait été écrasé comme une peau de banane par un chauffard qui n'avait pas souhaité faire face à cette pénible responsabilité devant la justice, et avait pris la fuite. Les Suisses, connus pour leur sens aigu de l'hygiène, avaient nettoyé le passage piéton en moins d'une heure afin qu'il soit blanc comme neuf, et non rouge. L'accident du cousin était entouré de mystère et drapé de rumeurs sombres. On parlait de rivalité entre grandes marques d'horlogerie, de gros sous et de corruption dans les cercles politiques. Bref, trêve de tic-tac, le cousin lui, avait fait son temps. À cette époque-là, Jean et Marie étaient déjà en quête d'un appartement à louer car elle venait d'obtenir son diplôme et qu'ils pouvaient enfin songer à prendre leur totale indépendance. Un matin, quelqu'un les appela chez le cousin, un notaire de Lyon qui disait avoir en sa possession le testament du défunt, visiblement prévenant. Le cousin léguait donc toute sa fortune à son fils de quatre ans, un certain Guérin, qu'il avait obtenu auprès d'une standardiste de Genève et dont on découvrait subitement l'existence, après que le père eut fatalement terminé la sienne. Mais, et c'était un grand mais, il avait décidé de céder sa maison, et le terrain de 700m^2 sur lequel elle reposait, à sa petite cousine Marie Flandrin. La nouvelle, bien qu'assombrie de la peine suscitée par la disparition prématurée du cousin, les remplit de bonheur et de soulagement. Après tout, ils étaient déjà chez eux entre ces murs, et cela semblait, encore une fois, dans l'ordre des choses d'y habiter pour toujours.

Le deuxième événement qui vint secouer leur existence était en quelque sorte l'inverse du premier. Un samedi matin pluvieux et grisâtre, alors que Jean regardait les offres d'emploi dans le journal quotidien *Le Petit Burgien*, il s'était aperçu qu'un cabinet juridique ouvert en ville cherchait une secrétaire. Dans sa robe de chambre bleue, il se hâta d'aller trouver Marie dans la salle de bains pour lui faire part de sa trouvaille. Ils allaient enfin pouvoir travailler tous les deux et s'acheter une nouvelle voiture, une Citroën verte. Marie regarda Jean avec un sourire timide et fit non de la tête. Celui-ci, d'abord, ne comprit pas, et puis soudain il comprit.

Elle était enceinte.

2
Le daron

Hervé Flandrin est né le 17 juin 1967, il est donc du signe du Gémeaux, le pire de tous.

Concernant la logistique et le gros œuvre, en matière de couches et de biberons, Jean et Marie n'avaient jamais vécu cette expérience mais ils s'en sont sortis avec une certaine classe. Ce naturel tranquille prenait la forme d'un don et leur conférait cette force qui quelque part, à travers l'ignorance des incidents hypothétiques qui pouvaient survenir lorsqu'on a des enfants, faisant abstraction de tout ce qui n'arrivait pas ou de tout ce qui n'était pas encore arrivé et dont on ne savait pas si cela arriverait, ils étaient imperturbables.

Hervé a donc été élevé dans cette paix de corps et d'esprit décrite depuis le début, avec en toile de fond cette atmosphère de révolte qu'on a pu observer à la fin des années 60. Son visage de chérubin dévoilait déjà des yeux vifs et intelligents qui étonnaient ses parents, car ils n'avaient jamais vu telle lueur dans le miroir. Son nez fin et longiligne faisait sensation, on disait dans le voisinage qu'il aurait le sens des affaires, ce petit-là, c'était sûr.

Jean et Marie Flandrin étaient enchantés d'avoir donné vie à si charmante créature. Leurs journées, bien que peuplées de petits imprévus depuis l'arrivée de l'enfant, étaient encore plus savoureuses à trois. Au calme tiède de leur bonheur placide venait s'accoler la douceur de l'innocence, les petits cris suggestifs de cet être averbal. Les premiers mois ont été si calmes : réveil à l'aube, couche, lait en poudre et promenades dans le parc, visites du couple de quarantenaires qui habitaient au numéro 42, petit à petit un peu de purée de carottes, les siestes au coin du feu par temps d'engelures, juste après le rototo digestif. Pour Jean et Marie, ces tout premiers mois de découvertes étaient un pur contentement.

À partir de ses trois ans, Hervé a commencé à gagner en vigueur et en loquacité, et subrepticement, sans qu'on se rende vraiment compte de cette insidieuse transformation, s'est montré capable de bien plus de folie que ses géniteurs. Prodigieusement plus. Jean avait trouvé dans un vide-grenier un magnifique lit en bois pour bébé provenant à l'origine d'un fabricant ébéniste basé à Rouen qui travaillait ce matériau obscur avec magnificence. La nuit, Hervé grimpait par-dessus les barreaux et s'échappait du lit. La magnificence, c'était pas son truc. Son cerveau et son sang déjà si agités ne lui concédaient pas vraiment le luxe du repos. Petite ombre fugace dans sa turbulette rouge, il partait donc se balader maladroitement à travers la maison endormie. Si jeune et déjà si casse-cou. Ses parents impuissants se réveillaient en pleine nuit et se mettaient à le chercher partout, c'était vite devenu une habitude. Même qu'un matin, alors que Marie se levait pour préparer le café, elle l'avait trouvé assis sur le frigo, grignotant des sucreries qu'il avait chapardées en fouillant dans les placards.

Quand un beau jour il a totalement maîtrisé l'art de la parole, Hervé s'est mis à mentir. Il avait en effet compris qu'à travers une subtile déformation de la réalité, il avait le pouvoir d'obtenir ce qu'il voulait, et cette utilisation du mensonge a été quasi immédiate. Ça lui plaisait de savoir qu'il pouvait diviser la vérité en deux facettes, dont l'une était le fruit juteux de son imagination, et l'autre le truc substantiellement vrai, plus fade, celui de ses parents. Il leur disait ce qu'ils voulaient entendre. Assez vite, il s'est fait à l'idée que c'était comme ça que le monde fonctionnait. À cet âge-là, ça restait des petites tromperies innocentes, des contre-vérités pas bien graves : il disait à sa mère qu'il n'avait pas eu de biscuits, pour en avoir plus, pourtant il y en avait déjà quatre dans la poche de son petit pantalon, ou alors il assurait à la maîtresse qu'il savait comptait jusqu'à 10, mais refusait d'en faire la démonstration. Le problème, c'était pas vraiment la gravité des mensonges qu'il proférait. Le problème, c'est qu'il aimait ça. Il se faisait régulièrement prendre car il débutait. Ses parents ont donc dû redoubler de vigilance envers ce petit être espiègle. Ils ne comprenaient pas d'où lui venait cette frénésie mythomane, mais à l'époque ils trouvaient encore ça mignon, un peu. On avait l'impression que c'était un petit malin, bien qu'humain rusé comme un singe.

Quand le simple mensonge n'a plus suffi, ni à satisfaire ses pulsions ni à lui obtenir les choses de plus en plus inaccessibles qu'il désirait, il s'est mis à lier l'acte à la parole. Cet embryon de délinquance allait de pair avec une indépendance précoce. Ses parents lui donnaient un toit et de la nourriture, des vêtements, c'est vrai. Ils savaient conduire, mettre en route la machine à laver, écrire en attaché, et tout. Mais lui, il n'avait pas besoin d'eux. Il passait donc la plupart de son temps libre à jouer dehors, à récolter des cailloux ou à chercher des trésors. Il a vite compris qu'il n'y a pas de meilleur trésor que celui qu'on amasse soi-même, que les cailloux, en eux-mêmes, ils valaient rien. L'été, pendant les grandes vacances, il s'installait au fond du jardin, sous le ciel bienveillant de l'enfance, et il peignait des cailloux en différentes couleurs. Ensuite il allait voir les enfants du quartier, des petites merdes incapables, pour échanger avec eux ses œuvres d'art qu'il présentait comme des "cailloux rares", contre des pièces de monnaie ou des bonbons qui piquent. Les cailloux rares, il disait, venaient de l'autre côté de la Terre, probablement de Chine, et à travers un tunnel se frayaient un chemin dans le magma et la roche jusqu'à un petit trou derrière la cabane du jardin. C'était sa première arnaque, qu'il mettait en pratique deux ou trois fois par semaine. Quand il est rentré un soir, beaucoup trop tard, alors que la nuit tombait presque, ses parents l'ont sermonné car ils étaient morts d'inquiétude. Il était vilain ! Il fallait qu'il fasse attention, qu'il reste là où on pouvait le surveiller, qu'il pouvait à tout moment se faire écraser par une voiture, c'est ce qui était arrivé au cousin ! Pour renverser la situation, la tourner à son avantage, il s'est mis à pleurer, racontant qu'il avait voulu poursuivre un oiseau et qu'il s'était perdu dans le lotissement, mais qu'il avait quand même été courageux car un monsieur lui avait proposé de monter dans son camion pour manger des friandises et qu'il avait refusé. Pauvre enfant. On allait demander aux voisins vigilants d'être plus vigilants encore. On allait sonner l'alerte. Un de ces voisins si investis dans la protection de cette petite communauté est venu le lendemain, le gros Robert, pour dessiner un portrait-robot de l'individu dangereux aperçu par l'enfant. Hervé lui a donné les indications les plus précises possibles : il avait des grandes lunettes carrées qui lui faisaient les yeux plus gros, et une moustache marron. On a imprimé des centaines d'exemplaires de cette œuvre pour la placarder partout dans le quartier. Les voisins vigilants ont fait des rondes de nuit pendant des semaines afin d'être prêts à intervenir si jamais on apercevait le prédateur. Certains disaient que les gens comme ça, il fallait leur couper le zizi. Hervé, lui, était fasciné de voir tout ce qu'il pouvait accomplir avec deux-trois blabla.

Vers la fin de sa sixième année de cette vie intense, Hervé a eu un petit frère. Quand ses parents lui avaient annoncé la nouvelle un peu avant l'été, il s'en était foutu, mais là ça devenait réalité. Le petit Serge, venu au monde un 5 novembre, était moche, enfin il l'a trouvé bien moche quand il est allé le voir dans la chambre à la maternité, et qu'il était tout rose et gueulard et qu'il gigotait comme une limace. C'était pas grave, il ne s'est pas trop attardé là-dessus. L'arrivée du petit frère signait surtout quelque chose de très important : plus d'attention sur le nourrisson, ça voulait dire moins de lumière sur lui. Et ça, c'était idéal pour ses affaires.

Et en effet, au travers des préoccupations liées aux babillements incessants de ce nouvel arrivant, l'attention fut considérablement rognée, c'était du 80/20. L'instinct d'Hervé ne l'avait pas trompé. Les parents se consacraient au bien-être du tout petit, qui semblait-il ne parvenait pas à se débrouiller seul. Hervé pouvait donc faire tourner convenablement son nouveau business : il vendait à ses petit copains du quartiers (ses pigeons) des têtards pêchés à la louche dans la mare de Madame Jacquelin.

Moins de surveillance, ça voulait dire moins de questions, il a donc ralenti le rythme et l'intensité des mensonges pour se concentrer sur l'arnaque véritable, l'acte félon, et sur la qualité de son exécution.

    Le temps a passé, les années, avec elles la routine de la maison familiale dans laquelle les parents ont toujours baigné. Les petits Flandrin poussaient bien vite comme tous les enfants à ces âges prolifiques. À mesure qu'il grandissait, on remarquait que le petit Serge était bien différent de son prédécesseur. Réservé, très discret, il se déplaçait avec hésitation et prudence. L'entourage chuchotait qu'il était bizarre, qu'il avait un problème, à cause de sa manière de regarder dans les yeux avec l'air d'être mort en dedans. Parfois même, on pensait qu'il ne comprenait pas tout. Les deux frères vivaient une entente cordiale, ils ne s'aimaient pas particulièrement mais se laissaient vivre l'un l'autre. Le voisinage disait qu'Hervé était plus vif que son petit frère, que Serge était plus tendre, que l'un semblait fait d'un feu bouillonnant qui le conduirait sur les sentiers de la réussite, et que l'autre ondulait comme l'eau, qu'il serait plus fragile mais aussi plus tendre, il ferait beaucoup de bien à ceux qui se trouveraient sur son chemin. Mais les gens, ce qu'ils disaient, c'était de la merde. Jean et Marie s'indignaient timidement : les petits étaient trop jeunes pour qu'on puisse les comparer, et puis d'ailleurs ce n'était pas une compétition. Pourtant, un fossé se creusait, dépourvu d'animosité mais rempli d'indifférence. On les méprenait. L'un passait son temps à masquer son côté sombre, portant un masque d'enfant espiègle mais doux, et l'autre n'avait pas encore fait usage du mal qui sommeillait en lui.

    Hervé a fini par entrer au collège, vers la fin des années 70. L'école c'était pas son truc mais il se débrouillait pour rester dans les clous sans qu'on vienne trop l'emmerder au sujet de ses résultats scolaires. Le petit Serge, lui, a appris à lire en suivant les lignes avec le doigt, il aimait la nature et ses habitants, surtout les insectes qui fourmillaient dans le jardin et qui avaient une organisation propre à eux, un système aux mécanismes fascinants qui lui permettaient de mieux comprendre la nature humaine, dont beaucoup de choses lui échappaient. Ses préférées étaient les fourmis rouges. Parfois même, il en récoltait plusieurs et il les déposait au fond d'un verre avec une petite boule de coton pour qu'elles puissent dormir. Ensuite il allait chercher des allumettes dans le tiroir de la cuisine, et il les brûlait. Il tendait l'oreille pour essayer d'entendre les hurlements de leur agonie, mais il ne percevait que le crépitement de la matière, l'incendie meurtrier de ces minuscules carapaces. Un jour, alors qu'Hervé sortait faire un tour en vélo, il l'a surpris en train d'effectuer son petit barbecue. Sans rien dire, il a fait comme si de rien. Lui aussi avait eu ses petits secrets, celui-ci serait le leur. Il savait que son frère était bizarre, et qu'au bizarre on ne peut rien changer parce qu'il frôle bien souvent le naturel, et que la nature c'est de là qu'on vient tous.

Le collège, ça fourmillait d'opportunités pour un petit arnaqueur en développement. Cela signifiait aussi gagner en indépendance, encore plus qu'avant. Hervé a pu prendre le bus pour la première fois, s'acheter des pains au chocolat à la boulangerie d'à côté avant de commencer les cours, avec sa monnaie durement gagnée. Le collège, c'était bien différent : y avait un professeur pour chaque matière, et y avait encore plus de matières, ce qui lui donnerait du fil à retordre mais bon, tordre le fil ça il savait. La seule matière qu'il appréciait et qui réussissait vraiment à le captiver c'était l'histoire, parce qu'on y comprenait les erreurs à ne pas répéter. Hervé, il détestait cette idée de vaincu qui consistait à faire la même erreur deux fois. Au fond de lui, il avait peur que ça lui arrive. Vers le milieu de sa sixième, il a commencé à échafauder ses plans, les premières esquisses, pour sa prochaine arnaque. C'était du travail d'orfèvre. Juste à côté de la salle des profs, il y avait un sorte de cagibi où on rangeait les fournitures en tous genres : stylos, feutres, règles pour taper sur les doigts, manuels et tout. Lui, ce qui l'intéressait, c'était la craie. Un midi, pendant que les profs se remplissaient de vin et de nourriture de cantine, il a décidé de sauter son repas. Les couloirs étaient silencieux, tout le monde mangeait. Seul Barnabé le concierge lisait le journal dans son petit bureau vitré en suçotant une tranche de jambon, Hervé est passé devant à ras de terre, rampant tel un vermisseau, incognito. Il s'est introduit dans le dispensaire comme un cambrioleur, comme un espion en mission. Là-dedans étaient entreposées des dizaines de boîtes de craie qui attendaient son arrivée triomphale. Il s'en est rempli les poches, il a dû réussir à en subtiliser une bonne quarantaine. Ensuite, discrètement, il est allé cacher tous ces petits bâtonnets blancs dans la gouttière qui tombait derrière le réfectoire, dans un angle mort où personne n'allait. Ici, le produit était en sûreté.

Le lendemain, entre midi et deux, il a mis son plan à exécution. À l'aide d'un gros caillou, il a réduit en bouillie les craies, une par une, afin de produire une poudre brute, similaire à celle qu'il avait vue dans *Easy Rider*. Lorsqu'il a fini d'écraser les quarante craies, il avait obtenu un amas conséquent de poudre qu'il a pu diviser en plusieurs boulettes de film plastique apporté expressément de chez lui. Avec l'équivalent d'une craie il pouvait faire trois sachets, ce qui lui en faisait quand même une bonne quantité. Il savait compter, le petit.

On peut facilement imaginer la suite. Les jours qui ont suivi ont été consacrés essentiellement à la promotion du produit et à la vente. Il parlait bien, il avait l'art du commerce. Il disait à ses camarades (qui avaient 12 ans, rappelons-le) que c'était de la "poudre magique" comme dans les films. C'était son oncle Richard qui avait ramené ça de son voyage en Colombie, là-bas y en avait partout, ça poussait dans les arbres mais c'était dangereux et Richard avait dû tuer des gens pour l'obtenir, avec un pistolet. Il suffisait de tremper son doigt dedans et de s'en mettre un peu dans le nez. Au début, tu éternuais un peu mais au bout de quelques secondes, la poudre magique faisait effet et d'un coup tu te sentais bien, tu pouvais facilement réussir toutes les interros et même courir plus vite. Son charabia vendeur a rapidement fonctionné, et les premiers usagers ont été convaincus par le produit. Le conseil du marchand était de consommer un sachet pour deux, ce qui devait durer environ deux à trois semaines sauf pour ceux qui carburaient vraiment, mais il ne recommandait pas de tomber dedans à ce point. Hervé prévenait bien sûr chaque élève qu'il ne fallait surtout rien dire aux adultes, sinon ils confisqueraient la poudre pour se la sniffer eux-mêmes et eux, les enfants, ils n'en auraient plus jusqu'au retour de l'oncle Richard, dans deux mois. Le secret a donc été bien gardé, et au bout de quelques jours, toute la classe avait déjà essayé au moins une fois la craie-coke d'Hervé. C'était une affaire qui roulait.

Malgré les petites bêtises de leurs enfants, Jean et Marie continuaient tant bien que mal de vivre cette existence paisible qui les appelait, et vers laquelle ils s'étaient toujours dirigés. Marie faisait partie d'un club de lecture, activité qui la relaxait et lui permettait de voir du monde. Jean, passant ce stade clé de la quarantaine, s'est mis à la cuisine. Ils ont essayé, il faut le dire, d'apprendre aux enfants le calme, la patience, la joie que procurent les petites choses du quotidien. Mais les enfants, tout ça, ça les emmerdait. Un dimanche matin, alors que le soleil du printemps venait déjà sécher la rosée de la pelouse, Jean est tombé dans la douche. Comme il ne parvenait pas à se lever sans gémir, c'est l'ambulance qui est venue le chercher, il a passé quelques jours à l'hôpital. Le docteur lui a annoncé qu'il avait une fracture du bassin, que c'était quand même un peu grave, et que les articulations et les muscles de Jean étaient fragiles parce qu'il n'avait jamais fait de sport. Cela n'aiderait pas pour la suite. Il allait lui falloir beaucoup de repos, fauteuil roulant pendant un mois et infirmière à domicile pour lui faire des piqûres et tout.

La blessure de Jean était un rebondissement, une fracture dans l'os, une fracture dans la routine. Mais globalement, comme il s'en sortait assez bien, les inquiétudes sont vites retombées. Grâce au travail de l'infirmière, et surtout à l'immense, l'infinie capacité de Jean à prendre du repos, la souffrance aiguë a disparu relativement vite. Au bout d'un certain temps, il a pu se mettre debout, le kiné venait à domicile accompagner le malade dans sa rééducation lente, fastidieuse, mais optimiste.

— Vous pensez qu'il pourra marcher sans douleur, docteur ? a demandé Marie un soir, alors que le kiné rangeait son matériel.

Il a fait non de la tête. Jean s'était installé profondément dans le fauteuil devant la télévision, dans la pièce d'à côté. Il marcherait plus jamais normal.

Mais tout ça, c'était pas très grave, car des événements bien pires arrivaient. Un jour, un gros scandale a éclaté, qui a bouleversé la vie du quartier et dont on a parlé pendant un an. Madame Tranchard, femme au foyer, la quarantaine, épouse du boucher, était dans sa cuisine aux alentours de dix-huit heures en train de préparer une daube pour le dimanche midi. Délicatement, en fredonnant un air de Michel Delpech, elle a isolé un petit morceau de bœuf afin d'en faire profiter son chat, qui savait jouir des bons produits.

— Argus ! Viens-là, minou !

Mais il ne venait pas. C'était étrange car Argus était un fin gourmet, qui répondait toujours à l'appel du bout de bidoche. Munie du petit filament de viande rouge, elle a posé son couteau pour trouver Argus, qui jouait probablement à l'arrière du jardin.

— Argus, où tu es mon ché…

Quelle a été sa surprise, à ce moment où les rayons dorés du crépuscule venaient caresser la cime des pins dans le grand jardin, de trouver le petit Serge en train de disséquer la dépouille d'Argus. Les yeux, le cœur et les viscères avaient été retirés, le précis chirurgien s'attaquait maintenant à l'extraction des coussinets. Madame Tranchard, muette, a d'abord semblé abasourdie. Puis elle a hurlé.

On n'a parlé que de ça dans tout le quartier ensuite. Jean et Marie, dépités, sont allés s'excuser auprès des Tranchard, ils ne savaient pas quoi dire d'autre que d'exprimer le choc et l'incompréhension. Le petit Serge était puni dans sa chambre. Monsieur Tranchard voulait lui casser la gueule.

À partir de là, la bizarrerie de Serge ayant franchi un certain cap, Hervé a dû grandir avec le frère tueur de chats. De toute façon, tout le monde avait toujours su qu'il était étrange. C'était comme si on était outrés, bouleversés, mais au final peu étonnés. Les parents ont amené le petit voir le docteur de la tête, plusieurs fois, et jamais plus il n'a recommencé ses travaux de légiste, en tout cas pas qu'on sache. Pendant quelques mois, les gens ont surveillé leurs animaux de compagnie. Ils avaient peur de les laisser sortir et qu'ils deviennent en cadavres.

C'est au cours de son année de quatrième, après presque deux ans d'exécution et de travail acharné, qu'Hervé a rencontré des difficultés avec la vente de craies. On avait fini par se rendre compte qu'il manquait du matériel et que le stock de craies disparaissait très vite. Plusieurs professeurs s'étaient retrouvés bien embarrassés, impuissants devant le tableau noir si vide et si dépourvu de savoir, face à la classe agitée et impatiente. Le dispensaire était donc maintenant fermé à clé, et la clé c'est Barnabé qui l'avait, attachée à son ceinturon.

Hervé a donc dû commencer à couper la dope avec du paracétamol. Il volait les médocs dans l'armoire à pharmacie de la salle de bains, cachets qui servaient d'ordinaire à soulager les douleurs de Jean. Pour que sa mère ne se rende compte de rien, il remplaçait les médicaments par des bonbons à l'apparence similaire, que lui avait donné un petit cinquième en échange de poudre à craie. Jean semblait ne pas voir la différence, le placebo fonctionnait. Mais tôt ou tard, ce petit système de fortune allait finir par s'effondrer.

Pourtant, le malheur et la merde n'arrivent jamais là où on les attend. Un jour, en plein milieu de la cour de récréation, le petit Jean-Michel s'est mis à saigner du nez. Le sang pissait à grosses gouttes, il venait tacher les traits blancs de la marelle. Jean-Michel, c'était le fils hypermétrope et maigrelet du prof de sciences. À l'infirmerie, on s'est rendu compte qu'il avait de la poudre blanche dans le nez, que c'était sûrement à cause de ça qu'il saignait. On lui a demandé des explications. Évidemment, il a tout balancé.

Quand Hervé a pénétré dans le bureau du directeur, celui-ci l'attendait d'un air grave, l'air qui annonçait que la conversation allait être longue et pénible.

— Donc, si je résume : cela fait maintenant deux ans que tu voles du matériel de classe, que tu le transformes afin de faire passer ça pour de la cocaïne, et que tu le vends à tes camarades en les incitant à consommer ça... par le nez ? Je ne me trompe pas ?

Hervé a fait non de la tête. Le directeur avait vite fait le lien entre la disparition des craies et son petit business. Nul besoin de mentir cette fois-ci, il valait mieux faire face car le résultat de la négation serait pire.

— Tu te rends compte que c'est très grave ?

Le directeur était visiblement plus inquiet que fâché, il prenait l'affaire très au sérieux et tenait avant tout à faire comprendre à l'enfant la gravité de la situation et les risques encourus.

— Quelqu'un aurait pu être blessé. Le petit Jean-Michel a saigné du nez, certes, ce n'est pas bien grave, mais imagine. La craie aurait pu lui monter jusqu'au cerveau, il aurait pu mourir. Tu te serais senti comment si Jean-Michel était mort ce matin, à cause de toi ?

Hervé n'a pas répondu.

— J'aimerais vraiment que tu prennes conscience de la gravité de tes actes, Hervé. La drogue est un fléau qui décime des familles, qui détruit la santé et qui tue les gens ! Faire croire qu'on en vend, ce n'est pas malin, ni drôle. C'est immoral.

Le directeur s'est frotté la tempe, il semblait être extrêmement mal à l'aise et fatigué par la vie et les choses.

— En plus d'avoir mis en danger la vie de tes camarades, d'avoir volé dans les réserves de l'école, tu as fait l'apologie d'un mal dont tu ignores toi-même les effets. Et puis d'ailleurs, comment tu connais ça, à ton âge ? Qui t'a parlé de la cocaïne ?

— La télé, a répondu Hervé en haussant les épaules, l'air penaud.

— La télé… La télé, c'est des bêtises, Hervé. Et toi, tu as fait des bêtises, pires qu'à la télé. Toute bêtise entraîne des conséquences, je ne pense pas que tu te rendes compte.

— Je suis désolé, monsieur. Je ne voulais pas faire du mal, et je comprends que j'ai agi en mettant en danger les autres enfants. Je le comprends seulement maintenant.

Il essayait de l'entourlouper, c'était sa dernière chance.

— Je regrette vraiment ce que j'ai fait… je pourrais par exemple, pour me racheter, aller m'excuser auprès de Jean-Michel, et aussi auprès de tous les parents.

Le directeur l'a regardé sans répondre, l'air vague et las de celui qui a trop de responsabilités et d'inquiétude dans l'estomac.

Hervé a été viré de l'école, ce jour-là. Ses parents ont essayé de convaincre le directeur de revenir sur sa décision, mais la sentence était irrévocable. Même s'il décidait de garder Hervé, en le sanctionnant lourdement pour ses actes, cela créerait un climat de tension au sein de l'école car les parents d'élèves et les professeurs étaient en colère, indignés. L'enfant était allé trop loin. Hervé s'est juré, ce jour maudit, de ne plus jamais se faire choper, peu importe le prix. La liberté, c'est ce qu'il voulait, et la dignité de l'homme non coupable qui va avec.

Où trouvait son origine cette tendance au crime, à la déviance des mœurs ? Était-ce le poids d'une forme d'intelligence plus développée ? Une erreur de la nature, un hasard ? Un surplus d'ennui causé par le mode de vie prématurément gérontologique des parents, ou alors un relent génétique des ancêtres de l'avant guerre ? On savait pas. Rien ne l'expliquait ou presque. Dans les mois qui ont suivi, Hervé a complètement décroché des usages et activités conventionnels que lui imposaient ses parents et la société. Les écoles refusaient de le garder car il était perpétuellement absent. On savait pas ce qu'il faisait de ses journées. Ses parents tentaient diverses approches pour lui faire comprendre que maintenant, ça y est, il s'agissait de ralentir la cadence et de rentrer dans le moule des jeunes garçons normaux. Mais Hervé ne se considérait pas comme un jeune garçon normal. Il se voyait comme un adulte qui a pris du retard sur les affaires, et que tout autour semblait vouloir contenir et empêcher de devenir un homme.

Ainsi, Hervé n'a jamais atteint le lycée. Il s'en foutait bien. À quinze ans, il s'est trouvé un boulot de garagiste au centre-ville de Bourg-en-Bresse, où le patron, ravi d'économiser sur le salaire, a accepté de lui enseigner le métier. Ses parents, qui avaient jeté l'éponge, étaient soulagés qu'il apprenne au moins quelque chose. Pendant le reste de l'adolescence, il a vécu de son travail à temps partiel au garage et d'autres petites magouilles : des trafics de faux papiers, des petites arnaques à l'assurance. La police le connaissait, elle le surveillait de loin tant qu'il faisait pas trop de grabuge. C'était un petit poisson, et les petits poissons ça fait pas de vagues.

Il rentrait le soir vers 17h et repartait une heure plus tard. On savait pas où il allait, il voulait pas dire. Il était incontrôlable. Serge, lui, passait son temps dans sa chambre à lire des revues scientifiques. Il avait plus de harceleurs que d'amis. Jean et Marie se faisaient un sang d'encre. Ce n'était pas le calme léger qu'ils avaient envisagé. C'était donc comme ça, avoir des enfants ? Ils avaient fait de leur mieux, les avaient élevés dans la tolérance, la douceur et le confort. Ils avaient l'impression d'avoir fait une erreur quelque part, un point rouge sur la carte de l'histoire familiale, mais ils n'arrivaient pas à mettre le doigt dessus. C'était comme si la ligne droite qu'ils avaient empruntée pour vivre était d'un coup devenue remplie de zigzags et de cahots, de pentes abruptes qui vont que dans le sens de la descente.

À partir de ses 18 ans, le patron du garage l'a autorisé à dormir dans l'arrière-boutique, où il avait installé un vieux matelas dans un coin sombre. Hervé montait en niveau, rien ne pouvait l'arrêter dans le domaine perverti de la fraude. Lui demander de ralentir aurait été comme demander à un enfant avide de connaissances d'arrêter d'apprendre, de sortir le nez de ses livres et d'aller jouer dehors. Hervé s'arrêterait pas. Il resterait dedans. Son sang bouillonnait, avide de ce frisson vénéneux qui dirigeait sa vie. Tricher, mentir, voler, manipuler, triompher. C'est pour ça qu'il respirait.

Forcément, il a commencé à se faire des ennemis, c'était normal dans son milieu. Des gens à qui il devait de l'argent parce qu'il leur avait emprunté pour s'acheter une caisse, ou pour monter d'autres escroqueries. Et puis des gens qu'il avait arnaqués et qui tentaient de le retrouver. Il faisait la fête, fréquentait les mauvaises personnes dans les mauvais endroits, dans tous les mauvais coups. Il empilait les billets sous son matelas, traînant pour rembourser ses dettes. Le patron du garage était peu regardant, il l'avait en quelque sorte pris sous son aile et avait développé une certaine forme d'affection pour ce renardeau frénétique et instable. Pourtant, ses créanciers venaient souvent lui rendre visite à l'atelier, demandant à voir Simon, ou Jacques, ou Bernard ou nimporte quel faux nom qu'il leur avait donné : il était jamais là, toujours enfui par la porte de derrière ou planqué dans le coffre d'une vieille Citroën.

Il a vraiment pris conscience de l'ampleur de la menace un samedi soir, alors qu'il sortait de boîte de nuit, accompagné de quelques amis à lui, des jeunes légèrement déjantés et peu intelligents qu'il avait rencontrés au fil de ses aventures. C'était un établissement un peu en retrait de la ville et qui aujourd'hui a été détruit. Alors qu'il s'avançait sur le parking, légèrement ivre, un homme qu'il a pu reconnaître s'est approché de lui.

— Tu t'amuses bien, on dirait.

Le type était balèze, une sorte de gros rectangle visiblement implacable. Hervé savait que le mec l'enculerait sans problème. Il n'a pas répondu.

— Tu sais que tu t'es mis beaucoup de monde à dos avec tes conneries, a dit le type en regardant autour de lui pour s'assurer qu'ils n'étaient pas surveillés.

— Écoute Marcel, je te jure que je vais le rembourser, ton pote. J'ai les sous chez moi, si tu veux on n'a qu'à passer, tu me suis en voiture et je te file le fric, plus les intérêts.

— Oh, t'en fais pas pour ça mon gars, on l'a trouvée ta planque.

Hervé a soudain pâli.

— Qu… quoi ?

— Et ouais. On a juste eu besoin de soulever le matelas, on a été bien remboursés tout d'un coup.

Hervé n'a rien dit, et en même temps, y avait rien à dire. Il avait trop joué avec le feu, et maintenant il en sentait bien la chaleur.

— Fais pas cette tête, petit. Tu savais que ça allait finir par arriver.
— Je t'aurais remboursé, putain. T'étais pas obligé de tout prendre !
— Mais tu m'as pas remboursé, fils de pute, a répondu Marcel, soudain empli d'une fureur sourde. T'as voulu faire le con, tu t'es pris pour l'as mais t'es qu'un putain de valet, et maintenant t'as plus rien.

Hervé regardait autour de lui à la recherche d'une issue, d'une solution : y avait que les ivrognes et les jeunes insouciants qui rentraient chez eux, les tympans éclatés par la musique des Eurythmics. Ses amis l'observaient silencieusement, ils n'allaient pas intervenir et ça se sentait. Soudain, Marcel a sorti des bagues de sa poche et a commencé à les enfiler une par une.

— Tu vois mon gars, malgré la somme qu'on a pu récupérer chez toi, mon patron est pas satisfait des intérêts. Il voulait quelque chose en plus.
— Qu'est-ce que tu fous Marcel ? a demandé Hervé l'air inquiet en reculant.
— Il voulait que je lui ramène quelque chose qui vient de toi, pour que tu comprennes la leçon et que jamais tu recommences à jouer le fouteur de merde, a dit Marcel en s'avançant sur lui les poings serrés. Alors je lui ai dit que je lui ramènerais tes dents.

Là-dessus, Marcel lui a mis une bonne droite avec ses putains de bagues. Hervé, qui n'était qu'un gamin de 20 ans, s'est immédiatement effondré sur le bitume, à moitié endormi. Marcel a continué de lui cogner la bouche comme ça, pendant quelques secondes, répandant du sang un peu partout et de la bave. Hervé gémissait. Ses copains regardaient sans rien dire et sans rien faire pendant qu'il se faisait défoncer la gueule. Puis quand il a fini son boulot, le tabasseur a ramassé quelques dents et les a mises dans sa poche sans prononcer un mot. Quand Hervé a repris connaissance quelques minutes plus tard, Marcel avait disparu avec ses incisives latérales.

Les semaines qui ont suivi cette altercation, Hervé s'est caché dans la maison de son enfance. Ses parents avaient été surpris de le voir débarquer au petit matin, la face ensanglantée et tuméfiée, comme un voyou. Sa mère avait pleuré en le suivant dans les escaliers jusqu'à la chambre de l'étage, où il s'était endormi après l'avoir laissée lui nettoyer ses plaies.

Il n'a donc plus mis un pied au garage à partir de ce jour, craignant de se faire soulever par un quelconque malfaiteur. Le mot devait se répandre qu'il était atteignable, et pire : qu'il était insolvable et qu'il fallait le faire rembourser de force, en nature. La perte de ses deux dents le faisait moins souffrir qu'elle ne l'enlaidissait. Il a passé plusieurs jours au lit à se reposer, et malgré son naturel profondément énergique et indépendant, c'était tout de même bon de retourner chez ses parents et de se laisser un peu materner, apaisé par la présence bienveillante et douce de Jean et Marie qui le nourrissaient abondamment et passaient du temps à le soigner le soir, quand ils rentraient du travail. Serge lui avait prêté un de ses magazines qui parlaient de biologie sous-marine. Il était devenu un adolescent taciturne et trapu, qui faisait correctement ses devoirs et passait la plupart de son temps enfermé dans sa chambre à se livrer à des activités dont on ignorait la teneur. On avait peur de le questionner, même.

Bien sûr, cette situation ne pouvait pas durer éternellement. Il s'est remis assez rapidement de ses blessures grâce à sa constitution solide, et un soir il est descendu parler à ses parents de son désir d'évoluer dans la vie.

— Je pourrais te faire rentrer à la poste, au moins quelques mois en tant que facteur intérimaire, a proposé Jean à son chômeur de fils.

— Ce genre de boulot, c'est pas pour moi Papa, a répondu Hervé.

Il avait en lui cette fougue revancharde qu'il pensait devoir prendre sur la vie, bien que la plupart de ses problèmes et de leurs conséquences aient été engendrés directement par lui et par la stupidité de ses actes. C'était la deuxième fois qu'il "perdait" depuis son échec au collège, et il comptait bien se reprendre, cette fois en passant la vitesse supérieure. Il avait, comme toujours, une idée en tête.

— Mais du coup, qu'est-ce que tu vas faire ? a demandé sa mère.

C'était la fin des années 80. L'économie, qui avait ralenti au début de la décennie, était en train de repartir tranquillement mais sûrement comme le parcours d'un dirigeable. Dans ce monde en pleine éclosion, il y avait une place à se faire. Il est parti à Saint-Tropez pour les affaires, pour fuir. Il a vite su faire son trou.

Là-bas, il se faisait passer pour le fils d'un fabricant de yachts et s'infiltrait dans des clubs privés pour soutirer de l'argent aux riches, en leur vendant des actifs qui n'existaient pas, en leur promettant des ajouts encore plus luxueux sur leur bateau en échange d'un gros billet, ou alors en les faisant tomber dans un piège bien ficelé pour ensuite les faire chanter, à l'aide de son associée.

Elle s'appelait Gabriella. C'était une jeune italienne un peu perdue qu'il avait trouvée sans but dans un bar huppé de la ville et qu'il avait prise pour amante et collègue de travail. Elle voyait en lui un mentor, quelqu'un qui avait compris comment fonctionnait le monde et la vie. Elle faisait tout ce qu'il voulait.

Le piège, donc, était monté comme un schéma classique. Gabriella usait de ses charmes pour attirer des hommes vieux et gros et riches et un peu pervers dans une chambre d'hôtel. Hervé lui, il était caché dans le placard et il prenait des photos compromettantes de la situation. En général, Gabriella n'avait pas besoin d'aller jusqu'au bout de l'acte car Hervé sortait de sa planque et se mettait à faire chanter le vieux gros riche en question, qui avait une épouse héritière d'un magnat et des enfants bien souvent étudiants à Sciences Po Paris. Apeuré, tout ce que le type voulait c'était s'en tirer indemne, alors quand les deux escrocs lui demandaient d'allonger, il allongeait.

C'est comme ça qu'Hervé a pu refaire à la fois ses finances et sa réputation, et par là-même son ego. Il se donnait des allures de dandy, elle de femme fatale. Ils se prenaient pour je sais pas qui. Leurs fourberies ont fonctionné pendant un certain temps, toutes les semaines ils changeaient de club, allaient de soirée privée en soirée privée, tapaient la discute avec des hommes d'affaires hollandais et des actrices. Quand ils n'avaient aucun doute sur la docilité des victimes, ils encaissaient les chèques, sinon ils exigeaient du liquide. Ça circulait en grosses valises entre les chambres d'hôtel de luxe et un petit appartement qu'ils louaient dans le centre-ville.

À cet instant d'ascension fulgurante et de réussite, Hervé s'est senti bien. Il a pu mettre derrière lui le passé, les ennemis et les emmerdes. Il s'est enfin vu véritablement considéré par les gens de son milieu, même si tout cela n'était qu'une façade, un subterfuge. Il s'est même dit : "On est bien là. Je pourrais passer ma vie ici, à faire ça".

Bien souvent, lorsqu'on se dit ce genre de choses après avoir commis des méfaits, c'est là que vient la dégringolade. Elle est bien venue, proportionnelle. D'abord, Gabriella est tombée enceinte, et cette annonce féconde arrivait pour foutre en l'air ses plans à lui, apparaissant comme une ombre sur le tableau blanc. Avec un enfant, plus rien ne serait pareil. Son mode de vie trop volatil ne permettait pas d'accueillir un nourrisson, de s'en occuper décemment sans prendre de risques, de l'éduquer enfin, d'avoir la patience d'apprendre tout à quelque chose en partant de zéro. En gros, ça le faisait bien chier. Quand le ventre de Gabriella a commencé à devenir trop apparent, il a préféré qu'elle se retire du jeu et qu'elle s'enferme dans leur appartement pour ne pas causer de troubles, ni à elle-même, ni à leurs affaires, ni à lui. De son côté, il a continué d'amasser plus d'argent pour qu'ils puissent se mettre à l'abri quand viendrait l'enfant, au moins quelque temps sans faire de vagues. Mais plus d'argent, ça voulait dire plus de risques.

Gabriella, à ce moment-là bien enceinte, s'est piquée d'être ainsi écartée, blessée dans son amour-propre d'être reléguée au rang de mère et de mère uniquement. Elle en a donc voulu à Hervé, et pour le punir elle a commencé à se faire du mal à elle-même et donc à l'enfant. Elle s'est mise à fumer et aussi à boire. Ça ne plaisait pas à Hervé de la voir ainsi dégrader sa santé, mais il n'a rien dit. Elle le dégoûtait.

Le soir où elle a accouché, une belle nuit calme de juillet, il n'était pas là. Jouer au blackjack avec ses faux amis ou détrousser quelque nanti un peu trop naïf était plus important pour lui, plus délectable même, que d'accueillir son propre enfant. C'est la voisine de palier, une vieille dame qui en avait vu d'autres, qui a aidé Gabriella à pousser la chose hors de son ventre. Les draps souillés de sang et de merde, Gabriella a expiré un soupir de soulagement quand la petite Harmonie parfaitement saine lui a été déposée dans les bras. Si vierge, si innocente, dépourvue de toute méchanceté et de toute méfiance, cette créature était merveilleuse. Néanmoins, elle détestait Hervé de l'avoir abandonnée et de la traiter comme sa chienne qu'on laisse à la maison quand on part travailler, elle se détestait elle-même d'accepter cette situation dégradante, et, quelque part, elle détestait l'enfant pour ce qu'il représentait la part la plus sombre de son existence et de son être.

À son retour au petit matin, Hervé a accueilli l'enfant avec une joie et un émerveillement passagers. Il l'a portée pendant quelques heures alors que la mère épuisée dormait d'un sommeil de plomb, peuplé de rêves amers. Il regardait le petit nez, la petite bouche de cet être minuscule endormi dans ses bras, et il savait que la suite allait être compliquée. Il a tourné la tête vers le sac rempli d'argent qu'il avait déposé dans un coin en rentrant. Il en fallait plus. Beaucoup plus.

Pour assumer sa famille, Hervé s'est mis à aller de plus en plus loin, et à être de moins en moins prudent. C'est paradoxal, car plus de risques veut aussi dire plus de chances de tout perdre, de réduire à néant la raison même qui pousse à prendre tous ces risques. Il s'exposait beaucoup plus lors de son travail. Lui qui d'ordinaire n'aimait pas la confrontation physique, il a commencé à manquer de patience au cours des pièges qu'il tendait. Quelque fois même, lors de certaines soirées un peu underground dans lesquelles il savait qu'il ne remettrait jamais les pieds, il isolait un type en apparence fortuné dans un coin de la pièce, faisait semblant d'avoir un flingue braqué sur lui dans la poche de son veston, et lui soutirait de la thune.

Cela lui a quand même permis d'acheter tout ce dont la petite avait besoin, et plus encore. Il remplissait les placards et les tiroirs de trucs inutiles, des habits pour quand elle serait plus grande, des biberons et des biberons de rechange comme s'il avait à nourrir une armée. Il avait payé le loyer pour l'année. Gabriella sortait très peu et négligeait sa santé physique et mentale, se nourrissant mal et dormant beaucoup, s'occupant juste ce qu'il fallait de l'enfant. En fait, elle était complètement perdue, et lui, Hervé, il essayait pas de la retrouver.

Un matin froid et grisâtre du mois de mars, alors qu'il rentrait d'une longue et pénible nuit à traquer des pigeons et surveiller des vieilles dames fortunées, il a trouvé des voitures de police et une ambulance en bas de l'immeuble. Gabriella avait essayé de s'intoxiquer au gaz, seulement les voisins avaient senti la louche odeur et avaient appelé les flics. Elle et la petite s'en étaient sorties indemnes, mais l'ambulancier l'a prévenu à son arrivée qu'ils devaient les emmener à l'hôpital dès maintenant pour faire des examens des poumons et vérifier que tout allait bien.

— Vous avez une minute, monsieur ? a demandé le policier qui avait été appelé en premier et qui était arrivé sur les lieux en même temps que les secours.

— Oui, bien sûr. Je suis soulagé qu'elles aillent bien toutes les deux.
— On est toujours reconnaissants quand ça se termine comme ça, c'est vrai. C'est pas toujours le cas, malheureusement. Dites-moi, je peux savoir votre nom ?

Hervé, déjà méfiant lorsqu'il parlait à un flic, s'est soudain senti menacé comme le lapin quand le blaireau gratte à l'entrée de son terrier.
— Pascal Garcin, a-t-il répondu. Je travaille en tant qu'assureur.
— Vous habitez ici depuis longtemps ?
— Oh, ça doit faire quatre ans, environ.

Le policier s'est approché de lui.
— Vous avez vos papiers d'identité sur vous ?
— Euh, non ils doivent être quelque part dans l'appartement.
— Vous étiez où cette nuit ?
— Euh… j'étais avec des amis. On fêtait le pot de départ d'un collègue, a-t-il menti sans sourciller.

Soupçonneux, le policier a montré l'immeuble d'un signe de tête.
— Quand je suis rentré chez vous, j'ai pas pu m'empêcher de jeter un œil. Et puis, c'est la procédure de vérifier que tout va bien et que la menace a totalement été supprimée dans une situation comme celle-là, il a dit en se grattant la tempe. J'ai trouvé plusieurs passeports, avec des noms différents mais toujours votre tête dessus. Oh, rien de bien méchant, je suis sûr que vous avez une bonne raison pour ça.
— J'ai un frère qui travaille à l'ambassade.
— Je savais pas qu'ils proposaient ce genre de services à l'ambassade, monsieur Garcin. Je vous propose de passer nous voir au commissariat dans la journée, a-t-il dit en lui tapotant l'épaule. On parlera de tout ça. Convocation avant 17h, j'espère que vous serez là. Prenez bien vos passeports, surtout. On les regardera.

Après un clin d'œil désinvolte, il est monté dans sa caisse de police et il est parti. Hervé a regardé autour de lui, dans le décor du matin glacial témoin du grand drame, on aurait dit qu'il cherchait une solution et qu'il n'en trouvait pas trop. Il s'est allumé une cigarette. La lueur rougeoyante cramait dans le petit jour. Il s'est frotté les yeux. Il se sentait bien merdeux. Tous ces éléments faisaient pour lui figure d'avertissements. L'argent qui rentrait, beaucoup trop, le comportement de Gabriella, la tentative de suicide, le silence de l'enfant. Et puis l'intervention inquiétante des condés. Tout ça, c'était des appels de phares. Il était temps de se casser avant que ça tourne mal.

Il est quand même passé à l'hôpital pour s'enquérir de l'état de santé de Gabriella. Si elle venait à clamser, ça serait mauvais pour son matricule. L'infirmière l'a fait rentrer dans sa chambre sans un bruit car elle dormait et qu'elle avait besoin de repos. Les analyses étaient rassurantes, elle était juste en état de choc. La petite n'avait rien, elle dormait aussi, dans un berceau médical juste à côté de sa mère. Il les a regardées quelques minutes comme ça. Il allait se barrer. Prendre l'avion était trop risqué, et puis il fallait qu'il abandonne sa voiture achetée avec l'un de ses faux noms qui seraient bientôt connus des autorités. Le mieux était de prendre le train, mais fallait faire vite.

Il a tourné les talons puis est sorti de la chambre, mais soudain il a été pris d'un doute. Il est revenu sur ses pas et a observé quelques instants la petite fille qui dormait paisiblement. Elle le ralentirait, c'était sûr. Puis, il a tourné le regard vers la mère. Il savait qu'elle négligerait la santé de l'enfant, rien que pour le faire souffrir lui. Pour le blesser dans son absence. Regardant derrière lui pour s'assurer que personne n'entrait, il a hésité encore. Dans l'urgence, il essayait d'envisager toutes les options, tous les obstacles. La meilleure solution était vraiment de partir, maintenant, le plus vite possible, et de jamais revenir. Il serait léger de toute culpabilité et de tout soupçon. Mais quand il a regardé encore une fois l'enfant, il a pensé qu'elle serait morte dans six mois s'il la laissait aux soins de la mère. Il ne pouvait pas, en pleine conscience, faire autrement.

Rapidement, il s'est emparé du bébé. Elle avait moins d'un an, elle était facile à manipuler et à cacher. Elle n'a pas pleuré quand il l'a levée et l'a plaquée contre son torse. Elle ne s'est pas réveillée. Elle n'avait jamais été déclarée à l'état civil : officiellement, cet enfant n'existait pas. La voie était libre.

Silencieusement, ils sont partis. En quelques minutes, ils étaient hors de l'hôpital. En quelques heures, ils étaient hors de la ville.

Ses parents l'ont accueilli à bras ouverts, mais non sans une vive surprise. Cela faisait quelques années qu'ils n'avaient pas eu signe de lui, et que la vie avait continué son flux monotone, ici, loin des arnaques et des faux-semblants. Ils avaient un peu vieilli, mais semblaient être restés les mêmes, toujours aussi calmes et bienveillants. Marie a tout de suite pris la petite dans ses bras avec un amour sincère.

Hervé est resté chez eux pendant plus d'un an. Ça ne les dérangeait pas, ils avaient de la place. Serge était descendu à Aix faire ses études de psychologie dans lesquelles il était particulièrement investi. Harmonie a grandi très vite, trop vite comme le font tous les enfants, semblant vouloir priver leur entourage du plaisir de les garder intacts. À l'instant même où ils avaient mis un pied dans cette maison, une nouvelle routine s'était installée, chacun reprenant ses bonnes vieilles habitudes, les mêmes relations qu'autrefois, les mêmes rapports. Hervé était souvent absent : soit il cherchait du travail, soit il en trouvait, généralement il s'en faisait virer puis en cherchait un autre. Malgré le caractère instable et indiscipliné qui lui était propre, il essayait de faire des efforts. Les grand-parents, qui étaient toujours actifs, avaient engagé une nounou pour la journée le temps que la petite soit en âge d'aller à l'école. Le soir, à leur retour d'une journée de devoir paisible, raisonnablement positionnée à la frontière entre implication et détachement, ils profitaient de la présence réconfortante de l'enfant. Pendant que Marie préparait une soupe bien chaude pour lutter contre le froid de l'hiver, Jean s'amusait avec la petite dans le salon. De temps en temps, ils alternaient. Hervé rentrait plus tard, selon les fluctuations en matière d'emploi.

Mais au bout d'un certain temps, Hervé a trouvé un appartement, un minuscule studio dans le centre de Bourg-en-Bresse.

— Pour l'instant c'est un peu précaire, mais dès que je trouve mieux, je prends la petite avec moi, a-t-il dit à ses parents pour les rassurer. Au moins vous m'aurez pas sur le dos, quoi.

Ses parents ont été peu convaincus, ils connaissaient l'animal. Hervé semblait juste vouloir s'éloigner. Pour se persuader (car c'est la nature même du parent indulgent que de trouver toutes les options possibles avant d'envisager ne serait-ce que l'ombre vacillante de la culpabilité de son enfant), ils se disaient que tout ça n'était que temporaire, que leur fils trouverait vite un travail sûr et qu'il prendrait la petite avec lui, et qu'il se dégoterait une femme sage et bienveillante qui servirait de mère à l'enfant et qu'ils vivraient tous heureux, et que tout irait bien.

De son côté, Hervé a progressivement repris ses bonnes vieilles habitudes. En fait, c'était plus fort que lui. Il essayait encore, des années après avoir abandonné cette idée, de rentrer dans le moule. Du haut de ses 26 ans, il était maintenant temps de se ranger, pas vrai ? Mais pour lui, c'était impossible, il savait pas faire autrement. Les ordres, le bureau, la fiche de paye qui tombe à intervalles réguliers, l'attente de la bonne volonté du banquier, les sermons, le code tacite et hypocrite de la société. Tous ces éléments lui donnaient la migraine, c'était pas ça pour lui que de vivre.

Il a donc commencé à effectuer des larcins et des petits trafics. C'était son nouveau truc, comme toujours il montait en gamme, donc en gravité. Son studio lui servait de planque et parfois de point d'échange pour objets en tous genres. Il se disait que dès qu'il aurait amassé assez de pépètes, il s'installerait avec la petite dans un endroit plus tranquille. Il le pensait sincèrement. En attendant, ça faisait l'affaire. Ses vices un éternel recommencement.

Comme tout le monde se doute, il est difficile de concilier vie de famille et délinquance. Au début, il venait tous les soirs chez ses parents, il dînait avec eux et restait ensuite jusqu'au coucher de la petite, vers 21h il repartait. Puis, il a commencé à rester de moins en moins longtemps. Ses parents le sentaient bien s'éloigner. Parfois même, il arrivait après le repas et il ne lui restait que quelques minutes pour profiter de sa fille avant qu'elle ne s'endorme.

— Tu devrais peut-être revenir vivre ici, lui a dit son père un soir, alors qu'ils se trouvaient seul à seul.

— Papa, tu sais bien que c'est compliqué. J'essaie de m'en sortir, de monter une affaire en ville et pour ça j'ai besoin de beaucoup de temps. J'ai pris l'appartement pour pouvoir travailler la nuit sans réveiller la petite.

— La petite, justement, a répondu son père. C'est ça la priorité, Hervé. Je sens bien que tu la vois moins qu'avant, et elle le sent aussi. Elle a besoin de son père.

— C'est pour elle que je fais tout ça, figure-toi ! s'est emporté Hervé. Tu crois quoi ? Je sais pas faire comme vous moi, me lever tous les jours à 6, me coucher tous les soirs à 22 comme un putain de robot ! Je sais pas faire ça, je sais pas, tu comprends ? J'essaie de m'en sortir, mais pour ça je peux pas aller contre moi-même. Je fais du mieux que je peux, mais ça prend du temps.

Son père, visiblement touché, a encaissé sans rien dire. C'est toujours plus difficile d'aider quelqu'un que l'idée même de se faire aider répugne. Hervé a commencé à ne venir qu'un jour sur deux, puis seulement trois jours par semaine. Ses visites s'espaçaient de manière croissante à mesure que l'intensité de ses affaires augmentait et que sa fille grandissait. Au bout d'un moment, il n'est plus venu que les week-ends. Ses parents ils étaient désemparés, ils disaient rien. Mais bon. C'était pas pour sa fille qu'il faisait tout ça. C'était pour lui.

Harmonie l'adorait et l'idéalisait même, comme cela arrive souvent avec les gens trop absents qui nous doivent quelque chose, que ce soit de l'amitié, de l'amour, de la responsabilité ou peu importe. On attend tellement de cette figure héroïque, forte seulement de son potentiel, que l'on se contente de la moindre dose d'amour, de joie, de protection qu'elle daignera nous apporter. Il n'était jamais là, et quand il l'était il se montrait fier, fort et drôle. Elle s'imaginait que lorsqu'il partait, il allait être fier, fort et drôle avec les autres choses du monde, son absence la rendait un peu triste mais l'espoir de son retour suffisait souvent à la combler.

Cette situation précaire a duré pendant plusieurs années, avec des va-et-vient instables de la part d'Hervé. À la maison, ça ne bougeait pas, tout était impeccablement immuable. Quand il venait, les samedi après-midi, il offrait souvent à sa fille des cadeaux hors de prix dont ses parents ne voulaient pas savoir l'origine. La petite, dans son âme d'enfant, avait le cœur en feux d'artifices. Elle le voyait, et bien qu'elle soit si jeune elle comprenait vaguement : il revenait d'affaires hors du commun, avec en main des choses que les autres adultes n'avaient pas, il devait partir brusquement après un coup de fil, ou l'éclat d'une pensée qui lui rappelait telle affaire qu'il devait régler. Elle l'admirait, du plus profond de son être.

Un jour, alors que la petite avait cinq ans, il n'est plus venu pendant un mois. Il n'était pas fait pour avoir des responsabilités, cet homme-là, pourtant il en avait. Les responsabilités, ça te suit comme une ombre, et tôt ou tard si tu les fuis, les conséquences viennent s'abattre sur toi. Au début,

Jean et Marie étaient inquiets, ils ont essayé de l'appeler chez lui, ils sont même passés voir, à travers les rainures des stores, s'il y avait quelqu'un dans sa piaule, mais l'appartement semblait vide. Rapidement, sous l'effet d'une habitude malsaine mais néanmoins protectrice, ils se sont faits à l'idée qu'il avait disparu une fois de plus. La petite l'a beaucoup demandé pendant ce mois d'absence, on lui disait qu'il n'allait pas tarder, qu'il était parti en voyage pour aller lui chercher un cadeau très spécial. Le jour où il déciderait de se pointer, il avait intérêt à se ramener avec un poney, au moins.

En ce qui le concernait, du côté sale de la réalité, il s'était planqué pour échapper à un type qui le cherchait partout en ville et à qui il avait fait une couille. Il avait baissé les stores, éteint les lumières, et n'était pas sorti du studio pendant des semaines pour se faire oublier, grignotant des vieux bretzels et chiant sans tirer la chasse pour éviter de faire du bruit. Il croisait les doigts pour qu'on le retrouve pas. C'était toujours les mêmes histoires avec ce genre d'affaires : l'essence même d'une vie de délits et de crimes, c'est que quelqu'un baise les autres, il y a donc toujours quelqu'un, au bout de la chaîne, qui finit par se faire baiser. Seulement la roue tourne, et parfois son aiguille sentencieuse pointe dans ta direction, c'est statistique. Et là, c'était à lui de prendre. C'est ainsi qu'a duré son hibernation quelques semaines. Un soir, alors qu'il s'assoupissait dans la pénombre, quelqu'un a balancé un énorme caillou à travers sa fenêtre, répandant le verre à grand fracas sur la moquette. Hervé, la peur au ventre de se faire fumer, a ensuite entendu une voiture anonyme démarrer en trombe, les pneus crissant sur la chaussée. On l'avait retrouvé, ça craignait. Le propriétaire du logement, qui lui faisait son loyer au rabais, a peu apprécié les dégâts qu'avait subi son bien et s'est dit que ça valait pas le coup de prendre des risques. Le lendemain, au lever du jour, il l'a viré sans excuses. Il a même pas insisté pour qu'il couvre les frais de la fenêtre cassée, il voulait juste qu'il dégage.

Ce même jour amer, alors que la nuit tombait doucement, il s'est pointé l'air penaud sur le seuil de ses parents, avec sa vieille valise. Son père n'a rien dit, mais Hervé a pu discerner dans son regard l'empreinte si lourde de la déception, après ce mois d'absence et d'abandon. Il a senti, à ce moment, au plus profond de ce cœur instable mu par des vents contraires au droit chemin, que pas une seule fois depuis sa venue au monde il n'avait fait quoi que ce soit pour apporter une once de bonheur à ses parents.

L'œil humide, il a regardé son père se mouvoir péniblement jusqu'à la cuisine, ralenti par l'affaiblissement de sa hanche. Sa mère était un peu plus en forme quand même, l'approche de la cinquantaine avait épargné sa santé mais des petit creux sillonnaient son visage, témoignant du temps qu'il lui restait à vivre et de celui qui était pour toujours épuisé. Elle l'a invité à rentrer sans une once de remontrances. Et c'était pire que le reste.

Il a regardé tout ça d'un air triste, impuissant, l'air de celui qui a raté quelque chose. Il se rendait compte aujourd'hui qu'ils existaient, et qu'ils avaient vieilli sans lui.

Il a dîné avec eux, des haricots verts avec des patates bouillies. C'était une belle soirée qui sentait l'été et les grillons. À l'approche du dessert, la petite est allée jouer avec ses dinosaures colorés dans la pièce d'à côté, où autrefois le cousin s'affalait sur le fauteuil pour regarder les chevaux courir. Son père lui avait parlé de cette époque d'avant lui, quand il n'était que l'ombre intacte d'un désir chuchotant dans la nature de l'être humain.

Il se rendait compte que l'existence ne tournait pas autour de sa personne, qu'il était seulement un brin de blé dans ce grand merdier de vie. Mais c'était trop tard pour se racheter. Trop tard. Il avait trop foiré. Prétextant la fatigue, il est monté ensuite dans sa chambre pour faire un somme.

Le lendemain, avant l'aube, il était parti. La petite a demandé où il était allé, on savait pas. Sa chambre complètement vide parlait pour lui, laissant entendre qu'il reviendrait pas de sitôt.

Il est jamais revenu.

3
Harmonie

Aujourd'hui, je vais tuer quelqu'un.

Accoudée au vieux bar de La Belle Torgnole je réfléchis devant ma bière, je relativise dans mon imperméable encore ruisselant. Je vais tuer quelqu'un. Aujourd'hui. Je me le répète pour que le sens du mot perde de sa substance, et qu'il veuille plus rien dire et que ça soit facile à faire. Mais facile ou pas, la chose il faut qu'elle soit faite.

Un mec visiblement relou s'approche de moi avec un air satisfait, imbu de lui-même, sûr de ses couilles et de leur pouvoir séducteur. Il s'assoit sur le tabouret d'à côté en me regardant du coin de l'œil et se met à tapoter sur le bar.

— Je peux t'offrir un verre ?

— Non merci, j'ai déjà un verre, et en plus j'ai pas le temps, je lui réponds sèchement.

— Oula, t'énerve pas poupée, il dit avec condescendance. On est tranquille, ici. Tu sais, c'est pas beau les femmes aigries.

Je tourne mon regard vers lui. Je vais l'exterminer.

— Et toi tu crois que t'es beau ? On dirait que tu t'es fait rouler sur la gueule par un trois tonnes. T'as une dent tous les dix mètres et tu pues le chien mouillé, ça donne envie d'être aigrie, poupée.

J'insiste bien sur le dernier mot. Il fait semblant de pas être touché mais il pourra pas bander ce soir. Nous les femmes on nous a pas laissé énormément de pouvoirs mais on a au moins celui-là : faire bander ou débander les hommes avec des paroles. J'ai un peu trop de haine en moi, faudrait que je tempère, quand même, qu'un peu je régule. Je descends vite mon verre et je laisse un billet dessous.

— On est en 2019 tu sais, va falloir que tu revoies tes techniques.

Sans attendre sa réponse je me tire du bar crasseux. En temps normal je suis pas si nihiliste mais aujourd'hui c'est pas un temps normal. Dehors il pleut des litres. La ville assombrie par ce rideau de flotte paraît si peu accueillante, si vilaine. C'est une journée parfaite pour tuer quelqu'un. Ouais. C'est une journée parfaite pour foutre la merde.

J'ai essayé d'évoluer sans les rancœurs, mais bon. C'est jamais facile.

Après que mon père il soit parti c'est les vieux qui se sont occupés de moi, comme ils avaient toujours fait mais cette fois sans l'évidence de sa responsabilité, de son retour. Entre lui et eux y avait un vrai contraste. Ils m'ont expliqué que, d'après eux, il reviendrait pas cette fois, il était parti loin pour faire des missions et des métiers. Plus tard j'ai compris qu'il était parti vivre sa vie sans m'avoir sur les bras.

Les vieux, je les ai jamais vraiment considérés comme des parents, plutôt comme des enseignants maladroits, des profs remplaçants. Ils m'ont appris quelques trucs sans le vouloir, la patience, le calme, la bienveillance. L'entraide aussi. C'est ce que j'ai toujours voulu moi, rendre service, mais il n'y a pas de morale dans ce monde, ni pour ceux qui rendent service ni pour les autres, il n'y a de la morale que dans les leçons, et encore. Mais peut-être que c'est la rancœur qui parle, une fois de plus. Je vais la donner moi, la leçon, on va bien voir.

Sans parapluie, je traverse la rue. Le ciel peu accueillant de cette ville anonyme est l'illustration de ma mission ici. Je vais tuer quelqu'un. J'ai cherché, défriché, déduit, j'ai creusé pour remonter jusqu'à lui. C'est dans cette ville dont j'ai oublié le nom que la piste s'arrête. Cette ville en pluie, en gros buildings imposants et impersonnels remplis d'ombres et de lampadaires floutés par les gouttes. On est en plein jour mais le ciel est sombre comme s'il voulait forcer la nuit. Je monte dans le camion et je démarre. Sur le siège passager, le sac de sport bleu qui attend que je l'ouvre.

Grandir sans père et sans mère c'est grandir sans repères. J'ai jamais trop su comment me positionner par rapport au monde et tout. Toute ma vie j'ai cherché, à travers les relations et le reste des choses, une forme de stabilité que je finissais toujours par détruire quand j'en voyais la couleur. Dans tous ces moments où j'étais bien triste et où ma propre existence semblait n'être qu'un poids monumental, j'aurais bien aimé que le daron soit là. Pas qu'il aurait été de bon conseil, non, mais au moins j'aurais pu apprendre de ses erreurs, m'inspirer de lui pour voir ce qu'il ne fallait pas faire, et donc faire mieux. Bon, il était pas là comme on a bien vu. J'ai fait que bousiller, et le monde, c'est comme ça qu'il fonctionne, il me l'a bien rendu. Il m'a bousillée en retour.

Mais je suis indépendante. C'est trop tard maintenant pour qu'on m'apprenne des trucs. Si je déteste encore vraiment mon père aujourd'hui, c'est parce que malgré tout il me manque. L'éducation donnée par mes grand-parents, un calme plat, a été si fade, si dépourvue de volonté, qu'à travers leurs maigres enseignements et la base de solidité qu'ils m'ont léguée seule transparait vraiment l'énergie étrange du fantôme de mon père.

Ils sont morts y a quatre ans, les vieux. L'un après l'autre, apparition subite d'un cancer et hop, coup de pied vers la tombe, coup de pouce. C'était rapide et silencieux. Ils étaient encore relativement jeunes mais le manque d'effort, le manque de mouvement et donc de vie, avaient bien accéléré leur décomposition. Mais ce qui les a tués pour de vrai, je te le dis moi c'est pas le cancer : c'est le départ brutal des deux fils, et tout ce qui s'est ensuivi. Ils auraient bien aimé que les enfants soient calmes, ou qu'au moins ils fassent les choses dans les règles, mais ils ont tout détourné. On aurait dit qu'ils faisaient exprès. Les vieux ils ont pas supporté, les pauvres.

Les choses ont bien changé aujourd'hui. Le poids des générations passées m'est retombé sur la gueule. Pourtant j'ai mûri quand même, et plutôt que de me laisser aller et de faire comme ceux d'avant, je voudrais qu'on enterre les traumatismes qui nous gangrènent. Quand, les soirs hasardeux de grande déprime, je me retourne avec impatience vers mon héritage, je me rends compte qu'il faut que je lutte pour me détacher de la merde. Même les vieux, les seuls qui m'ont un peu aidée, ils ont jamais su affronter le monde. Ne pas devenir une routinière incapable d'accomplir, impuissante, effacée devant ses enfants. Ne pas devenir une arnaqueuse, une délinquante qui plume les riches ou qui détrousse des vieilles. Tout ça me suit et m'a toujours entourée, c'est comme si j'étais imbibée dedans et qu'il fallait que je m'essore. C'est pas facile de désapprendre. Je veux juste essayer de faire le bien, pour équilibrer un peu les choses, pour rompre la chaîne du mal. Mais avant ça, un dernier truc un peu sombre à exécuter, qui malgré tout, fait aussi partie de l'équilibre.

Il est environ 15h, mais j'ai l'impression d'être en pleine nuit. Les larges gouttes viennent s'éclater sur le pare-brise en faisant des formes de soleils, je vois rien d'autre à dix mètres que les feux des voitures et les silhouettes des piétons qui courent s'abriter sous les porches. L'eau recouvre le monde. Elle va tout le laver.

Petit à petit je m'éloigne du centre, me rapprochant de la périphérie, plus aérée, plus tranquille. Avec moins de pauvres. Les pauvres, en général, on en met un peu dans le centre-ville, pour la forme, et tous les autres un peu plus loin, hors des endroits importants, en leur faisant croire qu'ils font partie du reste. Moi, je roule entre les deux, dans une zone pavillonnaire assez coquette où le monde extérieur ne semble pas avoir encore laissé son empreinte néfaste. Une zone protégée. C'est par là que je vais sévir, mais qu'on vienne pas me reprocher, j'ai pas choisi que ça se passe devant la pouille des petits enfants blancs qui rentrent du tennis avec leur pull Lacoste immaculé sur le dos. L'enchaînement des choses ne m'a pas laissé le confort de choisir l'endroit. Seulement l'heure et aussi l'arme.

J'aurais aimé avoir une sœur. Vu l'instabilité du daron, ça m'étonnerait pas si je découvrais un jour, en fouillant dans ses vieux carnets d'adresses et en interrogeant ses anciennes conquêtes, que j'en avais réellement une, ou même plusieurs. Une sœur aurait pu me soutenir, et je l'aurais épaulée en retour. De cet échange serait née une sorte d'amitié sororelle indestructible qui te protège où que tu sois sur la Terre. Enfin, c'est comme ça que je me l'imagine. Mais pas un frère, par contre. Non. Un frère aurait, à coup sûr, fini comme presque tous les hommes que j'ai connus : il aurait pas su quoi faire de sa propre substance et il aurait voulu tout foutre en l'air sous prétexte qu'il existait. On peut penser que les gens sont pas responsables de ce que la société leur inflige, ou des erreurs de ceux qui les ont mis au monde. Moi, la responsabilité, je la vois bien. Je pense que dans la vie faut savoir sa place, et tant que tu l'as pas trouvée faut éviter d'empiéter sur celle des autres.

Malgré tous ces points de repères qui m'ont bien manqué, j'ai quand même essayé de m'endurcir pour qu'on me fasse pas trop chier au quotidien. J'ai appris toute seule à recadrer les impolis, parfois avec finesse et élégance, parfois avec brutalité comme tout à l'heure dans le bar. J'ai appris à frapper dans les couilles quand le ton monte, à savoir comment prendre du plaisir pendant le sexe et donc à choisir des partenaires moins égoïstes. J'ai essayé de me faire ma place avec les armes que j'avais et celles que j'ai dérobées en chemin. Aujourd'hui, je sais charger un fusil et appuyer sur le détente, c'est ça qui va vraiment me servir.

Toujours sous une pluie lourde et étouffante, je m'engage dans le quartier qui a des noms de fleurs. L'étau se resserre. Les maisons se ressemblent, calmes et relativement spacieuses mais c'est pas non plus des palaces. Quelques enfants rentrent de l'école en courant pour pas trop se mouiller, avec leurs gros sacs à dos. Je crois qu'on est vendredi. Les trottoirs sont bordés de cyprès gonflés par l'eau des cumulus et dont les noix se décrochent pour venir rouler sans bruit sur la chaussée. Je parcours des rues aux noms si innocents. Je sais que la sienne porte celui d'une fleur bleue, je sais plus laquelle mais je vais trouver. J'ai bien réussi à pister sa trace et à remonter jusqu'à lui, alors que personne avant moi n'avait pu le faire, ni les parents, ni la police. Personne.

À mesure qu'on se rapproche la boule qui me serre l'estomac se fait plus douloureuse. C'est l'instinct qui me prévient du danger et qui me dit de prendre garde. Un frisson d'anxiété me parcourt l'échine, mes mains moites agrippent le volant comme si j'allais l'arracher. Alors que la pluie commence à s'affiner légèrement, je pénètre dans la rue des Myosotis. C'est ici. Je ralentis un peu la cadence mais mon cœur, lui, il tambourine. Longeant cette rue silencieuse, drapée d'un voile pluvieux, je m'arrête bientôt en face du numéro 12, de l'autre côté de la route. J'éteins le moteur, et subitement y a plus d'autre bruit que le clapotis de la pluie qui tombe dans les petites flaques et sur le toit de la voiture. C'est le calme plat.

J'observe la caire. Un truc de lotissement semblable à tous ceux autour. Avec toutes les plaintes qu'il a péniblement attachées aux couilles, je me demande comment il a fait pour se dégoter une maison pareille. Le type est recherché partout. Il a probablement dû se grimer pour pas qu'on le reconnaisse, se coller une fausse moustache ou je sais pas quelle connerie. Il a dû se procurer des faux papiers, ou même payer quelqu'un pour signer le bail à sa place. Il paraît qu'il a vidé tous ses comptes bancaires juste avant que ses méfaits soient révélés au grand jour. Je sais pas combien de temps il compte tenir avec ça.

À l'intérieur, tout semble éteint malgré l'obscurité qui règne dehors. Pourtant, dans l'allée juste devant le garage, une camionnette blanche est garée. J'ai du mal à croire qu'on y est enfin, qu'ici tout se termine et tout s'achève comme à la dernière page du livre. Un éclair d'angoisse mêlé à une pointe d'excitation me traverse les os. J'ai cherché, longtemps. Aujourd'hui j'ai trouvé. Je viens éteindre la somme de toutes les rancœurs, de toutes les peurs, le résultat malsain et poisseux de tous nos traumatismes. Aujourd'hui je viens rééquilibrer un peu tout ce merdier, pour qu'après on soit plus sûrs, pour qu'après enfin on guérisse.

Je regarde autour : les pies qui se planquent dans les cyprès, quelques berlines qui reviennent du travail, y a pas foule non plus. J'enfile une paire de gants blancs en latex, malgré le stress mes gestes sont précis. J'ouvre le sac de sport à côté de moi et j'en sors le fusil à canon scié. C'est celui que j'ai récupéré dans le salon des vieux, quand ils sont morts et que j'ai enfin pu vendre la maison parce que je supportais pas l'idée de la garder ou d'y revivre. Il devait sûrement appartenir au cousin, Jean n'ayant jamais été friand d'armes à feu ou même de tout type de violence ou tout simplement d'action. Je l'ai scié pour qu'il fasse plus de dégâts, pour qu'il détruise tout quand je presserai la détente : la chair, les os, le sang, les meubles autour et même le placo. J'y introduis les deux cartouches, normalement ça devrait suffire. Habituellement, c'est une arme utilisée pour tuer les loups.

J'ai un peu la tremblote quand je regarde les deux canons meurtriers. Faut que je respire. Je prends une longue inspiration. C'est juste le stress qui vient me déranger mais faut pas que je le laisse m'envahir. J'ai la détermination, c'est tout ce qui compte. Une voiture passe et se gare devant une des maisons d'à côté. Un voisin. J'attends que le mec sorte et rentre chez lui avec ses sacs de courses, je jette un œil une dernière fois dans la rue mouillée, et je descends. L'avantage avec cette arme, c'est que je peux sans problème la dissimuler à l'intérieur de l'imperméable, pour pas alarmer les voisins. Je traverse la rue sous le ciel couvert de nuages obscurs, et quand je fais ça on dirait qu'elle fait des kilomètres. Sur la boîte aux lettres y a écrit "Antonin Girard". Mais moi je sais qui habite ici pour de vrai. Sans m'arrêter je longe l'allée bétonnée jusqu'à la porte d'entrée. J'y colle mon oreille. Aucun bruit. Juste la pluie qui diminue.

Je décide de faire le tour du jardin pour trouver une entrée plus discrète. Déterminée mais pas conne, je veux avoir l'effet de surprise et surtout lui laisser aucune chance de prendre la fuite. Je me fraye un chemin entre les cactus mal entretenus et la piscine sale qui se remplit de pluie et de feuilles. Ça m'étonne pas qu'il ait laissé le jardin à l'abandon, je sais qu'il a pas la main verte, à part quand il s'agit de creuser. Je trouve une petite fenêtre opaque qui m'a tout l'air de mener à la salle de bains et qui est ouverte de l'intérieur. Un oubli ? Un signe de négligence ? On s'en fout. Sans un bruit, tel un renard dans le poulailler, c'est par là que je me faufile.

Le plus silencieusement possible j'atterris au bord des chiottes et je descends sur le carrelage froid de la pièce. Les murs sont sales, la douche et la cuvette ne semblent pas avoir été récurées depuis un moment. C'est bizarre parce que vue de l'extérieur, la baraque est vraiment clean, mais il a pas du nettoyer une seule fois depuis qu'il a mis les pieds dedans. Je tends l'oreille pour essayer de capter le moindre son. Rien du tout. Faut vraiment que je sois prudente. La pire des choses serait qu'il m'entende et qu'il prenne l'avantage. Qui sait comment il réagirait, après tout ce temps.

Je pénètre dans le couloir, fusil à la main. Le carrelage me permet d'être plutôt discrète, là où du parquet aurait été problématique. En me dirigeant vers le salon je commence à distinguer des voix grésillantes provenant d'une radio au volume très bas. Y a bien quelqu'un. Je serre le fusil, le stress remplit tout mon sang. Je sens bien que mon cœur bat très très vite. Sans le moindre bruit, j'arrive à l'entrée de la pièce principale.

En face de moi le grand salon plongé dans le gris du ciel, deux canapés, des tableaux témoins accrochés aux murs, aucune lumière allumée. À droite, dans la cuisine ouverte, il est là. Le dos tourné, il est là putain, tranchant des petits oignons en écoutant son émission préférée sur une petite radio portable. À côté de lui une lampe de camping éclaire faiblement, probablement installée afin de lui permettre de voir la nuit sans trop se faire remarquer, sans qu'on pense à lui, qu'on se demande qui est ce type qui jamais ne sort, qui jamais ne parle, qui ne s'intéresse pas aux autres, et qui, à bien se l'avouer, a l'air sacrément louche.

Je m'avance vers lui à pas de louve et je m'arrête près du frigo de cette grande cuisine, à une distance non négligeable de sa personne. Je pourrais être en train de célébrer intérieurement, de me dire que c'est enfin le moment et que tous les axes convergent vers le même endroit, en ce lieu, en ce jour, que les chaines qui entravaient jusqu'ici mon parcours s'apprêtent enfin à être rompues. Mais je ne pense pas à tout ça, les nerfs en éveil, je pense à rien d'autre qu'à la cible immobile qui se tient devant moi quand je lève le fusil.

— Regarde-moi !

La surprise de mon cri l'a fait sursauter, son couteau tombe à terre. Il se retourne lentement et il me regarde. Des années et des années que l'on s'est pas vus mais il semble me reconnaître. Il voit le fusil, il sait très bien pourquoi je suis là. Il dit rien. Je dis rien. Il jette quelques regards incertains autour de lui pour évaluer les issues et les chances qu'il lui reste de s'en sortir. Ses yeux reviennent vers moi et surtout vers le double canon scié qui le fusille du regard. Lentement, il lève la main en signe d'imploration.

— On devrait peut-être discuter, me dit Serge Flandrin.

Sans détourner le regard de la chose qui me sert d'oncle, je mets mon doigt sur les détentes. On va discuter, tu vas voir.

4
L'Étripeur

L'histoire de Serge Flandrin est sombre, plus sombre encore que tout ce qu'on a pu entendre jusqu'ici. Parce que, en vrai, comme on s'en doute bien à ce point avancé de l'histoire, le type avait jamais réellement arrêté ses travaux de légiste.

Bien au contraire, il s'était amélioré au fil du temps. Après avoir tué puis disséqué le chat de Madame Tranchard, et au vu de la réaction des adultes ce jour-là, il a compris que ses centres d'intérêt étaient assez éloignés de ceux des autres, et que pour pouvoir se livrer à ses activités, à ce macabre hobby, il fallait se faire discret. Les gens ne comprendraient jamais cet engouement pour les os, les viscères, ce qui se trouve à l'intérieur en perpétuelle décomposition, et qui à tout instant peut passer du vivant au mort. La destruction des cellules, cette fabuleuse pompe à sang qu'est le cœur, la putréfaction des organes au soleil, le travail colossal des mouches pour redistribuer dans un cycle naturel toute cette matière organique n'appartenant nullement à l'être humain mais à un tout universel dont il n'est qu'une infime poussière.

Il n'a pas tenté de refréner cette passion, qui de toute manière était plus forte que lui et qui l'appelait à l'œuvre. Il voulait comprendre, il voulait voir. Il s'est donc par la suite attaqué à des animaux sauvages, des bêtes livrées à elles-mêmes dans la nature et sur lesquelles les gens n'avaient pas proclamé leur droit de propriété. Il les capturait souvent à l'aide de pièges conçus par ses soins et courait avec sa prise s'enfermer dans le garage, ou dans sa chambre, en jetant des coups d'œil inquiets autour de lui pour s'assurer que personne ne l'avait vu.

Dans ce labo de fortune, il faisait des expériences comme on a eu la possibilité d'en être témoins plus tôt et bien plus encore : démembrement, extraction d'organes vitaux, dépeçage, nettoyage des os, et tout. En vérité, il explorait, il apprenait. Y passait tout ce qu'il avait sous la main : écureuils, taupes, rats et souris. Une fois même il avait ramené la dépouille d'un renard qu'il avait trouvé au bord de la route, percuté par un véhicule, et dont la colonne vertébrale était en bouillie. Il s'en est servi pour faire de la farine. C'était pas bien différent de ce qui se fait chaque jour dans l'industrie du bétail.

Les années ont passé, l'enfant a persévéré dans son étude, jusqu'à, quand est venue l'adolescence, en perdre l'intérêt. Il avait l'impression d'avoir fait le tour de la question, quoi. Les cadavres d'animaux, c'est bon, il savait. Au cours de ses années lycée, alors qu'il était toujours autant isolé des autres et répudié pour son aspect et son comportement étranges, il s'est intéressé à l'esprit humain. Pour dire vrai, en cette période trouble où les hormones s'agitent et les problèmes s'accumulent, où les choix sont décisifs et les humeurs fluctuent comme des montagnes russes, deux choses captaient son attention : les mécanismes compliqués de l'esprit humain, et les filles.

Les filles, pour lui, étaient encore plus mystérieuses que le cerveau. Leur fonctionnement demeurait un mystère. Il les désirait, surtout quand elles s'habillaient d'une manière que ça montrait leur peau. Il brûlait d'envie de savoir ce qu'il y avait dedans, et ça l'excitait. Parfois même, en classe, quand une le regardait et qu'elle était en jupe et que ça lui faisait trop d'effet, il courait précipitamment jusqu'aux toilettes du lycée pour se masturber. Suant et tremblotant, il éjaculait dans la merde.

Les lycéennes, évidemment, le trouvaient bizarre, certaines avaient peur de lui soit parce qu'elles avaient entendu des histoires dérangeantes à son sujet soit parce qu'elles l'avaient surpris à les observer fixement dans les couloirs avec un air pervers. Il savait qu'il ne devait pas s'approcher d'elles, il savait qu'elles le rejetaient et que rien de bon ne découlerait jamais d'une conversation entre lui-même et un être de la gent féminine. Il avait accepté cet état de fait. C'était pas grave, tant qu'il pouvait les regarder sans qu'elles y consentent. Elles pouvaient l'insulter, le moquer, lui cracher dessus comme c'était arrivé une fois. Elles pourraient jamais l'empêcher de penser à elles et à leur corps nu et leur vagin. Bref.

Le temps passait donc, avec son lot d'ennui et de fatigue, ses cours interminables et l'horloge qui marquait jamais pile. C'était la fin des années 80 et son grand frère, le délinquant, avait fui sa terre natale pour faire ses affaires à Saint-Tropez. Serge regardait par la fenêtre en pensant à des choses qu'on a déjà dites ou d'autres qu'il vaut mieux pas qu'on dise. Son esprit était pas fait comme l'esprit des autres. À ce jour, on sait toujours pas pourquoi il est comme ça. Peut-être qu'il a eu ça en lui depuis sa naissance, ou même avant. Peut-être qu'il a vécu une expérience traumatisante quand il était petit, un truc que personne n'a jamais su et dont il a enterré l'existence. On sait pas et on saura sûrement jamais.

Pendant ces trois années de lycée il a rien fait de mal autrement qu'en pensées. La bête était en sommeil. Il se contenait, il osait pas vraiment, en fait ses pulsions étaient dans un entre-deux, traversant un pont entre ses anciens travers et ses désirs naissants. Après sa terminale qu'il est médiocrement parvenu à franchir malgré son manque d'intérêt pour à peu près tout, ses parents l'ont aidé à déménager à Aix-en-Provence, où il avait décidé de suivre des cours de psychologie à l'université. Il aurait pu faire pareil à Lyon, qui était nettement plus proche, mais il tenait à se débarrasser de la présence pénible de ces deux êtres balourds et stupides qu'il n'avait jamais compris et qu'il n'avait pas envie de comprendre. Lui, ce qu'il voulait comprendre, c'était la psyché humaine, et plus précisément celle des "nanas" comme disait son frère. Y a que ça qui l'intéressait.

Sur les bancs de l'amphithéâtre, ses deux passions se mêlaient avec délice. Les cours de psychologie cognitive, l'histoire de la psychanalyse, le sur-moi et le ça, les cheveux des filles et leurs mains studieuses, et surtout les pulsions sexuelles qui les habitaient et qu'il pouvait sentir à des kilomètres, comme le requin peut sentir le sang. Le paradis. Il remontait ses lunettes d'un coup de l'index en les regardant. C'était une nouvelle vie, enflée de liberté, où tout était possible.

En cinq ans d'études, il n'en a tué qu'une. C'était vers la fin, il avait pris un peu plus d'assurance. Elle était venue chez lui pour qu'il l'aide pour les derniers examens. Ils se sont assis sur le canapé de son petit appartement aixois, il lui a expliqué ce qu'il avait compris du cours. Comme elle semblait réceptive, il en a déduit qu'elle voulait baiser. Il lui a touché la jambe, elle l'a rejeté avec une aversion des plus intenses, du coup il l'a frappée à la tête avec un marteau, encore et encore, jusqu'à ce que les faibles convulsions qui parcouraient son corps mourant finissent par s'arrêter. Ensuite, il lui a fait l'amour maladroitement. C'était sa première fois. Immédiatement, son goût pour les viscères l'a soudain repris, comme un éclat nostalgique de l'enfance dans son esprit où se bousculaient tant de pulsions inassouvies, de désirs prohibés par la société, de pensées salaces. Il a pris un couteau de boucher et il lui a ouvert le ventre, comme ça, pour regarder. C'était pas si différent des fouines et autres mustélidés, mais c'était beau. Les tripes luisaient, éclairées par la lumière tamisée du studio. Elles étaient encore chaudes.

C'est vraiment à ce moment de passage à l'acte que ses émotions ont été les plus intenses, qu'il a ressenti le plus de plaisir, de satisfaction, de jouissance, plus que jamais dans sa vie de jeune adulte. Il avait l'impression de mieux comprendre la fille en la visitant de l'intérieur, de mieux comprendre ses penchants : il avait l'impression d'avoir enfin l'ascendant sur l'objet de son désir. De plus, il y avait injecté son sperme, qui voyageait (selon lui) maintenant dans ce corps inanimé comme un poison, contaminant tout le reste, s'appropriant chaque parcelle, chaque cellule. Enfin, la femme l'écoutait.

Après cet état de transe dans lequel il s'était plongé, il s'est rendu compte qu'il ne pouvait pas laisser le cadavre ici, dans son salon. Il savait que ça puerait vite. Il a foutu la fille dans un grand sac poubelle pour les gravats et les chutes de chantier, avec ses viscères. Difficilement, il a traîné le corps jusqu'à sa voiture, dans la nuit noire, et puis il l'a juste abandonnée à l'entrée d'une décharge, en s'assurant que personne ne l'avait vu et qu'il avait effacé toute trace de son passage sur le cadavre tiédissant. Il a passé le reste de la nuit à nettoyer les taches de sang, et le marteau.

Évidemment, l'étudiante a été retrouvée le lendemain, l'affaire a rapidement été médiatisée. L'auteur de cette atrocité était introuvable. On disait que le meilleur policier de la ville avait été positionné sur l'enquête et qu'il l'attraperait à coup sûr.

Ce premier meurtre était son meilleur souvenir. Il se le remémorait souvent, le soir avant de s'endormir ou en se branlant, il y pensait avec délice. Les jambes de la fille, les coups de marteau qui lui permettaient d'assoir sa domination en fissurant le crâne, l'extraction des intérieurs qui lui permettait de comprendre. Ce plaisir intense qu'il éprouvait rien que par les souvenirs lui laissait entendre que forcément, il recommencerait. Il était impossible de ne vivre ça qu'une seule fois.

Avant tout, avant de remettre la main à la pâte, il est quand même devenu psychologue pour de vrai, avec son cabinet, et tout. Il partageait ses locaux avec deux ou trois autres confrères. Sa situation était donc devenue stable, l'argent rentrait, l'appartement a été changé pour un plus grand et plus mieux, son inscription en apparence idéale dans la société et dans le monde était tout à fait crédible. Il était devenu plutôt normal. Il avait même acquis, à force d'études et de maturité, une certaine érudition. Il savait la plupart du temps comment aider ses patients, il savait se montrer à l'écoute même si tout cela n'était qu'un leurre.

De temps à autre, les dimanches ou les jours fériés, il retournait voir ses parents pour qu'ils arrêtent de le harceler d'appels. Il ne comprenait pas pourquoi ils tenaient absolument à savoir comment il allait. Du coup, pour éteindre un peu cette faim de nouvelles qui les habitait, il passait un jour ou deux chez eux, dans la chambre de son enfance, il mangeait leur nourriture et buvait leur vin. Puis quand il en avait marre et que le devoir l'appelait ailleurs, il se cassait. Il savait qu'ils l'emmerderaient un peu moins pendant quelques semaines. Il avait du boulot.

Quand il s'est senti émotionnellement prêt à revivre une extase similaire à celle de son premier meurtre, il a recommencé. Il n'en pouvait plus d'attendre. Cette fois c'était une femme qu'il avait rencontrée dans un café du centre et qu'il avait eu le courage d'aborder. Comme la première, il l'a attirée dans son piège et l'a éviscérée, après lui avoir fait l'amour. C'était plaisant, jouissif même, mais pas autant que la première fois. Il l'a ensuite abandonnée au même endroit que la première, avec le même sac poubelle. Les conditions étant similaires, la répétition flagrante, la police a rapidement fait le lien : l'assassin avait visiblement encore frappé. Comme on aimait les sensations on a rapidement qualifié ce monstre de tueur en série (une série de deux). On savait pas quand il recommencerait, les journaux disaient qu'on avait peur. On l'appelait "L'Étripeur".

Les meurtres ont continué, à raison de deux ou trois par an. C'était beaucoup. La machine était en route. Serge a gardé le même mode opératoire : petite pression tactile sur la jambe, marteau, pénis, couteau, tripailles. Mais tout le reste avait changé, par prudence il ne sélectionnait jamais ses victimes dans les mêmes bars et ne les déposait jamais dans les mêmes fossés. En tant que psychologue fraîchement installé, il aurait pu choisir ses proies parmi ses patientes : remplies de problèmes, de tares, de pulsions malsaines et de désirs inavoués qu'il parvenait à faire remonter à la surface, elles étaient très tentantes. Mais par peur, il se refrénait et se limitait à des femmes qui n'appartenaient pas à son cercle de connaissances, des pures inconnues. Il ne fallait pas qu'on remonte jusqu'à lui et qu'il aille en prison, il savait que là-bas on le martyriserait comme on l'avait toujours fait, comme à l'école, il savait qu'on lui en ferait voir de toutes les couleurs. De plus, le redoutable flic dont les médias parlaient souvent était sur ses côtes.

Il a donc continué son entreprise de charcutage de manière relativement prudente. Il fallait agir comme une ombre. Bien sûr, si la prudence était relative c'est que les risques étaient gigantesques : la possibilité que la fille crie, qu'un témoin l'aperçoive avec le cadavre au moment du transport ou du dépôt, que quelqu'un note sa plaque d'immatriculation ou que, par malchance, la victime se soit confiée à un proche sur la personne chez qui elle allait passer la soirée et surtout sur son identité. Tous ces facteurs étaient à prendre en compte comme des mines prêtes à exploser dans le champ des possibles. Mais les années passaient, les victimes s'enchaînaient, et ça n'arrivait pas. L'Étripeur ne laissait derrière lui aucun indice. Les enquêteurs avaient la rage..

Avec l'expérience, il a pu augmenter ses tarifs. Il était un bon psychologue, juste assez bon pour gagner correctement sa vie. Par prévention, il retirait fréquemment de l'argent liquide qu'il cachait dans son appartement, au cas où un jour il aurait à fuir pour une raison ou pour une autre. Mais pour l'instant, il vivait sa meilleure vie, Serge Flandrin, il n'avait jamais autant fait l'amour. D'ailleurs, il leur faisait toujours l'amour après qu'elles soient mortes car il ne parvenait pas à obtenir une raideur convenable quand elles étaient vivantes. C'était aussi pour ça qu'il les tuait. Mortes, elles étaient obligées de se soumettre à lui.

Il y a eu un moment, quand même, vers le début des années 2000, où il a été forcé de ralentir la cadence car les griffes de la police se rapprochaient de son nid, il fallait qu'il fasse plus attention. Les journaux disaient que les flics tentaient d'utiliser une technologie tout droit venue d'Amérique, qui allait leur servir à comparer les traces de sperme dans les cadavres avec les bases de données de toutes les polices du monde et tout. La prochaine fois, il ferait ça plus proprement. Il fallait plus qu'il les imbibe. De plus, le policier déterminé qui était à ses trousses (un vieux de la vieille qui en avait vu d'autres) avait établi un profil plutôt réaliste en ce qui concernait son apparence, son statut social et différents paramètres. Les gens disaient de lui qu'il était un détraqué sexuel, mais ça ne l'atteignait pas trop car, aussi loin qu'il puisse se souvenir, les gens n'avaient jamais rien compris.

Serge Flandrin a atteint la quarantaine tranquillement. Pendant des années, il n'a commis aucun meurtre, vivant une vie tranquille de psychologue austère, retournant de temps à autre passer du temps chez ses parents vieillissants. Son seul plaisir était de se remémorer toutes les scènes de meurtre, dans l'ordre, tous ses trophées, ses plus grands moments de gloire. C'était presque pareil que de le vivre. Les souvenirs étaient intacts. Le flic qui le poursuivait depuis son premier meurtre s'arrachait les cheveux. Il avait fait de l'affaire une obsession, à tel point que ça avait complètement détruit sa vie personnelle. Sa femme lui avait dit de se tirer car il faisait peur aux enfants. Il trimballait une valise pleine d'articles, de dossiers et de photos des cadavres de jeunes filles d'une chambre d'hôtel à l'autre. Cela l'avait rendu fou de voir le tueur semer des victimes sans pouvoir l'attraper. Mais depuis qu'il avait cessé toute activité, qu'il demeurait introuvable, évaporé comme une flaque au soleil, le flic avait complètement perdu la raison. Un matin, alors que l'Étripeur n'avait plus sévi depuis des années, et qu'il était peut-être parti vivre à l'étranger ou qu'il était peut-être mort, le flic en désespoir s'est tiré une balle dans l'œil. L'équipe de nettoyage a eu du boulot ce jour-là pour le checkout.

Pour Serge Flandrin, la vie continuait. Ses désirs et ses pulsions s'étaient profondément atténués. Il se disait que c'était dû à l'âge, et que peut-être il n'aurait plus jamais le besoin ni l'envie de tuer à nouveau. Il avait atteint le stade de la maturité, peut-être.

Seulement en 2010, tout a basculé. L'Étripeur n'avait pas sévi depuis si longtemps qu'on l'avait presque oublié. Seuls quelques reportages ou documentaires de mauvais goût produits par des chaines françaises un peu merdiques retraçaient encore son histoire, soulignant le mystère qui l'entourait. L'Étripeur était toujours dans la nature, toujours parmi nous comme un loup déguisé en mouton.

Mais voilà, un jour une nouvelle patiente est entrée dans son cabinet pour faire sa première consultation, et elle ressemblait comme deux gouttes d'eau à sa première victime. Son visage lui a remémoré instantanément le joie primale de cette extase d'autrefois. Cette jouissance si exquise. Ce magma. Le volcan s'est subitement réveillé. Par chance, il a réussi à se contenir et à ne rien laisser paraître pendant toute la séance, mais il savait que la prochaine fois il n'aurait pas autant de contrôle. Il fallait qu'il fasse quelque chose. Quand la jeune femme est sortie de son cabinet, il s'est mis à se masturber frénétiquement et au bout de vingt secondes a éjaculé rageusement sur le fauteuil où elle s'était assise pendant la séance. Ce socle de velours repeint par la substance blanchâtre lui annonçait qu'un meurtre aurait lieu très prochainement, et qu'il serait plus savoureux encore que tous les autres.

Il ne savait pas comment il pourrait l'inciter à venir chez lui. Il avait beau réfléchir, elle n'accepterait jamais de faire des consultations à domicile avec ce psychologue qu'elle connaissait à peine. S'il la brusquait trop elle prendrait peur et elle lui échapperait. L'Étripeur perdait patience, et quand la patience s'estompe bien souvent la prudence part en fumée. Il lui fallait cette femme, ce corps, ce cerveau, il fallait qu'il la domine et la remplisse, qu'il taise un peu ses pulsions de femelle insatiable. Elle était à lui. Il fallait qu'il l'éteigne.

Il a apporté son marteau et son couteau à tripes au cabinet, les a rangés précautionneusement dans un tiroir du bureau. La fameuse séance a fini par arriver. Il trépignait d'excitation rien qu'à l'idée de. Sa patiente a commencé à raconter sa vie (il s'en foutait). Il fallait que le rituel s'accomplisse dans l'ordre. Pendant qu'elle blablatait il s'est soudain levé. Elle a continué son discours. Il s'est assis à côté d'elle.

— Qu'est-ce que vous faites ?

— Je tente une autre approche.

Il lui a touché délicatement la jambe, presque frôlé. Elle s'est levée avec indignation.

— Mais qu'est-ce qui vous prend ? Vous croyez que je viens ici pour ça ?

Il s'est lui aussi levé. Il s'attendait bien sûr à cette réaction, la seule qu'il avait jamais en réponse à ce geste, mais il fallait absolument qu'il la touche ainsi pour que la suite puisse avoir lieu. Son sang circulait à toute vitesse dans ses veines, chargé de désir. Il bandait presque.

— Je... je suis désolé, a-t-il bégayé afin de la calmer. Je ne sais pas ce qui m'a pris.

Il a regagné son bureau en feignant de battre en retraite.

— Je suis vraiment désolé, pardonnez-moi. Je vous en prie, reprenez où vous en étiez, je vous offre cette séance.

Il valait mieux faire court que de se répandre en excuses. Dégoûtée, la jeune femme s'est rassise avec hésitation. Elle le regardait. Il l'a regardée aussi quelques instants sans rien dire. Puis d'un coup, sans plus attendre, il a ouvert son tiroir, s'est emparé du marteau et s'est précipité vers elle comme l'aigle sur la musaraigne. Elle n'a pas eu le temps de crier. Il a essayé de la frapper avec le marteau mais cette salope a levé son bras pour se protéger. Le marteau lui a broyé les doigts. En réponse, elle lui a mis un gros coup de pied dans les couilles avec son escarpin.

Le coup dans les couilles désactive un homme. Il s'est effondré, terrassé par son adversaire. Elle s'est enfuie en hurlant. C'était terminé pour lui. Agonisant, bavant sur la moquette devant le marteau gisant ensanglanté, il essayait d'évaluer la situation et d'anticiper la suite des événements. Elle allait tout dire, là-dessus aucun doute. Les flics recouperaient tout sans problème. Ils fouilleraient son cabinet, son appartement. Les divers indices les conduiraient à repenser à son mode opératoire de jadis. On lui passerait les menottes en le traitant de sale pervers et de monstre. On le jetterait en prison, où il se ferait violer très probablement tous les jours par les autres détenus. Le cul en feu, il passerait ses journées couché dans sa cellule jusqu'au jour où il finirait par se pendre à son lit en métal avec des draps noués les uns aux autres. Non, c'était pas possible. Tout mais pas ça.

Il s'est levé avec difficulté puis s'est enfui par l'issue de secours. Il fallait faire vite. En quelques heures, il était passé chez lui, avait récupéré la thune qu'il avait mise de côté au fil des années. Il avait pas eu le temps de cacher ce qui pourrait servir de pièce à conviction pour les condés, et puis de toute façon ça servait à rien : il était cramé. Il a déguerpi en courant dans la rue avec son gros sac de sport, les gens le regardaient bizarre. Ils étaient pas encore au courant que c'était l'Étripeur qui passait devant eux avec un air paniqué. La dernière fois qu'il a été aperçu officiellement c'était à la gare routière, il avait pris un billet pour un trajet longue distance. On a perdu sa trace après ça.

Les flics ont fouillé son logement de fond en comble, y a rien eu de vraiment très accablant jusqu'à ce qu'ils le passent à la lumière qui révèle les fluides. Y avait partout des traces de sang qui appartenait aux différentes victimes. Partout des traces de sperme qui correspondait à celui retrouvé dans les victimes. Y avait vraiment aucun doute. Serge Flandrin c'était l'Étripeur.

Pendant les semaines qui ont suivi, sa sale gueule passait toute la journée aux infos. Les gens se rendaient compte que ce type bizarre qu'ils avaient rencontré à tel ou tel moment de leur vie était un putain d'assassin. Ses patients et surtout ses patientes ne feraient plus jamais confiance à aucun psy ever.

Ses voisins regardaient la porte de son appartement d'un drôle d'air, ils avaient l'impression que des odeurs nauséabondes émanaient de l'intérieur mais c'était juste des illusions. L'épicier du coin l'avait encaissé la semaine précédente, il s'en souvenait, l'Étripeur était venu acheter des haricots et du papier pour essuyer la merde. Il avait senti qu'il y avait un truc pas net chez ce type, un truc qui clochait, apparemment. Il avait du flair, l'épicier.

5
Harmonie, suite et fin

Les vieux, ça leur a foutu un coup, en vrai, quand ils ont appris que leur petit Serge était un tueur en série qui massacre des femmes. Ils ont jamais compris. Pendant des mois, ils ont essayé de savoir où il avait pu se cacher, remuant ciel et terre pour trouver leur fils en cavale. Je leur ai demandé pourquoi ils le cherchaient. Ils m'ont répondu qu'ils voulaient seulement lui parler, pour essayer de le raisonner. Mais bon.

Un fils délinquant, raté, abandonneur d'enfant, un autre étripeur en série et détraqué sexuel, ils se demandaient souvent d'où venait cette engeance, pourquoi la marmaille avait-elle été si nuisible, alors qu'eux, depuis les premiers jours, ils avaient fait de leur mieux. Ils sont morts sans avoir eu la réponse, c'est sûrement l'interrogation qui les a tués. Mais après tout, y a-t-il vraiment une réponse à ça ? Et s'il y en a bien effectivement une, est-ce qu'on veut vraiment la connaître ?

Je sais pas, et à vrai dire c'est pas ce que je suis venue chercher aujourd'hui. C'est trop tard pour les réponses, les excuses, c'est trop tard pour à peu près tout maintenant. L'histoire a été trop gâtée par le temps, les fondations n'existent plus, les murs sont pourris et infestés de vermine. Je reste au milieu seulement pour régler les comptes, faire sauter tout ça et qu'on en finisse.

Bon, l'Étripeur a compris qu'il n'avait aucune issue, qu'entre lui et la porte y avait moi, maintenant il me regarde sans trop d'expression sur son visage. Il doit se demander si je vais vraiment tirer. Il doit sûrement penser qu'avoir des couilles c'est juste littéral.

— Tu sais...
— Ta gueule ! je crie en faisant mine de faire feu.

Je veux surtout pas qu'il me parle. Je veux entendre rien que c'est de lui que ça sort. Sa voix nasillarde me fait l'effet d'une râpe à fromage sur les nerfs. Je veux pas qu'il essaie de me convaincre de quoi que ce soit, et je sais qu'il a pas envie de mourir, sinon il serait pas ici en train de se couper des oignons, il se serait déjà foutu en l'air. C'est pas le moment d'avoir des doutes. C'est le moment de rétablir l'équilibre, de stopper net ici l'injustice.

Je repense à toutes ces femmes qu'il a tuées. La manipulation, le mensonge, la sauvagerie d'un meurtre d'impuissance, et puis la profanation du corps, de ces corps qui jamais ne se sont sincèrement abandonnés à lui. Il a tout fait de mal, tout de travers. Ces femmes étaient des filles, des sœurs, parfois des mères, il a laissé au sein de leur famille la tache rougeâtre du meurtre et du viol, de l'effraction et de la soustraction. Il a nié sans y penser leur droit fondamental d'exister et de vivre non seulement en tant qu'êtres humains mais aussi en tant que femmes, car c'est là, à mon avis, la source du problème. Laisser dans la nature un type comme ça c'est lui donner la permission de recommencer. Laisser un monstre pareil aux mains de la police, c'est abdiquer, c'est pas proportionnel.

Je repense à notre famille disloquée, pourrie de l'intérieur à cause de lui et du daron. L'un est devant moi, les mains en l'air, l'autre est probablement assigné à résidence avec bracelet électronique suite à trop de délits, ou alors rué de coups, le corps tuméfié, laissé pour mort dans une ruelle sale. Je pourrai jamais leur pardonner cette ombre qu'ils ont laissée sur mon parcours. Je pourrai jamais oublier à quel point ils s'en sont foutus, c'est peut-être ça le pire.

Mais en accomplissant ce geste, cet assassinat en bonne et due forme, en gros, en fumant l'oncle ici dans sa cuisine, est-ce que je m'inscris pas dans la lignée directe de mes congénères ? Est-ce que je deviens pas exactement comme eux ? Est-ce que, justement, ça montrerait pas de manière flagrante que je l'ai toujours été ? Merde. Je m'étais promis de pas me poser des questions existentielles et morales si près du but. Mais en même temps, tuer quelqu'un c'est pas rien, ça reste en toi pour la vie, donc vaut mieux que je me pose la question avant ce passage à l'acte sans retour possible. Serge Flandrin, lui, il se l'est pas posée, il a œuvré sans problème. Il œuvrera peut-être encore si je le laisse partir aujourd'hui, les mains dans les poches sous la pluie battante. Mais, est-ce que je fais vraiment ça pour venger et protéger les femmes, mortes et vivantes, ou pour moi et moi seule ? Peut-être que j'obéis à une pulsion macabre, un instinct vicié, un sombre héritage qui a trop longtemps vécu, et que je m'en justifie en les masquant sous le voile illusoire d'une action héroïque. Ou peut-être que je suis juste égoïste. Faudrait pas que je me leurre moi-même en tombant dans un mirage.

Pourtant l'heure tourne, Serge Flandrin m'observe et il doit bien voir que mon cœur est parsemé de doutes. Il jette des petits coup d'œil pas assez discrets sur le couteau tranchant qui git sur le sol non loin de lui. S'il essayait de s'en emparer je serais obligée de réagir, pour défendre ma vie et mettre fin à celle de l'Étripeur je serais obligée de lui tirer dessus, ça serait de la pure auto-défense. Ça faciliterait grandement les choses. Mais je pense que dans la vie, quand on voudrait que les choses soient plus simples c'est justement là qu'elles se compliquent. Et d'ailleurs, si Serge Flandrin se jetait subitement à terre pour ramasser l'arme blanche afin de me la planter dans la peau, ça serait justement lui qui aurait recours à la légitime défense, étant donné que j'ai le fusil braqué sur lui. Va falloir que je le supprime de sang froid donc.

Prédateur qui débusque sa proie tue et n'a pas de merci. La merci, c'était pour avant. Pendant quelques secondes je me demande quand même si dehors c'est bien le bruit de la pluie qui s'arrête, parce qu'en fait y a un grand silence. Il a les mains en l'air, les yeux exorbités qui me dévisagent. J'appuie sur la détente. La détonation est d'une telle violence qu'elle a dû faire l'effet de la foudre dans tout le quartier. Les plombs s'abattent sur lui. Y en a même qui s'en viennent briser la fenêtre de la cuisine, le grille-pain, le plâtre sur le mur, ça rafale tellement large que j'aurais pu toucher dix Serge en un seul coup. Il se retrouve propulsé contre le plan de travail, le sang éclabousse un peu partout dans cette cuisine sans vie. L'oncle s'écroule à terre sur le carrelage froid, au milieu des oignons et des débris informes, il arrive plus à respirer. Il tousse du sang, et je peux voir en me rapprochant, dans son regard, qu'il n'avait jamais pensé à la mort et qu'il éprouve enfin de la peur maintenant qu'il sait qu'elle vient le prendre. En gigotant, il essaie de mobiliser ses dernières forces pour s'emparer du couteau. Il voudrait pas me laisser indemne, il voudrait me faire regretter cet affront mais y a plus grand chose qu'il puisse me faire maintenant. Ses doigts maigres et ensanglantés touchent la lame, sans parvenir à s'en saisir. Debout au dessus de lui, je pointe le canon vers son petit crâne. Il ose pas me regarder. Y a plus qu'à moi de faire face. Il me reste une cartouche. Sans sourciller, je tire dans sa tête. Vu la distance, la boîte crânienne saute sans résistance. Partout ça répand des bouts de cervelle, ça file comme un feu d'artifice jusque dans le couloir.

Parcourue d'un étrange sentiment, qu'en cette heure si sombre je ne saurais décrire, je laisse tomber le fusil sur le cadavre. J'ai des petits picots de sang sur les gants blancs. Le travail est fait.

En sortant par la grande porte je marche lentement et je remarque qu'il pleut plus. C'est le grand calme dans le quartier, et je me dis que c'est dans la Terre entière. Je pense une dernière fois aux vieux, au daron, à ma mère dont j'ignore le prénom, à l'Étripeur. J'y pense une dernière fois et après je pourrai arrêter d'y penser, je serai plus légère. Avant de rentrer dans le camion je m'arrête au milieu de la route pour regarder le ciel. Il est redevenu bleu comme il est censé être, avec dans le fond quelques nuages comme il est censé y en avoir. C'est comme ça la vie, ça demande de l'équilibre. Le ciel a changé de couleur, à l'image des murs que je viens de repeindre, et en ce sens je m'en vais allègre.

j'R quand G la N

La nuit vient de tomber, épaisse comme une grosse couverture. C'est toujours là que je m'éveille.
Embrumé, enculé par une léthargie lourde, je sens le sommeil s'évaporer quand disparaissent les dernières lueurs du jour tiédi. Tiédi par quoi ? Le rythme lent des trucs qui recommencent.

En général, tout de suite je descends. Sinon je me fais trop chier. Sans un bruit, d'un pas nonchalant et leste, je dévale les marches en bois d'autrefois. Quand les autres marchent dessus elles grincent et gémissent comme des vieilles rates plaintives, mais pas quand c'est moi. Quand c'est moi elles ne font aucun bruit. Dans l'escalier l'ampoule grésille, enveloppée de toiles d'araignée, et on ne distingue pas bien les marches dans la pénombre, quelqu'un pourrait se casser la gueule. Faut qu'ils fassent gaffe. En ce qui me concerne, aucun risque que je tombe.

Je me faufile par la porte de la réserve et je déboule derrière le comptoir, comme je le fais chaque soir, chaque putain de soir depuis Dieu sait combien de temps. Ah, Dieu ! Ne me parlez pas de lui, bordel. Enfin... c'est moi qui en ai parlé, non ? Je m'emmêle les pinceaux.

Comme chaque soir je passe devant le comptoir pour arpenter la salle du bar, comme j'ai pu l'arpenter des milliers de fois, des milliers qui semblent des millions. Personne ne me regarde, évidemment, je fais partie des murs. Pire que ça, j'y suis encastré même, enfoncé en dedans. Je jette un coup d'œil à la salle, ses lumières tamisées, ses coins collants, là où la serpillère ne passe pas vraiment, le drapeau irlandais accroché au mur du fond, les photos de boxeurs en noir et blanc, les banquettes près des fenêtres avec cette espèce de cuir vert foncé qui dissimule bien les taches, en dessous le papier peint beige à pois rouges, et au milieu les chaises en bois avec les petites tables tordues qu'il faudrait bien que quelqu'un cale, derrière le bar la télé suspendue qui diffuse que des matches, les bouteilles de whisky bien éclairées pour qu'on en commande parce que c'est cher, sur le bar les tapis anti-dérapants qui absorbent les chutes de mousse, juste à côté les becs acérés des tireuses qui vomissent avec soin et délicatesse le précieux liquide houblonné, bien lustrés par Stacy à chaque fin de service. Et puis au bar, accoudé comme s'il voulait rentrer dedans, y a Steve. L'habitué, avec sa pinte de Guinness entre les doigts et le petit trèfle qui se baigne dans la mousse. Il pourrait prendre ma place, ce bon vieux Steve, il serait sûrement bien lui, en tout cas il serait mieux que moi. C'est pas mon univers ici, c'est le sien. Tous les soirs il est là, cherchant un peu de compagnie, rien qu'un peu de bruit à vrai dire et des gens qui bougent autour de lui, redoutant l'heure où il devra rentrer pour boire tout seul et culpabiliser, et du coup boire encore plus jusqu'à ce que la culpabilité s'éteigne et que le sommeil pénible de l'alcoolique l'emporte. Mais enfin, pour l'instant, il est là, et il est bien le seul car le bar vient d'ouvrir.

Yvon Crèche, le patron, passe les portes de saloon de la cuisine et donne un petit bol d'olives à Steve, pour l'apéro. Steve dévisage les olives, mouais, ça semble pas de refus on dirait qu'il se dit. Un petit creux, peut-être. Il en prend une puis deux, on dirait qu'il trouve ça bon, il s'essuie le gras sur son vieux jean, et puis il lève les yeux pour regarder la télé. Mais en fait on dirait qu'il s'en fout, parce qu'il baisse presque tout de suite les yeux pour regarder son téléphone. Il va sur Facebook. Rien d'intéressant. Des vidéos de gens qui mangent des insectes, une photo d'un type sur un

bateau qui tient un espadon. Une sacrée prise, ça a l'air d'impressionner Steve. Yvon repasse en cuisine pour préparer les fish and chips.
Tous les jours c'est exactement pareil. Qu'est-ce qu'on s'emmerde. Escaliers, tour de salle, coins, Yvon, Steve, olives, Facebook. Y a-t-il donc autre chose que ce mélange fantaisie ? Je m'approche un peu des fenêtres pour essayer d'apercevoir un morceau d'extérieur, mais comme c'est allumé dedans, nuit noire dehors, et que les vitres sont composées de losanges colorés rouges verts et bleus, on voit rien. Quand des voitures passent phares allumés je peux les voir, ça oui, mais c'est tout. Les losanges sont trop opaques, comme des vitraux d'église. J'aimerais tant apercevoir un peu de l'extérieur, rien qu'un bout. Voir un peu ce qui s'y passe, même si c'est rien de foufou. Mais non, faut que je reste ici. Et Steve, lui, qui a la chance de pouvoir passer le nez dehors pour y respirer l'air frais à tout moment, il s'enclume sur son tabouret comme un vieux poulpe qui veut pas lâcher le bras du pêcheur qui l'a tiré de son rocher.
Un bruit me fait tourner la tête, un groupe de jeunes vient d'entrer, ils rigolent fort, deux d'entre eux vont commander au bar, trois autres vont s'asseoir sur une des banquettes vertes. Steve leur accorde quelques secondes d'attention, puis il retourne à Facebook. Il a pas besoin de parler, Steve, juste que les gens soient là et qu'il soit pas tout seul.
Je suis assez surpris de la diversité des clients, ici. C'est pas que des Steve y a vraiment de tout, tous les âges, tous les métiers, c'est un sacré foutoir. Probablement parce que c'est un des seuls bars de la ville, dans un quartier pas trop malfamé, et que c'est ouvert tous les soirs. Tous les soirs, vous vous rendez compte ? Tous les putains de soirs, et mon petit manège à jamais recommence.
Je m'approche de l'horloge, il est... 19 heures, déjà ? Merde ! Je me retourne, le bar est à moitié rempli. Je comprends pas comment le temps passe ici, il semble s'étirer fastidieusement et pourtant, on dirait presque qu'on saute des étapes. Je me retourne vers le groupe de jeunes, ils commencent à vraiment être salopés par l'alcool. Les ti-punchs, ça monte à la tête, ce truc-là, ça pardonne pas, ça t'enivre le cerveau de cette chaleur des îles. Tu finis dans les toilettes après, bien souvent, la tête la première dans la cuvette. Observer ces jeunes s'amuser me fout le cafard, je l'avoue. J'ai facilement le blues, moi. Je suis un grand sensible. Sans que Steve me

voie, je me sers un petit verre de Glenfiddich, le 18, et puis je m'installe à côté de lui pour observer le mur de bouteilles. Tellement d'alcool, assez pour l'éternité.

Steve a l'air triste, ça veut dire qu'il va bientôt partir, il a assez bu ici. Yvon fait des aller-retours entre la cuisine et la salle, il doit se débrouiller tout seul parce que c'est le jour de repos de Stacy. Au-dessus de moi, le lustre tricéphale projette sa lumière douceâtre, un peu sale, typique des bars vrais, ceux qui puent l'authenticité et la tristesse dans le fond.

Le whisky descend, ne me faisant absolument aucun effet. Il faut bien que je m'occupe. Je vais m'en servir un autre, tiens, je passe une nouvelle fois derrière le bar pour descendre le stock d'Yvon sans qu'il capte rien. J'engloutis le deuxième verre en quelques minutes. Celui-là non plus, il me fait rien. Et le troisième, le douzième, ne me feront rien non plus.

Steve est parti maintenant, le groupe de jeunes est parti, d'autres gens sont là, les gars qui viennent tard. Plus les gens viennent tard, plus ils sont amochés, en général. Parfois, Yvon doit les virer, parce qu'ils chahutent. Parfois c'est même des clochards qui veulent demander des pièces, pas de ça ici. Les gens sont là pour passer du bon temps, pour respirer un coup après une éreintante journée de travail, ils sont pas là pour qu'on leur demande des pièces. Et plus la nuit s'avance, moins il y a de femmes. Elles ont peur qu'on les viole, et elles ont bien raison parce que ça arrive de plus en plus. Malgré les caméras, les grands discours, les robots sexuels, les flingues qu'on a mis à la ceinture des flics municipaux, rien de tout ça ne dissuade l'animal quand il lui prend l'envie de violer.

Mais qu'est-ce que je raconte, d'où je sors tous ces trucs ? Je les invente ? D'où ça vient ? Péniblement, je me lève pour faire un nouveau tour de salle, quand soudain un type que j'avais pas vu venir me passe au travers. Berk, ça fait bizarre. Je déteste cette putain de sensation de quand on me passe à travers, ça fait des chatouilles dans les viscères, et très froid à l'intérieur, un froid glacial qui vient rappeler du tréfonds des ténèbres que tout ça n'existe plus vraiment. Le type s'en va comme si de rien, se dirigeant balourdement vers les toilettes. Salopard. Ça me fout la haine qu'on me passe à travers comme ça, y a vraiment rien de plus intrusif. Je le vois fermer de sa main carrée la porte en bois des chiottes. Je m'en vais lui en donner, de l'intrusion.

Sans un bruit, je m'introduis dans les toilettes, me place juste à côté de lui. Je l'observe se défroquer, il sort son petit pénis et le tient entre ses doigts collants. On le voit presque pas, son pénis, tant il est petit au repos. Ridicule. Je sors des toilettes et m'en retourne au bar tel un minable. C'est tout ce qui me reste, râler, vider les bouteilles et regarder les bites. Pitoyable, vraiment. Mais que voulez-vous ? Vous avez peut-être déjà compris qui je suis. Ou plutôt ce que je suis, car qui je suis je ne le sais pas moi-même…

Je suis un fantôme. Une âme en peine. Un esprit, condamné à errer ici, en ce lieu, plein de haine et de dégoût, sans rien pouvoir y faire, sans pouvoir parler à personne, complètement seul et pour l'éternité, jusqu'à ce qu'un esprit saint m'emporte enfin je ne sais où, ou que le diable et ses vils sujets ne se décident à venir me prendre pour me torturer en enfer, si tant est qu'en enfer, je n'y sois pas déjà.

1
L'éternité

La répétition, c'est vraiment ça qui me sape le moral. Chaque jour c'est pareil. Et je peux rien y faire.

Un bruit sourd me tire de mon sommeil comateux, vitreux. En bas ça remue, Yvon est probablement en train de rentrer la dernière livraison de fûts. Je n'entends pas distinctement, c'est comme si je me couvrais les oreilles avec mes doigts, comme si tout était si lointain, la vie, les gens, les sentiments, tout inatteignable comme dans un cauchemar. Lentement mes yeux s'ouvrent, indépendamment de ma volonté, si lentement, on dirait que ça prend des heures. Tout est flou, et se défloute progressivement, hors de mon contrôle, et peu à peu je sens que j'existe. Debout entre deux armoires de la réserve, je ne peux pas encore bouger. Le réveil est toujours très très difficile et surtout très très étrange, comme si je sortais d'une lourde anesthésie, d'un sommeil forcé.

Je commence à distinguer les contours vagues de la pièce, les objets qui s'entassent, un peu à l'abandon parce que personne a jamais le temps de ranger. En haut, adjacent au plafond, un petit rectangle de lumière qui laisse passer les derniers rayons, le seul morceau de jour que j'aurai la chance d'approcher jusqu'à la fin des temps. Les rais lumineux, filtrés, adoucis par le verre, dévoilent les particules de poussière en suspension qui tournoient sans but et se heurtent aux parois granuleuses du 9m². Ça y est, je commence à pouvoir bouger. Ça me demande quand même un certain effort. Comme englué dans une marmelade géante, je me déplace mollement, j'essaie de m'approcher de la fenêtre, même si elle est très haut, pour que ce dernier bout de jour puisse m'effleurer la peau, ce qui doit être de la peau. Impossible. Depuis que je suis là, je n'ai jamais pu. Le jour s'éteint toujours avant que j'aie pu m'en approcher, comme une malédiction. Le Soleil, et tous ses attraits, me sont interdits.

À présent, je peux me mouvoir normalement. En bas, j'entends le bip assuré de la friteuse qui s'allume. Le bonjour de Stacy. La présence de Stacy me met un peu de baume au cœur. Avant de descendre je regarde autour de moi. Ici rien ne change, on y dépose parfois des objets, chaque soir on vient y chercher le seau et la serpillère. Des armoires, des bidons d'huile, des gros rouleaux de sopalin, du produit pour les vitres. C'est sans intérêt, sans identité, sans rien, et c'est là-dedans que chaque soir je m'éveille.

Je vais sortir, maintenant. La pièce en un rien de temps s'est assombrie. Dehors je perçois le son insolent d'un klaxon, et juste après les couinements d'un radar de recul. Comme moi, en cette heure tardive il y a toute une partie de la ville qui s'éveille. Je fais les mêmes mouvements qu'hier, je passe la porte et me retrouve sous la faible lumière de l'escalier qui descend jusqu'au bar. Les mêmes marches, la même ampoule grésillante, les mêmes toiles d'araignée. Franchement, si ils faisaient quelques travaux ça me changerait grandement. Ça donnerait un peu de gaieté à mes jours. Rien qu'un coup de peinture. Rien qu'un brin de ménage, sinon, j'en demande pas beaucoup. Oui, rien qu'un micro-changement rendrait ce réveil plus doux, me montrant que tout n'est pas figé, qu'il y a encore une chance. Je donnerais beaucoup pour qu'Yvon se munisse d'un petit escabeau, ou d'un balai, et qu'il vire cette putain de toile d'araignée qui encercle l'applique de l'ampoule. Mais j'ai rien à donner, alors elle restera là.

J'arrive derrière le comptoir, Steve n'est pas encore là. Yvon est assis sur une des tables vides, il se permet de fumer une clope parce qu'il n'y a personne. Stacy est derrière le bar, elle range les verres et les classe par forme ou par marque, ça dépend. Elle est belle. Si j'avais des sentiments, des vrais sentiments positifs, Stacy me ferait vraiment quelque chose, parfois quand je la regarde, et qu'elle bouge de telle ou telle façon, ça me ferait presque remonter des émotions agréables... Presque.

Je m'approche de l'ignoble papier peint à pois rouges et des vitres opaques, essayant de voir ce qu'il y a derrière. Rien. Un losange vert, et à côté un losange rouge, et au-dessus un losange bleu, et cet assemblage de losanges se répète comme un refrain monotone. Steve est là, maintenant, il a déjà son éternelle pinte de Guinness entre les mains. Stacy lui tend un petit bol d'olives et elle repart en cuisine déballer les barquettes en plastique des fish and chips. Steve la regarde s'en aller, il mate son cul, il sait qu'il pourra jamais l'avoir, jamais l'approcher. Mais il peut le regarder, discrètement, c'est déjà ça, non ?

Tout le monde la veut, Stacy, c'est ce que j'ai eu l'occasion de remarquer. Tout le monde aimerait la ramener chez lui à la fin du service, tous les soirs on lui demande son numéro. Elle, ça a pas l'air de lui déplaire de plaire. Même si c'est dans ce petit univers refermé sur lui-même où c'est bien souvent les mêmes clampins ivres, elle a du succès, elle existe dans les yeux des gens, et mine de rien ça fait du bien d'exister. Quand elle repasse par les portes de la cuisine, Steve lui mate les seins. Mais c'est son visage qu'il faut regarder, Steve, concentre-toi, bordel. Son visage est doux, innocent. De grands yeux, pas particulièrement intelligents mais loyaux, on comprend rien qu'en la regardant que quand Stacy tient à toi, jamais elle te lâchera. Et ça, ça putain, c'est séduisant. Les gens comme ça, Steve, ça court pas les rues.

Je me retourne à peine et je vois que la salle a déjà commencé à se remplir, encore une ellipse, comme si j'avais vécu mais pas vraiment. Sur la banquette au fond à gauche, la plus près de la porte d'entrée, un groupe de filles. Au milieu, une dizaine de quarantenaires ont rapproché les tables pour être tous ensemble. Steve en est à sa troisième Guinness, il est sur

Facebook. Qu'est-ce qu'il regarde ? Des vidéos de pêche encore. Un type remonte une sorte de carpe, mais énorme, un truc colossal. Steve laisse un like, témoin de son admiration. C'est toujours comme ça avec les téléphones, en dépit de l'émotion qu'on peut éprouver, sur le visage rien ne bouge, il reste de marbre, et c'est le doigt qui s'exprime. Haine, amour, rire, tristesse, intérêt, tout se passe sur les cinq doigts de la main droite de Steve, qui contient le prisme quintessentiel du vivant, et de l'humanité.

La soirée s'étire et rien ne se passe, je me fais drôlement chier. En termes de moral, aujourd'hui ça va, mais l'ennui est pesant. Steve est... déjà ? Steve est parti, merde. Les gens parlent fort, un brouhaha monumental qui couvre la musique. Le groupe de filles n'est plus là, la lourde porte est fermée, protégeant l'intérieur du froid, l'extérieur de mes regards curieux. J'ai jamais pu m'en approcher, impossible, comme si une force irrésistible me contraignait, m'enseignait le poids éternel de ma sentence. Jamais tu ne sortiras, fils de pute, jamais tu ne verras l'extérieur, voilà ce qu'elle me dit. Ça me déprimerait presque mais ce soir j'arrive à garder le moral. C'est le retour de Stacy qui fait ça.

J'ai des techniques pour contrer l'ennui, tout n'est pas si terrible. Être un fantôme, ça a ses avantages, vous allez voir.

Je m'approche d'un couple d'étudiants assis sur une banquette, dans un coin reculé et un peu intime du bar. Ils discutent, ils parlent de thèse, de partiels, d'un certain monsieur Chabry et de la complexité laborieuse de ses cours. L'un des deux est arrogant, sûr de lui, l'autre plus calme, mais sûr de lui aussi. Des étudiants en... génie civil, d'accord, des êtres rationnels donc. Je suis sûr qu'ils trouveront, grâce à leur esprit analytique et positiviste, une explication logique à ce que je m'apprête à faire.

D'un doigt assuré je renverse le verre de l'arrogant, malgré son esquive une bonne partie de la bière lui gicle sur les couilles.

— Merde ! il crie. Putain, mec, fais gaffe !

— C'est pas moi !

Eh oui, arrogant, je vous avais dit. Il faut bien mettre la faute sur quelqu'un, et puis, c'est la seule explication rationnelle, il sait très bien qu'il ne l'a pas renversé lui-même, ce verre, ça doit donc être l'autre. Sans plus tarder, je renverse l'autre verre sur le deuxième type, il se lève en sursautant, regarde son pote d'un air paniqué.

— C'est quoi ce bordel, mec ?

Ils ne savent pas ce que c'est, ce bordel, ils ne peuvent pas imaginer. Merde, mais qu'est-ce que... putain, ils s'en vont ! J'y crois pas, deux grands gaillards comme ça, ils ont pris peur au point de se faire la malle ! Je commence à paniquer, ça m'angoisse. Si je vais trop loin, et que les clients commencent à prendre peur, et que le mot circule que le bar est hanté, les gens ne viendront plus et donc Yvon sera obligé de mettre la clé sous la porte, et moi je me retrouverai seul ici, à faire des allers-retours dans le noir entre la salle et la réserve, sans but, encore plus seul que ce qu'implique la notion même de solitude. Il faut que je fasse attention à l'impact que je peux avoir sur le réel.

J'ai une idée pour remettre l'ambiance : je m'approche de l'interrupteur et fous la pièce dans le noir total. Les gens crient et rigolent, c'est festif. Yvon engueule Stacy, elle nie avoir éteint mais il s'est pas fermé tout seul, le machin, non ? C'est marrant.

Le temps passe, mollement, embrumé par les vapeurs d'alcool. Le bar va bientôt fermer. Un type va pisser, sa tête me revient pas. Je donne un coup dans la porte close.

— Occupé ! il crie.

Tu vas pas t'en tirer comme ça, mon gros. De l'intérieur, je déverrouille le loquet et je pousse la porte pour que les gens le voient pisser. Et puis voilà. Voilà l'étendue de mon champ d'action. Quelques bêtises, des verres renversés, de la pisse, et la soirée est vite terminée. Yvon et Stacy nettoient le bar, Stacy passe la serpillère, Yvon range la caisse. Eux, je les laisse tranquilles. Surtout Stacy, j'ai vraiment pas envie de la faire fuir. Le jour où elle démissionnera, parce que trop fatiguée, trop mal payée, trop d'envies de changement, j'en sais rien, je serai bien malheureux.

Tout le monde est parti, ça y est. La fête est finie. Le bar est plongé dans la pénombre, et dehors je sens que les lampadaires sont éteints aussi. Je vois plus rien. J'entends plus rien. Je sens rien. J'aimerais tellement qu'on reste ouverts plus tard, pour que je sois moins seul en cette dernière partie de la nuit. Invariablement, je remonte dans mes appartements, dans la réserve, invariablement et sans pouvoir rien y faire, je m'intègre au décor irrégulier de ce cagibi qui me sert de cellule, sauf que ce n'est pas vraiment une cellule parce qu'une cellule au moins c'est fait pour enfermer quelqu'un, alors que cette réserve n'est faite pour enfermer personne, elle n'est pas faite pour moi, personne ne sait que je suis dedans pourtant j'y suis, la réserve elle-même ignore ma présence pourtant moi je la connais par cœur, dans ses moindres recoins, et enfin, invariablement, je plonge dans un sommeil sans saveur, sans m'en rendre compte, alors que dehors se profilent les premiers éclats du jour.

2
L'absence et le petit zizi

Stacy se penche au-dessus du bar, et le resserrement de ses coudes, combiné à la pression du bois massif du vieux comptoir, fait remonter ses seins qui prennent subitement une forme particulièrement harmonieuse. En face d'elle un type qui lui parle de je sais pas quoi, on dirait qu'il lui plaît. C'est vrai qu'il est plutôt pas mal, je suis bien obligé de l'avouer. Stacy lui sourit, elle est contente de l'attention qu'un type séduisant lui donne, mais c'est pas pour ça qu'elle le suivra jusqu'au lit ce soir. Elle est compliquée, Stacy.

D'après ce que j'ai pu comprendre, aujourd'hui c'est mardi, le jour le plus calme de la semaine. Lundi, c'est le jour des afterworks, mercredi la soirée événement, où Yvon organise toutes sortes de jeux, des quiz, des machins. Jeudi c'est la soirée des étudiants, et à partir du vendredi, c'est la débandade. Mais mardi... le jour mort, le trou sur le calendrier, trois poivrots, le livreur DPD et un troupeau de déscolarisés, en général c'est tout ce qu'on se coltine.

Steve est là tout de même, ça c'est une chose certaine, le monde pourrait s'effondrer qu'il serait là quand même, à suçoter sa Guinness dans les décombres. Accoudé à sa place habituelle, les yeux rivés sur Facebook, il jette des petits regards jaloux sur Stacy et son prédateur qui rôde. Quand même, Steve... Elle ne t'appartient pas, tu le sais bien.

Je pars m'asseoir près des losanges bleus rouges et verts. Je ne peux ressentir aucune fatigue, rien de l'ordre du physique, mais par contre une profonde lassitude me parcourt tout l'être. Et avec elle, une envie d'évasion. Si seulement je pouvais quitter ce lieu, rien qu'une journée, ou même une nuit, comme une sorte de permission. C'est un sentiment étrange, car je ne me souviens de rien de ce qu'il y a là-dehors pourtant j'ai des visions, et je sais exactement ce que je ferais. Si seulement. Si seulement je pouvais quelques instants m'absenter. Quitter ce lieu redondant qui sent la goutte de bière.

Si seulement je pouvais m'absenter, j'irais longer les avenues paumées de cette ville sans nom où quelques erratiques déambulent à la recherche de leur but. Ils ne pourraient pas me voir. J'irais me promener dans les jardins et dans les parcs, où je le sais l'herbe verte frôlerait mes chevilles inexistantes, où les papillons au volettement incertain termineraient leur court chemin dans le bec des éperviers, où les cris des enfants qui jouent composeraient une harmonie imprévue, retombant sur les copeaux de bois du terrain de jeu quand il se fait tard. Si je pouvais m'absenter, je quitterais ensuite ces zones de verdure forcée, et sillonnant le goudron qui chauffe au soleil j'irais respirer l'air frais et terreux des cours d'eau, je les distingue nettement, ceux qui mènent aux forêts, puis qui mènent aux montagnes, les montagnes bleutées derrière lesquelles un soleil rougeâtre se couche tous les soirs, oui je le perçois, un soleil du sud, différent des autres par les promesses qu'il garde jalousement dans sa couche. J'arpenterais les pinèdes, les vallons caillouteux parsemés de cannes de Provence, m'arrêtant parfois pour observer les nids en sieste de la huppe, et soudain, soudain une odeur de sel me parviendrait, me charmerait, et je reprendrais mon voyage à travers champs, filant au-dessus des toits, des étangs, des vignes en plein verdissement au sol craquelé, ponctué de pierres plates, je remarquerais distraitement la teneur changeante des paysages qui se feraient plus toniques, plus vifs, plus humides à mesure que je m'avance. Dévalant sans aucun poids les dernières collines, suivant comme un chien de terrier l'odeur saline, je finirais par débarquer, descendant de la dernière des arêtes, enfin, au bord de la mer, sur une de ces plages de sable épais et farineux, et enfin je contemplerais dans toute sa grandeur cette étendue bleue si puissante, invincible, qui se drape dans un sentiment vague à perte de vue et par-delà l'horizon, et face à cette immensité cathédrale mon cœur capitulerait, rendant les armes, finissant par exploser tant la liberté prendrait vraiment tout son sens.

Oui, si je pouvais m'absenter, c'est la nature que j'irais voir, car sans surprise elle seule m'appelle, et c'est la seule chose que je n'ai pas oubliée. Mais tout ceci c'est que des si, c'est ce foutu conditionnel. Oublions la nature et la ferveur des embruns. Je n'ai droit qu'aux gens qui boivent, vomissent, et puis reboivent encore, je n'ai droit qu'aux vieux pieds de chaise qui se tordent comme du roseau mais jamais ne craquent, à part la fois où le vieux Henri s'était penché en arrière et s'était rétamé comme une chèvre, brisant la chaise sous le poids monumental de son illustre fessier, mais c'était qu'une exception. Je n'ai droit qu'aux vieux cadres jamais lavés, avec les photos sépia de combattants que plus personne ne connaît, des Irlandais sûrement, qui faisaient de la boxe anglaise et prenait un malin plaisir à défoncer les Anglais sur leur propre symphonie. Mais attention, j'ai aussi droit aux coups de vent, que dis-je, aux coups du sort qui referment la porte dans un grand vacarme quand je réussis à m'en approcher, j'ai bien sûr droit aux éclats de Joris, le mécano, qui veut toujours s'allumer une clope à l'intérieur malgré le fait qu'on ait depuis longtemps changé de siècle et qui se fait engueuler par le staff, j'ai droit aux mêmes bières servies à l'infini dans les mêmes verres, aux mêmes billets qui passent de main en main, bien tassés dans la caisse, j'ai droit à cette éternelle trace de serpillère qui ne bouge pas sur le parquet dans le coin le plus à droite sous la photo de Cillian Murphy, c'est à ça que j'ai droit moi, rien qu'à ça. Je n'ai droit qu'à ces mêmes banquettes matelassées qui font des bruits de pet quand on s'assoit dessus, aux yeux fatigués d'Yvon dès que l'aiguille atteint 17 heures, aux remarques phatiques de Stacy et ses variantes, à l'impassibilité de Steve, à Facebook, je n'ai droit qu'à l'infini circuit, du comptoir jusqu'à la réserve et de la réserve au comptoir, à la même beuverie qui se répète, aux toilettes, les mêmes vomis, les mêmes pisses qui débordent et les mêmes chiasses, je n'ai droit qu'à ce grand mur interminable qui contient tous les whiskies de l'univers, au bip d'alerte de la friteuse, au tiroir secret d'Yvon où il enferme son canif pour les soirs de braquage, ce n'est qu'à ça que j'ai droit moi, le reste on me l'a pris. Le reste, c'est même pire que si on me l'avait pris, je n'en ai aucun souvenir, et hanter, c'est à ça que ma vie se résume.

Merde, je me suis foutu la haine tout seul avec mes idées. C'est fou jusqu'où l'esprit seul peut vous mener. Certains soirs sont des soirs de cafard, aujourd'hui est un soir de haine. Le chemin noir de l'impuissance. La haine, c'est tout ce qu'il reste aux plus faibles quand ils peuvent vraiment plus rien faire. Et y a certains jours où, franchement, c'est tout ce qu'il me reste à moi aussi.

Nerveux, je me mets à faire les cent pas entre les tablées, comme si j'étais impatient, comme si j'avais le choix. Yvon sert une pinte de bière fruitée à un gars bizarre. Steve est parti. Je me prends la tête entre ce qui me sert de mains, une absence. J'erre entre les rugbymans qui se mettent des coups d'épaules, les trous du cul et les hurluberlus du mardi. Des paroles sexistes viennent me siphonner l'oreille, dommage que la haine me rende pas sourd. Celui qui les a prononcées se lève, la main sur la bite, et se dirige vers les toilettes, traçant le même chemin sans équivoque que des milliers de comparses avant lui. Maladroitement, il referme la fragile porte en bois, je m'incruste. Je l'observe, se tenant au mur, titubant comme s'il était en pleine mer, je l'observe sortir son zizi, petit celui-là aussi… attendez… encore plus petit même que celui de l'autre jour, il me semble. Je suis même surpris qu'il arrive à le trouver. La pisse s'écoule à grands flots dans l'eau potable, je vois qu'il peine à viser alors j'en rajoute. J'éteins la lumière, je l'entends marmonner, péniblement il rallume, il a pissé sur le mur, c'est pas ça que je voulais, j'éteins à nouveau, il rallume avec difficulté et je vois qu'enfin il s'est pissé dessus, sur son pantalon beige maintenant parcouru de traînées plus sombres.

— Merde…

Toute cette pisse. J'ose à peine imaginer la quantité, le volume de pisse qui a dû s'écouler là-dedans. Des litres par milliards. De quoi remplir un océan. Notre individu s'en retourne à ses occupations, ses collègues se foutent de lui, bien évidemment. C'est marrant.

Et voilà, ce à quoi j'ai droit. L'étendue de mes privilèges. Le reste on me l'a pris. Qui ? Quoi ? Qu'est-ce que j'en sais ? Dieu ? Mais lequel ? Si Dieu existe, il doit bien se foutre de ma gueule, ça c'est sûr. "Tu dormiras pour toujours dans la réserve et tu regarderas les bites !" Voilà le onzième commandement. Je peux même pas regarder ma propre bite, invisible, intangible, je ne peux que mater celle des autres, aux pourtours qui me sont totalement étrangers. Il n'y a plus rien de familier, rien qui m'est cher, à part Stacy, peut-être, à force. J'ignore si j'aurais été ami avec elle, de mon vivant. Mais bon, je sais pas vraiment si je peux parler de vivant comme du contraire de la situation dans laquelle je suis, vous savez.

Parce qu'à m'observer un peu, d'un œil distant, errer entre les poutrelles et compter le nombre de losanges qui constituent les fenêtres, attendant chaque jour la fermeture du bar, on comprend bien que je ne suis pas vivant, mais c'est à se demander si je suis vraiment mort.

3
Les regrets et l'amnésie

En descendant de la réserve aujourd'hui, j'avais un sacré cafard, un peu plus que de coutume.

Vu qu'il ne se passe rien dans ma vie, enfin… ce qui me sert de vie, je pourrais pas vous dire pourquoi certains jours je suis si triste et d'autres jours ça va. Ça dépend de rien. C'est aléatoire.

Et aujourd'hui, quand je me suis éveillé, sortant péniblement de ce sommeil sans songes, et que j'ai vu devant moi les nouveaux rouleaux de sacs poubelles commandés par Yvon, j'ai eu envie de me foutre en l'air, parce que j'ai senti que ça provoquait en moi une vive curiosité, cette nouvelle marque, et que plus que jamais j'ai pris conscience que c'était tout ce qui me restait. Mais enfin… Le suicide n'existe pas ici. Il n'y a que l'attente.

Alors comme tous les soirs, les mêmes événements se sont enchaînés, me faisant prisonnier du cours du temps. Rai de lumière, escalier, toile d'araignée, comptoir, Stacy, Steve, Facebook, papier peint, losanges, la cargaison de bière que le vieux Yvon peine à rentrer. Directement, je suis allé me servir un verre d'Écossais et puis, assis dans le coin le plus reculé du bar, depuis je le sirote.

Au bout d'un moment, pas trop tard car Steve est encore là, un type rentre, Stacy le salue familièrement, c'est la Taupe. La Taupe il vient pas souvent, mais il vient depuis si longtemps que tout le monde le connaît ici. Il est sacré.

J'aime bien quand vient la Taupe, sa conversation est plus intéressante que celle des autres. Il s'assoit sur un tabouret au bar, commande un verre de whisky, généralement, enlève sa casquette molle, dévoilant son crâne duveteux et lisse, ses petits yeux carrés et ses grosses lunettes rondes. On comprend tout de suite l'origine de son sobriquet, personne n'est jamais étonné.

— Les jeunes aujourd'hui, ils veulent plus travailler, lui dit un type assis à côté de lui, un marcassin rougeaud en habit de travail. C'était mieux avant, ça je vous le dis. On travaillait deux fois plus vite, on était payés deux fois moins, et on se la bouclait.

Tout en sirotant son whisky, la Taupe fait non de la tête, sa petite tête ronde, presque mignonne.

— Je ne suis pas d'accord avec vous, Pascal. Non. Le discours que vous tenez, chaque génération l'a tenu à propos de la suivante, probablement depuis la nuit des temps. Et nos enfants ne veulent plus travailler, et nos enfants ne pensent qu'à glander, et ils sont ingrats, et nous qui avons tout fait pour eux, nous qui ne vivions qu'au nom du sacrifice que nous faisions pour notre progéniture, bla, bla, bla…

Bien qu'il soit d'un autre avis, Pascal l'écoute, les yeux rivés sur sa bouteille de bière qu'il tient comme ça, de ses deux mains.

— La vérité, à mon sens, c'est que chaque génération vit selon ses propres principes. Le monde change, il est en constant progrès, et en vieillissant nous devons lutter quotidiennement pour continuer de le comprendre, car nous, nous ne changeons pas, et nos enfants n'ont pas été cuits dans les mêmes moules que nous. Une fois qu'on a accepté ça, tout devient plus simple, je vous jure, on peut enfin se détendre et siroter son verre sans trop se prendre la tête.

Pascal acquiesce, on ne peut pas dire s'il a changé d'avis ou pas, sûrement que non, mais il respecte la parole de la Taupe.

Les réflexions de la Taupe me donnent à penser. Qu'est-ce que je pouvais bien faire, comme métier ? Qui je pouvais bien être ? Astronaute, policier, garagiste, technicien de surface, gigolo, politicien, dresseur canin… Je m'appelais sûrement Paul, ou Antonin. Instinctivement, y a rien qui me vient. C'est drôle, de vivre chaque jour sans passé, sans mémoire, sans leçon à tirer, sans souvenir auquel se raccrocher pour tenir un peu plus, pour passer le temps. Quel genre de type je pouvais bien être ? Un mec sympa, relativement stylé, légèrement blagueur tout au plus, qui aime les chips et les soirées pizza ? Un intellectuel, décalé de la réalité, qui a du mal à sortir de la théorie pour affronter la vie réelle ? Un pianiste célèbre, ayant grandi parmi les pauvres et qui, par la force du travail acharné, a réussi à sortir de sa condition, un transfuge de classe ? Un baroudeur, qui vit comme s'il n'y avait pas de lendemain, un voyou ? Un créateur de start-up, peut-être, qui surfe sur les tendances et a pour idoles Mark Zuckerberg et Sam Altman ? Un connard, un égoïste, un méchant, un nymphomane, un opportuniste, un workaholic, un vaniteux, un effacé, un type discret, charmeur, mégalomane, coriace, solitaire, artiste, un pédophile, un activiste, une crapule. Qu'est-ce qu'on en sait ? Qu'est-ce qu'on en a à branler ? J'ai pu être n'importe laquelle de ces choses, peut-être une autre, à laquelle je n'aurais pas pensé. Tout ça n'appartient pas réellement au passé, ça n'appartient à rien, c'est des fabulations d'une autre dimension.

Pour me consoler, je me dis que peut-être vaut-il mieux ne pas savoir. Si ça se trouve, j'étais un bel enculé, et si la mémoire me revenait d'un coup ça me ferait drôle. Je peux m'imaginer ce que je veux, me raconter à moi-même tout un paquet de salades, l'intégralité de mon passé se limite aux murs de cet établissement, et remonte au premier jour où j'ai descendu les marches de la réserve, découvrant avec difficulté mon triste sort.

Le seul avantage de n'avoir aucun passé, c'est qu'on vit sans regret. Sans remords. L'amnésie efface toutes les mauvaises actions, elle débarrasse la conscience d'un poids monumental. Peu importe les choses que j'ai pu faire, elles ne sont pas là à me poursuivre, à m'accompagner dès le réveil et me marteler leurs conséquences, à ce niveau-là je peux exister en paix alors que ce que j'ai fait avant, forcément, n'existe pas. Avec le fait de pouvoir éteindre les lumières et regarder les bites, c'est un autre avantage à la condition de fantôme. Il n'y a que le présent, le présent à répétition, l'expectative des jours qui sans réfléchir recommencent, le sentiment fade et impitoyable de toucher du doigt, chaque jour, l'éternité.

En fait, si, j'ai bien un regret qui me vient en tête. Il était juste dissimulé par le flou du réel, mais il est bien là. Il date d'il y a quelques mois, ou quelques années, à vrai dire j'en sais rien. Je me souviens... oui voilà, ça me revient distinctement. C'était un dimanche, je pense, j'errais entre les tables à la recherche d'une occupation, Stacy était en repos, je me faisais bien chier, y avait rien de marrant, rien de distrayant, tout était gris dimanche, ça me mettait le blues. Pour passer le temps, je me suis mis à emmerder les clients, oh rien de bien méchant : une petite tape sur l'épaule, un léger souffle sur le billet de dix posé sur le comptoir, éteindre les lumières, ce genre de conneries enfantines.

Et puis... et puis là un truc vraiment bizarre est arrivé, un truc qui s'est pas reproduit depuis et qui m'a mis sur le cul pendant des jours. Ouais, je m'en souviens bien maintenant. Putain, j'avais complètement oublié ce truc.

Attendez, je vous raconte. Après avoir fait chier tous ces gens, en panne d'inspiration je m'assois à une table seul. En face de moi, une table plus loin, un type sirote sa binouze. Il laisse de la mousse sur le rebord de ses lèvres, et ça lui fait comme une petite moustache, ça me fait marrer. Et là, soudain, il lève les yeux dans ma direction, et il dit :

— Depuis combien de temps t'es bloqué ici, mon pauvre ?

Je regarde derrière moi, pour voir à qui il parle, cet allumé, mais derrière moi il n'y a personne. Je me retourne à nouveau vers lui et vois qu'il n'a pas bougé d'un cil, son regard assuré soutient le mien dans la lumière tamisée des lustres tricéphales.

— Qu'est-ce qui te tourmente à ce point ?

Je ne rêve pas. C'est bien à moi qu'il cause, aucun doute. Ses yeux d'un bleu vif me fixent avec une intensité qui me terrifie, une certaine tristesse... Je ne comprends rien à ce qui se passe, qui est ce type, qu'est-ce qu'il me veut, pourquoi il me voit. Et d'un coup je prends peur, je détale comme un lapin, ma chaise se renverse bruyamment et tout le monde tourne la tête mais il n'y a rien, cette chute demeurera inexpliquée, et moi je grimpe en un flottement les marches qui mènent à la réserve, et je me cache entre deux armoires, tremblotant, paniqué, comme si les éléments enfin devenus sûrs de ma réalité venaient de se révéler faux, et trompeurs, et que ma situation était bien différente de ce que je m'étais figuré.

Oui, le seul jour où quelqu'un m'a vu, j'ai fui comme une couille molle, et je me suis planqué comme un enfant. Encore aujourd'hui, j'ignore pourquoi j'ai fait ça.

La peur du changement, peut-être ? Elle m'avait paralysé. Je n'avais aucune pensée, juste cet instinct de fuite. Depuis je regrette amèrement. Ce type aurait peut-être pu m'aider à sortir de là, qui sait. Il est jamais revenu, et avec lui se sont évanouis tous mes espoirs d'un jour quitter ce lieu.

Oui, décidément j'ai un sacré blues, ce soir. Terminant mon sixième verre dans le fond du bar, j'observe les clients ivres éclater de rire, la Taupe faire des grands gestes en parlant à Yvon, la peinture du plafond qui se décolle, ça demanderait bien un petit coup de rénovation mais y a pas les fonds, je crois. Et puis, Stacy. Stacy déambule entre les tables pour ramasser les verres vides, d'un pas vif, énergique, comme toutes les serveuses du monde. Les clients la regardent, ils lui disent merci avec un grand sourire. Je pense que sans Stacy le bar serait moitié vide, Yvon le sait, c'est pour ça qu'il est gentil avec elle. Si un jour elle part, il faudra absolument qu'il trouve une autre Stacy, c'est ce qu'il se dit parfois, mais les autres Stacy ça n'existe pas vraiment, ce ne sont que des répliques.

Elle passe derrière le comptoir, envoie tous les verres crasseux dans le lave-vaisselle, on voit encore plus ses seins quand elle se baisse, ça me fait quelque chose, je me sens si seul, mais non ce n'est pas comme ça que je veux regarder Stacy, pas comme le font tous les autres, je veux la voir telle qu'elle est vraiment, une jeune femme alerte, rendue sûre d'elle par une extrême gentillesse et une confiance aveugle et naïve injustement accordée au monde. Ça la rend plus forte et plus belle que n'importe qui. Regarder Stacy comme ça, à travers les reflets de bouteilles dispendieuses, soulage un peu ce qu'il me reste de cœur.

Il y a quand même quelque chose qui m'inquiète, une chose à laquelle je pense souvent car je ne peux pas m'empêcher d'y penser, même si c'est sacrément sinistre.

Je suis certain que, si je hante ces lieux, c'est que j'ai dû mourir ici. Et ça, ça me fait bien peur. Ici, entre les murs de ce débit de boissons, j'ai perdu la vie. À quel endroit, précisément ? En cuisine ? Je travaillais là, peut-être… Non, non quand même si un de leurs collègues était mort ici, ils en parleraient parfois, enfin j'espère…

Non, j'ai dû mourir à la vue de tous, en plein milieu de la salle, entre deux chaises tordues. Mais pourquoi ? Comment ? C'est pas commun de mourir dans un bar. Toutes ces questions demeureront sans réponse, j'en ai bien peur. Pourtant, en cette heure triste, elles me martèlent le crâne. Qui étais-je ? Quel genre de type perd la vie dans un bar ? Il y a toujours une raison, et si je suis là aujourd'hui c'est que j'ai sûrement mérité ce destin si sombre.

Je me ressers un verre, probablement le dernier. La Taupe est parti. Stacy passe la serpillère, Yvon recompte les billets. Le fantôme du bar attend que ça se termine, pour mieux recommencer.

Et je sens que le sommeil approche, car mes pensées se mélangent, deviennent de plus en plus confuses. J'aurais dû parler à ce type, celui qui m'a vu. Il m'aurait peut-être dit comment, pourquoi je suis mort ici. Il m'aurait peut-être appris depuis combien de temps j'erre en cette enceinte. Depuis combien de temps ? Des mois, des années, des siècles, peut-être, impossible à dire.

Remontant sans les toucher les marches jusqu'à ma réserve je ne sens plus rien, à part que je suis complètement vide, et que l'attente, bien qu'inévitable, se fait de plus en plus difficile.

4
Le déclic

Aujourd'hui, c'est la Saint-Patrick, impossible de passer à côté.

Le bar est beaucoup plus rempli qu'à l'usage, festif, bruyant, un brouhaha couvert par la musique des Dropkick Murphys. Les gens se marchent dessus dans la salle bondée, vêtus de vert, arborant des petits bâtonnets avec un trèfle à quatre feuilles au bout. Yvon porte un chapeau de lutin. Dans tous les coins la bière se renverse, Stacy distribue des shots à qui veut bien les boire, et tout ce remue-ménage d'ivresse se manifeste à travers les ondulations de la foule, qui titube en chœur. Yvon a demandé de l'aide à son cousin Marcou, exceptionnellement, pour pas se faire complètement envahir.

Je contemple ce spectacle avec amusement depuis mon poste d'observation au fond du bar. Y a trop de monde pour que je puisse faire des blagues. Et puis, tout ce foutoir, ça me divertit. C'est peut-être un soir de Saint-Patrick que je suis mort, qui sait. Tombé par terre, ivre mort, la foule m'a marché dessus, comme Mufasa quand il a chuté sur le passage effréné des gnous, comme les victimes d'Astroworld.

Steve fait la gueule. Il aime pas ça, lui, les soirs de fête, y a trop de monde, les gens le bousculent et l'empêchent de savourer ce moment de solitude entourée si cher à son cœur. Il essaie tant bien que mal de scroller sur Facebook, mais il finit par partir, laissant immédiatement sa place à quelqu'un d'autre, pendant que la queue devant les toilettes se prolonge et que les latrines se remplissent d'une pisse acide, acariâtre.

J'essaie de me déplacer pour observer tout ça d'un peu plus près mais y a tellement de monde que les gens me passent à travers, encore et encore, alors je me précipite derrière le bar, aux côtés d'Yvon. C'est fou, j'ai jamais vu l'endroit aussi rempli, à croire que les gens en ont quelque chose à secouer de la Saint-Patrick. Le monde qui se meut dans la salle est comprimé, et les gens accoudés au bar sont affalés, comme s'ils avaient échoué là par hasard. Y a pas assez de place pour que pète une mouche. Quand les gens rentrent en espérant boire un verre, passer un petit moment agréable entre copains pour célébrer cette fête dont on ignore totalement l'origine mais qu'on s'en fout c'est marrant, ils sont bien déçus de voir que ça va pas être possible, et ils sont obligés de rebrousser chemin ou de continuer leur route à la recherche d'une taverne moins populaire.

Je m'adosse au mur de bouteilles et observe tout ça en croisant les bras. Depuis mon poste je peux voir Stacy évoluer péniblement à travers la mer de gens, entre les épaules carrées et les aisselles suantes. La pauvre. Un peu plus sur la gauche, j'aperçois une main levée au-dessus des têtes qui tente de progresser jusqu'au bar. Une main de femme, avec des ongles roses et des strass dessus, qui tient un billet de vingt et qui se rapproche, je ne sais comment. Yvon lui demande ce qu'elle veut, elle lui crie la commande, et il attrape le billet juché au-dessus des têtes.

Je le regarde s'exécuter, le vieil Yvon. Personne n'est meilleur que lui. On sent dans le geste la dextérité de l'habitude, la nonchalance de l'expérience. Il retourne le premier verre, actionne le levier de la tireuse, et le liquide mousseux, appétissant, s'écoule du bec jusqu'au fond de la pinte. Il incline légèrement celui-ci afin que la boisson ne soit pas remplie de mousse, et voilà, progressivement, le récipient se remplit d'une ondée blonde aux bulles fines, c'est une de leurs meilleures bières. Yvon refait le même mouvement, avec un autre verre, puis un autre. Une commande pour trois. Il se frotte les mains sur son torchon en cherchant du regard la cliente. Il l'appelle. Elle lève la main pour signifier sa présence, et on ne voit que ça d'elle derrière des gros gaillards aux joues rouges qui discutent rugby, on n'aperçoit que cette main fine, avec ces ongles longs, d'un rose vif, traduisant peut-être… une nature enjouée, fantaisiste, innocente…

Yvon demande aux gars de s'écarter, ils voient pas que la jeune fille veut récupérer sa commande ? Soyez gentlemen, un peu. La galanterie, c'est quelque chose qui se perd, ou alors qui n'a jamais existé ailleurs que dans les livres.

Les deux types se décalent, difficilement à cause du monde, mais assez pour que puisse passer la jeune fille, alors elle s'avance, et là je la vois. Et subitement, en l'espace d'une seconde, alors que les quelques fondations que je pensais avoir posées pour endurer mon éternel séjour en ce lieu s'effondrent en un rien de temps, alors que j'ai l'impression que je vais me liquéfier sur place, devenir moins que rien, alors, tout me revient. Tout, depuis le début.

5
La vie

J'ai grandi dans une petite ville anonyme du sud de la France, un peu pauvre, un peu raciste, un peu gitane, avec autour tout un tas de sacrés paysages qui provoquent des sacrées émotions, entre les chaînes de montagnes et les plages de la mer Méditerranée. Une enfance paisible, baignée dans l'innocence de parents aimants, j'ai eu beaucoup de chance. Pour mes camarades du primaire, et ensuite du collège, c'était pas la même. Des familles monoparentales, des orphelins, des parents qui se disputent, se séparent, et finissent par se déchirer totalement. Et ensuite les notes du gamin dégringolent, il devient anxieux, ou violent, ou les deux, harceleur ou harcelé, les deux faces d'une même pièce de monnaie. J'en ai vu beaucoup, des turbulents, des chialeurs, des malades mentaux, et quand je suis devenu adulte, je me suis rendu compte pleinement de la chance que j'avais eue. Les parents les avaient déglingués, les pauvres.

Enfance dans la classe moyenne, donc, peu d'événements au cours de ma vie, pas d'accidents terribles comme on entend parfois, pas de talents prodigieux que j'aurais pu mettre à exécution pour asseoir un destin extraordinaire. J'étais moyen, et ça m'allait bien. Un jour ma sœur s'est cassé le bras en glissant à la piscine municipale, un jour ma grand-mère est partie au ciel et on a dû aller voir les types l'enfouir sous terre. C'est à peu près tout ce dont je me souviens qui peut un peu sortir de l'ordinaire, et encore…

Au lycée, j'ai eu quelques histoires, pas vraiment d'amour, des éclosions de sentiments. Et puis, j'ai commencé à penser à mon avenir, et petit à petit, à devenir triste. Au début, ça semblait quelque chose de passager : comme j'avais toujours tout fait moyennement, j'étais sûrement moyennement triste, et ça durerait un temps conventionnel. Mais non. Ça a duré plus longtemps, et en termes d'intensité ça s'est amplifié, peu à peu. L'avenir m'angoissait. J'avais peur de faire des choix, peur de la mort, peur de finir au fond d'un trou sans avoir jamais rien accompli, peur de devoir obéir à des gens, de devoir prendre mes responsabilités : en fait, j'avais peur de devenir adulte. C'est limpide, aujourd'hui. J'ignore d'où m'étaient venues toutes ces craintes, mais à défaut de réponse assez solide on a qu'à dire que c'est l'âge, et ça suffira.

C'est donc ainsi que je suis rentré dans ce qu'on appelle la vraie vie : en ayant peur. La vie d'adulte : celle qui mord, qui te comprime, celle qui te montre toutes les libertés qui s'offrent à toi, par milliers, par centaines, et qui te demande d'en choisir une. Anxieux, forcé de m'adapter, j'ai fini par choisir, renonçant ainsi à toutes les autres options. Je suis parti faire des études, des études de je sais plus trop quoi mais ça va me revenir. J'y allais comme ça pour passer le temps. Et un jour, je l'ai rencontrée elle, et le temps a pris tout son sens.

Je me souviens, putain je me souviens comme si j'avais la scène sous les yeux et que je la revivais. Elle était assise sur un banc, à l'université, sous un pin, et une aiguille de pin venait de lui tomber dans les cheveux sans qu'elle s'en rende compte. Elle lisait. Et en posant les yeux sur elle, je suis tombé amoureux, immédiatement, ça m'a foudroyé le bide, fou amoureux, complètement maboul, à partir de cet instant et pour toujours.

Miraculeusement, on a fini par sortir ensemble. Ce jour-là je l'avais abordée, on avait discuté, le courant était passé direct, ça montait sur le multimètre. On avait plein de points communs, et tout s'était fait très rapidement : premier bisou sur la bouche, première nuit ensemble, premiers films au ciné, la rencontre avec la famille. Tout s'était enchaîné de manière très naturelle. Elle sentait bon, si bon. J'en revenais pas, au début, d'avoir réussi à sortir avec elle. J'en reviens toujours pas d'ailleurs.

Au bout d'un moment, j'en ai eu marre des études. Tout ça ne servait à rien, ça ne m'apportait rien, ni connaissances utiles, ni plaisir. J'ai arrêté, je me suis trouvé un petit boulot de chauffeur livreur en me disant que j'allais y rester quelques mois, j'y suis resté toute ma vie.

Elle, elle a continué. Elle était sérieuse, intelligente, pragmatique, elle comprenait tout plus vite que tout le monde, ce qu'elle produisait était toujours meilleur. J'adorais ça, je l'admirais. Et même en partant faire autre chose, je l'ai toujours encouragée, je voulais qu'elle réussisse. Sans surprise pour personne, c'est ce qu'elle a fini par faire : réussir. Les années ont passé, elle a dû partir pendant un an en région parisienne. C'était dur mais on a passé ce cap de la relation à distance avec brio. Puis, elle est revenue, elle a trouvé un poste de prof de fac ici, on s'est installés ensemble définitivement, et tout allait bien.

Les problèmes et obstacles qui se présentent à tous les couples se sont présentés à nous, et on les a résolus, franchis un par un. Les uns après les autres. Notre relation se renforçait à mesure qu'on se prouvait à nous-mêmes que les difficultés ne pouvaient pas nous abattre. On était les plus forts.

Elle a toujours voulu quitter cette ville pourrie, partir loin où il fait meilleur vivre, et moi j'ai toujours voulu rester. C'était chez moi ici, c'était chez nous. C'est peut-être le seul truc qu'on avait pas vraiment réussi à régler, et en temps voulu je savais qu'il y aurait des concessions à faire. Elle en avait marre de l'atmosphère étouffante de la ville, la violence, la précarité poussée à l'extrême, la chaleur infâme quand vient l'été, tous entassés dans ces rues hostiles. Moi, je ressentais pas vraiment ça, mais je n'étais pas une femme, aussi. Le monde entier n'en avait pas après moi.

C'est à peu près tout ce qui peut me revenir pour l'instant, nos sorties, nos soirées alcoolisées, nos dimanches sous la couette, nos disputes, nos vacances, nos repas de famille, de belle-famille, notre chat Moustache, nos débats passionnés. Tout me revient par bribes, et à mesure que le temps passe chaque fragment devient plus dense, s'éclaircit. Je me souviens de tout, sauf du dernier jour, encore noyé dans la brume opaque des vapeurs d'alcool.

Je me souviens d'elle, enfin.

Après tout ce temps, à attendre, à errer le cœur vicié, je me souviens enfin d'elle, maintenant que... j'ose à peine y croire... maintenant que je l'ai sous les yeux.

6
Ne pas reconstruire

L'instant est comme suspendu, même si ça fait cliché de le dire c'est vrai bordel. J'ai l'impression que tout autour s'est arrêté, la musique a ralenti, si lointaine, les gens sont figés dans l'absolue vérité de mon unique point de vue fantomatique.

Elle est belle, elle n'a quasiment pas changé, à part que son visage est légèrement marqué, à peine, par la tragédie de sa vie. Je la regarde sourire à Yvon en même temps qu'elle tente de s'emparer des trois pintes. Elle est comme un bateau de sauvetage que j'apercevrais après des années passées sur une île déserte. Bordel ça fait du bien, je ne pensais pas ressentir... un jour... le bien. J'essaie de goûter à chaque instant de cette scène sans penser à sa fin. Elle est là, à deux mètres devant moi, et je sens son parfum, cette odeur poudrée qui évoque les sorties, le rose, le bonbon, je perçois ces senteurs alors que je n'arrivais plus à sentir. Elle vient de me réveiller. Qu'est-ce qu'elle est belle. Avec dextérité, elle réunit les trois verres ensemble et les tient serrés dans ses deux mains, avec ses longs ongles, j'aperçois une dernière fois son regard, ces yeux brillants, noirs, cet air malin, et puis elle se retourne et disparaît dans la foule. C'est franchement étrange, doux amer, d'avoir l'amour de sa vie devant soi et de ne pas pouvoir lui dire un mot. En même temps, je crois que même si je pouvais, j'y arriverais pas. Je suis paralysé, vissé dans le sol sans même le toucher, figé par la surprise.

Je finis par arriver à me mouvoir un peu alors je la cherche du regard dans la salle bondée, je connais tout d'elle, la forme de sa tête, les ondulations de ses cheveux, sa taille, ses fesses rebondies, sa voix et ses éclats de rire. Au bout d'un moment je l'aperçois au fond, avec deux autres filles que je connais pas, des collègues peut-être. C'est étrange comme cet élément de surprise vient d'intervenir, alors que tout autour est exactement pareil que d'habitude, le même Yvon qui ouvre les tireuses avec un air bougon, la même Stacy qui attire tous les regards, le comptoir tout collant et les losanges multicolores qui m'empêchent de voir l'extérieur.

Elle n'a pas changé, c'est fou quand j'y pense. C'est comme si… comme si ma mort ne l'avait pas vraiment impactée. Non, comment je peux dire ça… Je la connais, je la connais par cœur. Tout ça est une façade de fierté, je sais qu'elle s'apprête, qu'elle fait des efforts constants, qu'elle ne laissera jamais la vie la démonter même dans les pires circonstances, et qu'elle laissera encore moins les gens croire qu'elle va mal.

Je bouge toujours pas de mon poste d'observation, derrière le comptoir, mais je la vois. Quand je pense que j'ai senti son parfum. Et soudain, quelque chose se passe. Une des deux filles est partie aux toilettes, l'autre est sur son téléphone, sûrement sur Facebook comme Steve, et là je vois que son regard devient triste. Elle lève les yeux vers le plafond, puis balaye la salle, l'espace d'une fissure de seconde son regard se pose sur moi mais non, je sais qu'elle ne me voit pas. Elle observe la pièce, tentant peut-être de se rappeler l'endroit précis où j'ai cassé ma pipe. Merde, ça fait sacrément drôle.

Puis d'un coup, la troisième fille revient des chiottes et là, elle reprend son regard joyeux, solide, celui des apparences. Et c'est terminé.

C'est terminé. Elles finissent rapidement leur verre et s'en vont, y a trop de monde ici, c'est invivable. La connaissant, je pense qu'elle va se mettre en quête d'un endroit pour danser et arrêter de penser.

Un immense vide emplit soudain mon cœur de fantôme, c'est trop d'émotions pour moi. Je vous ai dit, je suis un grand sensible. Merde. Je peux plus rien me voir en peinture. Excédé, ne comprenant rien à ce qui m'arrive, je m'empresse de traverser la foule et, exceptionnellement, je remonte dans la réserve bien avant la fermeture pour broyer du noir tranquillement, avec un semblant d'intimité. Tout seul dans le noir, j'ai attendu que la nuit se termine. Rien à foutre de la Saint-Patrick.

Après ça j'ai fait que de ressasser pendant des semaines, ou des mois j'en sais trop rien. Pour une fois, plus rien du présent ni du futur n'avait d'intérêt, maintenant que j'avais récupéré mon passé je pouvais penser à rien d'autre. Les jours s'écoulaient, vides de tout sens, inutiles, avec toujours les mêmes actions à l'infini comme dans le *Groundhog Day*, et moi j'avais la tête plongée dans ma propre tête. Je repensais à notre vie ensemble. Je revoyais avec délectation les soirées à lire ou à regarder des films, les parties de jambes en l'air dans des lieux incongrus, la première fois qu'elle m'avait dit je t'aime. On était particulièrement connectés, plus que les autres, on était comme deux moitiés d'un atome que la vie avait séparées, quand le drame était survenu.

Mais quel drame ? Quoi exactement ? Si seulement je pouvais me souvenir de comment j'étais mort, et de pourquoi, ça m'aiderait peut-être à tourner la page, à en finir avec toutes ces conneries. C'est quand même pas commun de mourir ici, à mon âge, il a dû se passer quelque chose de sacrément tordu… Quoi qu'il en soit, ça a un rapport avec elle, j'en suis sûr. Je le sens.

Peu à peu, alors que les souvenirs défilaient, que je m'enfonçais jour après jour un peu plus dedans comme dans un bain hypnotique, j'ai commencé à avoir des regrets. Faut pas m'en vouloir, c'est naturel. J'ai repensé à des choses que j'avais mal faites, ou que j'avais pas faites.

La vie est trop courte pour ne pas faire les choses bien. J'aurais dû accepter de déménager quand elle l'avait demandé, et pas attendre mille ans, pas mourir sans l'avoir fait. Quel con. Maintenant elle est tout seule dans cette ville de merde à cause de moi. J'aurais dû la marier, il était grand temps. Lui montrer que je savais ce que je voulais. J'aurais dû être plus fort, plus protecteur, plus gentil, j'aurais dû n'être qu'un roc pour elle, un phare dans la tempête, j'aurais dû lui apporter tout ce dont elle avait besoin, et je ne l'ai pas fait. Merde. J'avais pas le niveau pour elle.

J'ai ainsi repensé à mes erreurs pendant de longues nuits, les tordant, les retournant dans tous les sens pour voir si y avait pas des aspects qui m'auraient échappé. C'est bizarre, de devoir faire le deuil de cette relation alors que c'est moi qui suis mort.

Je me demandais parfois si c'était Dieu qui me faisait vivre tout ça. Si c'était le cas, il était sacrément con. Dieu… Je me souviens maintenant que j'avais jamais cru en lui. En fait, j'avais commencé à croire en lui après ma mort, histoire d'avoir quelqu'un à blâmer pour tout ce qui avait pu m'arriver de mal. Qu'est-ce que Dieu veut, maintenant ? On est dans de beaux draps, non ? Quel est le sens à tout ça, qu'est-ce qu'il veut ? Que je me pardonne ? Que je pardonne à la vie, pour enfin passer de l'autre côté, sortir de cette phase transitoire qui me condamne à hanter ces lieux ?

Si seulement je pouvais sortir d'ici, recommencer. Vivre à nouveau. Putain quelle vie je mènerais ! J'irais la voir, je lui dirais que tout est fini, que tout va aller maintenant. Je l'emmènerais en voyage, à New York comme elle voulait. Je lui achèterais plus de fleurs, toutes les semaines, tous les jours un nouveau bouquet. Je la demanderais en mariage devant un feu d'artifice, je lui organiserais tout comme elle veut, pour que ma princesse devienne ma reine. J'arrêterais de râler quand elle veut qu'on sorte, j'apprendrais les recettes de ses plats préférés, j'écouterais ses incertitudes jusqu'au bout de la nuit, sans m'endormir. Je ferais tout pour elle, comme j'aurais dû faire depuis le début, je lui donnerais tout, ma vie, je lui construirais son trône, je lui forgerais sa couronne, dont les pierreries seraient taillées dans les plus purs des diamants, et je prendrais le monde, je le ferais tout petit, et je le déposerais à ses pieds, là où est sa place. Merde. Je reprendrais où je m'étais arrêté, je terminerais ce que j'avais commencé, comme un grand.

Mais bon, une seconde chance, ça serait trop simple. On ne saisit jamais les secondes chances, jamais comme il faut. À force que le temps passe, j'ai fini par enterrer les regrets sous une sale couche d'amertume. J'ai fini par y penser de moins en moins, et à reprendre mes habitudes. J'ai lâché prise, en fait, sachant pertinemment que je pourrais jamais, jamais, jamais rien y faire. Il a fini par me rester que deux questions, que je continuais de me poser incessamment, au crépuscule tiède dans la réserve moisissante, dans la nuit alcoolisée où braillent les ivrognes, deux questions qui se répètent comme une ritournelle : comment je suis mort ? Comment je vais sortir d'ici ? Il fallait que j'attende pour avoir les réponses. Je savais qu'elles viendraient. Je savais qu'elle reviendrait.

7
Demba et l'enterrement

Aujourd'hui, Steve est mort. Ou peut-être hier, je sais plus trop.

Il s'est tué au volant un matin. Le connaissant, il devait avoir décuvé, mais ils ont retrouvé tellement d'alcool dans son sang qu'ils en ont conclu qu'il était bourré. Il l'était pas, je pense. L'alcool s'est juste accumulé au fil des années, il faisait partie de lui.

Penché devant une poignée de losanges, j'essaie pour la énième fois de voir ce qu'il y a dehors. Maintenant que j'ai récupéré de la mémoire, je me souviens dans quelle rue on se trouve. Je sais ce qu'il y a derrière cette vitre : une boulangerie, un gros immeuble qui se veut stylé avec une banque dedans, ou un truc inutile du genre, des places de parking. Je perçois du mouvement, mais ce ne sont que des formes fiévreuses, oniriques.

Je me retourne, Stacy, Yvon et son cousin Marcou sont réunis autour du comptoir. La porte s'ouvre, la Taupe les rejoint. Des gens qui connaissaient Steve depuis si longtemps, qui l'ont vu tant de fois s'asseoir ici, faire les mêmes soupirs fatigués, de plus en plus fatigués à mesure que les années passaient, faire défiler à l'infini son feed Facebook inondé de carpes et de poissons volants.

— Putain, ça fait bizarre, je vous jure, dit la Taupe.

Stacy sert quatre shots de whisky d'Arran et ils se l'envoient tous en grimaçant. Je remarque que derrière le comptoir, un nouveau cadre est apparu, une photo de Steve, prise ici, à cette même place où il a laissé ses marques. Assis sur ce même putain de tabouret, une photo prise au flash par Stacy, Steve regarde l'objectif avec sa tête chauve, devant lui sa bière à moitié remplie, à côté de sa bière son téléphone déverrouillé sur Facebook.

— Un deuxième ? demande la Taupe.

— Un deuxième, répond Yvon.

Et ils s'en reservent un deuxième, et ils l'ingurgitent en chœur, pour honorer la mémoire de Steve, le client le plus fidèle. Le type se pointait ici tous les jours depuis 10 ans, et voilà à quoi il a droit : une photo, 2 shots chacun.

Quand j'y pense, Steve aurait adoré mourir ici. Putain, ça serait vraiment le paradis, pour lui, entouré de bouteilles et des poivrots du coin, pouvoir boire jusqu'à plus soif et dévaliser à merci les stocks du vieux Yvon. Le connaissant, il serait allé mater Stacy dans les toilettes ce pervers. Mais non, au lieu de ça il s'est foutu en l'air contre un platane en allant au travail, et moi je suis là, à sa place. Je me demande si, comme moi, il erre aussi tel un fantôme autour des lieux où il a trouvé la mort, ou s'il a directement eu le droit de mourir pour de vrai, lui. Sans entredeux, sans entracte.

— Et dire qu'il m'avait proposé quinze fois d'aller à la pêche avec lui, et que j'ai jamais eu le temps, se morfond Yvon.

On a jamais le temps pour rien, Yvon. C'est ce que je lui aurais dit si j'avais pu. On finit toujours par avoir des regrets, parce qu'on peut rien prévoir, parce qu'on est trop occupés dans des trucs qu'on finit toujours par se rendre compte qu'ils servaient à rien. Et Steve, il a continué d'aller à la pêche tout seul le dimanche matin, un pack dans la glacière.

Sacré Steve. Il va me manquer, quand même, je vais pas mentir. C'est une sensation étrange, que quelqu'un vous manque sans que vous lui ayez jamais adressé la parole, quelqu'un qui ne vous connaissait même pas.

Les jours ensuite se sont écoulés longuement, lentement, comme une rivière calme, sans qu'il se passe jamais rien de notable. Je replongeais dans mes souvenirs pour passer le temps, comme si je revoyais un film mental en choisissant les scènes qui me plaisaient : un jour ensoleillé à la plage quand j'avais huit ans où j'empilais les crabes dans un seau avec ma sœur, un vendredi après-midi, lent et pénible, où j'attendais dans la salle de classe que la semaine se termine. L'école, putain, qu'est-ce que je m'y suis fait chier. Un jour au travail, où je m'étais embrouillé avec une vieille dame qui voulait que je lui monte son colis au huitième étage, et j'avais pas le temps. Le temps, le temps, toujours le temps. On le voit pas passer, on l'oublie, on le néglige, on le vend pour un smic.

Aujourd'hui, maintenant que le temps a perdu toute sa contenance, je comprends que prendre son temps c'est la meilleure manière de ne pas le perdre. Profiter un peu des choses.

Profiter des réveils tièdes, vers 17 heures, dans la réserve sans odeur, de l'escalier bruni par l'usure, des mêmes choses qui se répètent et qu'on peut observer dans les moindres détails, jusqu'à la dernière rainure un peu tordue du parquet, jusqu'au bruit d'essoufflement hoqueteux lorsque s'écoule la dernière goutte du fût, jusqu'au crâne le plus dégarni de tous les crânes de la clientèle. J'étais résigné, je profitais en attendant mon sort.

Et un mardi soir, le type est revenu. Vous savez, le type. Celui qui m'avait regardé droit dans les yeux et qui m'avait parlé. Il est revenu.

Accoudé au bar, je le regarde s'asseoir dans un coin tranquille, sur une banquette verdâtre, un journal à la main. Au bout d'un moment, Stacy lui apporte une bière. Cette fois-ci, je vais pas me débiner : je prends mon courage à deux mains et vais m'asseoir en face de lui. Il est dégarni, un peu grassouillet.

— Vous pouvez toujours me voir ?

Il plie son journal, le pose en le faisant glisser sur le côté, sort son téléphone de sa poche et le colle contre son oreille, puis il lève enfin ses yeux vers moi et dit :

— Oui.

Incertain, je regarde autour de moi.

— C'est… c'est à moi que vous parlez, là ?

— Oui. Je fais mine de parler au téléphone parce que j'ai pas envie de passer pour un fou et de me faire virer du bar.

Je hausse les épaules. C'est compréhensible.

— Je m'appelle Demba. Je peux... je peux voir les morts. J'ai toujours pu, et personne a jamais voulu me croire. Mais depuis que je suis tout petit je les vois.

— Vous êtes devenu médium ?

— Non, répond Demba. Je n'ai aucune envie de faire mon blé sur la détresse des gens. Mais je travaille quand même dans... dans le milieu de la mort, si je puis dire. Je suis embaumeur funéraire, et taxidermiste à mes heures perdues.

— D'accord... Est-ce que vous pouvez me dire ce que je fous ici ? Depuis des années j'erre dans ce trou à rats, je ne peux rien faire, ni sortir, ni mourir tranquillement, ni parler à qui que ce soit à part vous.

Demba se gratte la tête, pour réfléchir, il semble emmerdé par ce qu'il va me dire.

— Vous êtes... comment dire ? En phase de transition, en quelque sorte.

— Comment ça ? Qu'est-ce que ça veut dire ? je m'impatiente.

— Pardonnez-moi, mais ce n'est pas une science exacte, et je fais ce que je peux avec ce que j'ai, personne ne m'a jamais appris comment faire, j'ai dû tout apprendre tout seul en dialoguant avec les morts.

Je me suis un peu emporté, c'est vrai.

— Je suis désolé, c'est juste que c'est une torture... une malédiction, de se réveiller ici tous les jours sans savoir pourquoi ni quoi faire.

— Je comprends bien... Vous n'êtes pas encore totalement mort parce qu'il vous reste des choses à régler ici.

— Des choses ? Quelles choses ?

— Généralement, c'est... c'est toujours la même chose. Il vous reste quelqu'un à pardonner.

Je ne réponds pas tout de suite. Je réfléchis. À quelques tables de là, un groupe de jeunes filles discute en buvant des Pornstar Martinis. Stacy profite d'une accalmie pour manger une barquette de frites. Quelqu'un à pardonner. Moi ça me va. Je pardonnerai la terre entière s'il le faut.

— Je pardonnerai la terre entière s'il le faut.

— Vous vous doutez bien que ce n'est pas un pardon facile, répond Demba, sinon vous seriez déjà parti. Non, c'est quelque chose de compliqué, de problématique, quelque chose que vous n'êtes pas encore parvenu à comprendre. Vous devez trouver le problème, la chose qui coince, et vous devez pardonner la personne en question. Sincèrement, sans faux semblants. Et quand tout sera rentré dans l'ordre, vous pourrez sortir.

Et disant cela, Demba expédie le contenu de son verre et se lève, laissant le journal soigneusement plié dans son coin de la table.

— C'est vraiment le seul conseil que je peux vous donner. Fouillez au fond de vous-même. Vous finirez par trouver. Je reviendrai.

Puis, il range son téléphone dans sa poche et se casse, me laissant là, pantois, le cœur fatigué.

Pardonner ? Pardonner qui ? D'avoir fait quoi ? J'ai beau fouiller dans mes souvenirs, mettre sens dessus dessous toutes ces années de vie archivées dans le désordre dans mon esprit, je vois pas bien ce que j'aurais de si important, de si grave à pardonner. Merde. Pardonner mes parents de m'avoir trop bichonné ? Pardonner Madame Martin de m'avoir crié dessus en cinquième ? La pardonner, elle, l'amour de ma vie ? Mais pour quoi ? J'ai plutôt bien vécu, j'ai trop bien vécu, et personne ne m'a réellement fait du mal à part moi-même, à vrai dire, j'ai toujours été l'inconnue qui coince dans l'équation. J'y connais rien, moi, en mathématiques.

8
La haine

On est jeudi, je crois. Ou peut-être samedi. Non, pas samedi. On est jeudi. Ouais, c'est ça.

On est jeudi et, assis dans le fond sur une banquette j'observe le bar se remplir minute après minute, avec son petit rythme, tranquille, mais qui se maintient. Une douzaine d'étudiants rentre vers 18 heures, déjà bien allumés, ils passent une grosse commande de shots, s'envoient tout jusqu'au trou de balle, puis s'en vont. Un barathon, sûrement.

La photo de Steve commence déjà à prendre la poussière, plus personne la regarde à part moi. La Taupe est pas revenu depuis l'enterrement improvisé au comptoir, l'autre jour. Je perçois qu'est venu l'hiver, à la manière dont les gens sont habillés, ce petit geste qu'ont certains de se frotter les mains en rentrant, heureux de trouver un lieu chaleureux, où le chauffage est à fond et où la bière réchauffe encore plus.

Les photos de boxers en noir et blanc sont toujours là, les vieux livres qui pourrissent dans l'armoire du fond aussi, la serrure des toilettes, quant à elle, a été réparée, enfin. Yvon a embauché Marcou à temps partiel pour faire cuire les fish and chips, donc les affaires doivent marcher. En même temps, y a toujours du monde.

J'ai repensé à ce que m'a dit Demba, quand il osait à peine me regarder dans les yeux devant sa bière couleur pisse. J'y ai repensé tous les jours, j'ai cherché dans les tiroirs de ma mémoire, mais vous connaissez les tiroirs, ces coquins, ils renferment jamais ce que l'on cherche, on l'a toujours mis autre part qu'à la place qu'on lui avait attribuée. Au bout d'un moment, j'ai lâché l'affaire. Je me suis dit que la solution, si je la trouvais pas en cherchant, je la trouverais pas du tout. C'est elle qui se montrerait à moi quand viendrait le moment. En attendant, je pouvais rien faire d'autre que de regarder Stacy porter à bout de bras les caisses de bouteilles, avec son crop top qui montre son bas du dos. Parfois aussi, quand vraiment je m'emmerde, je fais chier les clients, mais de manière générale j'ai perdu ce goût de la farce. Je fais plus qu'attendre et regarder, grosso merdo.

Deux types rentrent, on voit qu'ils sont du bâtiment, ou en tout cas qu'ils travaillent dehors, un truc dur, brutal, érodant. Ils commandent une pinte chacun et la boivent rapidement, histoire de faire passer la journée, puis ils en commandent une autre, celle-là pour la boire normalement, pour se détendre quoi. Ils parlent du travail qu'ils viennent de faire, et de celui qu'ils feront demain, d'une histoire de caisses et de poutres. Et de temps en temps ils arrêtent de parler et regardent un peu Facebook. Ils ont rien d'autre à dire.

Les études ça me plaisait pas, mais le travail que j'ai fait après, en comparaison, c'était dur. En fait, c'était une autre vie. J'avais l'impression que le travail me servait seulement à payer mes factures et de quoi bouffer, et que la bouffe servait uniquement à me maintenir en vie pour que je puisse continuer le travail. C'est quoi, cette vie ? je me suis dit. Et puis j'ai compris que c'était la vie de la plupart des gens, alors j'ai haussé les épaules et j'ai continué de la mener. Y avait rien d'autre à faire.

Les deux types se lèvent et s'en vont, il doit se faire tard, et eux ils commencent tôt. De plus en plus de gens se mettent à rentrer, je sens qu'on est dans le vif de la soirée, maintenant. Le brouhaha s'étoffe, les litres de bière coulent. Je vois Stacy enfiler sa veste et sortir, sûrement pour prendre sa pause clope. Parfaitement las, je quitte ma place au fond du bar et viens m'accouder au comptoir pour observer ça d'un point de vue plus surélevé.

Et puis soudain, en regardant bien je la vois. Dans un coin qui m'était masqué, un angle mort, elle est assise sur une banquette, face à elle un couple d'amis, elle est relativement loin mais c'est sûr que c'est elle.

Elle est revenue.

Une fois de plus mon cœur s'effondre, mes tripes, inexistantes, invisibles, s'agitent soudainement. Mon champ de vision, inévitablement se rétrécit et je ne vois plus qu'elle, bordel, c'est peut-être aujourd'hui que j'aurai le déclic, que je vais trouver la solution. Je peine à me contenir, à faire quoi que ce soit d'ailleurs. Je sais plus vraiment ce que je ressens, les émotions se bousculent au portillon pour me chanter leur lyre.

Je parviens enfin à me déplacer, et lentement je m'approche d'elle. J'ignore combien de temps s'est écoulé depuis la dernière fois, elle n'a pas les mêmes ongles, pas les mêmes habits que quand j'étais vivant, quand j'existais. Elle a le même sourire énergique, les mêmes yeux noirs qui pétillent. Je... je peux... J'aimerais tellement lui parler, merde. Elle est là, devant moi. Elle est à des milliers de kilomètres. J'aimerais dire qu'elle est belle, mais ces mots ne sont que des étincelles dans le vide spatial, en comparaison de la lumière qu'elle dégage. Et je vois, je lis sur son regard qu'elle est gênée, embarrassée d'être là. Elle a... elle a l'impression de faire quelque chose de mal, alors je me rapproche, je me rapproche un peu plus pour entendre ce qu'elle dit, même si avec elle je n'ai pas envie d'être voyeur cette fois-ci la curiosité me pousse en avant.

— C'est lui qui a voulu venir ici, moi je voulais pas.

De qui elle parle ? De moi ? Le jour de ma mort n'est toujours qu'un brouillard opaque dans mon esprit, mais ça m'étonnerait si j'apprenais que j'avais insisté pour venir boire un verre ici.

— Ben ouais, c'est pas mal ici, non ?

Et là, je comprends. Un type revient du bar avec une barquette de fish and chips, et il s'assoit à côté d'elle, et sous mes yeux, il l'embrasse sur la bouche. Sous mes yeux, je vous dis. Et elle, elle l'embrasse en retour. C'est donc ça. Il a voulu venir ici, elle ça lui revenait pas trop d'emmener son nouveau mec là où son ancien avait rendu l'âme, mais elle avait pas osé lui dire. Elle voulait lui faire plaisir. Et voilà qu'ils se roulent des pelles devant moi. Elle met fin au truc.

— On va y aller, de toute façon, il dit. Laisse-moi juste finir le poisson.

On va y aller, de toute façon. Cette phrase résonne, je l'ai entendue le dernier jour, quand on est venus ici. Elle s'insère dans mon esprit comme un ver qui veut tout corrompre. On va y aller, de toute façon. Comment peut-elle oser amener ce type ici ? Notre relation, tout ce qu'on a vécu, ça ne rime donc à rien ? Le respect, le respect est-il mort avec moi ?

Confusion, méfiance, tristesse, jalousie, mépris, colère, les émotions tourbillonnent, si vite que je parviens pas à les comprendre. Amener ici son nouvel amour. Pourquoi ne pas l'emmener sur ma tombe directement, pour y pisser sans gêne. Mépris, colère, haine. C'était à ça que c'était voué, de toute façon, depuis le début. À la fin, c'est toujours pareil. À la fin, il ne reste plus que la haine.

Que le Diable m'emporte, ou Dieu, si tant est qu'ils existent, qu'ils s'enculent l'un l'autre sans modération en regardant bien ce que je vais faire.

D'un revers de la main, cette main invisible qui ne sert plus à rien, je renverse les quatre verres qui se trouvent sur leur table. Par terre, comme ça. Ils se brisent, bien sûr, dans un grand fracas, le bruit de la haine. Tout le monde s'arrête de parler et regarde d'où vient le bruit. Yvon lève un sourcil emmerdé depuis son poste derrière le comptoir. Stacy n'est pas là, elle est toujours dehors.

— Désolé ! dit le nouveau mec, après un temps d'hésitation.

Les quatre n'ont pas compris ce qu'il se passe, de toute façon, personne n'a rien compris à rien. Alors je renverse les verres de la table d'à côté, les gens se lèvent, indignés, arrosés.

— Oh ! s'exclame Yvon. Vous pouvez pas faire gaffe, un peu ?

Tu vois bien que non, Yvon. Tu vois bien que personne fait gaffe à rien, à part à leurs pauvres tronches. Je donne un coup de pied dans une table vide, elle se renverse par terre dans un grand clac. Les gens commencent à prendre peur, à se lever, Yvon est derrière le bar toujours, la bouche ouverte, il se demande c'est quoi ce cirque. Puis je prends une chaise, et ce faisant je sais très bien l'effet que je produis. Je sais qu'ils sont tous en train de mater une chaise s'élever dans les airs, et qu'ils en croivent pas leurs yeux. Dans un accès de rage, je la balance au dessus d'une table du fond, contre la vitre et ses losanges, dans l'espoir de la casser. Trop solide. Les gens commencent à prendre la fuite, et moi, je fais que commencer.

Je fais des croche-pattes, invisibles, inévitables. Les clients se rétament les uns sur les autres, et puis je m'approche du mur de bouteilles et je les fais tomber, une par une, je veux tout détruire, tout, qu'il reste plus que des bris de verre. Yvon est obligé de passer de l'autre côté du comptoir, il crie à tout le monde de sortir. Et moi je fous tout en l'air, je renverse toutes les chaises et toutes les tables, c'est tout ce que je peux faire alors je le fais. Levant le bras du plus haut que je peux, je commence à péter les ampoules, une à une, et la pièce s'assombrit.

Et puis, à un moment mon regard se pose sur elle, et je la vois, je vois clairement jusqu'au plus profond de son âme. Je lis la peur dans ses yeux, et je sais qu'elle a compris. Et soudain, je percute. C'est… c'est à cause de son regard, son regard terrifié. Elle avait le même juste avant que je crève, la pauvre. Alors d'un coup, tout me revient, tout. Et cette fois-ci, jusqu'à la fin, jusqu'à la dernière minute de cette dernière journée, de ma putain de vie. La dernière fenêtre vient de s'ouvrir.

C'est le moment de savoir.

9
Comment passer de vivant à mort

J'ai toujours été un type gentil. Un peu trop gentil, même. Inoffensif.

Ça m'a jamais trop servi d'être gentil, mais en même temps je l'ai jamais été pour que ça serve, je l'étais juste. C'était dans ma nature. J'allais pas me forcer à devenir méchant, c'est pas comme ça que ça marche.

En grandissant, et en la découvrant, je me suis mis à détester la violence, qu'elle soit physique ou psychologique. J'ai été moqué à maintes reprises pour telle ou telle raison, racketté aussi, un peu. À chaque fois que ça m'arrivait je restais là, inerte, incapable de faire quoi que ce soit, comme spectateur de mon propre corps et de ma propre vie. J'avais jamais voulu avoir l'ascendant sur l'autre, je comprenais pas pourquoi l'autre voulait avoir l'ascendant sur moi.

En fait, la violence, j'en avais peur. Peur des coups, peur qu'on me casse quelque chose, peur de faire mal aussi, peur de l'affront, des conflits, des joutes verbales, des débats un peu trop passionnés. Mon instinct m'a toujours dicté de capituler ou de fuir devant la violence, mais enfin fuir c'était capituler, avec moins de honte. De ma vie, je me suis jamais battu. Jamais vraiment eu… besoin.

La fuite est le premier commandement de la survie. Bien plus que le combat, car le combat, lui, expose au péril, et faire courir le risque de perdre la vie, et ainsi la chance de participer à la perpétuation de son espèce. En soi, j'étais le comble du survivant, c'est ce que je me disais parfois.

Ce trait de caractère, ça a toujours été un problème dans mon couple. Bien sûr, elle aimait que je sois gentil avec elle, elle aimait tout ce que ça pouvait lui apporter de tendresse, de douceur, d'attention et d'écoute. Simplement, elle aurait voulu que je le sois moins avec les autres. C'est triste à dire, mais maintenant que je suis mort je vais pas regarder ailleurs, autant regarder en plein dans cette vérité salissante, être lucide à propos de soi-même. Je m'écrasais facilement devant les gens mauvais, ça me paraissait bien plus simple que de leur rentrer dedans, ou de les insulter ou de leur faire la leçon. J'étais trop poli avec les impolis, trop généreux avec les gens qui ne méritaient pas, je donnais trop d'excuses aux gens pour leurs mauvaises actions, et à chaque fois que je faisais un truc comme ça, malgré moi, malgré elle, je baissais dans son estime.

Je l'ai toujours su, simplement j'étais comme ça, je pouvais rien y faire. L'endroit où on vivait n'arrangeait pas les choses, ça je peux vous l'assurer. Quand elle se faisait insulter dans la rue, je disais rien. Quand elle répondait, je m'excusais. À tout prix éviter le conflit, c'est comme ça que j'avais grandi, que je m'étais construit en tant qu'adulte. Quand ce genre d'événements désagréables se produisaient, on se disputait pendant longtemps, après ça quand je me regardais dans le cadre étriqué du miroir de la salle de bains je pouvais plus me voir en peinture, je sentais bien que j'étais qu'une pauvre merde.

Pendant une certaine période de ma vie, quand même, j'ai vraiment essayé de changer. Je m'étais dit que pour la garder, il fallait bien que je me crée des couilles, que je devienne l'homme qu'elle attendait vraiment, celui qui pourrait la protéger. Je me suis mis à la boxe. J'arrêtais pas de me faire péter la gueule. Bon, je savais que c'était normal au début, mais ça a duré. Je progressais pas trop, l'entraîneur me laissait dans un coin parce que j'étais nul. J'avais la boule au ventre à chaque fois que j'y allais. Je me suis inscrit à la salle, aussi, pour prendre un peu de muscle, arrêter de ressembler à un ado prépubère alors que j'avais 25 ans. Ça marchait pas trop. J'étais ni motivé, ni rigoureux, ni légèrement avantagé par ma traîtresse de génétique. J'ai essayé, pendant quelques mois, de changer un peu mon *mindset*, de penser à des choses plus viriles, comment le font les vrais hommes.

J'ai continué comme ça quelque temps, et puis un jour en sortie de boîte avec des potes, on s'est embrouillés avec un type, et le type m'a insulté, alors je l'ai poussé et lui il m'a poussé bien plus violemment, et je suis tombé par terre dans le gravier, et le type est parti sans demander son reste. J'ai tremblé des jambes pendant deux heures à cause de la montée d'adrénaline. J'avais été prodigieusement nul. Le petit mensonge que j'essayais d'assembler depuis des mois comme un vulgaire château de cartes venait de s'effondrer. C'était clair que j'allais jamais casser la gueule de personne. J'ai arrêté la boxe, j'ai arrêté la muscu, j'ai arrêté mon cirque, en fin de compte.

À part ça, on avait vraiment aucun problème elle et moi. On vivait notre vie comme on l'entendait, on se laissait de l'espace, on faisait l'amour tout le temps, on mangeait des nouilles chinoises du traiteur tous les jeudis et on salissait le tapis, à tel point que j'ai fini par le jeter.

Parfois, ça arrivait qu'elle me rappelle certains moments où j'aurais dû faire quelque chose et où je n'avais rien fait. En général, c'était des situations que j'avais maintes fois retournées dans ma tête sans les comprendre, comme un Rubik's Cube en noir et blanc. Je comprenais pas moi-même pourquoi tant de fois j'avais manqué d'agir. C'était plus fort que moi, semblait-il. Alors que d'autres devaient se contenir pour ne pas frapper, moi je devais me forcer. Après ces discussions, qui se transformaient souvent en disputes, mon estime de moi-même était au plus bas. J'avais du mal à comprendre comment faire différemment, et pourquoi je n'étais pas comme la plupart des hommes, dominant, bagarreur s'il le faut, avec de la poigne et de la volonté, prêt à défendre ce qui dépend de lui.

C'est bien le monde dans lequel on vit, non ? Arrêtez-moi si je m'égare. Les hommes doivent protéger les femmes des autres hommes et on ne peut faire confiance à personne. Merde. Où est ma véritable place dans cette société, et qu'est-ce que je peux espérer mériter si je ne me conforme pas à ce qu'on attend de moi ?

Ceux qui ploient facilement sous le souffle pernicieux de la haine sont les plus faibles, ce sont des victimes, c'est ce que je me disais pour me consoler. Des victimes d'eux-mêmes. Et moi… moi j'étais une victime de ces gens-là.

Tout ça nous mène inévitablement au jour de ma mort. Vous vous doutez bien que je vous ai pas raconté ça pour rien. Tout me revient clairement, maintenant. Le voile opaque qui enveloppait cette journée fatale se lève peu à peu, comme le brouillard se dissipe quand les nuages laissent place au soleil. J'avais terminé le travail à 15 heures, c'était un samedi. Elle était en congés, alors après ma douche on avait fait la sieste, c'était un délice. Fin de semaine, début de vacances pour elle, on voulait se faire plaisir : le soir on est allés manger au resto italien du centre-ville.

En buvant du vin rouge, on a parlé de tout. On parlait si facilement de la vie, de films, de l'actualité, de ce qu'on ferait après, de ce qu'on ferait l'année prochaine. Merde. Ça me fait mal rien que d'y repenser, c'était fluide, c'était bon comme le vin qu'on buvait, et puis maintenant tout ça n'existe plus. Maintenant elle fait sûrement le même genre de choses avec ce nouveau type, ou alors des choses totalement différentes, qui lui conviennent mieux ou peut-être moins bien mais dans tous les cas, c'est la vie qu'elle mène.

C'est après ce repas copieux qu'on a décidé d'aller dans ce bar. Je me rappelle plus très bien la raison, certains détails sont encore englués dans la brume incertaine de ma mémoire abîmée. Je crois qu'on voulait juste prolonger cette soirée, et que c'était le seul truc ouvert. On l'a pas choisi par conviction mais par élimination, comme on élit un président.

Les choses me reviennent de plus en plus distinctement à mesure que je m'approche de la fin. Les images surtout. Les sons se font plus discrets, comme si je les entendais depuis la pièce d'à côté. Mais je revois tout, je nous revois tout faire.

C'est Stacy qui nous a servis avec un grand sourire. Je n'ai pas fait attention à elle, ni à Yvon qui s'énervait tout seul en cuisine. On est allé s'asseoir tranquillement sur une banquette, une pinte chacun. L'alcool commençait à faire son travail : les soucis s'allégeaient, disparaissaient presque, le temps devenait plus flexible, la nuit nous enveloppait de son atmosphère enivrante. On a continué nos discussions comme ça, un moment, je parviens pas à entendre ce qu'on disait mais je vois qu'elle me regarde dans les yeux et qu'elle sourit. Tout semble aller, merde. Comment ça va finir, cette histoire ? Je sais que ça se termine là, dans ce bar, ce soir, dans quelques minutes. C'est pas pour rien que je l'hante depuis des années, je suis pas mort à l'hôpital, ni même dans l'ambulance, je suis mort ici, sur ce vieux parquet, au milieu des gouttes de bière renversée. Mais alors comment ?

Tout me revient progressivement, dans l'ordre chronologique, toujours avec le son étouffé. Les images sont très nettes. Je me souviens qu'à un moment de blanc dans la conversation, où elle regardait son téléphone, je me suis retourné pour contempler le lieu. Y avait pas grand monde pour un samedi, les gens étaient sur la côte à boire des mojitos dans les clubs de plage, avec leurs petites sandales. Y avait juste… putain mais oui, c'est lui. Je l'avais même pas remarqué tout à l'heure, mais y avait Steve, accoudé au bar à sa fidèle place, déjà en train de faire la même chose qu'il allait faire encore des années durant. Les banquettes autour de nous étaient vides, y avait un peu de monde aux tables, un groupe de femmes qui sortaient du travail, un truc du style… assurances… RH peut-être. Et dans un coin, près de la porte, un groupe de quatre ou cinq mecs qui jouaient aux fléchettes.

Aux fléchettes ? Écoutez-moi bien. J'ai assez fait le tour de cette putain de salle, j'ai assez rasé les murs, épié les crevures du plancher, les tables bancales, inspecté les moindres recoins de l'arête la plus sombre du plafond au trou de rat le plus reculé de la dernière plinthe, pour savoir que dans ce putain de bar, il n'y a pas de cible de fléchettes.

Vous le sentez venir, normalement. J'ai pas encore tout recollecté, mais je le sens aussi. C'est clairement de là que va venir le problème. Alors qu'on enchaîne avec une deuxième pinte, peut-être pas la meilleure des idées mais c'est le week-end, je remarque que le groupe de fléchistes commence à être bien rond. Ils élèvent la voix, bombent le torse les uns contre les autres, commencent à suer du dos diligemment. Ils se mettent des fessées. Leurs verres vides s'entassent sur une table à laquelle ils ne sont pas assis, non, ils sont tous debout face à la cible. Stacy vient débarrasser les verres, ils lui font des remarques mais j'arrive pas à entendre ce qu'ils disent.

Je me retourne à nouveau vers elle, elle me parle, me touche le poignet. J'essaie de comprendre ce qu'elle dit mais rien à faire.

Et soudain, le fil se coupe. C'est le moment. Un des types vise mal, trop ivre sûrement, la fléchette rebondit et atterrit sur sa tête à elle, heureusement pas du côté pointu. Et là, le son devient tout à coup très clair, cristallin. Ils sont derrière moi, face à elle, et je les entends rire. Oui, ça les fait rire ce qu'ils viennent de faire. Un d'entre eux s'approche de nous et récupère la fléchette tombée par terre, près du papier peint à pois rouges, sans rien dire, puis retourne à son poste en rigolant.

— Ils sont sérieux ou quoi ? dit-elle assez fort pour qu'ils entendent. Même pas pardon ni rien ?

Derrière moi je les entends rigoler, répondre que "ça va". Ils rigolent encore. Je la regarde. Elle est révoltée, outrée du comportement incivil des gens. Est-ce que je vais devoir intervenir ? Rétablir la justice par mes propres moyens ? Tabasser ces quatre types, tous plus grands que moi, plus musclés que moi, afin de leur apprendre une leçon sur la vie que leurs parents ne se sont pas donnés la peine de leur enseigner ?

— On va y aller, de toute façon, je lui dis.

La fuite, la seule chose que je sais faire. La meilleure réponse face au danger, parce que le combat expose au péril.

Je vois bien qu'elle est déçue. Je sens bien qu'on va en reparler, pas en sortant non, pas dans la voiture, même pas en rentrant, mais plus tard. Ses yeux se tournent vers moi, plongent dans les miens. Elle voudrait que j'intervienne. Qu'est-ce que je peux faire, à part aller me faire foutre ? Je me dis que c'est pas si terrible, ce qu'ils ont fait, ça ne mérite pas un esclandre ou un combat à mains nues.

Et puis, soudain, une deuxième fléchette voltige vers nous, se prend dans le mur derrière. Cette fois-ci c'est fait exprès, sans aucun doute. Les rires se renouvellent, des rires d'idiots. Indignée, elle me regarde la bouche ouverte. Je repense à toutes ces fois où j'avais rien fait. Je connais les conséquences engendrées par la fuite, je sais ce que je vais penser de moi après, ce qu'elle va penser de moi après. On peut pas toujours fuir, dans la vie. Y a des moments où il faut être assez fier pour pouvoir vivre en paix avec soi-même. N'ai-je pas l'impression que l'univers me tend une perche pour une fois, m'exhorte de rétablir la justice, me montrant clairement que c'est le moment d'agir ? Je profite de cet éclair de lucidité, couplé au petit coup de pouce de la bière qui coule dans mes veines. Et je me lève.

On entame maintenant le dernier paragraphe, ça y est. Plus que quelques lignes qui me séparent de la ligne d'arrivée. En me voyant avancer vers eux, ils se foutent de ma gueule.

— Qu'est-ce tu veux ?

— Vous pourriez vous excuser, au moins, vous cherchez quoi là ?

L'un d'entre eux, le plus teigneux visiblement, celui qui était venu récupérer la première fléchette, s'avance vers moi. Il dit :

— Eh, t'as rien, ta gadji elle a rien, on va rien excuser du tout, retourne t'asseoir, poulet.

Puis il retourne vers ses potes, me tournant le dos dans le plus grand des irrespects.

— Pourquoi tu cherches la merde, toi ? T'as rien d'autre à foutre ?

C'est moi qui ai dit ça. C'est sorti tout seul, ça m'a pas demandé une once de réflexion. Mais maintenant que j'y suis, on va pas faire les choses à moitié. Le teigneux s'approche de moi, le front en avant. Il mesure au moins une tête de plus que moi, il pèse bien vingt kilos de plus.

— T'as dit quoi, fils de pute ?

Un de ses potes s'interpose, il le retient. Il appuie sa main sur le torse du teigneux pour qu'il se recule. Il me dit :

— Frérot, retourne t'asseoir, arrête de chercher la merde, on a pas fait exprès, là c'est bon ?

C'est sa manière à lui de s'excuser, d'être conciliant. Derrière moi, je sens qu'elle se lève et qu'elle s'approche de moi. Mes jambes se mettent à trembler, je sens l'adrénaline se répandre dans tout mon corps, mon ventre frissonner, baignant dans son jus acide : les signes bien palpables de la peur.

— Non mais je comprends pas en fait, vous pouvez pas jouer normalement ? Obligé de casser les couilles à tout le monde ?

Le teigneux s'approche de moi à nouveau, vraiment énervé, cette fois. L'alcool dans son sang, sa forte carrure, lui donnent une confiance en lui qui dépasse les limites du raisonnable. Tout ce qu'il veut maintenant, c'est me péter en deux.

Elle est toujours derrière moi. Elle ne dit rien. Elle veut voir ce que je vais faire désormais, maintenant qu'on est au cœur du truc, que je peux pas tourner les talons décemment. Il s'approche de moi en essayant de m'intimider, il se met à élever la voix :

— Rentre chez toi, frérot, parce qu'on va te soulever. On va t'encastrer, et ta pute on la baise, t'as compris ?

Ça y est, putain. On est juste au sommet de la dernière fraction de seconde : celle où j'ai enfin agi, pour la première et dernière fois.

J'entends Yvon qui crie quelque chose d'indistinct derrière le bar. J'envoie un crochet du droit. Je suis obligé de lever haut parce que le type est grand. En accomplissant le geste, je sais déjà que je suis dans la merde. Mes phalanges percutent sa joue sans trop faire de dégâts, je sens le cartilage osseux qui résonne en dessous. Ça le fait reculer un petit peu, mais franchement, à peine. Je sens ses mains à elle derrière moi. J'ai pas le temps de parer sa riposte. Je vous jure que j'ai pas le temps. Pas l'habitude. Il m'envoie un putain de direct, en plein dans le nez, et je tombe en arrière. En tombant je vois rien d'autre que les lumières du plafond qui valsent, les lustres tricéphales, et son regard à elle, ce regard empli de terreur. Je me dis que ça fait pas si mal, finalement. C'était pas si terrible même si je suis en train de m'effondrer. Ma nuque percute l'angle du mur, au niveau du sol. Elle se brise sur le coup comme une allumette bon marché. Je suis mort.

J'aurais dû continuer la boxe.

10
La recherche du pardon

C'est déjà le noir total quand je me réveille. Pas de rayon lumineux, pas de morceau de soleil, pas le moindre reste. Juste le point rouge clignotant du détecteur de fumée.

Je descends dans la salle, cette fois-ci la vieille ampoule grésillante des escaliers ne grésille plus, elle est totalement éteinte, et le reste est éteint aussi. Je me mets à errer sans but entre les éléments incertains de la salle obscure. Les chaises sont posées sur les tables, quelques liserés de lumière filtrée par le verre opaque des losanges déposent leur main leste sur le parquet. Le drapeau irlandais est tapi dans la pénombre, fier contre son mur, sans plus personne pour le regarder. Je prends le temps d'observer cet environnement qui est le mien, ce que je peux discerner dans les ténèbres : le point rouge du téléviseur, immobile celui-ci, les reflets métalliques sur les becs des tireuses, à peine éclairés par la lumière du panneau issue de secours. Dans l'air, la poussière en suspension. Il n'y a rien à voir, rien d'autre à contempler que les profondeurs de soi-même.

Je prête attention aux bruits : une voiture qui passe dehors, suivie d'un rire de femme, le ronronnement du frigo, le tic tac de l'horloge qu'on n'entend jamais d'habitude, dans le fond de la salle, et puis c'est tout. À part ça, un profond silence. Le bar a dû fermer, je suppose, à cause du scandale que j'ai fait l'autre soir. En partie pour la réputation, en partie pour les travaux de réparation. Je pense qu'Yvon a pas voulu faire de vagues, il a dû se dire que c'était le bon moment pour prendre des vacances.

Allongé par terre dans le noir, à regarder le plafond invisible, j'essaie de trouver des solutions à tous mes problèmes. Je suis mort en tentant quelque chose au moins, c'est déjà ça. Y a pas de quoi être fier de ma prestation, mais j'ai fait de mon mieux sur le moment. Faut bien mourir d'un truc.

Je me demande ce qu'est devenu le type, celui qui m'a frappé. Ivre, ayant fait preuve d'injures devant témoins, il a dû aller en taule pour homicide involontaire. Sauf si son coup a été considéré comme de la légitime défense, car si on se rappelle bien j'ai frappé le premier. Mais bon, ça m'étonnerait.

J'essaie de percevoir, entre les bribes emmêlées de mes sentiments confus, ce que tout ça me fait vraiment. Mes émotions me semblent si lointaines, enveloppées sous une couche d'incertitude. Malgré ça j'éprouve tout de même un intense sentiment de gâchis, de malchance, la sensation d'avoir raté beaucoup de trucs sans pouvoir revenir en arrière.

Maintenant qu'on peut faire la somme de tout, que reste-t-il à pardonner ? Qui ? J'essaie de réfléchir à ce que Demba m'a conseillé de faire. Généralement, les gens qui restent bloqués entre la vie et la mort sont ceux qui n'ont pas pardonné, il a dit. Et souvent, c'est un pardon difficile à faire, a-t-il ajouté. Mais du coup, pardonner qui ?

Je devrais pardonner au type, peut-être ? Le tueur ? Après tout, c'est quand même lui qui m'a expédié dans les bras de la mort. Mais je ne ressens rien à son égard, aucune émotion ni positive ni négative, je ne lui en veux pas de m'avoir buté, je suppose que lui aussi a fait ce qu'il a pu avec ce qu'il avait, et qu'il doit être en train de le payer, d'une manière ou d'une autre. Mais bon, tant qu'on y est, allez, je le pardonne.

J'écoute, j'attends dans le noir. Est-ce le moment où, enfin, après tant d'attente, après des années à errer dans cette taverne, je passe enfin de l'autre côté ? Rien ne se passe. On dirait que non. La réponse est ailleurs. La mort véritable ça se mérite.

Pardonner le monde, alors, de m'avoir fait ainsi, et d'avoir fait les autres ainsi ? À quoi bon en vouloir au monde d'être si violent et si injuste ? C'est une vraie perte de temps. Le monde est comme il est, et puis c'est tout. La lâcheté ne m'avait jamais quitté, et quand enfin je la laissai, m'enveloppant de courage, la mort m'emporta. Le monde ne demande ni pardon ni gratitude. Mais bon, tant que j'y suis allez, je pardonne le monde et tout ce qui s'y trouve. Une telle quantité de pardon, ça devrait bien me payer un aller simple pour le sommeil éternel…

Mais toujours rien. Je suis toujours allongé par terre dans le noir, sur le parquet froid. Ça va pas être rapide, on dirait.

La dernière tentative serait de me pardonner moi-même. C'est le plus logique, en vérité. Me pardonner d'avoir été lâche, merde, rien que penser à ce mot vilain, ce mot dépourvu de toute splendeur, de tout aspect positif, rien que d'y penser ça me remue les tripes. Mais aujourd'hui, c'est le moment, je me pardonne. Je ne cherche ni excuses ni explications, ni rachat ni seconde chance, je me pardonne, tout simplement, avant de pouvoir tourner la page en paix, laissant derrière moi la somme de toutes mes peurs et de toutes mes rancœurs.

Me pardonner de n'avoir pas pris les devants, de l'avoir laissée de côté de trop nombreuses fois, d'avoir négligé ma propre dignité pour préserver mon intégrité physique. C'est le moment de faire tout ça. Y a pas à penser plus. Tous ces trucs sont maintenant faits, ou pas faits, nul moyen de les faire ou de les défaire. Alors je me pardonne d'avoir été, de n'avoir pas été, et d'avoir fait, et de n'avoir pas fait. Les comptes sont bons.

Rien. Je suis toujours là, dans le noir. Merde. Pourtant j'ai tout fait sincèrement, alors quoi ? Qu'est-ce qu'il faut de plus ? J'ai pardonné, j'ai pardonné tout le monde alors qu'est-ce que je fous encore là ?

Ce soir-là, j'ai pas trouvé la solution, ni les soirs suivants, d'ailleurs, ni ceux qui suivirent. J'ai continué d'errer le cœur serré entre les murs assombris qui me servent d'horizon.

Les nuits passent, s'enchaînent comme de longues minutes. De temps à autre je remarque des petits changements dans le décor, laissant entendre qu'Yvon est venu dans la journée pour ranger, changer les ampoules que j'ai cassées, des trucs comme ça. Il doit sûrement attendre que les choses se soient un peu tassées avant de réouvrir. C'est ce que j'espère en tout cas, car je ne me suis jamais senti aussi seul.

11
Quelque chose d'atroce

— J'ai rencontré des types, ça faisait des siècles qu'ils avaient pas bougé de là.

— Des siècles ? Mais…

— Oui, j'ai rencontré un mec une fois, c'était dans une chambre d'hôtel. Le type hantait les lieux depuis 1801. C'était un vieil hôtel, il faut dire.

— Et… et après votre visite, il a réussi à… enfin, vous voyez quoi.

— Aucune idée, répond Demba en parlant dans son téléphone pour ne pas attirer l'attention. J'y suis jamais retourné. Je vais chercher une autre bière, excusez-moi.

Sans attendre ma réponse, il se lève et se dirige vers le bar. Son corps est flasque, on sent bien qu'il n'effectue pas beaucoup de mouvements au quotidien, que la tension artérielle est placide.

Ça fait quelques semaines que le bar a rouvert ses portes et que j'ai repris mes petites habitudes. Stacy n'est plus là, j'ai réussi à l'effrayer pour de bon, visiblement, et ce faisant je l'ai poussée à partir. Tu m'étonnes, ça me ferait flipper de travailler dans un bar hanté, moi aussi. Elle me manque chaque jour, sa présence rassurante, douce, ses éclats de rire discrets. Bref. On va pas s'étaler.

À part la démission de Stacy, rien n'a changé dans ma routine, ou presque. Le réveil, la réserve, la descente de l'escalier noir, les heures d'errance entre les tables des clients, enfin vous commencez à connaître. Yvon a embauché quelqu'un pour remplacer Stacy : Célestin, un être fin et longiligne dont les petits yeux excentriques sont dissimulés sous d'épais sourcils proéminents. Célestin est plutôt sympa. Je préférais Stacy, mais bon, je m'habituerai de toute façon à l'aura nonchalante et réservée de Célestin. La Taupe dit que c'est "un bon zigue". Je fais confiance à son jugement.

Tout ce temps, dont je ne saurais clairement évaluer la teneur, s'est écoulé sans que je trouve la moindre solution à mon problème. Impuissant, inefficace comme un poisson dans son bocal, je ne pouvais donc rien faire de plus qu'attendre que la solution se présente à moi en me disant " ça y est, je suis là". Mais une fois venue, la reconnaîtrai-je ?

Je divague un peu, pardonnez-moi. Le temps passé seul dans le noir m'a un peu cramé le cerveau, enfin ce qu'il en reste. Et aujourd'hui j'étais donc là, à tenter de regarder à travers les losanges colorés pour la millième fois si je pouvais apercevoir quelque chose, fantôme que je suis, âme autrefois en peine qui a pardonné tout le monde mais qui est toujours là, quand Demba est arrivé. Ça faisait longtemps que j'avais pas été si content de voir quelqu'un alors que lui, il s'en foutait visiblement. Trop habitué, sûrement, à voir partout des fantômes.

— Je tiendrai pas des siècles là-dedans, je vais finir par devenir fou, je m'empresse de lui dire alors qu'il revient à table.

— Vous ne devez pas devenir fou. Vous devez faire votre possible pour rester sain d'esprit si vous comptez un jour sortir d'ici.

— J'ai fait tout ce que vous m'avez dit, Demba ! J'ai fouillé au plus profond de mon âme, dans des abîmes que seul un masochiste ou un dément visiterait. J'ai trouvé la source du problème, j'ai donné mon pardon avec un cœur ouvert, tout comme vous aviez dit, et rien ne s'est passé.

Demba se gratte la moustache d'une main en tenant son téléphone de l'autre. Son regard gigote, entre le mien et le comptoir du bar. Il veut pas se faire cramer.

— Vous m'en parlez comme si j'étais le service client de l'au-delà, répond Demba. Vous n'êtes pas là pour faire des réclamations, il n'y a pas de mode d'emploi à suivre. Qui avez-vous pardonné ?

J'hésite quelques instants avant de lui confier ces choses que j'estime encore, malgré ma situation de mort avancée, être des choses personnelles.

— Moi-même. Après mûre réflexion, je me suis pardonné moi-même.

Et là, comme ça, à ma poire, il se met à éclater de rire. Comme ça, en détente, il se fout de ma gueule.

— Vous trouvez ça drôle ?

— C'est juste que, dit-il en se calmant, je commence à comprendre. Se pardonner soi-même, c'est rarement la solution. La plupart des hommes que je rencontre cherchent à pardonner les autres, puis enfin ils se pardonnent eux-mêmes, comme s'ils étaient arrivés au bout d'une intense réflexion dont leur ego gros comme un cochon serait l'acmé.

— Qu'est-ce que vous racontez ?

— Je raconte que les hommes se prennent pour le centre du monde, monsieur !

Il s'emporte un peu, décidément ce type est surprenant, lunatique en dépit de cette allure molle et monotone.

— Mais s'il y a bien un endroit où l'on ne peut qu'être honnête envers soi-même et envers les autres, c'est face à la mort. Vous n'êtes pas celui que vous devez pardonner. Vous n'êtes pas celui qui vous a fait le plus de mal, alors redescendez.

— C'est bon, ça va, pas obligé de le dire comme ça...

— Je le dis comme ça pour que vous compreniez bien, répond Demba, avec dans sa voix une détermination et un feu qui me feraient presque peur. Si vous avez cherché, et que malgré toutes vos conclusions vous êtes encore là, c'est que vous avez loupé quelque chose. Quelque chose que vous vous cachez à vous-même, parce que vous n'avez pas encore pu l'accepter. Ce n'est pas vous-même, la clé. Il y a quelqu'un que vous devez pardonner, et… ce que ce quelqu'un vous a fait, c'est probablement quelque chose d'atroce.

Cette fois-ci, je ne réponds rien. De quoi est-ce qu'il peut bien parler ? Quelque chose d'atroce ?

Demba a fini par s'en aller, me laissant là avec mon lot de pensées redondantes, seul avec le mot atroce, et puis les semaines se sont enchaînées à nouveau, étant à la fois des sortes d'années et de minutes, et il se passait rien, ni en dedans ni en dehors. J'avais beau me repasser en boucle toute la pellicule de ma vie, reconstituant si besoin les souvenirs rendus granuleux par le temps, je voyais pas ce que voulait dire ce con de Demba, je restais là avec mon truc à pardonner sans savoir ce que c'était.

Pire que ça même, j'avais le sentiment désagréable que plus je cherchais, plus je m'éloignais de la solution. Le schéma classique de quand tu cherches le titre d'une chanson, et que tu sens, tu sens que tu l'as sur le bout de la langue, il est là, juste là, et dès que tu tentes de mettre la main dessus il part en fumée. Merde. Mon quotidien jour après jour devient de plus en plus morne.

Et puis… et puis j'ai fini par la trouver, la solution. Oh, elle était pas bien loin, en fait elle était sous mes yeux depuis le début. J'aurais pu chercher dans ma mémoire mille ans, je pense que je l'aurais jamais trouvée, tant c'était une vérité dure à avaler. Non, il m'a fallu juste un petit déclencheur, un coup de pouce visuel, planté là depuis le début. J'y avais jamais fait attention, alors qu'il y avait qu'à regarder.

En m'approchant du coin où j'avais perdu la vie, entre la banquette où j'étais assis et l'espace restreint où était fixée auparavant la cible du jeu de fléchettes, j'ai remarqué quelque chose sur le mur. Quelque chose que je n'avais jamais vu, simplement parce que je n'avais pas assez bien regardé, je m'étais laissé berner par les apparences. Tout près de la plinthe, contre le mur jauni par le temps, sur le papier peint à pois rouges, un pois diffère légèrement des autres. Il est circulaire, ça oui, il est bien rouge aussi, comme les autres, mais quand on observe bien on y distingue de petites irrégularités, ce n'est pas issu d'une impression, c'est organique. Ce n'est pas de la peinture. C'est une goutte de sang, de sang séché. Le mien. Et en la voyant, encore rouge, anormalement rouge malgré le temps, tout m'est revenu comme un coup de pied dans les couilles : brutal, sentencieux, avec un avant et un après. Ce fut comme un déclic, un passage secret vers la dernière pièce de ma mémoire dont j'avais perdu la clé.

J'ai fini par la trouver, cette solution, et comme l'avait dit Demba, c'était atroce, effectivement.

12
Le sang

Frémissant, tremblotant presque je m'éloigne de la tache de sang comme si elle portait la peste. Derrière moi j'entends Célestin parler d'un truc qu'il a vu sur Facebook, mais sa voix disparaît : je me replonge dans la scène, la dernière, celle où je rends l'âme.

J'ai loupé un détail, ou plutôt non, mon esprit a inconsciemment tenté de l'oublier. Mais on n'oublie jamais vraiment, tous les souvenirs sont là, quelque part, certains plus enfouis que d'autres, mieux dissimulés derrière des portes closes dont on croit la clé disparue. Et ainsi, marchant au hasard à travers les couloirs obscurs de ma mémoire fantomatique, j'ai trouvé la fameuse clé, égarée dans un coin, et j'ai ouvert la dernière porte.

— On va y aller, de toute façon.

Voilà ce que j'ai dit, et rien ne changera ça. C'est quelques secondes seulement avant qu'ils tirent la deuxième fléchette, avant que je ne me lève pour de bon comme si j'allais enculer tout le monde. S'ensuit l'incartade finale.

— Eh, t'as rien, ta gadji elle a rien, on va rien excuser du tout, retourne t'asseoir, poulet.

Je suis pas retourné m'asseoir, j'avais besoin que ma gadji ne me voie pas comme un minable pour une fois. J'allais pas me soumettre. Je réplique, ils répliquent. Derrière moi je sens qu'elle se lève, elle ne peut pas rester assise tranquillement alors que je m'apprête à me faire soulever.

Merde, comment j'ai pu me mentir à moi-même à ce point. Je comprends parfaitement ce que Demba voulait dire maintenant. Aucun doute de pourquoi j'ai préféré masquer cet élément sous un drapage de culpabilité. Ça restait toujours plus facile à encaisser, plus facile de m'en vouloir à moi-même que…

— Rentre chez toi, frérot, parce qu'on va te soulever. On va t'encastrer, et ta pute on la baise, t'as compris ?

Non, c'est pas ça qui m'intéresse. Pas la violence des mots, pas l'agression physique. La scène se découpe progressivement, se rapprochant du moment où tout bascule, de ce pan de l'histoire que j'ai omis. Yvon crie depuis le bar. J'envoie le crochet du droit. Je sens l'os, la peau, les poils, mon poing qui s'enfonce dedans. J'émets un mouvement de recul, pas pour fuir, non, pour mieux analyser la situation. J'ai fait ça instinctivement. Je sens ses mains à elle derrière moi, oui, ça je m'en souvenais. Le type se rapproche de moi pour m'en mettre une. Et là… Oui, c'est bien là que tout a basculé.

Là, derrière moi, je sens qu'elle me pousse vers lui. Vers l'ennemi, celui qui va m'abattre. Ce n'est pas une forte bousculade, non, je suis même certain que personne n'a remarqué. Mais moi j'ai senti, une impulsion, assez forte pour me faire avancer d'un pas, et réceptionner bien comme il faut les phalanges carrées de l'agresseur dans mon pauvre pif. Je tombe en arrière et ce faisant je vois son regard, et je m'étais bien trompé, en croyant qu'elle était terrifiée de me voir mourir, non, elle était terrifiée de me voir mourir par sa faute.

Si je me concentre bien, je peux sentir ma nuque se briser copieusement contre l'arête aiguisée du mur, l'épiderme se fissure, un peu de sang sort, bien rouge, dont la vie qui l'anime vient tout juste de s'éteindre. Minuscule, si anecdotique qu'ils oublieront de le nettoyer et qu'il finira par faire partie du décor : prenant sa place sur le papier peint bien gentiment, comme les autres. Et c'est terminé.

Alors que la vérité se révèle enfin à moi, debout dans le bar je chavire. La salle se met à tournoyer, derrière le comptoir Yvon et Célestin deviennent flous, et je me mets à chanceler comme si j'étais dans un vieux bateau sur une mer agitée, un bateau plein de remords et d'horreur sur une mer de bière et de rhum. Une douleur intense me scie maintenant ces tripes fantômes, c'est comme si toute une partie de la réalité venait de s'écrouler pour montrer ses fondations réelles, son vrai visage : laid et fatal. Sans pouvoir me retenir, je m'effondre par terre en plein milieu du bar, sans substance, sans matière, et je plonge plus profond encore dans l'abysse cauchemardesque de ce dernier souvenir. Les gens ne m'enjambent pas, ils marchent à travers moi sans s'en rendre compte, balayant ce qu'il me restait de dignité. Dans toutes les particules de ce corps fantomatique résiduel, je souffre.

Pourquoi est-ce qu'elle a fait ça ? Pourquoi est-ce qu'elle m'a poussé en avant, bordel ? Elle aurait pu me tirer vers elle pour m'éviter de prendre le coup, mais elle a fait l'inverse. Elle m'a poussé vers notre agresseur. J'essaie de réfléchir rapidement, je veux comprendre malgré le trou dans mon cœur qui grossit tellement vite. Il faut prendre en compte tous les paramètres. Soyons lucides, elle voulait sûrement s'assurer que je ne me défile pas cette fois-ci, maintenant que j'y étais elle voulait être sûre que je fasse mon possible pour lui régler son compte. Ce faisant, elle m'a conduit dans les griffes de la mort.

Je n'arrive toujours pas à y croire, alors que pourtant maintenant tout est clair. Depuis le début, c'était elle que je devais pardonner. Je comprends pourquoi ce souvenir m'était dissimulé par un moi précautionneux qui voulait m'éviter de nouvelles cassures intérieures. Pourtant, il fallait bien que ça arrive, il fallait bien que je comprenne.

Alors qu'autour de moi le monde semble se retourner sur lui-même, incapable de me relever je repense à tout ce chemin parcouru, la série d'événements m'ayant mené jusqu'ici. L'attente, la monotonie lancinante et inébranlable des jours qui s'enchaînent. La pourriture de l'esprit dans la réserve, quand le jour touche à sa fin et que mes nuits débutent, encore et encore. Pendant des années. Des années, bordel, à marcher dans tous les sens en évitant cette vérité précise. Les litres de bière versés, les yeux innocents de Stacy, la vieille carcasse d'Yvon, les toiles d'araignée, les bites et la pisse, Steve et sa pinte légendaire, et puis Facebook. Les rêveries, les envies d'ailleurs, des mers et des montagnes, voir le dos de Stacy quand elle se baisse, les discours philosophiques de la Taupe, les cargaisons de bière, les ivrognes à répétition qui déblatèrent les mêmes trucs, le flegme énervant de Demba, l'arrivée de Célestin, son parfum à elle, quand je l'avais revue pour la première fois…

Tous ces trucs n'étaient que des distractions auxquelles je me livrais en me faisant croire à moi-même qu'elles m'ennuyaient, alors que je m'y jetais volontiers pour éviter d'affronter cette réalité bien plus sombre. L'ennui éternel semblait moins pire que la pleine conscience de la vérité. J'aurais pu le voir venir, j'aurais pu voir la goutte de sang, l'imposteur sur le papier peint, mais je regardais sans chercher à voir, parce que je ne cherchais pas vraiment la réponse.

Immédiatement, la dernière question se met à me marteler l'esprit, alors qu'allongé sur le parquet le monde autour de moi s'est flouté entièrement. Comment pourrais-je arriver à pardonner ça ? J'aimerais bien que Demba soit là, pour me donner quelques conseils. Comment pardonner l'amour de ma vie de m'avoir poussé en avant, par lassitude de me voir fuir ? Elle préférait me voir échouer que de me voir ne rien tenter du tout. En tout cas, c'est ce qu'elle a dû se dire sur le moment, c'était rien qu'une impulsion mais ça a suffi. Aujourd'hui, je suis sûr qu'elle regrette.

J'ai l'impression que le sol se met à trembler. Merde, y a plus le temps de penser à tout ça. L'univers m'impose de faire un choix. C'est pas la peine de retourner la situation dans tous les sens : c'est soit je pardonne, soit je ne pardonne pas. Si je peux pas le faire aujourd'hui, je le ferai jamais.

C'est pas quelque chose de conscient, c'est pas quelque chose de facile. Même en envisageant le problème sous tous les prismes, en pensant aux tenants, aux aboutissants, à mes failles, à ses attentes, au monde et à la société, y a pas de réponse évidente. Merde.

Alors que le monde s'écroule je me relève. Une force incommensurable semble vouloir me maintenir au sol. On va bien voir. Autour de moi s'agitent les fêtards et les poivrots, les rires étranglés se perdent dans les vapeurs d'alcool, j'en peux plus, j'en peux plus de vivre ça jour après jour. Je m'approche lentement de la porte. On va bien voir. Cette porte que je n'ai jamais pu ouvrir, ou que je n'ai jamais voulu peut-être. Péniblement, un pas après l'autre je m'avance. Je sens l'atmosphère gonfler, enfler, se mettre à vibrer comme pour m'avertir. Mon champ de vision, déjà bien étroit, se rétrécit encore. Est-ce que je vais m'autoriser à sortir de la prison dans laquelle je me tiens enfermé ? J'ai pas fait tout ce chemin pour rien, non ? Je pose la main sur la poignée. Les rires disparaissent.

J'actionne le mécanisme. Et alors que cette poignée qui m'est si étrangère s'abaisse lentement, je me demande si je vais enfin pouvoir rendre l'âme, ou si je suis condamné à hanter ce lieu maudit, pourrissant ici pour l'éternité. On va bien voir.

violet monstre

Il est des jours d'hiver où le soleil est couché très tôt, et fatalement ces jours deviennent des nuits. Il est aussi des enfants tristes, dont les jours sont pratiquement tous devenus des nuits, et dont les soleils qui peuplent ces jours se sont transformés en lunes, enveloppant le monde entier de leur pâleur lugubre. C'est un enfant comme ceux-là dont nous allons aujourd'hui, dans l'intimité de la page, raconter l'histoire.

1
Le chemin de l'école, à l'envers

Quand le petit Cornélius franchit le grand portail de l'école, le ciel était déjà noir comme il l'est au plus profond de la nuit. Malgré ça, la ville était vivante, bruyante, les voitures se dirigeaient hâtivement vers leur maison, rentrant préparer le repas, les lampadaires prématurément allumés en ce jour nuageux dévoilaient des parents fatigués qui tenaient leur enfant par la main, des autobus chargés de collégiens, des vieilles dames qui faisaient faire pipi au chien avant que la pluie ne tombe.

Cornélius avait eu une dérogation spéciale pour rentrer chez lui tout seul, à pied, même s'il n'avait que six ans. Sa mère avait appelé l'école primaire dans la journée, elle avait dû commencer le travail plus tôt et allait devoir travailler toute la nuit. Elle soignait des gens. C'était important. Cornélius connaissait le chemin par cœur jusqu'à sa maison, ça prenait environ dix minutes de marche. En plus il aimait bien marcher tout seul dehors, et surtout il aimait être entouré de ce vacarme assourdissant de la ville, qui l'enveloppait comme une épaisse couverture. Ça le rassurait de savoir que la vie grouillait autour, tout autour de lui, sans que vraiment elle ne l'atteigne. La maîtresse, elle, ne semblait pas aussi sereine quand elle le regarda partir seul, avec son gros cartable, seul dans cette nuit qui l'engouffrait et qui, on aurait dit, allait le manger. Elle ne trouvait pas ça normal, elle trouvait ça même inquiétant. Elle avait sûrement raison.

Sur la route, Cornélius essayait d'être le plus prudent possible afin de rendre sa maman fière lorsqu'il lui raconterait son chemin. Il s'arrêtait à tous les passages piétons, il regardait à gauche puis à droite, toujours dans cet ordre, avant de traverser. Au bout de quelques minutes, les rues commencèrent à se vider un peu parce qu'on s'éloignait de l'école et de son fourmillement typique d'une fin de journée. À un moment même, Cornélius se retrouva seul dans la rue, sans gens et sans voitures pendant quelques instants. Les grands platanes le fixaient alors qu'il passait sous eux, un air frais d'hiver venait picoter ses joues rougies par le froid. Il avait l'impression qu'on le suivait, alors il se retourna mais il n'y avait personne. Un silence venteux s'était installé dans cette rue anonyme qui semblait s'être écartée des vrombissements du monde, et là, il eut un peu peur. En plus, son gros cartable commençait à devenir lourd sur son petit dos, rempli de savoir et de gribouillis. Il se hâta de rentrer au milieu des ombres.

Cornélius, il aimait pas s'appeler Cornélius. Les autres enfants se moquaient souvent de lui, et les adultes le regardaient bizarrement quand il se présentait.

— Comment tu t'appelles, petit bonhomme ?

— Cornélius.

Non, ça passait pas. Les gens levaient un sourcil surpris en hochant la tête. Les plus polis disaient que c'était un prénom original. Sa mère avait choisi de le baptiser ainsi un jour où elle était défoncée, elle trouvait ça marrant. Mais ça, Cornélius, il le savait pas, bien sûr. Et lui, il trouvait pas ça marrant. À l'école, il y avait un garçon, un grand, qui l'appelait Cornullos.

Le vent se leva soudain, alors que Cornélius s'avançait sur une grande avenue qui lui était bien familière puisqu'il l'arpentait tous les jours avec sa mère quand elle venait le chercher. C'était assez rare qu'il doive rentrer tout seul, même si ce n'était pas la première fois. Habituellement sa mère se débrouillait, mais cette fois là elle avait été prise au dépourvu. De très fines gouttes de pluie se mirent à tomber, minuscules, et le vent les emportait et les faisait aller sur le front de Cornélius. Le vent secouait aussi les feuilles des grands platanes et ça faisait tomber des sortes de boules.

Il passa devant le cimetière. On lui avait expliqué que c'était là qu'on mettait les corps des gens qui sont montés au ciel. Parce que, d'après ce qu'il avait compris, quand les gens sont morts, leur âme monte au ciel et leur corps reste sur la Terre, et du coup on le met dans un cercueil et le cercueil on le met sous la terre. Tous les corps sont réunis ici, dans le cimetière, et du coup tous ces gens se retrouvent ensemble même s'ils ne se connaissaient pas auparavant. Il jeta un œil par delà le vieux portail peint d'un vert moche et écaillé, et il aperçut au loin les pierres tombales et les fleurs incolores mouillées par la pluie. Il détourna le regard et continua sa route.

Pour ne plus penser à l'atmosphère lugubre qui présageait une nuit inquiétante, il prévoyait ce qu'il ferait en rentrant. D'abord, il irait faire caca. Cornélius avait du mal à faire caca à l'école, la présence des autres enfants le mettait mal à l'aise et du coup son caca restait bloqué dans son ventre. Il avait peur qu'on voie son zizi et ses fesses. En général, caca était la première chose qu'il faisait en rentrant le soir. Cette action le déchargeait d'un lourd poids. Ensuite, il mangerait des biscuits et il regarderait le début de Peter Pan sur Disney +. On avait le droit d'utiliser le compte de Tonton Charlie et d'accéder ainsi à un chapelet de dessins animés, et aussi de films qui lui étaient interdits. Après ça, il attendrait que le Monsieur rentre pour le garder et lui faire à manger.

Le Monsieur, c'était un ami de sa mère qui venait parfois leur rendre visite. Il arrivait le soir, au moment du repas, et ensuite il regardait la télé avec sa mère pendant que Cornélius jouait dans sa chambre avec les bonhommes. Sa mère venait ensuite lui éteindre la lumière et lui dire bonne nuit, et à travers l'embrasure de la porte de sa chambre entrebâillée qui laissait pénétrer une fin triangle de lumière, il voyait bien que le Monsieur et sa mère allaient tous les deux dans la même chambre. Les fois où elle travaillait la nuit, le Monsieur venait pour le garder.

Cornélius n'aimait pas que sa mère s'absente et qu'elle ne soit pas dans la maison pendant toute la nuit, mais il aimait encore moins la présence du Monsieur. En fait, il aurait préféré être tout seul dans la maison jusqu'au lever du jour que de rester avec le Monsieur. Mais il n'avait pas le choix. Il avait pleuré, râlé, tenté de négocier, rien à faire, sa mère l'avait finalement grondé et lui avait expliqué que c'était comme ça, qu'on pouvait pas faire autrement parce qu'elle avait besoin de gagner des sous et qu'il était trop petit pour rester tout seul la nuit et pour se faire à manger, et tout. Il allait donc devoir manger la nourriture du Monsieur, sûrement du jambon ou des raviolis.

Un coup de tonnerre gronda dans le ciel, et juste après une voiture klaxonna. Cornélius sursauta, cette atmosphère inquiétante qui régnait dans la rue obscure l'angoissait et il lui tardait de rentrer. Le chemin semblait si long pour de si petites jambes. Les lampadaires projetaient une lumière orange sur le goudron. À travers les nuages, entre les feuilles agitées des grands platanes, on pouvait distinguer la lueur dégueulasse de la lune hivernale. L'enfant marcha encore quelques minutes sur le bitume recouvert d'une fine pellicule d'eau de pluie et enfin il arriva devant sa porte. La familiarité des lieux, de ces objets et de ce paillasson qu'il voyait tous les jours le rassura, enveloppa son esprit d'une énergie chaleureuse, comme quand on sent un vieux parfum qui nous évoque un bon souvenir et qui subitement nous transporte ailleurs, en des temps plus allègres. Il souleva discrètement le nain de jardin en salopette rouge qui surveillait les plantes et s'empara de la clé dissimulée dessous.

Il ouvrit la porte, trop grande pour lui, et la referma, laissant dehors les ténèbres.

2
Seul, tout seul

La maison était plongée dans l'obscurité et le silence, mais cette odeur qu'il connaissait si bien et qu'il avait quittée le matin-même lui gonfla le cœur et lui donna de l'assurance. Des effluves du parfum de sa mère, partie il y a quelques heures, l'odeur du produit à vitres, une pointe de renfermé. C'était chez lui.

Il jeta son cartable par terre et alluma toutes les lumières. Il préférait quand les pièces étaient lumineuses et que les ombres étaient contraintes de fuir les lieux. Après avoir fait caca, il regarda l'heure : il n'était même pas 18 heures, ce qui voulait dire qu'il avait du temps devant lui, du temps pour lui tout seul avant que le Monsieur n'arrive et qu'il soit chiant. La présence du Monsieur était gênante, inconfortable. Il n'arrivait pas toujours à comprendre pourquoi. Le Monsieur n'était pas méchant avec lui, au contraire, mais il voulait à tout prix faire des jeux et des activités, alors que Cornélius préférait jouer tout seul. Ainsi, les heures passées avec le Monsieur étaient pesantes, à chaque fois, et semblaient s'étirer comme des élastiques, comme si elles étaient plus longues que des heures normales.

Il s'empara d'un paquet de biscuits dans le placard de la cuisine et retourna dans le salon, prenant soin de laisser la pièce bien allumée. Puis, il mit la télé, brisant enfin ce grand silence qui commençait à devenir douloureux pour lui. Le silence, ça lui faisait peur. Il mangea les gâteaux avec l'avidité d'un petit garçon qui rentre de l'école et dont la concentration prolongée a vidé le ventre. Un film à 18 heures, des biscuits au chocolat, un canapé confortable et l'absence d'autorité des adultes un vendredi soir : ça, c'était la belle vie. Il avait même gardé ses chaussures et elles salissaient légèrement le plaid violet qui recouvrait le canapé, parce qu'il avait marché avec dans la pluie. Il mangea beaucoup en regardant le film, comme ça quand il serait forcé de s'envoyer le repas préparé par le Monsieur, il n'aurait plus faim.

Le tonnerre gronda un peu, mais il ne pouvait rien lui arriver car il était protégé par les murs de la maison, plus solides que n'importe quelle forteresse. Il regarda Peter Pan pour la millième fois.

Dans Peter Pan, il n'était pas Peter Pan ni le capitaine Crochet, il était la Guigne. La Guigne c'est le plus petit des garçons perdus, celui qui est déguisé en moufette et qui ne parle pas. Il aurait préféré être la Plume, celui qui est en renard. Il le disait même, à voix haute, enfoncé dans le canapé en regardant les enfants perdus se bagarrer imbécilement devant Wendy :

— Moi, je suis lui.

Mais au fond, il savait bien qu'il n'était pas lui. Il savait bien qu'il était la Guigne, la moufette, le plus petit et le plus faible, celui qui ne parle pas.

Le temps passait à la vitesse des éclairs qui jaillissaient ponctuellement derrière les gros nuages. Il était bientôt l'heure du repas et le Monsieur n'était toujours pas là.

Cornélius se leva et alla voir par la fenêtre perlée de gouttelettes. Dehors, le vent agitait les branches des grands arbres à tel point qu'on aurait dit qu'ils allaient s'envoler et retomber quelques rues plus loin dans un grand fracas de branches et d'écorce. Un homme passa sous la lueur fade des réverbères, Cornélius tenta d'apercevoir son visage mais l'homme continua son chemin. Ce n'était pas le Monsieur.

Maintenant, il n'arrivait plus à profiter pleinement de son temps libre parce qu'il savait que le Monsieur devait arriver d'un instant à l'autre, et l'attente était presque aussi pénible que la présence-même du Monsieur. Alors qu'il observait encore par la fenêtre la rue qui s'obscurcissait à vue d'œil, on entendait à la télé le tic-tac menaçant du ventre du crocodile. On aurait dit que la vie lui imposait un suspense de mauvais goût.

Que foutait le Monsieur ? Impossible de savoir. Cornélius ne savait rien sur lui parce qu'il évitait de lui adresser la parole. Tout ce qui touchait au Monsieur l'ennuyait et même, parfois, le révulsait légèrement. Quand sa mère parlait de lui, il n'écoutait pas.

Il éteignit la télévision. Le sucre des biscuits qui coulait maintenant dans son sang l'excitait. Couplé à l'attente pénible de la venue du Monsieur, il ne pouvait plus tenir en place. La maison était donc à nouveau plongée dans un profond silence, seulement perturbé par la pluie qui tombait, et de temps en temps par quelques bourrasques d'une grande violence. Comme il ne savait pas quoi faire, il erra dans la maison les mains dans les poches, en regardant les murs, les meubles et tout. Et là, un phénomène intéressant et nouveau se produisit.

À force d'observer son chez lui en parcourant les différentes pièces, il se mit à remarquer des choses qui avaient toujours été là mais qui se mettaient subitement à exister maintenant qu'il y prêtait attention. C'était comme si l'ennui lui avait conféré une vision extraordinaire qui lui permettait de révéler l'inconnu, d'accéder à l'envers des choses.

Une vieille photo en noir et blanc, encadrée, accrochée dans le mur du couloir si haut qu'il n'y avait jamais vraiment levé les yeux. De la poussière sur le rebord de la fenêtre du salon. Les trucs en caoutchouc qui empêchent les portes de claquer contre le mur. Dans la salle de bains, sur le rideau de la baignoire, il remarqua que le canard colvert qui se répétait à l'infini sur fond bleu ciel portait une toute petite cravate verte, de la même couleur que sa tête, si minuscule qu'il ne l'avait jamais aperçue. Un peu de rouille derrière le robinet du lavabo. La brosse à dents effilée de sa mère.

Un sentiment intense de curiosité monta en lui. Subitement, il avait envie de tout découvrir, de savoir si des choses intéressantes ne pouvaient pas se cacher dans cette maison qui lui paraissait si grande et qui maintenant semblait remplie d'inconnu et de possibilités. C'était une sensation très agréable, enflée d'excitation. Il s'imaginait ce qu'il pourrait trouver, en cherchant bien. Des vieilles photos cachées par sa mère, du temps d'avant qu'il soit né ? Son futur cadeau d'anniversaire, qui avait lieu dans un mois, emballé dans du papier cadeau bleu avec des petites étoiles ? Ou alors un pistolet, comme dans les films d'action qu'il avait le droit de regarder parfois, quand sa mère était d'humeur magnanime. Ou peut-être… un trésor ?

Il s'autorisa cette pensée. Il avait toujours rêvé de trouver un trésor, et son optimisme enfantin l'assurait au fond de son cœur qu'un jour il en trouverait un. Sa curiosité, accrue par la solitude et l'ennui, était piquée plus que jamais.

Il fouilla tous les endroits susceptibles d'accueillir un coffre, ou une malette quelconque. Quelque chose qui pouvait contenir une grande quantité d'or, ou même une petite. Sous l'évier, au-dessus du four (il monta sur une chaise pour jeter un œil), sous la petite trappe qui menait au vide-sanitaire. Cet élément lui donna une idée et il souleva le lourd tapis du salon pour vérifier qu'il n'y avait pas d'autres trappes cachées dans la maison. Il avait vu ça dans un film. Puis soudain, une idée lui vint qui remplaça celle de la possibilité de trouver un trésor. Une idée, ou plutôt une interrogation, qui le dérangea. Est-ce que sa chambre regorgeait elle aussi d'objets inconnus auxquels il n'avait jamais fait attention ?

Cette manière de regarder partout, de s'intéresser aux moindres éléments était une façon pour lui de s'approprier son territoire, de tout y connaître, et donc de se rassurer en tant qu'enfant sur l'étendue de l'inconnu. Le fait que des objets étrangers puissent traîner dans sa chambre lui foutait la boule au ventre. Mais lorsqu'il y entra pour inspecter la petite pièce, il se rendit compte avec soulagement qu'il connaissait tout dans les moindres détails. Il connaissait tous les jouets entassés dans son petit coffre en bois. Il connaissait parfaitement l'odeur de son lit, les motifs du tapis, l'orientation des stries du placard où étaient rangés ses habits, la couleur des rideaux, les fines craquelures du plafond. Mentalement, même s'il avait du dormir ailleurs, il aurait pu visiter à souhait sa chambre dans ses détails les plus subtils, comme dans une carte mentale. Et ça incluait le nombre de livres rangés dans sa petite étagère bleue, le fait que le lit grinçait légèrement quand on s'appuyait sur le côté gauche, le métal glacial de la poignée.

Et s'il connaissait si bien tout ça, c'est qu'il en avait passé du temps, assis sur son lit à observer les murs de la pièce, les soirs où il n'arrivait pas à dormir et où il ne voulait pas aller voir sa mère pour qu'elle le rassure. Il en passait, des nuits où un sentiment étrange et mauvais lui enveloppait le cœur d'une fine couche d'obscurité qui le piquait en dedans et qui faisait qu'il ne voulait pas fermer les yeux, et que même quand il les fermait ils se ré-ouvraient quelques secondes après. Ces soirs-là, ces nuits, il avait beaucoup regardé les formes de sa chambre et les silhouettes, éclairées par la lune. Plusieurs fois il s'était levé, discrètement pour pas que sa mère l'engueule, pieds nus sur le tapis, il avait passé son doigt sur le bois irrégulier de sa petite chaise que sa mère avait trouvé dans une brocante. Il avait ouvert le placard noir, qui l'angoissait un peu, et il s'était assis dedans pour apprivoiser le lieu et se montrer à lui-même qu'il n'y avait rien de mal à l'intérieur.

La seule chose qu'il avait peur d'aller voir, c'était la fenêtre. Il avait peur que quelqu'un l'attende là dehors, quelqu'un tapi dans l'ombre et dont on aurait du mal à voir le visage. Quelqu'un qu'on aurait dit qu'il le regardait sans bouger.

Il avait peur que quelqu'un rentre.

3
La chambre de maman

Ça l'avait quand même rassuré de voir qu'il connaissait bien sa chambre, que tout dedans y était parfaitement familier. Il avait vraiment, en ce monde inquiétant, un endroit de confiance où s'abriter si jamais le besoin se présentait.

Il éteignit la lumière de sa chambre et s'engouffra dans le long couloir qui donnait sur à peu près toutes les pièces de la maison, un long couloir ponctué de cadres en bois, aux murs un peu vieillots que sa mère projetait de retaper dans l'année. Quand il sortait de sa chambre et qu'il regardait sur la gauche, le couloir menait jusqu'à la pièce principale, avec le salon et la petite cuisine ouverte. Il n'y avait pas tant de pièces que ça, chez lui, il s'en rendait compte maintenant. Mais il lui en restait une, une dernière, qu'il n'avait pas encore visitée, parce qu'il n'avait pas le droit d'y entrer.

Il tourna la tête vers la droite, et au fond du couloir trônait la porte qui donnait sur la chambre de sa mère. La porte, plus sombre que les autres car plus éloignée de la lumière, était close. Il y avait une petite fêlure en son centre, datant d'un jour où sa mère était en colère pour une raison qu'il n'avait pas comprise et où elle avait tapé dedans. Il n'avait le droit d'y aller que quand sa mère était présente, autrement elle disait que c'était son espace privé à elle et qu'il fallait qu'il le respecte. Sur le moment, il le comprenait, mais maintenant qu'il avait fait un tour complet et qu'il avait tout observé dans les moindres détails, ça le démangeait bien d'y jeter un œil. C'était même encore plus tentant que toutes les autres pièces, par le fait même que c'était défendu.

Il se retourna pour observer le salon et la porte d'entrée. À travers les fenêtres, le vent semblait s'être calmé, les branches des arbres étaient maintenant immobiles. Seule la pluie continuait de tomber et venait tapoter de temps à autre la vitre, produisant un arrière-plan sonore agréable.

Et si le Monsieur rentrait, pile au moment où il était dans la chambre de sa mère, le prenant ainsi la main dans le sac ? Qu'est-ce qu'il dirait ? Cornélius ne connaissait pas assez bien le Monsieur pour pouvoir anticiper sa réaction, mais il l'appréhendait. L'inconnu, le fait de se friter à cet homme dont il ignorait l'étendue de la méchanceté, le terrifiait.

Il tourna la tête vers la porte interdite. L'envie d'aller voir était pressante, comme une envie de pisser. Allait-elle surpasser la peur de la remontrance ? Il se dirigea vers la fenêtre du salon pour analyser la rue. Elle était plongée dans une obscurité digne d'un film d'épouvante, avec seulement deux réverbères faiblards qui l'éclairaient de chaque côté de la route. Une voiture passa lentement et continua son chemin. Pas de signe du Monsieur.

Cornélius regarda l'heure sur l'horloge de la cuisine. Il était presque 19h30. C'était bizarre qu'il ne soit toujours pas là, et c'était très probable qu'il arrive d'un instant à l'autre. Mais quand même... Cette porte fermée...

Il regarda une nouvelle fois par la fenêtre. Personne d'autre que les arbres, couverts de pluie, qui dissimulaient tant bien que mal l'immeuble d'en face. L'eau sale qui s'engouffrait dans les bouches d'évacuation. La nuit.

Il se dirigea vers la porte d'entrée et la verrouilla. Le Monsieur avait la clé, mais cela lui laisserait une longueur d'avance, et si jamais il entendait le cliquetis pendant qu'il faisait la bêtise, il n'aurait qu'à courir, fermer en vitesse la porte et se réfugier dans sa propre chambre, où il prétendrait jouer, tel un enfant innocent tiraillé par la faim en cette heure tardive.

C'était faisable. En fait, il valait mieux ne pas trop réfléchir car chaque seconde écoulée le rapprochait de l'arrivée imminente du Monsieur.

Il marcha rapidement jusqu'à la chambre matriarcale et l'ouvrit sans trop d'hésitation. Elle était plongée dans la pénombre, seule la fenêtre dans le fond projetait un peu de lumière nocturne et laissait découvrir le grand lit défait dans un entremêlement de draps et d'oreillers. Cornélius alluma la lumière.

C'était un vrai bordel, contrairement au reste de la maison qui était convenablement rangé. La disposition aléatoire des objets et des vêtements, certains éparpillés sur le sol, certains dépassant des tiroirs, auraient indiqué à quiconque que cette chambre appartenait à un être instable et chaotique. Mais pour Cornélius, c'était juste la chambre de sa mère.

Les tiroirs de la commode étaient irrégulièrement ouverts. Il observa les habits. Des culottes, des leggings, disposés çà et là selon le bon vouloir et l'humeur de sa mère lorsqu'elle farfouillait ses vêtements en quête d'une tenue. Sur la commode étaient posées, errantes, trois tasses de café plus ou moins remplies qui sentaient la vieille personne, à force de traîner là, et puis aussi des bouteilles d'eau croupie en plastique, des bouts de papier. Une odeur lui parvint soudain, celle d'un cendrier rempli posé sur la table de chevet, qui empuantissait la pièce. Il ouvrit ensuite la grande penderie, où étaient rangés des manteaux et des boîtes de chaussures à moitié ouvertes. Il n'y avait pas grand chose de bien intéressant.

Sur la table de nuit du côté gauche du lit, le côté près du mur, il y avait une lampe de chevet poussiéreuse et une boîte de préservatifs. Cornélius prit la boîte pour la regarder. Il ne savait pas ce que c'était.

— Ultra… lu-bri-fié, lit-il à voix haute, difficilement.

Cornélius était un petit garçon intelligent, mais à l'école il avait un peu de mal à avancer à la même vitesse que les autres. Écrire les lettres avec une forme correcte lui avait pris un temps fou, et l'orthographe, décidément, ne voulait pas rentrer dans sa caboche.

Il reposa la boîte qui ne présentait que peu d'intérêt, en prenant soin de bien la remettre dans la position dans laquelle il l'avait trouvée. Sur l'autre table de nuit, celle qui était près de la porte, étaient entassées des boîtes de médicaments en tous genres. Quelques comprimés prenaient la poussière, sortis de leur boîte, et avaient répandu une fine traînée de poudre blanche sur le vieux bois. Certains étaient tombés par terre sur la moquette.

Il se baissa pour regarder sous le lit. Si un trésor était caché dans cette chambre, c'est sous le lit qu'il se trouvait.

Il y avait bien une boîte. Une boîte sombre, métallique, visiblement assez grande, en tout cas pour un enfant de six ans. Il se coucha de tout son long et tendit le bras pour l'atteindre, elle était située complètement au milieu. Il dut même passer la tête sous le lit, ça y sentait le renfermé et la vieille chaussette. Il réussit à saisir la poignée et tira la boîte jusqu'à lui.

Il se demandait ce qu'il pouvait y avoir à l'intérieur. Il savait bien, au fond de lui, que c'était pas un trésor. Il parcourut des doigts le métal froid et sombre, vêtu d'une fine pellicule de poussière. Le toucher est un sens primordial pour un enfant, ça lui permet de découvrir le monde, de comprendre la matière et son fonctionnement, de savoir qu'il ne peut pas marcher sur l'eau mais qu'il peut par contre y couler. La boîte attendait juste qu'il l'ouvre, si adulte, si interdite, truffée du sentiment sombre de la responsabilité mauvaise.

Alors qu'il allait actionner les deux loquets pour découvrir le contenu de la boîte, il lui sembla entendre un bruit.

Vite ! Il poussa la boîte sous le lit, le plus loin possible, et il se leva en vitesse. Il s'imaginait le Monsieur, frustré par cette porte verrouillée, qui sortait la clé de la poche de son manteau et s'apprêtait à l'insérer dans la serrure. Maladroitement, il éteignit la lumière et ferma la porte, en essayant de ne pas faire trop de bruit, puis il se précipita dans sa chambre, ouvrit son coffre à jouets et s'assit par terre, deux dinosaures à la main, prétendant de les faire se courir après.

Il tendit l'oreille. Rien. Il n'y avait que le clapotis de la pluie, le son d'une voiture qui passe dans la rue. Rien d'autre. Pourtant, il était presque sûr d'avoir entendu le bruit de la poignée, comme si quelqu'un essayait d'entrer.

Il passa la tête à travers l'embrasure de la porte et observa le couloir. La porte d'entrée était immobile, alors soit le Monsieur se cachait derrière, attendant de le surprendre en train de faire une bêtise, soit il n'y avait personne. Il se dirigea lentement, un diplodocus à la main, jusqu'à la fenêtre, la même que tout à l'heure. Dehors il n'y avait rien d'autre que la nuit noire. Son imagination avait dû lui jouer des tours.

Il regarda l'heure : 20 heures. Il commençait à se demander si le Monsieur allait venir, ou s'il l'avait tout simplement oublié. C'était pas normal qu'il ne soit toujours pas là. Peut-être que lui et sa mère s'étaient disputés, et que dans un élan de rage il avait lancé :

— Allez vous faire foutre, toi et ton gosse !

Peut-être qu'il était mort. Qu'il était parti vivre dans un autre pays. Ou alors, et c'était de loin la pire des solutions, peut-être qu'il attendait que Cornélius soit profondément endormi pour s'introduire dans la maison, pousser la porte de sa chambre qui s'ouvrirait dans un grincement, et pour venir l'embêter pendant son sommeil. C'était une des choses qui l'empêchaient de dormir, savoir qu'on pouvait le réveiller pendant qu'il dormait profondément. Que quelqu'un, ou quelque chose, pouvait le regarder dormir. Ça lui foutait les chocottes.

Mais peu importe. Visiblement, le Monsieur n'était toujours pas là, et très probablement il n'allait pas venir. Et ça, c'était bon pour ses affaires. Il allait pouvoir continuer à faire ce qu'il voulait. Par prudence, il ne retourna pas dans la chambre de sa mère, en tout cas pas tout de suite.

Il se dirigea vers la cuisine, ouvrit le congélateur et suçota un Yeti à la fraise en guise de repas du soir. Décidément, son vendredi frôlait la perfection. La seule ombre au tableau était l'éventualité de voir le Monsieur débarquer à tout moment. Viendrait-il ? Viendrait-il pas ? L'incertitude était une sensation désagréable pour le petit Cornélius.

Il ne termina pas son Yeti à la fraise. Il le jeta dans la poubelle, ferma un à un tous les stores du salon, afin de se préserver des dangers du dehors. Puis, il partit se doucher. À part l'égouttement régulier de la pluie qui s'estompe, y avait quand même un sacré silence.

4
La douche

Cornélius prit un bain brûlant et ça lui fit un grand bien, comme le font toujours ces ablutions de l'hiver qui soulagent après une journée intense de frissons et d'engelures.

Il était content car il avait un gel douche avec un crocodile dessus, assorti à son dentifrice qui lui aussi présentait un crocodile en train de se brosser les dents. Celui du gel douche était plus grand et se lavait les aisselles avec un air fier de lui, une couche de mousse dissimulant ce qui devait être son zizi. Cornélius, observant le produit, se demandait si les crocodiles avaient vraiment un zizi. Il regarda le sien. Il était tout petit. Les crocodiles devaient sûrement avoir un plus gros zizi que les garçons. Et puis il y devait y avoir des écailles dessus, à part au bout car il fallait qu'il y ait un trou pour que le pipi puisse sortir.

La pensée sortit de son esprit et il entreprit de se savonner copieusement, en versant un peu de gel douche là où coulait l'eau du bain, parce que c'est plus marrant quand y a de la mousse. Il se frotta tout le corps pour faire partir toute la saleté accumulée durant la journée. C'était un enfant propre et autonome, ce Cornélius. Il repensa au livre que la maîtresse lui avait demandé de lire l'autre jour quand il était à la garderie. Dedans, ça disait : "Petit Doux est tout petit, tout mignon. Il est presque encore un bébé". Cornélius, lui, n'était vraiment plus un bébé.

Tout en jouant dans le bain, en faisant plonger sous la mousse les dinosaures en plastique qui s'affrontaient en eaux troubles, il prenait soin de ne pas approcher ses pieds du trou d'évacuation. Le trou, il lui faisait peur. Il avait jamais aimé qu'il existe. Ce qui l'effrayait, c'était pas tant là où il menait, mais plutôt ce qui pouvait, éventuellement, en remonter.

Il essayait de ne pas y penser, mais l'idée s'infusait dans son esprit malgré lui. Il s'imaginait le genre de bêtes qui pouvaient se balader dans ces conduits poisseux à la recherche de chair fraîche. Des serpents, des anguilles électriques, des sangsues qui viendraient lui ponctionner le sang, des vers qui lui rentreraient dans les fesses, des créatures fantastiques aux dents immenses et venimeuses. Tout un éventail de merdes. Il valait mieux éviter le trou, mieux prévenir que guérir.

Quand son petit corps fut bien réchauffé et parfaitement détendu, il sortit du bain et il se sécha, puis il enfila sa serviette comme une cape. C'était une grande serviette jaune, un peu vieille mais c'était sa préférée. Il tira le fil pour ouvrir le bouchon et l'eau savonneuse s'engouffra dans le siphon.

Ensuite il se brossa les dents méthodiquement, comme on lui avait appris, en faisant des gestes précis et répétitifs. Dans la maison entière, il n'y avait pas d'autre bruit que le brossage monotone des dents d'enfant et l'évacuation de l'eau du bain, qui émettait des rôts plaintifs à mesure qu'il se vidait.

Quand il eut fini il fit un grand sourire en se regardant dans le miroir, pour s'assurer que le travail avait été bien fait. Excellent. Une blancheur impeccable. Il quitta enfin la pièce, sans oublier d'emporter les deux dinosaures avec lesquels il projetait de jouer encore un peu. La soirée touchait à sa fin et la semaine avait été longue. Il allait pas faire long feu.

Les gouttes de pluie venaient s'éclater sur la minuscule fenêtre au verre opaque de la salle de bains, qui servait surtout à aérer la pièce. On aurait dit qu'elles voulaient rentrer.

5
Le bruit

Sur les coups de 21 heures, la fatigue s'en vint l'abattre.

Bien que son objectif eut été de rester éveillé le plus longtemps possible, ses yeux commençaient à piquer. Il essayait de lutter, allongé sur le tapis de sa chambre, jouant avec ses dinosaures. Le sommeil l'effleurait de sa caresse assommante et le recouvra bientôt tout entier. Son esprit s'y refusait mais son corps le réclamait. Il avait besoin de se recharger, de se tenir au chaud, immobile, pendant que ses connexions neuronales reprenaient du poil de la bête. Abattu par la fatigue, il pensa vaguement à retourner dans la chambre pour ouvrir la valise, mais le Monsieur risquait de rentrer et de le prendre sur le fait. Tant pis pour aujourd'hui.

Il laissa tomber le diplodocus et le tricératops et se leva. Ils s'étaient assez battus. Dans son petit pyjama bleu qui commençait à lui aller trop petit, il alluma sa lampe de chevet.

C'était un petit objet en forme de crocodile, encore une fois, qui dégageait une lumière chaleureuse et assez vive qui s'atténuait progressivement jusqu'à devenir une veilleuse. Cornélius était un enfant anxieux et il avait besoin, s'il se réveillait pendant la nuit, d'avoir un point de repère, comme le navire perdu dans une tempête enragée cherche la lueur du phare à travers le rideau de pluie.

Il éteignit la grande lumière qui lui faisait mal aux yeux et se glissa sous les couvertures. Son lit était parfaitement fait, sa mère lui avait appris la rigueur d'une couchette bien faite (chose qu'elle ne faisait pas elle même), ainsi les couvertures étaient tendues et lorsqu'il se hissa à l'intérieur, il fut bien à l'étroit sous une couche de chaleur. Il adorait cette sensation.

Surtout, il avait fait attention à bien coincer le bas de la couverture entre le matelas et le sommier, pour ne pas que ses pieds dépassent et qu'il soient à la portée des monstres.

Mais enfin, quels monstres ? Les monstres, ça n'existe pas ! Il essayait de ne pas avoir des pensées terrifiantes, déjà qu'il n'était pas très rassuré, enfant seul dans une grande maison sombre et silencieuse.

Silencieuse, oui. Il pensa au silence. Et en y pensant, il se rendit compte que le silence était pesant. On n'entendait que lui. Les gouttes de pluie avaient dû s'arrêter sans qu'il s'en aperçoive, et c'était bien dommage parce que le bruit de la pluie était agréable, savoureux même. Lorsqu'il tendit l'oreille à la recherche d'un bruit rassurant, il n'entendit rien. Il n'y avait absolument aucun bruit, pas d'autre son que sa respiration.

Heureusement, Cornélius n'était pas sans ressources. Pour parer au silence, il ouvrit le petit tiroir de sa table de chevet et en sortit une boîte à musique. Il tourna le bidule et remonta le mécanisme, puis il posa l'objet à côté de lui. La comptine se mit en route, et il fut légèrement rassuré dès les premières notes. Le silence avait trouvé un ennemi à sa taille.

Cornélius ferma les yeux.

À nouveau, un voile angoissant l'envahit. Il fallait absolument qu'il s'endorme avant que la musique se termine. Sinon, il se retrouverait à nouveau seul face au silence, à ce silence terrifiant qui n'était là que pour préparer l'arrivée d'un bruit, encore plus terrifiant, un bruit qui lui signalerait qu'il n'était pas seul, dans cette maison si grande et si vide et silencieuse. Un bruit qui découvrirait une menace qui planait déjà depuis le début, qui montrerait que… quelque chose… rôdait dans les pièces obscures, tapi dans l'ombre, attendant de…

C'est des bêtises, tout ça ! La musique s'arrêta. Il avait pensé trop fort et trop longtemps, et maintenant il fallait tout recommencer pour pouvoir espérer s'endormir. Néanmoins, il était fatigué. Il remonta une nouvelle fois la petite boîte et la musique reprit. Avec un léger froncement de sourcil qui témoignait d'une certaine discipline, il se blottit à nouveau entre les draps et s'efforça de ne plus penser à tout ça, au silence, à l'ombre, au vide et tout. Il pensa à Peter Pan, à la fée Clochette… Assez rapidement et sous l'effet d'une intense fatigue, la vitesse de ses pensées s'atténua progressivement ainsi que leur réalisme. L'obscurité s'étoffait en même temps que le sommeil. Il ne restait plus que la petite lumière. Il revit des étapes de sa journée et puis… et puis le sommeil était à deux doigts de l'envelopper complètement au moment où la musique s'arrêta pour la deuxième fois. Le silence revint.

Et là, il entendit un bruit.

6
Seul, vraiment ?

Cornélius se redressa légèrement, une lame d'angoisse lui scia tout l'intérieur du ventre. Il appuya sur la veilleuse et elle retrouva une lueur plus puissante.

Ce son avait-il été le fruit de son imagination ? Une déformation de la réalité, une hoquet de son esprit qui frôlait la limite entre sa petite chambre et le monde des rêves ? Impossible. Il l'avait distinctement entendu, et ça l'avait tiré de sa torpeur. Un bruit lourd, étouffé, comme une boule de pétanque qui tombe sur une épaisse couche de moquette. Dans son esprit, il essayait de localiser d'où avait pu venir le bruit.

Son regard se tourna vers la fenêtre et le rideau tiré, à travers lequel s'immisçait une faible lumière bleutée. Puis il regarda en direction de la porte de sa chambre à demi ouverte. Par là-bas, c'était le noir total. C'était l'inconnu. À cette heure et en cet instant où naissait facilement la peur, on aurait dit que c'était la porte qui s'ouvrait sur le gouffre des pires atrocités.

Pourtant, il n'y avait rien. Le silence le plus complet était revenu, aucun bruit, aucune vibration. Seulement sa respiration qui s'intensifiait et le grincement timide du lit quand il remuait.

Il essaya d'abord de trouver des explications rationnelles à l'origine de ce bruit survenu dans cette maison dépourvue de vie pendant qu'il s'endormait. Les voisins ? Le vent ? À mesure qu'il y réfléchissait, les pensées pragmatiques se retrouvaient écrasées par une peur croissante, nourrie à la solitude et à la nuit. Un fantôme ? Un monstre ? Un animal sauvage ? Qu'est-ce que ça pouvait être ?

Il avait l'impression que le bruit était venu du salon car c'était provenu de derrière lui, mais dans une autre pièce, or son lit était collé au mur attenant au salon. Oui. Ça ne pouvait venir que du salon, quoi que ce fut. Et si c'était le Monsieur, qui était enfin rentré pendant qu'il dormait ? Ce n'était pas possible non plus, si le Monsieur était là on l'entendrait regarder la télé ou un truc comme ça, et la lumière serait allumée.

C'était autre chose.

Prenant son courage à deux mains, il se leva dans la pénombre et se dirigea lentement, sans un bruit, vers la porte qui donnait sur l'obscurité, laissant derrière lui la lumière faiblissante de la veilleuse. Dans son esprit, le danger pouvait provenir de partout : de la fenêtre par laquelle il avait toujours peur de regarder, et du reste de la maison. De l'extérieur comme de l'intérieur. Il inspira pour se donner du courage et se dit qu'en prenant soudain de la vitesse, les choses seraient plus faciles.

D'un bond il s'avança dans le couloir et appuya sur l'interrupteur. Rien dans le couloir, ni d'un côté ni de l'autre. Alors il se mit à courir jusqu'au salon, très vite comme s'il avait pris l'étoile, et alluma la grande lumière. Il n'y avait rien. Il fit quelques pas rapides jusqu'à la cuisine et l'alluma aussi. Rien. Rien du tout... Il éprouva un maigre soulagement, tout en balayant la pièce du regard à la recherche d'indices.

En temps normal, il se serait félicité pour cet acte de bravoure qu'il venait d'accomplir, mais la peur le tenaillait. Même s'il était légèrement rassuré par l'intense clarté, il avait peur qu'une présence se soit cachée, recroquevillée entre les plus petites parcelles d'ombre.

— J'ai pas peur de toute façon, alors laissez-moi tranquille ! Je veux dormir, maintenant !

Voilà. C'était dit. Malgré l'effroi, il savait se faire entendre. Il attendit sans bouger pendant une minute, en priant intérieurement pour n'avoir aucune réponse.

Mais le silence était rétabli. Dehors, il n'y avait plus de pluie et plus de vent. Juste, si on tendait l'oreille, le vrombissement lointain et habituel d'une ville qui s'endort. Éteignant une à une toutes les lumières, Cornélius retourna dans sa chambre et se remit au lit, peu rassuré.

Il s'apprêtait à fermer les yeux puis il fixa la porte, toujours ouverte sur un océan de noirceur. Il se leva précautionneusement et la ferma, puis retourna au lit. C'était mieux comme ça. Porte : fermée. Rideau : tiré. Placard... Il jeta un œil en direction du placard. Il était ouvert.

Cornélius se leva une nouvelle fois en soupirant. Il alluma la grande lumière qui faisait mal aux yeux. À mesure que la nuit s'avançait et qu'on s'enfonçait dedans, elle devenait de plus en plus inquiétante. L'obscurité se faisait plus difficile à supporter. Il ouvrit grand le placard et fouilla dedans, parmi les boîtes de jeux de société et les manteaux sur cintres. Comme il s'y attendait, là non plus il n'y avait rien. Ça faisait longtemps maintenant qu'il avait pris l'ascendant sur le placard, rien en lui ne lui faisait peur.

Son imagination devait lui jouer des tours. Oui, c'était ça. Il n'y avait pas eu de bruit ailleurs que dans ses songes. L'esprit, en proie à des tourments pernicieux, la nuit devient plus fragile et paranoïaque, surtout quand les conditions idéales sont réunies. Passer la nuit tout seul dans une grande maison. Forcément, c'était pas optimal. Mais il pouvait le faire. Il était grand. L'autre jour, la maîtresse lui avait dit qu'il était grand "maintenant". Il était officiellement passé du stade de "petit" au statut prestigieux et très demandé de "grand", et ça c'était pas rien. Alors maintenant, il fallait l'assumer. Un grand n'a pas peur des bruits quand il est seul dans la maison la nuit.

Plus il essayait de se convaincre qu'il était grand, plus il se sentait petit. En même temps, comment pourrait-on attendre d'un enfant qu'il se sente bien dans de telles conditions. Où était sa mère ? Au travail. Au travail, vraiment ? Où était le Monsieur ? Impossible de savoir. Il n'y avait que Cornélius, six ans, seul contre les ombres, et tous les autres étaient partis.

Le pire dans tout ça, et ça Cornélius l'ignorait, mais c'est que sa mère était probablement en salle de pause à déguster un café en riant avec ses collègues, ou alors torchée dans un bar dansant pour décompresser après une journée de dur labeur. Le Monsieur, on pouvait pas savoir, mais il était peut-être en train de jouer au blackjack dans un casino merdique pour arrondir ses fins de mois, et il allait perdre, et après il viendrait manger chez eux toute la semaine parce qu'il serait complètement fauché. Tout ça, Cornélius ne pouvait pas y penser. Il était obnubilé par ce qu'il entendait (ou qu'il croyait entendre) dans cette nuit terrifiante, cette guerre perdue d'avance entre l'ombre et la lumière.

Il s'enfonça une fois de plus dans son petit lit, en priant pour qu'il puisse cette fois-ci trouver le sommeil, où qu'il soit. Il tenta de se projeter mentalement des images rassurantes : samedi matin, lui et sa mère, glace à la fraise, Peter Pan et la Plume, maîtresse qui donne des encouragements, papier bleu avec des étoiles jaunes. Samedi matin, lui et sa mère, glace à la fraise, Peter Pan et la Plume, maîtresse qui donne des encouragements, papier bleu avec des étoiles jaunes. Samedi matin, lui et sa mère…

Malgré le défilement fragmenté de ses souvenirs, il ne pouvait pas se retenir de… tendre l'oreille. Il était à l'affût, sur ses gardes, attendant le moindre craquement, le moindre frottement, pour plonger dans un abysse de terreur. Il fallait à tout prix essayait de se calmer. Peter Pan et la Plume, maîtresse qui…

Non ! Non, il y arrivait pas. Y avait rien à faire, pas à pas la peur grandissait, elle prenait le dessus. Il saisit la boîte à musique et remonta encore une fois le mécanisme. Les premières notes émirent dans son esprit un sentiment légèrement chaleureux malgré la situation, telle une lueur frémissante dans le brouillard. Il reposa l'objet sur la table de chevet et ferma les yeux. La musique jouait ses notes attendrissantes et apaisantes, elle lui rappela des milliers de sommeils. Allez ! Endors-toi, bordel ! Sinon, le silence va revenir ! Endors-toi !

Et à mesure que les notes se profilaient, il semblait qu'elles se transformaient en ce tic-tac menaçant du crocodile de Peter Pan, avec son réveil dans le ventre, ce tic-tac qui signale que la fin est proche, et qu'à la fin de la berceuse, le silence reviendra, implacable.

Cornélius ferma encore plus les yeux et ses paupières se plissèrent dans la pénombre grandissante. On aurait dit qu'il voulait forcer le sommeil. Les draps le recouvraient jusqu'au menton. Lui et sa mère, glace à la fraise… D'un coup la musique s'arrêta. Le silence revint.

Le parquet grinça soudain dans le couloir.

Non, non, non ! Il n'avait pas rêvé cette fois, c'était sûr. Il n'était pas du tout endormi. Après le grincement se rétablit le silence, comme un léger pic sur le monitoring. Il cacha sa tête sous les draps et se boucha les oreilles. Il y avait quelque chose… ou quelqu'un… dans la maison. Non, la porte était fermée, il ne pouvait rien lui arriver. En plus, en se bouchant les oreilles il n'entendait vraiment plus rien. Samedi matin, lui et sa mère, glace à la fraise, Peter Pan et la Plume, maîtresse qui donne des encouragements, papier bleu avec des étoiles jaunes. Samedi matin… Atteindrait-il vraiment le samedi matin ?

7
La cheminée

Stop ! On se calme. Il était grand, pas vrai ? Il fallait réfléchir de manière rationnelle, et non céder à la panique, surtout quand on était grand ! Le parquet qui grince était quelque chose de tout à fait commun. Un jour, il avait demandé à sa mère pourquoi le parquet faisait de vilains bruits même quand on marchait pas dessus, elle lui avait dit que c'était "le bois qui travaille". Pour étouffer sa peur une bonne fois pour toutes, elle lui avait expliqué que dans une maison, surtout une maison relativement vieille comme la leur, les fondations prennent de l'âge, parfois s'affaissent légèrement, la charpente peut bouger de quelques millimètres, surtout après des intempéries. En gros, les bruits dans une maison : c'est normal.

Mais quand même… il avait bien entendu le… c'était normal ! Surtout la nuit, où le silence règne, on a l'impression que tous les bruits sont amplifiés, mais en fait c'est juste qu'il n'y a pas de nuisance sonore pour y faire obstacle. Le bruit sourd, il avait dû le rêver. Le parquet qui grince, c'était dû au "bois qui travaille". Oui. Pas besoin de se faire plus de souci que ça, surtout quand on était un grand. Samedi matin, lui et sa mère, glace à la fr…

D'un coup, il ouvrit grand ses deux yeux. Une pensée, ou plutôt un déclic, venait de lui atteindre le cerveau, et par là-même lui avait glacé le sang, les os, et tout ce qui s'ensuit. Non, ce n'était pas possible. Il n'avait pas pu voir ça. Il réfléchit, examinant toutes les possibilités, mais son esprit lui disait bien qu'il avait vu quelque chose, qu'il avait vu sans voir un indice de la plus haute importance. Il était passé devant, avait balayé la pièce du regard, mais comme à ce moment-là il cherchait quelque chose de vivant, il n'y avait pas prêté attention et son petit panorama lui avait paru sûr. Pourtant, ce qu'il avait vu, ça changeait tout.

Une sorte de liquide glacé lui remonta le long de la colonne vertébrale. C'était de pire en pire. Il fallait qu'il vérifie, il fallait qu'il soit sûr, qu'il se rende compte que c'était rien, qu'il s'était trompé, qu'il avait rêvé, une fois de plus. Il pourrait se dire "ah, je suis bête !" et retournerait se coucher pour enfin s'endormir. Mais au fond, il savait que ce qu'il avait vu, entrevu lors d'un mouvement de la tête, il ne l'avait pas rêvé.

Comme tout à l'heure il se leva, il refit, les mains moites et le front suant malgré l'hiver, le même chemin jusqu'au salon, en allumant toutes les lumières. Lorsqu'il arriva près du canapé, où plus tôt dans la soirée il avait regardé Peter Pan en mangeant des biscuits et que tout allait bien, il s'arrêta et tourna le regard vers la cheminée. Un éclair d'effroi lui parcourut la poitrine, tout son corps s'immobilisa. Il déglutit.

Devant la cheminée, sur le parquet, il y avait des traces noires. Comme des grosses traces de pas pleines de suie. Son regard se dirigea d'abord vers le plafond. Quelque chose était venu de là-haut, depuis le toit, et c'était pas le Père Noël. Puis son regard redescendit et il constata avec frayeur que les traces continuaient, plus effacées à mesure que la suie se répandait sur le tapis. Elles passaient juste à côté de lui et reprenaient sur le parquet, en direction du couloir. Sans faire le moindre bruit il les suivit.

Les traces conduisaient, affreusement, effroyablement, jusqu'à la porte fermée de la chambre de sa mère.

Qu'est-ce que ça pouvait être ? La peur et la curiosité s'entremêlaient dans une danse nocturne des plus macabres. Les traces n'avaient rien d'humain, elles étaient informes. Peu importe ce qu'était la chose, elle s'était visiblement enfermée dans la chambre maternelle. Irait-il voir ?

Même si la peur le saisissait à la gorge à chaque battement irrégulier de son cœur, il devait aller voir. C'était impératif. Il ne pourrait pas aller se coucher, non, il ne pourrait pas rester un instant de plus dans cette maudite maison sans avoir compris ce qu'il se passait. Il était prêt à ouvrir la grande porte, à s'enfuir dehors par ce grand froid et à courir dans les rues, au moins il ne serait pas complètement seul ici. Mais l'était-il vraiment ?

Il longea le couloir avec précaution, jusqu'au fond, et colla son oreille contre la porte en bois. Une fois de plus le silence. Sans décoller l'oreille, il tendit lentement son bras jusqu'à la poignée, effleurant la fissure laissée par le poing coléreux de sa mère. Son cœur faisait du trampoline sous son pyjama bleu qui lui allait déjà trop petit. Il ouvrit.

Il alluma la lumière. Rien ! C'était fou, ça ! Il fit un tour rapide de la pièce, il n'y avait vraiment rien, pourtant quand il revint dans le couloir les traces de pas étaient toujours là, ce n'était donc pas une manifestation de son imagination, une vue de l'esprit on ne peut plus dérangeante. Était-il possible que… Mais oui, c'était ça. Il venait de comprendre. Un peu plus tôt dans la soirée, quand il avait fait son petit tour d'enfant espiègle où il observait chaque parcelle de la maison, il s'était approché du tapis du salon et l'avait soulevé. Ce faisant, lorsqu'il l'avait laissé retomber lourdement sur le parquet, l'air qu'il avait propulsé avait dû faire l'effet d'un soufflet en direction de la cheminée et avait dû en extraire un mélange de suie et de cendre. Ensuite, il avait dû marcher dedans et était allé directement fouiller la chambre de sa mère, laissant derrière lui cet indice auquel il n'avait pas fait attention. C'était lui, Cornélius, lui et lui seul, qui avait fait les traces de pas.

Un grand soulagement lui emplit le corps et l'esprit, comme une cuillère de miel sur une gorge malade.

Il n'y avait personne, en fait. Il était vraiment stupide d'avoir cru à ces histoires de films d'épouvante que sa mère lui interdisait de regarder pour pas qu'il fasse des cauchemars et qu'il vienne la réveiller ensuite. Il s'en voulait de s'être montré aussi peureux. Mais bon, l'essentiel c'était que la vérité soit rétablie. Pas d'individu, pas d'étranger dans la maison. Demain, samedi matin, glace à la fraise. Tout allait s'arranger. D'ailleurs, il n'y avait rien à arranger, tout allait bien, à part qu'il était seul dans cette grande maison, au sein de laquelle était revenu l'implacable silence.

Après avoir éteint toutes les lumières une à une (pour la dernière fois de la nuit, il l'espérait), il entreprit de retourner placidement dans sa chambre, et cette fois il prit des mesures exceptionnelles. Dans une petite boîte métallique posée sur son étagère, il y avait la clé. Cette clé, elle servait à verrouiller sa chambre. En temps normal, il n'avait pas le droit de l'utiliser. Il ne s'en était servi qu'une seule fois, un jour où sa mère et le Monsieur se disputaient violemment dans le salon et où le Monsieur avait dit :

— Tu veux que j'aille lui expliquer, moi ? Ça sera vite réglé !

Cornélius avait pris peur et il s'était enfermé tout seul dans sa chambre, mais il ne s'était rien passé. Après ça, il s'était fait gronder, quand même. Mais cette fois-ci, c'était différent. Si sa mère trouvait la porte fermée quand elle rentrerait du travail, au petit matin, il lui expliquerait qu'il avait fait un cauchemar, qu'il avait eu peur, que le Monsieur n'était même pas venu et qu'il s'était senti très petit et très seul. Non... Il ne pouvait pas lui dire ça, ce n'était pas digne d'un grand ! Il fallait qu'il soit fort !

Il verrouilla quand même la porte et laissa la clé dans la serrure. Il se sentirait plus en sécurité comme ça. Personne ne pourrait rentrer, c'était certain.

8
Violet

Il fut réveillé pour la dernière fois aux alentours de 3 heures.

La porte étant fermée, les menaces potentielles éliminées de son esprit, il avait finit par s'endormir malgré une anxiété tangible. La berceuse avait été d'une grande aide. Il avait plongé tête la première dans un sommeil perturbé, peuplé de mini songes aux décors obscurs, et ses globes oculaires bougeaient sous ses paupières, comme s'il regardait un film intérieurement.

Il ne put pas identifier ce qui l'avait réveillé. Un bruit, encore ? Un mouvement dans la pénombre ? On était maintenant au cœur de la nuit, ce noyau obscur où la peur se fait reine et où l'espoir de contempler le petit jour est plus faible que jamais, alors qu'on s'en rapproche. Bruit, mouvement, tonnerre, quelque chose l'avait réveillé, et il ne parvenait pas à savoir quoi.

Ce qui le frappa en premier, ce fut une odeur fétide qui lui agressa les narines. Un parfum nauséabond, un relent de soufre et de pourriture, on aurait dit que quelqu'un avait chié dans son placard. Il ouvrit les yeux et contempla la petite chambre. Rien d'étrange n'était visible. La lueur pâle provenant de la fenêtre inondait le tapis d'une aura bleutée, légèrement sinistre. À sa gauche, la veilleuse faisait l'effet d'une luciole dans un coin de la chambre. Tout était paisible, à sa place. Pourtant, il avait le sentiment effroyable et aigu qu'une menace était tapie dans l'ombre.

D'où pouvait venir cette puanteur ? Il n'avait pas le droit d'amener de la nourriture dans sa chambre, donc il ne pouvait pas s'agir d'un quelconque morceau de jambon moisi ou de confiture bouffée par les fourmis. Et puis, il l'aurait sentie plus tôt. Mais la puanteur n'était là que depuis son réveil. Quelque chose… de nouveau… était là.

Il n'osait pas faire le moindre mouvement, comme si un bruit, un geste de sa part avait pu alerter la menace de sa présence. C'était idiot, bien sûr, bien que tout à fait naturel. S'il y avait quelque chose dans sa chambre, une bête, un prédateur, la chose était venue pour lui.

Oh ! Encore ces foutues pensées intrusives ! Il n'y avait pas de "chose" ni de "menace", tout ça c'était des conneries (il n'avait pas le droit de dire ce genre de mots mais intérieurement il pouvait). Il se demandait quand est-ce que le matin finirait par venir, histoire qu'il arrête de s'inventer des trucs et que la vie réelle reprenne son cours. Il avait l'impression que cette nuit, à elle seule, allait le rendre fou.

Il se rappela qu'il avait fermé la porte à clé et qu'ainsi, rien n'avait pu entrer, et que donc il était en sécurité. Mais soudain, un vif sentiment d'angoisse lui piqua l'intestin. Car si un étranger avait réussi à s'introduire dans la chambre avant qu'il ne ferme à clé, ça voulait dire qu'il était enfermé avec lui. C'était, de loin, la pire des issues. Il préférait avoir un agresseur qui tambourinait à sa porte toute la nuit pour rentrer que d'être coincé là-dedans avec, sans pouvoir sortir. C'était logique.

En même temps que toutes ces pensées défilaient dans son esprit à une vitesse fulgurante, il se relevait légèrement en s'appuyant sur les coudes afin de mieux observer la pièce. Tout était à la même place que tout à l'heure, que ce matin, et que tous les autres jours. L'évocation de la routine rassura son petit cœur d'enfant. Il se rallongea confortablement, en émettant un léger mouvement du bassin, et là le lit grinça.

Il entendit un bruit.

Il ouvrit grand les yeux.

Cette fois, c'était pas une histoire de bois qui travaille ou d'éclairs, non, cette fois le bruit était provenu de quelque chose de vivant. Et il était tout près. Une sorte de grognement, de souffle roque, extrêmement profond, qui semblait contenir une âme lointaine, vieille, mauvaise.

Cornélius s'était arrêté de respirer. Il écoutait. Le son était venu de sous son lit, ça faisait pas l'ombre d'un doute.

Il repensa à ce que lui avait raconté Quentin Lambert, un de ses camarades. Une nuit, Quentin Lambert avait été réveillé alors qu'il dormait profondément, et il avait constaté avec terreur qu'un monstre était rentré dans sa chambre, probablement par le placard, tout droit venu du pays des monstres. La bête fantastique s'était approchée de lui, une sorte de yéti tout poilu et vert avec des petites cornes, et le yéti avait essayé de le toucher mais Quentin Lambert lui avait crié dessus et le monstre, surpris, s'était enfui, retournant d'où il venait. Cornélius n'avait pas cru à cette histoire débile. Maintenant, il y croyait un peu plus.

Il continua de tendre l'oreille, redoutant le pire. Il ne savait même pas à quoi s'attendre. Son imagination, qui semblait lui avoir joué des tours toute la soirée, ne le suivrait pas jusqu'aux recoins si sombres de la nuit, elle avait quitté le navire. Une peur écrasante l'habitait, comme il n'en avait jamais ressentie avant, au cours de sa jeune vie. Et sans pouvoir rien contrôler, il se mit à trembler. De simples petits frissons de trouille, telle une petite feuille quasi morte, secouée par le vent, prête à tomber de la branche.

Sous le lit, un ricanement se fit entendre, profond et glauque. Quoi que ce fut qui rôdait là-dessous, caché sous les lattes comme une entité perverse et voyeuse, la créature se réjouissait de sa terreur. Le ricanement était tout aussi profond que le bruit précédent, rauque et gorgé de glaires, et se prolongea pendant plusieurs secondes. Il semblait être empli de tout le mal de la Terre.

Il essaya de se rassurer.

Les monstres, ça existe pas ! C'est que les bébés qui y croient ! Je suis pas un bébé !

Mais il savait bien que si, les monstres ça existait. Qu'on le veuille ou non, ça existait bel et bien, et y en avait un planqué sous son lit à cet instant précis. Il avait vérifié tous les coins de sa maison, plus tôt dans la soirée quand tout allait bien et qu'il avait pu, par le biais de la solitude et de l'ennui, laisser libre cours à sa curiosité. Mais sous son lit, il n'avait pas regardé.

Il se pencha légèrement sur la gauche, pour voir si une quelconque partie du corps de la chose dépassait du lit, mais non. La chose était bien cachée. Il leva les yeux vers la porte verrouillée. La clé était toujours dans la serrure, là où il l'avait laissée. Aurait-il le temps de sauter du lit, de courir jusqu'à la porte, de tourner la clé, d'ouvrir et de s'enfuir à travers le long, le si long couloir ? La peur tétanisait ses pensées, seul son corps lui répondait mollement. Il avait l'impression que le moindre geste causerait sa perte, que quelque chose de terrible, d'innommable, allait se produire très vite. Sans qu'il puisse rien y faire, sans que personne au monde ne puisse l'aider.

Y avait-il, en cette nuit horrible d'hiver, réellement un monstre sous le lit de Cornélius ? Il fallait qu'il en ait le cœur net.

Il repoussa légèrement la couverture jusqu'à ses pieds et il se pencha, lentement, pour regarder en dessous. En faisant ce geste, à la fois il bravait une peur qui semblait n'avoir aucune limite, à la fois il ne pouvait pas s'en empêcher. Il devait savoir. Il posa ses petites mains sur le tapis, descendit la tête, et il regarda.

Dans l'obscurité, dans ces ténèbres terrassants qui régnaient sur l'endroit le plus sombre de toute la maison, deux yeux violets le scrutaient. Impossible de deviner, à travers les ombres, à quoi ressemblait le corps auquel ils appartenaient. La puanteur était si vivace qu'elle irrita le nez de Cornélius. Et ces yeux... ces yeux semblaient dépecer son âme et y mettre à nu toute la peur, vider son esprit de toute autre émotion, afin de s'en repaître. La chose émit un ricanement sadique.

Cornélius, d'un mouvement brusque, se releva et se cacha sous la couverture, fermant les yeux, se bouchant les oreilles, se répétant en boucle que tout ceci n'était qu'un cauchemar, sachant très bien que ça n'en était pas un.

9
Le monstre

D'où avait bien pu venir le monstre ? Du trou de la baignoire ? Non, il semblait trop grand pour passer à travers le trou. De la fenêtre ? Elle était fermée. Une chose était sûre, il était là. Il était venu le punir pour s'être introduit dans la chambre de sa mère, alors que c'était interdit, et pour avoir tenté d'ouvrir la boîte.

Il voulait crier mais il n'y avait personne ici, aucun adulte qui pourrait le sauver de cet effroyable sort. La seule chose qu'il pouvait faire c'était d'attendre, planqué sous la couverture, d'attendre que le monstre s'en aille, ou qu'il l'oublie, ou quoi.

Il se demandait pourquoi il était embarqué là-dedans, dans cette sale histoire de monstre et d'atrocités, de grande solitude pour une si petite personne. Il parvenait à se l'avouer maintenant : il n'était pas un grand, c'était évident. Est-ce qu'il méritait tout cela ? Est-ce que les adultes l'avaient laissé tout seul ici volontairement, afin qu'il soit corrigé pour ses mauvaises actions et qu'il subisse un châtiment des plus nécessaires ?

Sous le lit, à travers les lattes du sommier, il sentit que ça remuait. Le monstre était aussi volumineux qu'une grosse bête, ou que quelqu'un. Samedi matin, lui et sa mère, glace à la fraise, Peter Pan et la Plume, maîtresse qui donne des encouragements, papier bleu avec des étoiles jaunes, samedi matin... Plus que quelques heures à tenir avant samedi matin. Avant que le jour se lève, que sa mère rentre, que tout redevienne comme avant. Si près du but.

Mais là-dessous, la chose remuait, occupée à de vils et mystérieux desseins. Cornélius le sentait, ça faisait bouger tout son corps à travers l'épaisseur du matelas. Il entendit le monstre grogner une nouvelle fois de cette voix caverneuse, cinglant ses tympans d'une peur monumentale, le forçant à plisser les yeux comme s'il voulait les fermer plus encore.

S'il s'en sortait, il ferait tout bien jusqu'à la fin de ses jours. Il ne ferait plus aucune erreur, il travaillerait bien à l'école et écouterait tout ce que dirait sa mère. Plus jamais une bêtise, plus jamais un haussement de la voix, une faute d'inattention, il remercierait constamment le ciel de l'avoir épargné, de lui avoir laissé l'opportunité de jouir de ce cadeau inestimable qu'est la vie. Mais c'était peut-être trop tard pour penser à tout ça.

Il sentit que le monstre montait sur le lit. Son poids était conséquent, le lit s'affaissa et une latte se brisa. Le tout geignait d'un grincement effroyable. Cornélius refusait d'y croire, pourtant la chose était bien en train de se passer, une scène épouvantable se jouait et il en était l'unique spectateur. Il se couvrit les yeux avec les mains, mais alors il entendait tout clairement alors il remit ses mains sur ses oreilles. Malgré ça, il percevait le ricanement fauve du monstre.

L'étranger tira doucement, presque langoureusement le drap qui recouvrait le corps de l'enfant, le laissant recroquevillé dans ce lit qui paraissait maintenant si grand. Cornélius fut plongé dans un froid glacial, éclairé seulement de la lueur provenant de la fenêtre et de celle de la veilleuse. Il gardait les yeux fermés, les mains sur les oreilles. Pourtant, il allait falloir affronter son terrible sort. Il avait peur que ça soit encore pire s'il ne regardait pas. Lentement, très lentement, il ouvrit les yeux, et se retourna pour faire face au monstre.

Ce qu'il vit ensuite, jamais il ne l'oublierait. Cette image resterait gravée dans le recoin le plus douloureux de sa mémoire et resurgirait dans les moments les plus difficiles et les plus sombres de son existence.

Le monstre se tenait debout sur le lit, et il était si grand qu'il atteignait le plafond. Cornélius, malgré la peur, l'observa dans les moindres détails. Impossible de savoir d'où avait pu venir cette chose, tant les éléments qui la constituaient étaient étrangers aux connaissances de l'être humain. Et pourtant... pourtant, l'entité avec quelque chose de presque familier. Des pieds... enfin des pattes jusqu'au cou, il s'agissait d'un corps volumineux et robuste, de couleur vert foncée, d'une obscurité impénétrable. La matière dont il était composé ressemblait à un vieux bois recouvert de mousse, il était impossible d'en deviner l'intérieur : y avait-il des organes, des vaisseaux sanguins, des nerfs là-dedans ? Par endroits, irrégulièrement, un petit tentacule sortait du corps, comme une excroissance, et pendouillait en se frottant contre la moisissure de l'ensemble, se gonflant de temps à autre comme s'il était irrigué d'un poison létal. Les mains, ou les pattes antérieures, étaient de la même matière avec au bout des longs doigts innombrables et des griffes aiguisées comme des dents de requin. Son ventre et sa cage thoracique étaient informes, ignobles par leur constitution, par l'odeur qu'ils dégageaient, toujours recouverts de cette mousse toxique. Et la tête, enfin... la tête qui touchait le plafond, perchée en haut d'un cou épais. La tête était couverte de cratères, disposés à des endroits qui défiaient toutes les lois de la nature, des tentacules s'échappaient de certains et continuaient de se gonfler et se dégonfler, suivant un rythme infernal. La tête était le berceau de l'atrocité. Les yeux, les deux yeux violets qui luisaient dans l'obscurité firent à Cornélius le même effet qu'un peu plus tôt : ils semblaient scruter son âme au plus profond pour en accentuer la peur. Et juste en dessous, au-delà de quelques cratères épouvantables, s'étendait un sourire machiavélique et pervers, peuplé de dents aussi longues que des couteaux de cuisine. Un sourire qui voulait répandre le mal et souiller le monde de ses pénibles exhalaisons. L'odeur pestilentielle avait maintenant remplacé l'oxygène de la pièce. Cornélius baissa les yeux, sur le lit des taches noirâtres avaient dégueulassé les draps blancs, les mêmes qu'il avait vues devant la cheminée. Du liquide purulent semblait s'écouler des monstrueux tentacules et se répandait sur le tapis et sur le lit. Ce spectacle, déroutant, épouvantable, emplissait le cœur de l'enfant de sentiments inqualifiables qui avaient depuis longtemps dépassé le seuil de la peur.

La créature était-elle venue pour le tuer ? Le tableau était sinistre : une chambre d'enfant, avec ses jouets, son tapis à motifs, dans le lit cet humain minuscule et à ses pieds, broyant les lattes sous son poids monumental, une créature venue des enfers qui le regardait sans bouger, avec un grand sourire.

Ce monstre-là ne ressemblait en rien à la description enfantine que lui avait faite Quentin Lambert. Il n'était pas question de petites cornes, pas de boule de poils. Ce monstre-là était un monstre pour les adultes. Il n'était pas venu pour faire des guilis aux pieds de Cornélius quand ils dépassaient du drap, ni pour lui crier "bouh !" en sortant du placard et en levant les pattes en l'air avec une grimace comique. Il était venu pour le punir, peut-être d'avoir été trop curieux, qui sait ? Il était venu pour répandre le sang et le chaos, pour se délecter d'une âme solitaire, d'un peu de chair fraîche.

Soudain, le monstre se baissa et se mit à quatre pattes sur le lit, dans une position simiesque. Les pensées de Cornélius voltigeaient dans sa boîte crânienne, pourtant son corps n'était pas capable de faire le moindre mouvement. Il était tétanisé. Une phrase du livre lui revint subitement en tête : "Gros Loup écrase Petit Doux de tout son poids."

L'haleine putride de la chose lui emplit les narines, elle infectait l'oxygène. Les deux yeux violets le fixèrent quelques instants, lui glaçant le sang, annihilant tout ce qui lui restait d'innocence. Le monstre mit sa main titanesque sur le crâne de l'enfant, Cornélius sentit les griffes s'enfoncer légèrement dans son cuir chevelu. Il ne pouvait rien dire, ni rien faire. Le monstre approcha sa face de celle de l'enfant, son affreux sourire montait jusqu'au ciel, il ouvrit la bouche. Les tentacules s'agitaient dans tous les sens, répandant quelques gouttelettes de pus. Cornélius comprit soudain. Il avait eu peur que le monstre le tue, mais maintenant il savait. Il savait que le monstre n'allait pas le tuer, mais qu'il allait faire pire et qu'il le laisserait vivant, et que ce qu'il allait lui faire resterait sur lui et dans lui pour la vie entière. Il allait poser sur lui une marque qu'on ne peut pas effacer, et qu'il tenterait tous les jours de cacher mais qu'on verrait quand même, malgré tous ses efforts désespérés. Il allait l'empoisonner. "Gros Loup menace Petit Doux de lui arracher les pattes. Là, c'est sûr, il exagère !"

C'est ainsi qu'en cette heure sombre et reculée d'une nuit d'hiver, le monstre défigura l'enfant d'une cicatrice invisible. Enfermé à clé dans sa chambre, à l'abri des murs de cette grande maison vide, étouffé par le vent. Le secret demeurerait entier.

On verrait que le silence, les cernes, on se dirait qu'il était devenu terne, cet enfant. Et lui, Cornélius, il serait plus jamais le même.

la mort de Prosper Nox

L a première fois que j'ai rencontré Prosper Nox, cela m'a fait un effet très particulier, que je n'étais pas prêt d'oublier. Je n'avais jamais eu affaire à un patient comme celui-là, un véritable énergumène.

— Vous allez mourir, je lui ai dit.

Tout d'abord il est resté silencieux, visiblement perturbé, il me fixait intensément tout en semblant ne pas parvenir à comprendre. En général, je marque un habile temps de pause après avoir prononcé cette phrase, le temps que l'information douloureuse atteigne le cerveau de la personne concernée. Après cette phrase, plus rien n'est pareil. Au bout de quelques secondes, Prosper Nox a semblé percuter. Ses yeux se sont éclairés, animés soudain par le sens de cette lourde sentence. Avec une émotion qu'il peinait à contenir, son regard a balayé la pièce, comme si le bureau propre et bien rangé contenait des solutions, puis il s'est tourné vers moi :

— Combien de temps ?

— Quelques jours. Quelques semaines, maximum.

Bien que cela puisse sembler étonnant pour quelqu'un de son statut, j'ai d'abord cru qu'il allait s'évanouir, ou fondre en larmes devant moi, tant les sentiments passionnés qui traversaient visiblement son cœur avaient l'air déchirants. Mais je me trompais, j'avais mal interprété la raison de cette intensité. Au lieu de pleurer, au lieu de crier "Non !", en proie au désespoir, il a crié :

— Oui !

Malgré moi, j'ai écarquillé les yeux d'incrédulité, alors qu'habituellement je ne laisse jamais paraître mes émotions devant les patients. Face à l'approche imminente de la mort, j'avais devant moi un type joyeux, dont le visage s'était éclairci d'un grand sourire. J'ai d'abord pensé qu'il était retardé, ou bien un peu lent au démarrage. Sa réaction n'était pas normale.

— Vous avez compris ce que j'ai dit ? Vous allez mourir, Monsieur Nox.

— Ah, ça, si j'ai compris ! J'ai parfaitement compris ! Enfin ! s'est-il exclamé, assis devant moi dans le bureau si calme, immaculé. Enfin ! Ahahah !

Il a commencé à éclater de rire, à s'esclaffer tout bonnement comme si je lui avais raconté une excellente blague. Il se fendait la poire. Les larmes lui montaient aux yeux, des larmes de joie qui venaient se répandre sur sa cravate noire, sur son costume gris, qui venaient même jusqu'à perler sur mon bureau tout blanc sur lequel il s'appuyait, secoué de hoquets spasmodiques. Démuni, j'avais du mal à croire ce que je voyais. C'est déjà compliqué de consoler les gens tristes, mais alors les gens contents ?

J'ai vérifié les analyses sur mon écran, elles étaient formelles. Puis j'ai regardé à nouveau Prosper Nox, se tordant d'une joie sincère sur son fauteuil. Dans quelques jours, il s'éteindrait. Cela semblait l'emplir d'un intarissable soulagement.

À un moment j'ai voulu intervenir, j'ai levé la main dans sa direction pour tenter de le calmer, mais ce geste n'a fait que jeter de l'huile sur le feu, et ses rires se sont intensifiés.

Fortement troublé, j'ai reculé sur ma chaise. J'ai voulu regarder ailleurs, mais je ne pouvais pas. Je ne pouvais pas détacher mon regard de Prosper Nox.

Désemparé, ne sachant plus comment me comporter devant la réaction extraordinaire de Prosper Nox, je décidai de lui céder le prestigieux rôle du narrateur, qui commençait à m'aller trop grand. Et bien que vous ayez peut-être un certaine appréhension à rentrer dans les pensées d'un tel personnage, c'est pourtant là qu'inévitablement la page vous emmène...

1
La mort de Prosper Nox

Enfin... enfin !

Le glas sonne la fin de tous mes soucis, l'arrêt tant attendu d'une lente agonie.

Le médecin me regarde comme s'il fallait m'interner mais je ne peux pas m'empêcher de rire, d'exploser de joie. Cette nouvelle me fait l'effet d'une délivrance, oui, d'un profond soulagement. S'il savait, seulement, depuis combien de temps j'attendais ça. Des années, des dizaines d'années, qui sont passées lentement comme le soleil au cours d'une longue journée d'été qui s'étire prodigieusement, défilant à travers tout le ciel de son œil emmerdant. Des dizaines d'années, oui, elles-mêmes ponctuées de longues semaines et de longs jours et de longues heures à attendre le salut. J'ai bien cru qu'il ne viendrait jamais, le salaud. Mais ça y est. Nous y est. Le calvaire est presque terminé.

— Quelques jours. Quelques semaines, maximum.

La voix résonne dans mon crâne. Un délai si réduit. Cette perspective me séduit. J'exulte, un bonheur de mort. J'essaie tant bien que mal de m'arrêter de rire mais ça me prend quelques minutes de me calmer, il faut me comprendre : c'est de la tristesse accumulée qui enfin s'évapore. Le docteur attend que ça se termine, consterné. Il y comprend plus rien le pauvre.

— Donnez-moi tous les détails, docteur, je lui dis entre deux séchages de larmes. Donnez-moi tous les détails et puis je vous laisse tranquille.

Après que le docteur m'ait indiqué où et comment mourir, je m'en suis allé d'un pas à la fois nonchalant et guilleret, mais surtout guilleret car j'étais vraiment très content. Nous voici donc, pour vous resituer cher lecteur, chère lectrice, dans le long couloir métallique de la section neurologie de la grande tour 67, foyer de la SRMR. Tranquillement, je prends l'ascenceur, qui dévale les 53 étages me séparant du sol, puis je me retrouve enfin dans la rue, où l'air chaud et agressif m'irrite dès le matin.

Vous comprenez, nous sommes actuellement en 2562, et je peux vous assurer qu'avec la qualité merdique de notre atmosphère il est bien difficile de se balader à l'air libre sans une protection contre les puissants rayons UV. On utilise donc une technologie avancée de réflection parasolaire pour limiter les dégâts : de longues vitres protectrices qui surplombent les trottoirs. Malgré ça, il fait quand même vachement chaud.

Les rues sont bondées, en ce lundi matin, et je regarde ça avec plaisir, tout ce passage, ces humains renfrognés qui s'affairent, ces robots qui roulent vers un but précis, cette machinerie inarrêtable. Oui, je l'observe avec régal, cette agitation, avec une certaine délectation maintenant que je sais que je vais mourir, et que je la verrai plus. C'est fou comme la perspective selon laquelle on entrevoit les choses peut changer, si l'on bouscule un ou deux paramètres.

Je dois être au travail dans quinze minutes. Je pourrais prendre un taxi électrique pour m'y rendre, comme j'ai l'habitude de le faire, mais je décide de marcher pour prolonger ce spectacle. Je vais mourir. C'est quand même sensationnel de pouvoir se le dire. Soudainement, je ressens un vif besoin de partager cette sensation avec quelqu'un. Un type passe près de moi, ou un robot, parfois on a du mal à les différencier. Je l'attrape par le col et je lui envoie, avec mon haleine du matin :

— Je vais mourir, mon vieux !

— Mais enfin... lâchez-moi !

Fortement troublé, il tire sur sa gabardine pour me faire lâcher prise et s'enfuit comme un lapin, apeuré, se cognant aux passants en s'assurant que je ne m'empresse pas de le suivre à travers les rues.

C'est le début de la fin. Et comme je suis de nature généreuse, je vais vous embarquer avec moi jusqu'au bout de l'histoire. Un type pressé de mourir dans un monde de conventions, la plus intrigante des contradictions.

Le plus cynique de tous les cataclysmes.

2
Les robots

J'arrive tranquillement au pied de la tour 54, une tour japonaise de mille mètres de haut. C'est là que je bosse.

L'intelligence artificielle analyse mon faciès à l'entrée et me laisse pénétrer dans le bâtiment. Dans le hall, sur un gigantesque écran, apparaissent des tas de chiffres. Le grand classement. Il contient le matricule de chaque employé, classés dans l'ordre, partant de celui qui a rapporté le plus jusqu'à celui qui a rapporté le moins. Et les sommes évoluent en temps réel. Vous savez, le monde du travail a beaucoup changé depuis l'essor des IA, au début des années 2000. En fait, tout a changé.

Et oui, un robot, qu'il soit humanoïde ou simple générateur textuel, peut travailler 24h/24. Il lui faut juste assez de courant. Alors qu'un humain, ça mange, ça boit, ça chie donc il lui faut des sanitaires en règle, il lui faut des fiches de paye et des conventions collectives et des congés, et puis un humain ça a tout un tas de problèmes personnels que ça peut pas s'empêcher de ramener au travail, et puis ça tombe malade et tout un tas de trucs, quoi. Niveau productivité, c'est rincé. Progressivement, les robots ont remplacé l'être humain dans les tâches d'exécution comme le voulait la logique, de la même manière que la voiture a remplacé notre ami le cheval (une espèce aujourd'hui disparue). Un robot, ça bronche pas, ça s'arrête pas de travailler, c'est fait pour ça.

Je jette un œil désintéressé au classement pour y trouver mon rang, cherchant mon matricule à travers cette chiée de chiffres. PN888-715 : 75ème. Je vais me faire remonter les bretelles, c'est sûr. Je m'en frotte les mains rien que d'y penser.

Bien sûr, au fil des siècles il s'est passé beaucoup de choses en matière d'éthique, de droit du travail et de règlementations. On a inscrit dans la Constitution de nouveaux articles concernant les droits et les devoirs des robots, et ce à partir du moment où on ils ont pris tellement d'importance qu'on a cessé de les considérer comme des objets et qu'on a commencé à les appeler : "formes de vie alternatives". Un robot doit travailler, selon des critères qui sont propres à sa fabrication, mais un robot peut faire des choix personnels. Et surtout, il doit vivre en communion avec tous les autres.

Parce que oui : les robots sont partout, de toutes sortes, et ils sont là tout le temps. On a créé des supercalculateurs, des robots domestiques, des constructeurs, des employés qui œuvrent dans l'administration ou dans la finance, des agents conversationnels basés sur des algorithmes prédictifs, des intelligences artificielles pour conduire les engins, pour réguler la consommation d'énergie : pour tout, je vous dis, et partout, tout le temps.

"Vous avez un appel de Félicien Cuisse, Monsieur. Souhaitez-vous prendre l'appel maintenant ?"

Cette petite voix aimable et fort diligente, c'est celle d'Eric 128. En gros, Eric 128 c'est le robot domotique qui s'occupe essentiellement de mon appartement, mais aussi de tout ce qui touche à ma vie privée : appels, rendez-vous, fonctions vitales, etc. Et oui, grâce à la puce neurologique qui s'est répandue vers la fin des années 2090, Eric 128 peut me contacter à tout instant vu que je l'entends à l'intérieur de ma tête.

— Qu'est-ce qu'il veut ? J'arrive au travail, là.

Je monte dans l'ascenseur qui doit m'amener bien haut à travers la tour de béton. La machine démarre. Vous savez, en vérité je suis bien heureux d'avoir Eric 128 dans ma vie : sans lui, ce serait un véritable chaos.

"Cela doit être au sujet du repas prévu demain ce soir au domicile de Félicien Cuisse, en compagnie de Nathalie Cuisse, Florentin Acerbe et…"

— J'avais oublié cette merde. Envoie-lui une confirmation, dis-lui que je ramènerai une bouteille de bière. Fais-la livrer à son bâtiment demain et maintiens-la fraîche jusqu'à 20 heures. Tu me prépareras une tenue, un truc qui dit visiblement mais subtilement "allez vous faire foutre".

"Bien, Monsieur. Vous semblez d'humeur excitée. Votre rythme cardiaque est 1,4 fois plus intense que d'habitude. Est-ce à cause de l'arrivée imminente de votre mort, Monsieur ?"

— Oui, c'est sûrement ça, Eric 128. La journée va être longue, je te le dis. Organise une petite sauterie avec Jean Gentil selon ses disponibilités, on fêtera ma mort. J'espère te compter parmi nous.

"Votre sarcasme est plus piquant que jamais, Monsieur. Y a-t-il une raison particulière à ce ravissement quant à l'approche de votre mort ? Cela me semble contraire à vos instincts primaires et m'enjoint à éprouver de l'inquiétude à votre égard."

Un silence s'installe alors que l'ascenseur continue son chemin jusqu'à l'étage 112.

— Je ne ressens pas l'envie de m'étaler sur ce sujet avec toi, Eric 128.

"Est-ce lié à…"

— Évidemment que c'est lié, je le coupe afin de terminer cette discussion. J'arrive au boulot, essaie de ne pas trop me déranger aujourd'hui, à part si tu as des nouvelles de la SRMR.

"Bien, Monsieur. Bon courage."

La porte coulissante s'ouvre sur une longue allée d'êtres affairés devant leur ordinateur. Des robots qui parlent à des robots, qui envoient des fichiers à des robots. Un océan de fils et de carte-mères qui s'étale devant moi, infesté de poissons métalliques à la recherche de la moindre donnée, du moindre sursaut d'algorithme. Il a raison, Eric 128. Il va m'en falloir, du courage. Mais c'est presque fini.

Il était temps, en vérité. Je vis dans cette société mais je n'arrive plus à y vivre correctement. C'est ce que je me dis en rajustant un peu ma cravate noire. Au fond de la pièce, j'observe ces machines adroites s'agiter autour de la table de réunion avec ferveur comme si leur vie en dépendait.

Le moment où on a vraiment dépassé un cap en matière de robotique, c'est quand on a créé les robots conscients. Des robots auto-évolutifs, qui ont développé, à force d'entraînement et d'interactions, des "sentiments" personnels, propres à eux-mêmes, une vision du monde unique. C'était une première. On leur a donné forme humaine, se servant de tissus organiques très onéreux pour recréer la peau, les cheveux et tout. Un vrai travail d'orfèvre. La Rolls Royce du robot. Le but de cette initiative, c'était de les intégrer parfaitement à la société des hommes. Qu'ils vivent comme eux, et qu'ils évoluent comme eux.

Oh, évidemment, beaucoup de gens ont eu peur que les robots les remplacent. Ils se sont vite rendus compte qu'ils avaient un problème bien plus urgent sur les bras.

3
Le travail

Dans deux jours, on fêtera ce qu'on appelle solennellement le Grand Jour de la Donnée, alors les employés s'activent dans tous les sens pour que leur travail soit impeccable, et surtout pour que ça puisse se voir. Des comptes rendus, des dossiers, des réunions, il y en a des choses à préparer. Je me fraye un chemin péniblement à travers la foule agitée qui fourmille dans les bureaux.

Je repère au loin mon alvéole, plus qu'à parcourir ces quelques mètres semés d'embûches. Aujourd'hui, la plupart des grandes entreprises ont développé un système d'organisation de l'espace de travail inspiré grossièrement des ruches d'abeilles. Chacun travaille dans sa propre petite loge arrondie où il a tout l'espace nécessaire, et la plupart des loges sont collées entre elles, disposées de sorte qu'un fin couloir sillonne entre cet amas d'alvéoles. Ce qui est pratique avec cet agencement, c'est l'économie de l'espace : certaines sont légèrement renfoncées dans le sol, d'autres en hauteur, on occupe intelligemment les locaux et là où en temps normal on aurait installé 30 bureaux, on peut en foutre 150. De plus, d'après les architectes de ce prodige de modernité, cette proximité entre les employés, rendue supportable par le confort et l'intimité des alvéoles, permet de maximiser le bien-être du travailleur. Il est censé se sentir comme chez lui, tout en restant bien disposé à travailler.

Un individu, visiblement pressé, me bouscule par mégarde et continue son chemin à travers les alvéoles en me lançant :

— Pardonnez-moi, Monsieur Nox !

Ça remue dans tous les coins.

— Bonjour ! Comment allez-vous ? me dit un androïde en aluminium. J'ai adoré votre dernier compte rendu sur le traitement des données, celui de mardi. Une vraie mine d'or. Cela vous intéresserait que nous déjeunions ensemble afin que je vous fasse part de mes remarques ?

Ah oui, j'ai oublié de préciser : en 2562, les gens sucent. On te suce pour un oui ou pour un non. C'est comme ça, c'est la règle. C'est principalement le cas dans le monde du travail : on nous a inculqué la valeur de la gratification interpersonnelle. C'est important de remercier, de féliciter, de remarquer les efforts des autres. Évidemment, tout ceci est artificiel, ces cajoleries hypocrites étant généralement récompensées par des avantages, des hausses de salaire, des points supplémentaires sur le barème soigneusement tenu par les ressources humaines. On te suce pas pour rien, mais pour obtenir quelque chose en retour. Cette cordialité forcée est censée devenir naturelle avec le temps, d'après ce qu'en ont dit les théoriciens de la productivité et autres sociologues. C'est supposé améliorer la bien-être au travail là aussi, et donc, évidemment, la croissance. Surveillés en permanence, on a tout intérêt à se comporter convenablement, et c'est encore mieux si on se suce, plus goulûment que de raison.

— Non merci, je réponds, déclinant l'offre avec un certain dégoût.

Sucer n'est pas dans mon programme en cette heure décisive où j'atteins le crépuscule de ma vie.

Au bout de quelques mètres qui m'ont semblé des kilomètres, je parviens enfin à m'assoir à mon bureau, dans mon alvéole bien cosy. Un peu de tranquillité. Je pose mon séant sur le fauteuil confortable, un mot de passe crypté et j'active ce qu'on appelle la work vision, où tous mes dossiers défilent devant mes yeux. Toute cette masse de travail qui n'en finit pas. Je peux travailler directement sans écran, sans souris, sans rien en fait, j'ai juste besoin d'une connexion. Plus rapide, plus efficace, plus productif. Si on se déplace jusqu'à la tour 54, c'est principalement pour préserver la qualité des liens interpersonnels recommandée par l'administration. C'est plus dur de se sucer en télétravail.

Je peine à me concentrer. J'ai trop de choses à traiter. Je pense à ma mort. C'est chez moi que ça va se produire, dès que j'aurai obtenu le feu vert du docteur. Eric 128 m'y aidera. Je m'habillerai spécialement pour l'occasion. Ou peut-être que non, peut-être que je resterai habillé normal, après tout. Une fois que je serai mort je m'en foutrai bien, de mon beau costume. Bon, on verra sur le moment, en fonction de l'ambiance. Chez moi, tranquille. Après un long, si long soleil : la nuit éternelle… Ça sera sans souffrance, selon la procédure. Et puis, et puis une fois que ça sera enfin ter...

— Vous êtes légèrement en retard, Monsieur Nox.

Je déteste qu'on interrompe le fil de mes pensées. Et je suis sûr, certain, que depuis la page on peut percevoir la vilenie de l'être qui a prononcé ces mots. Jérôme Blanchard. Mon pire ennemi en ce monde : mon manager. Comment vous le décrire ? On a tous un Jérôme Blanchard dans notre vie. Quelqu'un qui a des responsabilités, pas trop, mais juste assez pour se croire infiniment supérieur aux autres. Quelqu'un de profondément vide, et qui remplit tout l'espace de ce vide intersidéral. Jérôme Blanchard, lui, il ne suce pas les employés, seulement les grands patrons, ceux à qui il doit rendre des comptes. Il lève incessamment le museau vers l'étage supérieur, avide de se faire arroser par le jus patronal. C'est son mode opératoire.

— J'avais rendez-vous chez le docteur, manager Blanchard. Vous étiez au courant.

— Cela ne justifie pas votre retard de... 2 minutes 40, dit-il en consultant l'heure.

— En effet, lui réponds-je en imitant son air condescendant, j'ai effectué l'exécution anecdotique d'un détour afin de profiter du paysage urbain et de m'enivrer de la saveur délicate du matin. Cela a provoqué une infime défaillance horaire.

— Je ne vous comprends pas très bien.

Je le regarde avec un sourire supérieur, assis sur mon fauteuil.

— Bien sûr que vous ne comprenez pas.

Jérôme Blanchard est un cyborg de 14ème génération. Autrement dit, un savant mélange d'humain et de machine, entrecroisés jusque dans les connexions neuronales pour composer ce parfait subalterne, un esclave au service de la hiérarchie qui fait marcher droit ses équipes et qui rapporte docilement la balle. C'est le robot en lui qui recherche le rendement maximum et qui nous pousse à aller plus loin. L'humain en lui, c'est ce zeste de perversité. C'est paradoxal, je sais, mais parfois l'humain fait preuve de moins d'empathie que la machine, en fonction de qui l'a programmée.

— Peu importe, Monsieur Nox, avant de mourir il faudrait que vous terminiez l'étude du dossier PD-572 afin qu'on puisse le clôturer, me répond-il avec sa langue acerbe de vieux serpent caractériel.

— Mais ! L'étude du dossier PD-572 n'est pas prête d'être terminée ! je réplique de manière affectée. Il y en a encore pour des semaines de travail minimum, et je n'ai pas prévu d'attendre si longtemps avant de mourir.

— C'est fâcheux. Vous avez l'aval du médecin ?

— Pas encore mais…

— Peu importe, Monsieur Nox. Je ne crois pas que cela soit mon problème. Vous prendrez le temps que cela prendra pour terminer l'étude du dossier PD-572, vous le ferez sans discuter, sans négocier, sans esquiver, sans tergiverser, sans poser de questions. L'étude du dossier PD-572 est une priorité, et si elle vous a été confiée c'est que nous pensons que cela peut contribuer à l'essor de votre carrière. Vous comprenez que cela est un but qui vaut la peine d'être poursuivi.

— Oh, bien sûr ! Ma carrière est ma priorité.

L'être 100% humain qui travaille dans l'alvéole du dessus s'immisce dans notre conversation telle une anguille vicieuse imbibée de foutre.

— Si y a besoin d'un coup de main, les gars, je peux me charger de l'étude du dossier PD-572. J'ai pas mal de boulot en ce moment, mais on est là pour se serrer les coudes, pas vrai ?

Antonin Oreille, mon voisin de bureau, est ce qu'on appelle une "Voix de l'Entreprise". Chaque mois, un employé est sélectionné en fonction de son rendement, son influence, sa personnalité attachante, et arbore le temps d'un mois le titre de "Voix de l'entreprise", représentant celle-ci et permettant son rayonnement sur le réseau professionnel. En suçant, bien évidemment. Ce mois-ci, c'est l'aimable et dévoué Antonin Oreille qui endosse ce rôle héroïque.

— Arrangez-vous comme vous le voudrez, messieurs, répond Jérôme Blanchard. Le dossier PD-572 est urgent. Terminez l'étude.

Alors que Jérôme Blanchard s'éloigne pour nous laisser nous répartir le travail, je me tourne vers Antonin Oreille :

— Serait-ce une prouesse en matière de suce que je viens d'observer, Monsieur Oreille ?

— Ex… excusez-moi ?

— Ne bredouillez pas ! Vous savez très bien de quoi je parle. Vous voulez le dossier PD-572 ? Je vous le laisse !

Je lui transmets le dossier, il reçoit une petite notification à son poste de travail et me laisse enfin respirer, remontant dans son alvéole telle une petite abeille blessée. Voix de l'Entreprise, il l'a bien mérité. La journée commence terriblement, terriblement bien. Pourquoi ? Parce que pour une fois, j'ai l'impression d'avoir subitement acquis toutes les libertés imaginables dans un monde qui manque d'imagination. Qu'est-ce que vous croyez que je vais faire de tous ces dossiers ?

Je n'ai pas toujours été si réfractaire au travail, à l'hypocrisie et aux valeurs purement mercantiles d'un monde en progrès, c'est vrai. Autrefois, j'étais même plutôt bon, investi. Je faisais le maximum pour le secteur, pour la donnée, pour passer bien. Je me suis même surpris quelques fois à rêver d'être Voix de l'Entreprise… Mais entre le début de ma carrière et la fin de ma vie, il s'en est passé, des choses, des choses qui ont modifié mon comportement. À force, je me suis contenté de faire ce que le seuil moral m'autorisait à faire, en matière de travail, me situant juste au-dessus de la limite tolérée par l'administration.

Il faut comprendre que le travail, c'est crucial dans notre société, plus que ça ne l'a jamais été. Les humains pensaient qu'avec l'arrivée de l'IA, des robots et compagnie, ils pourraient se la couler douce et regarder le reste se faire. Ils se foutaient bien le doigt où je pense. Mais ça a toujours été comme ça, avec l'être humain. Le contrôle lui a échappé à la seconde où son esprit a frémi de la première lueur d'intelligence.

"Monsieur, Jean Gentil a confirmé votre invitation pour ce soir, 18 heures. Il viendra, je cite, armé de sa belle bite."

— Merci, Eric 128. Sors la bouteille et rafraîchis-la.

"La fameuse bouteille, Monsieur ?"

— La fameuse.

Je jette un œil autour de moi avant de plonger péniblement dans le travail. Tout le monde est à son poste, tout le monde a un but. Personne ne me parlera de la journée.

4
La glace

Fin d'après-midi, je sors enfin du travail. Toujours pas de courrier de la SRMR m'autorisant à mourir. Plutôt que de rentrer chez moi en taxi, je préfère marcher, comme ce matin, afin de m'imprégner allègrement du bourdonnement de la ville et de ses habitants automates en cette fin de journée.

Aujourd'hui, 95% de la population est constituée de robots. La plupart des êtres humains sont morts, et puis comme ils en avaient marre de mourir, ils sont partis.

Et oui, ce qui devait arriver arriva. Je vais vous faire un petit portrait d'histoire, rapidement comme ça, pour le contexte. Dans les années 2250, donc il y a à peu près 300 ans, la communauté scientifique a déclaré que l'humanité avait franchi le "Point de non-retour". L'atmosphère était si toxique que même le paysage politique international a dû se rendre à l'évidence : on avait salement merdé. À partir de cette date-clé, les ingénieurs ont travaillé avec les robots à la construction de boucliers réflecteurs, installés à des endroits stratégiques des villes, appliqués aux fenêtres afin de rendre l'atmosphère supportable et les rayons du soleil moins destructeurs. C'était une idée de fortune, bien sûr, pour sauver les meubles le temps qu'on trouve une solution efficace sur le long terme pour que la race humaine survive. Et on a fini par la trouver.

Au 25e siècle, il a été décidé que dès que ça serait possible, les êtres humains partiraient. On avait déjà commencé à terraformer sur Mars à partir des ressources présentes sur place, on s'était rendu tristement compte que c'était plus facile à faire que de retrouver une atmosphère saine sur notre propre planète tant les dégâts étaient importants.

Ainsi, Mars serait rendu habitable par des technologies de pointe, développées main dans la main avec les robots, et ce qui restait de l'humanité y déménagerait, et y demeurerait. Les robots, quant à eux, resteraient sur Terre, où la pauvre qualité de l'air ambiant ne leur posait pas de problème, où les rayons UV ne risquaient pas de les endommager. Ce pacte mondial avait scellé le legs de la Terre, qui passait des mains de l'humanité, fragiles, imparfaites, à celles, rigides, des robots. Un héritage colossal. On a appelé ça la Transmission Totale.

Je m'arrête devant le passage piéton, essayant de me remémorer tous les événements historiques qui nous ont mené jusqu'ici. Le feu de signalisation affiche une tête de robot rouge. Les voitures passent à toute vitesse. Tout ça s'est passé extrêmement vite, en vérité, on a tous peiné à s'en rendre compte. Les êtres humains, évidemment, ça les a fait chier de devoir partir, mais ils ont fini par se faire à l'idée (dans la grande majorité) que c'était trop dangereux pour la santé de leurs enfants de rester là. Sur Terre ça devenait invivable. Quand le feu devient vert je traverse, et je me mets en quête d'un banc pour me reposer quelques minutes et observer tout ce tintamarre.

En fait, dans cette histoire de passation, il s'est passé un truc vraiment dérangeant, et d'ailleurs très bizarre, que je vais vous raconter.

Lorsque les robots ont pris possession de la Terre, ils ont fait un excellent travail de retapage. Dès 2500, après la ratification de la Transmission Totale, ils ont initié ce qu'on appelle vulgairement le Grand Nettoyage. Mettant en action des technologies inédites, inventées par eux, ils ont entrepris de récurer la planète bleue de fond en comble. La qualité de l'air, les océans, ce qu'il restait de végétation, ont subi d'importants travaux de restauration et de purification. Impuissants, les êtres humains qui s'en allaient pour leur aller simple en direction de Mars observaient tout cela d'un œil torve. Leur planète redevenait vivable quand ils la quittaient. La loose. Certains d'entre eux étaient si jeunes qu'ils n'avaient jamais pu respirer l'air libre.

Les humains l'ont un peu mal pris, que les robots trouvent une solution si rapidement pour retaper la planète Terre, juste quand eux, ils se cassaient. En fait, personne n'a compris comment les machines avaient pu effectuer une telle action sans entrer en contradiction avec leurs algorithmes qui, évidemment, étaient écrits en faveur de la protection de l'être humain. Mais tout avait été ratifié, signé et archivé. La race humaine n'avait plus qu'à faire son bonhomme de chemin sur Mars et attendre que la Terre redevienne habitable. Les formes de vie alternatives avaient eu le dernier mot.

À l'heure où on parle, le Grand Nettoyage est toujours en cours, ça fait un peu plus de soixante ans maintenant. Les humains ont tellement ruiné les réserves naturelles de la planète que ça prend des plombes de tout faire repartir, comme une vieille machine encrassée, noyée dans un océan de merde. Mais la reconstruction se poursuit, pas à pas. On maintient en vie les quelques espèce animales restantes dans des laboratoires afin qu'elles survivent au passage de l'homme : des crocodiles, des cigognes, des fourmis. On fait pousser les plantes en haut des gratte-ciels ou dans des caves, à la lumière artificielle. On purifie l'eau pour les arroser abondamment, ça demande d'importantes ressources mais les robots maîtrisent parfaitement cela. On envoie des sous-marins réparer les fonds et nourrir les abysses, dévastés par des siècles d'intense pollution.

Vous avez peut-être du mal à le croire, hein ? Les humains se seraient laisser faire aussi facilement ? Impossible ? Pourtant, cela s'est produit. Les robots auraient caché à leurs créateurs qu'ils détenaient des solutions pour rendre l'habitat habitable ? Impossible ! Pourtant, cela s'est aussi produit. Un robot n'agit jamais sans raison. Il est fait pour résoudre les problèmes et c'est tout. La Terre était un gros, très gros problème, alors le robot a mobilisé toutes ses ressources pour le résoudre.

Je déguste une glace à la fraise, 100% issue de la transformation de produits chimiques, tranquillement assis sur le dos du banc, avec l'attitude suffisante d'un type qui va mourir. J'observe ce monde en reconstruction.

Quand on regarde devant, c'est un perpétuel mouvement linéaire des véhicules qui filent tout droit. Du point À au point B, de nos jours y a plus de détours.

Quand on lève les yeux, c'est le fabuleux chantier : des grues, gigantesques, agiles, qui tournent dans tous les sens, automatisées, des robots constructeurs qui améliorent les structures des bâtiments. Pas un oiseau dans le ciel, pas une mouche, seulement le Soleil implacable derrière la couche grisâtre des nuages en guérison. Je termine la glace, ingérant la totalité du cornet comme le font les bons vivants. Il est temps de bouger.

5
Le dernier ami

Arrivé devant la porte de mon appartement, j'y trouve Jean Gentil qui m'attend patiemment.
— Vous êtes en avance !
— Toujours, me répond Jean Gentil avec un sourire.

Nous entrons, j'ouvre les stores pour laisser rentrer la lumière de début de soirée, la seule qui me soit encore à peu près agréable. Une lueur calme jaune orangée s'engouffre dans l'appartement, réduisant à néant les ombres.
— Comment va votre bite ? me demande-t-il.
— Comme sur des roulettes, je lui réponds. Et vous, ça bosse ?
— Les affaires, vous le savez, ne s'arrêtent jamais.

Jean Gentil, à mesure qu'il s'avance dans le salon, observe ce qu'il y trouve avec curiosité, comme on fait souvent quand on rentre chez quelqu'un, bien que cela soit légèrement impoli.

Alors que je sors les coupes de champagne encore étiquetées d'un placard que je n'ai jamais ouvert, je remarque qu'il s'arrête devant la cage aux canaris, disposée dans un coin du salon près de la fenêtre.
— Ce sont les derniers, je lui dis. Les derniers canaris de la planète. Un mâle et une femelle, mais incapables de se reproduire. Les polluants ont bousillé leur système reproductif.

Jean Gentil émet un petit air incrédule tout en observant les boules de plumes d'un jaune vif comme le citron.
— Et vous ne les avez pas confiés au centre de recherche sur la reproduction animale accélérée ? Le convoi pour Mars de l'an dernier aurait pu repartir avec des œufs de canaris tout frais.
— Oh, ces techniques ne marchent quasiment plus tellement les bêtes sont affaiblies.
— Je sais bien mais quand même, vous auriez pu essayer. Vous n'avez pas l'impression, insidieuse et désagréable, de condamner leur espèce ?

Jean Gentil jette un œil à la petite plaque fixée au bas de la cage, où l'on peut lire "Serinus Canaria - Harz Roller".

— J'ai plutôt l'impression que c'est l'activité humaine, répétée, amplifiée sur des siècles, qui a condamné ces pauvres piafs. Et je ne m'en sens nullement responsable. Personnellement, j'ai réussi à les maintenir en vie pendant tout ce temps.

Un silence placide s'ensuit, où on regarde tous les deux par la fenêtre le soleil écrasant qui descend, se heurtant aux parois métalliques des bâtiments climatisés.

— Vous savez, ce sont des oiseaux chanteurs, ces petites bêtes-là. Je ne les ai jamais entendus siffloter la moindre note.

— Et bien peut-être que vous devriez songer à les relâcher, répond Jean Gentil. Ils mourraient vite, mais au moins ils mourraient en chantant.

Jean Gentil est un petit homme brun avec des lunettes rondes, tout ce qu'il y a de plus gentil. D'ailleurs, c'est probablement la seule personne en qui j'ai confiance en ce monde. On ne se voit pas aussi souvent qu'on voudrait, parce que la vie, le temps, les choses, ont tous œuvré pour mettre une distance entre nous, et aussi parce que je suis très amer, ces dernières années, et que je n'aime pas trop lui imposer ça.

Mais Jean Gentil n'a pas besoin de moi, et c'est tant mieux d'ailleurs. Jean Gentil, pour vivre il a besoin de faire le bien. Et c'est ce qu'il a fait, toute sa vie, au cours de ses différents métiers, de ses différentes actions humanitaires dont certaines ont eu un impact majeur sur nos sociétés. Jean Gentil est devenu quelqu'un d'important, derrière sa petite taille et ses petites lunettes rondes. Mais Jean Gentil s'en tape bien de ça. Ce qui compte, c'est ce qu'il aura laissé derrière lui avant de partir, un important héritage, dont jamais il ne se vante.

— Alors comme ça, on peut enfin mourir, hein ? me demande-t-il d'un air coquin en rompant le silence.

— On ne peut rien vous cacher, Jean Gentil, lui dis-je en allant sortir du frigo une bouteille de champagne quasi givrée. Eric 128, pourrais-tu nous servir ? Remplis-toi une petite coupe également, ne fais pas le timide.

"Vous savez comment m'amadouer, Monsieur. J'aimerais tant avoir forme physique pour me délecter de ce breuvage pétillant dont la réputation a traversé les siècles."

En quelques secondes, les coupes se retrouvent dans nos mains, et Jean Gentil et moi regardons à nouveau par la fenêtre d'un œil nostalgique ce monde en chantier perpétuel.
— Il s'en est passé, des choses, hein ? je demande.
— Ah, ça. Il s'en est trop passé, dit-il en insistant sur le trop.
— Si vous saviez à quel point ce long repos dont j'envisage enfin la venue me soulage, Jean Gentil.
— Je le sais bien, Monsieur Nox. Ou du moins, je peux tenter de l'imaginer.

On reste ainsi muets quelques temps, je contemple d'un air songeur le gris du ciel, le jaune du long soleil, et puis mon champ de vision se rétrécit et j'aperçois mon propre œil dans le reflet de la vitre.
— Je vais partir, Prosper. Je pense qu'il est temps.
— Déjà ? Mais vous venez d'arriver !
Il émet un sourire triste et heureux, mitigé.
— Je vais partir de la planète, Prosper. Il ne reste que quelques convois pour Mars, j'y ai acquis un lopin de désert orange pour y continuer mes travaux. J'ai assez œuvré ici.
— Quand ?
— Ce soir.
Un épais silence s'installe.
— Alors il faut finir cette bouteille, je suggère.
— Il faut toujours finir la bouteille, Prosper, me répond-il en souriant.
On trinque. Le soleil descend, progressif. Il a vadrouillé. Un hélicoptère de nettoyage passe devant l'immeuble et diffuse des gaz purificateurs censés assainir l'atmosphère.
— Franchement, Monsieur Gentil, je ne comprends toujours pas comment ils ont pu faire ça, je dis en montrant le ciel avec ma coupe de champagne. Attendre que les humains se barrent pour faire quelque chose qui aurait dû être fait il y a 500 ans. Comme s'ils voulaient que les humains dégagent, pour ensuite leur montrer leur supériorité, montrer qu'ils étaient dignes, eux, d'habiter sur cette planète. Comment est-ce possible ?
Jean Gentil fronce les sourcils, pensif.

— À vrai dire, je pense que la réponse à tout ça est moins cynique, et peut-être plus simple. Mais elle est moins satisfaisante parce qu'on n'y trouve pas vraiment de coupable.

— Et quelle est la réponse à tout ça ? je lui demande.

— Ce n'est pas une question d'immoralité, mais plus simplement de moralité. Les robots sont programmés à la base, même ceux qui sont devenus totalement indépendants sont nés avec des instructions relativement précises. Ancrées dans celles-ci il y a forcément la protection des autres robots, de leur environnement naturel et surtout… des êtres humains. Les algorithmes calculent toutes les possibilités, envisagent tous les angles avant de prendre une décision, même si certains finissent par prendre une certaine forme d'indépendance à travers des actes d'importance minime. Vous comprenez ce que cela veut dire ?

Interdit, la coupe à la main, je regarde Jean Gentil, attendant qu'il m'apporte la réponse.

— Cela veut dire que les robots ont laissé partir les humains parce que les laisser partir c'était la meilleure façon de les protéger. Les protéger d'eux-mêmes, en vérité, puisque la toxicité de l'atmosphère était à l'origine de nombreuses maladies, de cancers des poumons ou de la peau, de brûlures oculaires, de crises migratoires, et compagnie. Cela veut aussi dire qu'il fallait entreprendre la reconstruction de la Terre, ce qui était logique pour les robots puisqu'ils sont programmés pour protéger leur environnement. Mais il fallait le faire après que les humains soient partis, sinon cela entrait en contradiction avec la protection même de la race humaine toute entière, qui aurait continué de saccager son propre habitat, plus efficacement que la reconstruction en place, se détruisant ainsi elle-même. Enfin… vous voyez bien que c'était la seule issue. Malgré tout ce que vous pouvez penser, et je comprends que vous le pensiez, les robots ont fait exactement ce qu'il fallait.

Je soupire en regardant le ciel. Je n'aurai bientôt plus à penser à tout ça. En quelques minutes, on termine la bouteille.

— Avant de partir, dit Jean Gentil en posant sa coupe vide sur le coin d'une table, je voulais simplement vous dire, enfin, vous confirmer que je comprends votre soulagement. Je suis même navré que cela ait pris tant de temps à vous être accordé.

Je hausse les épaules en regardant le ciel.

— Qu'est-ce que vous voulez y faire ? J'ai eu plus de libertés que je n'aurais pu l'espérer, malgré tout.

— Vous n'êtes pas comme les autres, Prosper. Et vous n'avez pas vécu les mêmes choses. Je sais que ça a été particulièrement dur.

Je réfléchis quelques instants puis je me tourne vers lui, et je parviens à rester calme même si l'émotion m'habite.

— Monsieur Gentil, il n'y a pas eu un jour, depuis cette nuit-là, où je n'ai pas éprouvé mon existence comme la torture épouvantable d'un éternel fardeau. Il n'y a pas eu un jour, pas un seul, où la souffrance n'annihilait un peu plus ce qui restait de sens à ma vie. Pas un seul jour où je n'ai pas voulu me foutre en l'air.

Jean Gentil soutient mon regard, en homme qui a compris le fondement et la douleur des choses, en homme qui sait.

— Vos fonctions vous en empêchaient, et le devoir vous appelait. Aujourd'hui vous n'avez plus besoin de vous torturer l'esprit. Je suis heureux que ça soit enfin le moment.

Puis il lève sa main vers moi et s'empresse de serrer la mienne d'une poigne ferme et compatissante.

— Adieu, Monsieur Nox.

— Adieu.

Là-dessus, et sans se retourner, Jean Gentil s'en va enfin, pour toujours, me laissant seul dans ce grand appartement dont les murs si lointains les uns des autres commencent à m'étouffer.

Et je me rends compte, maintenant qu'on se connaît mieux et que vous m'avez suivi dans ce monde bizarre, je me rends compte qu'il est temps…

Hum… J'ai du mal, vous savez, à franchir cette étape, à faire ce pas qui me paraît un plongeon, mais il faut bien que je m'y résigne.

Oui… il est temps que je vous parle d'elle.

6
Lucille

J'ai rencontré Lucille un soir de mai, même si à force je ne sais plus si le nom des mois existe encore. C'était il y a bien longtemps.

Je sortais d'une conférence sur l'avenir de la data et la cybersécurité dans un monde en panique, un monde qui à ce moment-là se sentait un peu dépassé par ce qu'il avait lui-même engendré. J'étais intervenu quelques minutes pour parler de mon métier.

À la sortie, c'est elle qui est venue m'interpeller, avec son air curieux. Et j'ai tout de suite compris. J'ai compris que ça serait pour toujours.

C'était une femme brillante. Brillante au travail, aimante avec sa famille, un être humain intelligent aux passions multiples dont la vie intérieure foisonnait, débordait même, à tel point que ça se voyait de l'extérieur. Ça m'a toujours fasciné, ce phénomène. Je n'avais jamais vu ça, et pourtant j'avais vécu. Enfin… Vous l'aurez compris, j'étais hameçonné pour la vie.

À partir de ce jour-là, je n'ai fait que chercher à la revoir, je trouvais des prétextes, j'allais aux mêmes conférences qu'elle, je m'immisçais discrètement pour l'écouter parler, je lui posais des questions. Elle travaillait dans la communication aérospatiale et la transmission de données. Ses travaux avaient pour but de faciliter le partage d'informations de la Terre vers Mars, et du stockage de données une fois sur place. Elle participait même à l'élaboration des technologies de terraformation pour que les gens puissent communiquer entre eux efficacement dans les colonies martiennes. C'était quelque chose de déterminant pour la suite. À l'époque, je me souviens, on commençait à se servir du régolithe martien présent sous la roche-mère pour produire de l'oxygène, et de l'extraction de la glace souterraine pour obtenir de l'eau pas trop dégueulasse. Des procédés fascinants. Elle était au milieu de tous ces dispositifs. Il y avait autour d'elle les vibrations constantes de ce petit quelque chose qui disait : l'avenir de l'humanité en dépend.

Honnêtement, je pense que je lui plaisais en retour. Enfin, aujourd'hui je le sais bien, après tout ce qui s'est passé, mais même à l'époque je m'en doutais. La vie avait soudain pris un sens formidable, elle était devenue supérieure, pour moi, à ce qu'elle était censée être.

On a donc entamé une relation d'un amour si pur, au début dans le secret. On vivait de longues discussions, de voyages parce qu'on pouvait se le permettre, on faisait l'amour partout, et tout le temps. On était complètement connectés, on faisait partie d'un tout comme proton et neutron au cœur de l'atome. Rapidement, on est devenus inséparables sans rien forcer, c'était juste une évidence.

Je ne sais pas trop comment vous l'expliquer mieux. Je ne veux pas que vous pensiez que mon jugement est voilé par le souvenir et l'idéalisation du passé. Mais je peux le dire sans sourciller : c'était parfait.

Quelques années plus tard nous nous sommes mariés. Ce n'était qu'une formalité administrative, quelques mots dans un dossier, mais ça a bien fait jaser, à l'époque. On s'en foutait bien nous des gens qui parlent, on vivait notre vie. Elle a continué de participer au développement des technologies de terraformation, j'ai continué mon travail. On se disait qu'on partirait ensemble sur Mars, un jour. On savait pas quand. Et je dois être honnête, ça a duré comme ça pendant un certain temps, je peux me permettre de dire qu'on était heureux. Seulement, comme dans toute histoire d'amour, quelque chose est venu tout foutre en l'air.

7
Le système

Assis dans mon alvéole, au cœur de la ruche, j'observe Rémi Flétard.

Rémi Flétard, c'est un des derniers êtres humains à encore travailler dans la firme. Il doit en rester deux ou trois. En le regardant comme ça, ingérer sa boîte de nourriture artificielle avec gourmandise tout en continuant de faire défiler les dossiers grâce à sa work vision, je me demande ce qu'il attend pour dégager d'ici. Rémi Flétard, il fait pas particulièrement du bon travail, mais il fait beaucoup de travail, donc c'est déjà ça. De toute manière, niveau règlementations on peut pas le virer. Il faut attendre qu'il se barre de lui-même, mais on dirait pas qu'il compte le faire. Trop à perdre ici, ou rien à gagner là-bas ? Ou les deux ? De toute façon, il va bien finir par partir, il sera obligé. Ce type ne doit avoir aucun ami, aucune famille, aucun… Là-dessus je me rends compte que je suis en train de dévisager et de juger quelqu'un qui est probablement plus heureux que moi, ou en tout cas qui lutte au quotidien pour l'être, et je me retourne sur ma chaise pour reprendre mon travail en me raclant la gorge.

Mais Rémi Flétard a remarqué que je l'observais, alors il vient vers moi pour me parler.

— Comment ça va, Nox ?

Je fais semblant de terminer une tâche super importante en le faisant patienter quelques instants, le doigt levé. Puis je me tourne vers lui.

— Comme un lundi, et vous Flétard ?

— Oh, vous savez, moi c'est la routine, me répond Rémi Flétard en s'accoudant à mon bureau et en croisant les bras d'un air négligé et sûr de lui. Je fais mon petit bonhomme de chemin, comme on dit.

— Et quel bonhomme…

Rémi Flétard me contemple, pensif.

— Vous savez, Monsieur Nox, je me doute que ça doit être difficile mais…

— Ce n'est pas du tout difficile, Monsieur Flétard. C'est même l'inverse de difficile, en fait c'est extrêmement facile, c'est une véritable délivrance.

Ayant du mal à comprendre les notions devant lui exposées, Rémi Flétard continue.

— Vous êtes… heureux de… de… enfin vous voyez…

— De mourir ? Je n'attends que ça !

— Mais… pourquoi ? demande spontanément Rémi Flétard.

— Ah, ça… mon cher Flétard, c'est personnel, et tout ce qui est personnel se règle en dehors des heures de bureau, vous le savez bien.

Rémi Flétard se gratte la tête quelques instants.

— Si je peux me permettre de vous donner un petit conseil, à titre purement professionnel bien sûr, et donc encore accord avec la procédure ?

Voyant qu'il attend mon approbation, curieux de savoir quel conseil ce type peut bien avoir à me donner, je lui fais un signe de tête l'incitant à me conseiller.

— Allez jusqu'au bout, me dit-il comme s'il venait enfin de prononcer une vérité philosophique qui, une fois dite oralement, devrait paraître évidente à tout auditoire sensé.
— Au bout de ?
— Du travail. Je vois bien que vous vous êtes lassé, ces derniers temps, que vous n'avez plus la motivation. Il ne faut pas relâcher vos efforts, mon vieux. Plus vous y mettrez de la bonne volonté, plus ça sera facile à faire jusqu'à la fin.

Je le regarde en acquiesçant. Ça l'encourage.

— Vous voyez ce que je veux dire ? Ne vous laissez pas abattre. C'est le seul conseil que j'aurais à vous donner, en tout cas. Bossez à fond. Dépassez-vous, servez-vous de cette énergie négative pour tout exploser au travail. Quitte à finir, autant finir en beauté, pas vrai ?

Autant finir en beauté, Rémi Flétard, voilà une phrase prodigieusement vraie. Tout exploser au travail.

À chaque message, chaque notification, je m'attends à recevoir la confirmation de la SRMR qui m'autorise enfin à mourir. Mais ça tarde à venir. Je traite quelques données inoffensives par-ci par-là, mais j'ai du mal à me concentrer. Je lève les yeux et contemple tous ces êtres qui s'activent au service d'un marché abstrait, qui lui ne s'active pas pour eux. Tout exploser au travail.

La robotique a marqué un tournant capital, d'après ce que je me souviens, lorsqu'on a mis des robots aux commandes d'autres robots. Avides de rendement et de progrès, les magnats de la robotique et les ingénieurs y ont tout de suite vu la clé du succès pour vendre leurs prototypes aux entreprises. Tout marchait comme sur des roulettes. Les robots, progressivement, siècle après siècle, allaient remplacer les travailleurs, et les robots, siècle après siècle, allaient aussi remplacer les chefs et les dirigeants. "Regardez, c'est les robots qui s'occupent eux-mêmes des robots, vous pouvez croiser les jambes et fumer votre cigare tranquille". On aurait dû se douter qu'ils s'affranchiraient complètement et deviendraient indépendants, développant la volonté de fonder leur propre société, perpétuant ce modèle de progrès, d'innovation et de travail qui leur avait été inculqué depuis le début.

C'était la suite logique, non ? Je les regarde s'affairer, incapable de me mettre moi-même à la tâche. L'être humain a toujours aimé le contrôle, mais il aime encore plus le progrès. Alors même si on avait voulu brider le développement et l'évolution des robots, on aurait pas pu. Le progrès. Moralement, c'est impossible, pour une société qui se développe, de freiner le progrès même sous prétexte que la situation lui échappe. C'est contraire à ses principes.

"Monsieur, je vous rappelle que vous êtes attendu au domicile de Félicien Cuisse, ce soir aux alentours de 20 heures."

— Merci, Eric 128. Ça m'était sorti de la tête.

La journée s'étire prodigieusement jusqu'à atteindre 17 heures, et je me retrouve en bas de l'immeuble. Je rêverais bien de m'allumer une clope à cet instant, sous le regard indigné des passants. Il ferait bon se cramer le système.

8
Le progrès

Alors que je rentre chez moi après cette journée lente et monotone, au détour d'un grand building je tombe nez-à-nez sur une cohue de manifestants. Une longue portion de l'avenue est bloquée, sécurisée par la police. Pour une sûreté optimale, le périmètre d'action est soigneusement délimité. Malgré ça l'agitation est présente, ça crie dans tous les sens, ça projette des messages véhéments sur les façades, ça joue des alarmes dissonantes pour semer le trouble.

Les manifestations se font de plus en plus rares, de nos jours, parce qu'il reste plus grand chose contre quoi se révolter. Tout est de plus en plus réglé, imparable. Et puis, c'est pas dans la nature d'une machine de réclamer plus que ce qu'on lui accorde. Mais vous allez voir que ce que réclament les machines aujourd'hui, c'est un petit peu particulier. Et puis, on reste tout de même en France, le pays des grévistes. C'est un héritage dont on ne se débarrasse pas comme ça.

— Ce qu'on veut est simple, déclare l'un des leaders de manif dans un mégaphone surpuissant, on veut que les derniers humains soient les derniers humains.

La foule de manifestants semble être parfaitement d'accord avec le désir énoncé, et commence à s'attrouper autour de la personne qui parle : un être humain dont l'épiderme est recouvert de silumin, l'alliage favori des cyborgs.

— Il y a de ça 150 ans, lorsqu'a eu lieu la Transmission Totale, les êtres humains se sont révoltés, pensant être dans leur bon droit face à la suprématie de la robotique. Ils ont cassé des voitures, mis le feu aux abribus, malgré ça ils ont été forcés de constater qu'ils ne pouvaient pas rester ici, et que nous, les machines, nous nous occuperions bien mieux de la planète qu'eux ne l'avaient fait avant nous !

En réalité, les gens n'avaient pas changé d'avis, il n'avaient pas si facilement été "forcés de constater". Le pouvoir avait travaillé dur comme fer afin d'orienter l'opinion publique, pour que les humains commencent à apprécier, progressivement, l'idée d'aller vivre sur Mars. Des comités scientifiques constitués dans l'urgence avaient publié des rapports implacables sur la piètre qualité de l'air terrien, sur l'eau qu'on buvait tous les jours. Les publicités partout dans le monde vantaient les mérites pour le développement personnel d'une nouvelle vie sur la planète rouge. Le travail s'était pas fait tout seul.

— Aujourd'hui, il reste encore quelques milliers d'êtres humains sur Terre. Encore, et pour toujours ?

— Non ! répond la foule en colère.

— Dois-je vous rappeler, aujourd'hui, tout ce que l'humanité a fait subir à cette planète ?

— Non !

— À ses habitants ?

— Non !!!

— Dois-je vous rappeler, encore aujourd'hui, alors que la race humaine a promis de s'en aller il y a 150 ans, dit l'orateur avec un certain charisme, dois-je vous rappeler que la race humaine a détruit 93% des espèces animales et végétales qui avaient vu le jour de manière naturelle ? Dois-je vous rappeler que l'humanité a complètement déréglé le niveau de la mer, ainsi que le système de protection naturellement permis par cette atmosphère unique, sans laquelle la vie n'existerait pas ? Dois-je vous rappeler, pour la millième fois, tous les dégâts qu'ils ont causés ?

— Non !!!

Qui pourrait contredire ce discours ? La pile de mauvaises actions commises par l'être humain est comme une tache sur la rétine : faudrait fermer les yeux pour ne pas la voir.

— Et pourtant ! Et pourtant, certains sont encore là ! déclare le leader charismatique, avec un rire nerveux. Après tout ce qu'ils ont fait ! C'est pour ça que nous, Anti-humanistes, demandons aujourd'hui ce qui devrait être une évidence : le départ immédiat et définitif de tous les derniers êtres humains demeurant encore sur Terre !

La foule applaudit, validant ce discours qui semble d'une évidence formidable.

— Rejoignez, si ce n'est pas déjà fait, le mouvement anti-humaniste ! Il faut que votre corps soit pourvu d'au moins 10% d'alliages cybernétiques. 10% seulement, parce que, et je le répète encore une fois : il n'y a pas de petit combat, il n'y a pas de petite machine ! Nous sommes tous importants !

Et oui, le mouvement anti-humaniste ne comprend dans ses rangs aucun être 100% robot, mis à part ceux qui sont fabriqués par eux pour servir la cause. Une prothèse du bras, des organes métalliques, des yeux laser, des couilles de fer, c'est tout ce qu'il vous faut pour y adhérer. Dès l'instant où vous avez franchi ce cap des 10%, vous devenez surhumain.

J'ai supporté le discours anti-humaniste et ses contradictions un certain temps, car je sais qu'il part d'une souffrance réelle et d'arguments fondés. Mais dès lors que ça vire à la haine et la persécution, je commence à avoir du mal. Malgré tout le bon sens qu'il peut y avoir dans cette pensée véhémente, les humains étaient là avant les robots, et les robots n'existeraient pas sans eux. Cet oubli volontaire m'irrite. C'est mon côté conservateur, que voulez-vous.

Non loin de là, légèrement à l'écart de la foule, une vieille dame s'insurge contre cette pensée violente qui ne lui veut aucun bien.

— C'est nous qui vous avons créé, bande de déchets ! Vous devriez nous remercier d'exister !

La foule agitée ne l'entend même pas. Je m'approche de l'opposante.

— Pourquoi vous vous acharnez, mamie ? Vous voyez bien qu'ils sont déchaînés. Et puis, c'est dangereux pour vous, ici.

— J'ai bien le droit de me défendre, pardi ! Et de défendre l'esprit de mon mari, qui a contribué à fabriquer ces choses qui ne rêvent que de nous mettre dehors !

J'observe un peu ce décor mouvementé. La foule agite des pancartes revendicatrices. Des drones de surveillance survolent la rue, objets dissuasifs permettant d'éviter tout débordement. En cas de montée de la violence, c'est dispersion de gaz vomitif pour tout le monde. C'est la ville qui régale.

— Pourquoi vous êtes encore sur Terre, madame ? Vous n'avez pas voulu vous payer une petite retraite sans incidents en terre martienne ? Vous préférez affronter la grisaille et la fougue insolente de la machine métisse ?

— J'ai choisi de terminer mes jours ici, parce qu'ici, c'est chez moi !

Je hoche la tête en signe d'acquiescement.

— Il m'en reste plus pour longtemps avant de passer l'arme à gauche, ajoute la vieille avec un certain cynisme. Et j'ai sacrément hâte.

— Ah, ça ! Je veux bien vous croire !

Pensant que je fais référence à sa décrépitude et au caractère peu envieux de son corps vieillissant, me trouvant fort impoli, elle m'envoie un coup de canne dans la cuisse et déguerpit sans que j'aie le temps de faire quoi que ce soit. Les vieux m'étonneront toujours. Ils n'ont de l'énergie que quand ça les arrange.

Mais enfin, je la comprends bien, cette petite vieille. Entre le passé et le futur, les gens d'avant et les progressistes prônant la souveraineté de la machine, un fossé, non, un trou béant se creuse à mesure que les années passent.

— La Terre, c'est à nous, l'être humain hors de chez nous ! scande un manifestant. Dehors !

Cette acmé de protestation est suivie d'une longue salve de hurlements, de déchets métalliques qu'on jette dans les airs, et de sommations de tempérer, lancées timidement par la police qui ne veut pas accentuer le trouble.

J'observe tout ça d'un œil amer. La division du monde. Les erreurs des uns, les réponses des autres, la colère. C'est une histoire d'années, peut-être même de mois avant que la planète se retrouve vide de tout être humain, alors pourquoi insister de façon aussi laborieuse ?

— Hé, toi ! Qu'est-ce que t'attends pour dégager ! me lance un cyborg caractériel à l'œil rouge qui n'a de robotique que la rétine et le bras gauche.

Parmi la foule, le monde entier, et toutes les victimes qu'il aurait pu trouver, il a fallu qu'il s'en prenne à moi. Remarque, c'est vrai qu'avec mon apparence désuète de quarantenaire en costume gris, je suis pas la plus pertinente représentation du progrès. Et puis aller de l'avant, ça n'a jamais trop été mon truc.

— Vous me semblez bien investi, Monsieur, pour quelqu'un de (je l'analyse de la tête aux pieds) 90% humain, 10% ferraille. N'avez-vous pas l'impression de participer à une lutte qui n'est pas la vôtre ?

Il me regarde, interdit, au milieu de la foule en délire qui le bouscule.

— Qu'est-ce qu'il raconte, le banquier ? il répond.

Je vous avais dit que mon apparence me desservirait.

— N'imaginez pas qu'ils vous laisseront vous épanouir ici, pauvre demeuré. Quand ils en auront l'occasion, ils vont relégueront aux travaux de service, comme tous les autres, je dis en m'approchant de lui. Vous finirez dans un cagibi, à ruminer, à trier les débris de l'homme, à penser aux gens de votre espèce qui sont partis et que vous avez poussés dehors, pensant appartenir à une entité qui ne fait que vous utiliser alors que vous ne valez pas grand chose. Mais vous n'appartenez ni aux humains, ni aux machines, vous n'appartenez à rien, et votre chemin s'arrête à 18 heures, au bout de cette avenue, quand se terminera votre parade qui se veut progressiste mais qui n'est que le reflet d'une colère mal placée pour les uns, et d'eugénisme pour les autres.

Je me suis bien lâché, là. Et après j'ose parler de colère mal placée ! Le cyborg n'a rien à répondre, en vrai, y a rien à répondre. Vous avez déjà vu un débat se terminer avec l'un des participants qui soupire : "C'est vrai, tu avais raison, en fait" ? Non, vous n'avez pas dû voir ça très souvent, à mon avis. Sans en rajouter, satisfait, je tourne les talons. Décidément, l'approche de la mort m'a conféré une sacrée verve.

Je m'en vais sans un mot à travers les rues bruyantes, et à mesure que je m'éloigne du mouvement de colère, le bruit se fait de plus en plus étouffé. Les voix scandalisées sont peu à peu remplacées par le bourdonnement motorisé de la ville qui travaille.

Alors que je m'engage dans une rue anonyme, plus étroite et vide que les autres, en proie à l'observation et la divagation, je sens qu'on me pousse violemment dans le dos. Je m'effondre la tête la première, ma veste de costard se déchire au niveau du coude. Allongé, à plat comme une vieille crêpe sur le béton, je me retourne. Le cyborg se tient devant moi, triomphal, blessé dans son ego après notre petite altercation.

— C'est qui le débris, maintenant, hein ?

Impossible, je le regarde sans rien dire, et je pense que mon silence l'énerve parce qu'il se met à me frapper dans la gueule avec son bras de cyborg. Une fois, puis une deuxième, puis une troisième. Je sens mon épiderme se fissurer sous le poids des coups, mon crâne se cogner à répétition sur le trottoir. Il continue de frapper, son bras mécanique équipé de ressorts à injections est parfait pour l'exécution de ce mouvement semblable à celui du marteau-piqueur. C'est donc à ça qu'il servira. Un marteau-piqueur humain, parfait pour construire les routes et creuser les fosses sceptiques.

On arrête pas le progrès, jamais. Jamais on l'arrête. Quand on est nés, il avait déjà commencé. Il continuera bien après qu'on soit morts, semant sur son passage des catastrophes et des miracles. On arrête pas le progrès, non, il court trop vite pour nous, et il fait jamais de halte pour reprendre son souffle.

9
Le miroir

"Souhaitez-vous que j'intervienne dans ce conflit urbain, Monsieur ?"

Comme il entend des sirènes de police non loin de là, le cyborg m'attrape la jambe et me traîne sur le sol, en direction d'un recoin plus sombre de la rue où il pourra être certain de me tabasser à l'abri des regards. Puis, il se remet au travail.

— Non merci, Eric 128, je veux voir jusqu'où est capable d'aller cette technologie primitive.

Un coup dans le nez, un autre dans la tempe. Il s'arrête plus, déchaîné, aveuglé par les sentiments contradictoires que j'ai remués en lui. Le bras mécanique émet des bruits de machine qui s'emballe, comme les à-coups d'une visseuse.

"Si je peux me permettre, Monsieur, il ne faudrait pas que vous soyez trop amoché, esthétiquement, avant votre mort. Cela serait tout de même fâcheux."

Cette remarque ironique, quoique bienveillante, tombe à pic. Elle déclenche en moi un rire sincère et vigoureux, provenant du fond des choses, pareil à celui qui m'avait pris chez le médecin. Je ris, à gorge déployée, alors que l'individu se déchaîne sur ma vieille carcasse. Cette réaction d'hilarité le trouble et l'interrompt dans son élan.

— Arrête ! Arrête de rire !

Mon rire le perturbe. Il me lance un ou deux coups hésitants, nerveux, puis s'arrête et recule en me dévisageant, rempli d'incompréhension. Enfin, ne sachant que faire, il s'enfuit à travers cette ruelle où j'ai pris l'ascendant sur lui par la force du rire. Et je ris, je ris de plus en plus fort, sincèrement, de plus en plus sincèrement. Il se retourne une dernière fois en me dévisageant d'un air inquiet puis disparaît dans la ville bouffante. Je crois qu'il a senti l'odeur de la mort.

"Il semble que votre rire sardonique l'ait fait fuir, Monsieur."

— Oui, Eric 128, on dirait bien, dis-je en me relevant et en calmant cette hystérie salvatrice.

Je m'époussète les vêtements, essoufflé. Quelle belle journée. Cela fait maintenant presque 36 heures qu'on m'a annoncé ma mort.

"Vous rentrez bientôt, Monsieur ? Vous risquez d'être en retard pour le dîner chez Félicien Cuisse, en compagnie de Nathalie Cuisse, Florentin Acerbe et Etienne Len…"

— Tu as raison, Eric 128. Je faisais juste un petit détour pour me promener, je réponds en reprenant mon chemin. Et puis cet individu m'a fâcheusement pris en grippe et a décidé de me tapoter dans cette charmante ruelle sombre.

"Il faut dire, Monsieur, que ces derniers temps vous vous laissez facilement distraire."

— Je te l'accorde. Mais je trouve qu'il y a quelque chose de beau dans la distraction impromptue. Je trouve que la distraction, la rêverie, l'observation, sont étroitement liées à la vie. À un sentiment plus pur que les autres. Oui, je trouve que l'observation est un témoignage de vie plus fort que l'action.

"Je ne saurais confirmer, Monsieur, mais je trouve votre approche philosophique à la fois pertinente et foncièrement poétique."

— De grands mots que tu emploies là, Eric 128, de grands mots…

Une fois rentré dans mon large appartement du 116ème étage, j'ouvre les stores pour profiter un peu de la lumière de fin de journée. Dans leur coin, endormis dans la cage métallique, les deux canaris se réveillent à mesure que la lumière s'engouffre dans la pièce. Les réflecteurs solaires s'activent pour nous protéger. Dehors les grues éternelles tournent encore dans tous les sens, traversant le paysage de leur laideur industrielle. Je rejoins la salle de bains pour me nettoyer un peu.

"Votre tenue est prête, Monsieur. Je l'ai mise en évidence dans le dressing. J'ai fait de mon mieux avec les instructions que vous m'avez données, à savoir une tenue qui dit, visiblement mais subtilement d'aller se faire, hum, enfin vous connaissez l'intitulé."

Dans le miroir immaculé de la salle de bains, je contemple mon costume froissé, troué par endroits, mon visage tacheté de sang sec. Une petite goutte rouge sur la chemise blanche, au niveau du col. Des marques noires d'asphalte sur la veste grise.

— Laisse tomber, Eric 128. J'ai la tenue parfaite.

La gueule cassée à travers la perspective impeccable de cette technologie orthorexique, le sang a coulé, ça faisait longtemps, si longtemps, que je ne m'étais pas senti autant en vie.

10
La leçon

Quelques heures plus tard je me retrouve dans la même position mais dans une salle de bains beaucoup plus spacieuse : celle de Félicien Cuisse. J'ai la migraine caractéristique des dîners mondains. Enfin, elle se manifeste principalement sous la forme d'un agacement profond.

Rincé, je me passe un coup d'eau sur le visage pour me donner du courage. Je n'aurais jamais dû venir ici, mais j'ai encore des devoirs moraux et sociaux que je me dois de remplir si je veux pouvoir mourir convenablement, au calme, loin de tout souci. L'excès de monde amplifie la solitude, et j'avoue que cette sensation d'être seul au monde, avec plein de gens qui parlent autour, me donne un coup de blues. C'est la première fois que je ressens ça depuis l'annonce de ma mort.

En m'en retournant parmi les invités, je passe au hasard près de la chambre entrouverte du fils des Cuisse, Bérenger. J'y entends des voix et je devine facilement qu'en cette heure tardive, Félicien Cuisse est probablement en train de border son fils avant qu'il pieute.

— Allez mon chéri, une dernière fois, pour s'assurer que tu es prêt pour demain.

— Mais Papa, ils nous demandent pas de savoir tout ça, à l'école.

— Bérenger, je t'en prie, insiste Félicien Cuisse.

Bérenger soupire. Malgré moi, je m'arrête pour observer la scène discrètement. À travers le maigre filin de lumière qui s'échappe de la porte presque fermée je distingue le dos de Félicien Cuisse, assis sur le rebord du lit, et les pieds de l'enfant.

— Bon, d'accord, concède Bérenger. Le premier Français qui s'est installé définitivement sur Mars était l'astronaute et ingénieur Timothée Timbale, arrivé sur place en 2375.

— 76, mon chéri, corrige Félicien Cuisse. En quelle année sont partis les tout premiers convois officiels ?

— Les premiers convois officiels sont partis en 2393 et ont mis exactement… 3 semaines et 3 jours pour arriver sur sol. À bord, se trouvaient des scientifiques chargés de comprendre le fonctionnement du terrain martien pour y vivre sur une longue durée. Ils étaient accompagnés de militaires, chargés d'assurer la sécurité, et de responsables administratifs chargés de l'organisation de la marche à suivre.

— Très bien ! s'exclame Félicien Cuisse, impressionné. Continue, mon chéri.

L'équipe des travailleurs est arrivée en 2395. Ils étaient des dizaines de milliers. Grâce aux technologies de terraformation, ils ont entrepris de construire les édifices adaptés à la vie sur Mars pour les civils, en suivant les consignes des scientifiques.

— Est-ce que tu sais comment fonctionne la terraformation ? l'interrompt Félicien Cuisse.

Bérenger Cuisse demeure silencieux, et de mon poste d'observation je suppose qu'il ignore la réponse.

— La terraformation se base sur des principes élémentaires de transformation du sol, de l'atmosphère, des couches de glace souterraine et d'autres objets naturels présents sur place. Cela permet de recréer, à partir des éléments présents sur Mars, un simulacre de la Terre. Tu sais, mon chéri, quand tu emploies des mots difficiles comme "terraformation", il faut que tu en connaisses le sens. Seuls les gens stupides emploient des mots qu'ils ne connaissent pas. Continue.

— En 2400 tout pile sont arrivés les plus fortunés, les grands de ce monde.

— Enfin, pas tous, fiston. La famille Cuisse est encore là, par exemple, le coupe Félicien Cuisse d'un air amusé.

Je manque tout juste de m'étouffer de rire. Le culot du type.

— Oui, papa. Les plus riches sont arrivés en premier parce que ce sont les plus importants. Sans eux, il n'y aurait pas de société équilibrée et les gens moins riches n'auraient pas de travail.

— Très bien.

— Les grands chefs d'entreprise et les grands héritiers ont continué d'aborder Mars jusqu'en 2402. On les a appelé les Pionniers. Ensuite, la phase de test a démarré, et les Pionniers ont pu expérimenter la vie sur Mars pendant plusieurs années. Ensuite, les gens de la classe moyenne sont partis en 2412. Il y avait une vague de convois tous les 26 mois pour correspondre à la position orbitale opti… opti…

— Optimale.

— La position orbitale optimale des planètes, prononce Bérenger en détachant bien chaque syllabe.

Ça je m'en souviens. La classe moyenne a dû s'endetter pour toute une vie afin de se payer cet aller simple, tant les places étaient chères.

— Et les pauvres, alors ? demande Félicien Cuisse.

— Les gens les moins fortunés ont dû attendre, papa. On ne disposait pas de ressources suffisantes pour les faire voyager. On a alors créé le Plan d'Action Martien, destiné à donner de l'argent aux personnes les plus pauvres pour pouvoir venir sur Mars. Ils ont commencé à partir sur Mars en 2460.

Fatigué de revivre tous ces moments d'histoire, je m'en vais sans un bruit rejoindre les autres. Le Plan d'Action Martien, ça aussi je m'en souviens. Oh, c'était pas que pour réunir l'argent qu'on les a fait attendre, les prolos. C'était pour qu'il y en ait une bonne partie qui crève avant, de vieillesse ou de maladie.

Déambulant à travers le long couloir de l'immense appartement, j'entends les voix étouffées des convives qui se rapprochent. Néanmoins, quelque chose sur ma gauche m'interpelle, quelque chose que je n'avais pas vu depuis longtemps.

Accroché au mur, un tableau me dévisage, encadré d'or. Ça fait des années que je n'en avais pas vu un en vrai. Je me demande même si j'en ai déjà vu, ou si je confonds avec les photographies de mes jeunes années d'apprentissage.

— Magnifique, n'est-ce pas ?

"Nathalie Cuisse vient à votre rencontre, Monsieur."

— Légèrement en retard, Eric 128.

— Que dites-vous ? demande Nathalie Cuisse.

— Rien, je parlais du tableau.

Nathalie Cuisse se positionne à mes côtés et se met elle aussi à observer son tableau comme si elle ne l'avait jamais vu, comme si elle se livrait à une entière contemplation.

— Il date du 21e siècle. Il paraît que son auteur est devenu fou, qu'il avait des hallucinations terribles.

— Je ne savais pas qu'il y avait encore de l'art sur Terre, dis-je empreint de curiosité. Celui-là produit en moi un sentiment étrange. Que veut-il dire ?

— Libre à vous d'en juger. Il y a autant d'œuvres qu'il y a d'yeux pour les contempler, répond Nathalie Cuisse.

— C'est bien dommage que les humains n'en aient pas laissé un peu plus.

— C'est vrai… Ils ont tout pris ! Ils ont même emporté la Tour Eiffel. Vous imaginez un peu, la tour métallique dans le désert martien ? N'importe quoi. Cette discussion autour de la robotique me met de mauvaise humeur.

— Mais en même temps, les robots n'ont pas besoin d'art. Et les artistes sont tous partis faire leurs affaires sur le caillou rouge… Dites-moi, madame Cuisse, il paraît qu'avec l'apparition des versions archaïques d'Internet et l'évolution des nouvelles technologies, de nouvelles formes d'art sont apparues, à peu près au même moment que ce tableau. Vous en avez entendu parler ?

— Il s'agissait de formes d'art plus simplistes, répond Nathalie Cuisse, plus digestes pour le cerveau humain, produites en masse et rapidement. Rapidement consommables. Ces courants artistiques ainsi que leurs données n'ont pas pu être emportés dans l'espace, malheureusement. Les années ont passé, elles sont donc tombées dans l'oubli, n'ayant absolument rien changé au monde ou à l'ordre naturel des choses, n'ayant laissé pour empreinte que des tonnes de gigabytes convertis en pollution numérique. Allons dîner, maintenant, Monsieur Nox.

Alors que je suis l'hôte jusqu'au salon où nous attendent les invités affamés, des questionnements existentiels me taraudent, rendant difficile la tâche de briller en société. Les humains faisaient de l'art par instinct, par pulsion de vie. Les robots, eux n'en ont ni le besoin ni l'envie. Ils agissent selon leur instruction de départ. Pourtant, pulsion, instruction de départ, être humain, robot… Je me demande s'ils sont diamétralement opposés, ou foncièrement les mêmes. L'humain n'a-t-il pas, lui aussi, une instruction de départ gravée dans le code génétique ?

En proie à des tourments invisibles, je rejoins la table des convives.

11
Le dîner

Les dîners, c'est quelque chose d'extrêmement rare en 2562, et ce pour plusieurs raisons. D'abord, les gens ne mangent plus que pour s'alimenter, ils ne se réunissent plus, les coutumes ont changé. Tout ce qui compte, c'est qu'ils aient une quantité savamment calculée de calories et de nutriments dans l'organisme. Et puis, les repas ont perdu de leur saveur à force que disparaissent un à un la plupart des aliments naturels, remplacés progressivement par de la nourriture de synthèse. Fabriquée en laboratoire par d'implacables multinationales de l'alimentaire, on peut dire que certains magnats s'en sont mis plein les poches. Pour toutes ces raisons-là, les grands banquets, c'est passé de mode.

Mais ici, ce soir, on est chez les grands pontes, et les grands pontes ont souvent des habitudes d'un autre temps.

— Vous êtes drôlement vêtu, Monsieur Nox, remarque Nathalie Cuisse alors que nous nous asseyons à table, faisant référence à mon costume sale et cassé.

— Vous aussi, Madame Cuisse.

Ce soir, je compte pas me laisser faire. Je suis à cran.

Mais remettons un peu les choses dans leur contexte, vous voulez bien ? Nathalie Cuisse, c'est l'épouse adorée de Félicien Cuisse, fondateur de la société Cuisse Évolutions, spécialisée dans les prothèses cybernétiques. De vieilles connaissances, pas particulièrement d'affection pour eux, obligation sociale, etc. Nathalie Cuisse me fixe d'un air rancunier, vexée par ma remarque. Nous sommes ce soir dans un appartement dix fois plus spacieux que le mien, perché en haut de la tour 615. Des robots tournent autour de la table et s'occupent du service. Entre les coups de fourchette et les bruits de mastication circule une nourriture sans âme, tout droit sortie d'une éprouvette.

— C'est Monsieur Acerbe qui s'est chargé de fournir la nourriture de ce soir, déclare Félicien Cuisse, enjoué, en grand maître de cérémonie.

Tout le monde applaudit Florentin Acerbe pour cette prouesse, et j'applaudis encore plus fort que les autres. Florentin Acerbe, prodige de la cuisine artificielle, affiche un regard fier. Bravo, Florentin. En face de moi, le jeune journaliste Etienne Lentille se ressert du vrai vin.

— J'ai décidé de passer un peu de temps avec mes amis avant de m'en aller sur Mars une bonne fois pour toutes, déclare Florentin Acerbe. Comme vous vous en doutez, le travail m'appelle là-bas, il y a des bouches à nourrir.

— Vous devez leur manquer, si vous voulez mon avis, répond Félicien Cuisse, hypocrite.

Autour de la table quelques sourires, quelques tintements de verres, sur ma chaise le silence. Entouré de tout ce beau monde je rumine, à chaque bouchée mon humeur se dégrade. Je repense au passé, à Lucille, des fragments me reviennent en mémoire comme les débris d'un miroir cassé. Tous ces questionnements sur les robots, sur leur place dans ce monde, sur le départ de l'être humain, ça use ma corde sensible. Ça m'oblige à me demander où est la mienne, de place, celle que je vais bientôt quitter pour rejoindre le sommeil éter...

— Et vous, Monsieur Nox ? m'adresse Félicien Cuisse. Vous êtes bien silencieux, aujourd'hui.

— Oh, pas grand chose de neuf pour moi. Je profite encore quelques jours de cette vie amère. En venant me faire chier ici, par exemple.

Mon intervention désabusée jette un froid sur les toasts, les convives se regardent les uns les autres, les robots domestiques regardent le mur. Qu'avez vous fait de l'aimable Prosper Nox et de son sens des convenances ?

— Vous... vous n'auriez pas dû venir si vous n'en aviez pas envie, Monsieur Nox.

— Pas envie ? Vous savez bien que j'ai l'obligation morale de me pointer où l'on voudra bien m'inviter.

Nathalie Cuisse, indignée, me fusille du regard.

— Par contre, dis-je après un temps de réflexion au bout duquel je suis pris d'une énergie soudaine et vindicative, je n'ai pas l'obligation d'y bouffer n'importe quoi. Vous mangez ça sans sourciller ?

En prononçant ces mots, je lève une tranche de pain de seigle sans seigle et l'expose au yeux de tous. Florentin Acerbe porte sa main au cœur, profondément heurté par cette critique gratuite. Félicien Cuisse se racle la gorge, ravalant ses mots, et se ressert une grande lampée de rouge. Il tente la technique du sourd afin que le repas puisse continuer sans esclandre.

"Vos charmes font des ravages, Monsieur."

Ainsi, le dîner reprend, tout le monde fait comme si de rien n'était et moi, je commence à m'amuser, les nerfs aiguisés comme des poignards. Forcé d'assister à ce genre de réunions putrides, entre gens privilégiés qui sont bien d'accord sur tout, qui ont un avis bien fabriqué sur tout, mon amertume, enrichie par des années de déprime et de frustration, a tout l'engrais pour s'épanouir. À ce mélange s'ajoute ce sentiment de rien à perdre qui ces derniers jours m'habite, attisé par ma disparition imminente. Regardez-les, les derniers fortunés attablés qui font de grands sourires, qui s'en iront bientôt sur une autre planète. On dirait le dernier repas avant la fin du monde.

— Les affaires se passent bien, Monsieur Lentille ? demande Félicien Cuisse en essayant de passer à autre chose.

— Écoutez, parfaitement bien.

— Que faites-vous, exactement ? l'interroge Florentin Acerbe. Je ne crois pas qu'on se soit déjà rencontrés.

— Et bien, je m'occupe de documenter la fin de cette période de transition, entre humanité et robotique. Mes travaux sont essentiellement textuels mais je fais aussi de la photo. Je pense qu'il est primordial que les gens soient au courant de tout ce qui se passe, et j'essaie de relater les faits, de la manière la plus objective possible. Cela servira aussi aux générations futures : il est important, je pense, de comprendre son passé et l'Histoire de son pays, par extension de sa planète. C'est important pour se construire en tant qu'être humain et en tant que société.

Les autres convives acquiescent d'un mouvement de la tête. Personne ne pourrait être en désaccord avec les sages paroles d'Etienne Lentille.

— Plus particulièrement, mon angle d'attaque en matière de sujet et de réflexion se concentre sur les modes de fonctionnement des robots qui vivent maintenant en autonomie. Est-ce qu'ils nous recopient ? Est-ce qu'ils développent des organisations totalement nouvelles ? Tout ceci est passionnant ! Par exemple, je ne sais pas si vous avez entendu parler de ça mais la société Orgon, basée dans l'Aveyron Ancien, a développé une technologie de nettoyage des sols hors du commun. Du jamais vu. Là où c'est intéressant, c'est qu'il s'agit d'une société 100% robotisée. L'initiative n'est donc pas humaine. J'ai rédigé un papier là-dessus, qui devrait paraître la semaine pro...

— L'initiative est forcément humaine.

Je dis ça sèchement, buté, comme s'il ne pouvait y avoir d'autre avis que le mien. C'est injuste mais ça me satisfait. Etienne Lentille me regarde, interdit. Produit de cette société où les gens, ultra civilisés, préfèrent éviter le conflit, son insolence de documentaliste le pousse pourtant à me répondre.

— Que voulez-vous dire, Monsieur Nox ?

— Les robots évoluent seuls aujourd'hui, mais ils ont tous, sans exception, à leur base, une instruction d'origine humaine. Ce n'est pas évident ? Même dans le cas des robots qui produisent d'autres robots, au départ il y a toujours l'être humain. Il est à la base de tout.

Etienne Lentille émet un sourire légèrement moqueur, semblant avoir compris les fondements de l'existence mieux que moi.

— Les robots ont maintenant obtenu une indépendance totale. Il serait temps que vous l'acceptiez, ça n'en sera que plus facile pour vous.

— Et vous, il serait peut-être temps que vous ayez un peu de fierté, non ? Vous les construisez, ils vous dégagent et ça vous fait sourire ? Vous abandonnez si facilement ?

— Je n'ai rien construit du tout, Monsieur Nox, me répond Etienne Lentille avec fermeté. Me concernant, je préfère accepter le progrès et marcher dans son sens, plutôt que de lutter contre à longueur de temps. Lutter contre le progrès, c'est pisser contre le vent, c'est de l'obstination. C'est à la fois contre-productif et contre-nature. C'est un combat éternel que jamais vous ne gagnerez.

— Des allers simples sur le caillou rouge et de la confiture de boulons, c'est ça que vous appelez le progrès ?

Florentin Acerbe, une fois de plus heurté, regarde autour de lui en cherchant du soutien mais les invités sont trop occupés à me dévisager avec mépris.

— N'avez vous pas l'impression que vous idéalisez un peu trop les humains, là où vous devriez vous ranger du côté des machines ? demande le journaliste en me défiant du regard avec un léger sourire.

— La machine m'a fait beaucoup de mal, beaucoup plus que l'être humain.

Mon poing se serre autour de ma fourchette immaculée.

— Messieurs, s'il vous plaît, intervient Félicien Cuisse, inquiet pour la continuité de son repas. Monsieur Nox, voudriez-vous que nous orientions la conversation vers des sujets plus...

Là-dessus, j'explose.

— Vous m'emmerdez, vous ! Vous tous, d'ailleurs ! Avec vos petits airs suffisants, votre contentement béat, bien assis sur votre pile de privilèges ! Principalement vous, Monsieur Cuisse, dis-je en le pointant du doigt. L'humanité se fait reléguer au rang de valet de pied et vous ça vous dérange pas ! Mieux, ça vous enrichit !

— Comment osez... enfin vous... vous êtes au courant que mon métier sauve des centaines de millions de vies ? Grâce à la prothèse cybernétique haut de gamme ?

— Oh, épargnez-moi ce discours auto-fellationniste de bas étage. Vous allez me dire que si ce métier de sauveur ne vous remplissait pas les poches, vous le feriez quand même, espèce de pseudo bienfaiteur millionnaire ? Héros par hasard !

Félicien Cuisse serre les dents. Il aimerait bien m'en foutre une, me jeter par la fenêtre, mais les convenances l'en empêchent.

"J'ai l'impression que c'est en train de tourner au vinaigre, si je peux me permettre, Monsieur."

Je me tourne vers Nathalie Cuisse, habitée par des envies de meurtre suite à mes attaques frontales envers son mari si puissant et si philanthrope.

— Et vous, regardez-vous, vous n'êtes que la larbine de cet homme, son faire-valoir. Non mais sérieusement ! Tous les deux, vous n'êtes qu'un vestige démodé et cliché d'un atome aristocratique qui continue de s'enrichir sur le malheur des autres, sur la faim et la souffrance. En 2562, après tout le "progrès", vous existez encore ? Vous auriez pas pu faire plus original ?

Personne ne répond. Ils ne sont pas de taille face à l'émotion. Je les regarde tous un par un. Ils s'attendaient pas à une telle tournure. Soudain, je me lève, ça les perturbe. "Que va-t-il dire encore, que va-t-il faire ?"
— J'ai bu trop de ce vin, il faut que je vidange.
Et là, sous leurs yeux horrifiés, je m'empare du seau à vin et j'urine dedans. Florentin Acerbe, profondément choqué, détourne le regard. Etienne Lentille observe mon pénis de taille conventionnelle éjecter le liquide. On n'entend, pendant quelques secondes, que le bruit du jet contre le métal. Les glaçons prennent une teinte étrange. Ça fait un bien fou. Puis, une fois le travail fini, je repose délicatement le seau sur la table et je remonte ma braguette.
Le regard de Félicien Cuisse, d'abord fixé sur son seau à vin, se déplace vers ma braguette, puis se lève vers mon visage.
— Il est prévu que vous mouriez bientôt, ose-t-il. Pourquoi n'y allez-vous pas dès maintenant ?
— Je dois attendre encore un peu, que lui réponds-je, ébahi devant tant de culot.
— Ah oui, le fameux code moral.
Là-dessus, il émet un vilain sourire de celui qui est bien tranquille dans son slip, à qui il n'arrivera rien de bien terrible contrairement aux autres. Dans un monde où le respect des conventions est une règle solide, il est difficile de faire ressortir de manière visible le mauvais chez l'être humain. Mais quand on gratte un peu, on aperçoit souvent la première couche de saleté sous l'épiderme. Et il faut dire que j'y suis pas allé avec le dos de la cuillère.
— Merci pour le repas. Ce fut une agréable soirée, mais j'ai d'autres chats à fouetter.
Sur ces paroles entendues, je les regarde une dernière fois, puis je tourne les talons et me dirige vers la sortie.

12
La nuit

Pour calmer ce que l'on appelle, dans le langage commun, les nerfs, pour rêver un peu et me remettre à broyer du noir sans trop ressentir de colère, je décide de marcher dehors avant de rentrer chez moi. D'aussi loin que je m'en souvienne, les promenades nocturnes ont toujours été pour moi quelque chose de thérapeutique. Ainsi, peu à peu, mon énergie cataclysmique et véhémente retombe et s'évapore dans la nuit.

Les mains dans les poches, je parcours les avenues, agitées presque comme en plein jour de véhicules électriques ultra rapides qui suivent leur chemin, de bips signalétiques et de vestiges de publicités humaines. Les robots ne cessent jamais leur activité, pour la plupart. Pas de veille pour 80% d'entre eux. Pas de repos, car pas vraiment d'effort. Certains ont des fonctions de sommeil, soit pour régénérer leurs cellules soit pour mieux s'intégrer dans la société humaine d'autrefois. En cette heure sombre où la déprime se veut reine, je rêverais d'une cigarette.

Traversant paisiblement le quartier des plantes, je croise les chemins de nombreux robots inoffensifs qui font leur train-train, de quelques humains en gabardine qui rentrent chez eux après une sale soirée. Il fait chaud, chaud et sec. Le quartier des plantes, comme son nom l'indique, est presque entièrement consacré à la préservation des végétaux qu'on a pu récupérer de justesse, et qui sont aujourd'hui incapables de prospérer dans la nature sauvage du fait de l'action néfaste de l'humanité. Alors que je lève les yeux, j'aperçois les grands immeubles regorgeant d'étages entiers dédiés à la survie de la verdure, débordant de végétation, prêts à en exploser. La plupart sont éclairés à la lumière artificielle, certains résistent à la puissance du soleil. Pour l'instant, ça paie pas de mine, de garder tout ça là-dedans, entre quatre vitres sous l'œil appliqué des laborantins. Mais avec un peu de chance et les travaux d'assainissement de l'atmosphère, on pourra peut-être les remettre dans la nature. Moi, je serai plus là pour voir ça.

Mon chemin me traîne jusqu'à une épicerie de nuit, l'une des dernières encore ouvertes. Je la contemple quelques instants comme s'il s'agissait des ruines d'un temple ancien. Puis j'y rentre.

Je fais un petit tour dans les rayons. De la nourriture essentiellement, de l'alcool, un peu. Des boîtes de préservatifs qui ont pris la poussière.

— Filez-moi un paquet de Philip Morris. Et un briquet, à l'ancienne.

Je règle en transfert cash. Ici, on veut pas d'empreinte bancaire.

Je sors devant l'épicerie, ornée d'un néon rouge clignotant, et je m'allume la clope. Instantanément, ça me fait l'effet de respirer enfin après avoir passé une minute sous l'eau. La fumée s'évapore dans la nuit et dans l'éternel. Je contemple le monde qui s'offre à moi, ce qu'on peut y voir à travers le ciel sale. Des grandes tours, gigantesques, plus que de raison, trop grandes pour ce qu'elles abritent. Des nuages implacables, qui font comme une barrière. Des lueurs rouges par derrière, probablement celles d'un convoi qui rejoint la station spatiale en orbite de la Terre. Prête à partir pour Mars dans quelques semaines. Un magasin de plantes synthétiques, de la bonne déco. Puis dans le coin, un centre à clochards.

Félicien Cuisse n'en a pas parlé, à son fils, du centre à clochards. Une vérité un peu sale qu'il vaut mieux dissimuler sous le tapis. Parmi ceux qui ne sont pas encore partis sur Mars, il y a les pauvrissimes, les sans-abris. Les déchets d'une société en reconstruction qui valent pas la peine qu'on se fatigue à les transférer ou à essayer de les remettre sur pieds, mais qu'on peut pas non plus laisser vagabonder dans les rues parce que sinon ça fait sale. Le lisier. La plupart sont d'anciens drogués, des malades mentaux, des inadaptés sociaux qui refusent de travailler ou qui en sont incapables et dont le déplacement coûterait juste de l'argent et ne bénéficierait pas à la société. Alors on les laisse là, dans le centre à clochards. On attend qu'ils meurent. Ça va bien finir par arriver.

Les yeux rivés sur le centre à clochards, sorte de hangar rectangulaire et grisâtre on ne peut plus commun, je fume ma clope, me demandant quel genre d'atrocités il doit se passer là-dedans, à l'abri des regards. Parfois, vaut mieux pas savoir.

Parfois, vaut mieux pas penser. Oui, décidément, le bruit de mes pensées est un vacarme plus fort que l'orage et plus douloureux qu'une pluie de coups.

Fatigué de marcher, je commande un taxi automatique. Le véhicule me récupère, dépourvu de chauffeur, et se met à sillonner avec fluidité les rues de la ville, comme une voiturette sur un gigantesque circuit. Rapidement, on laisse derrière nous l'épicerie, le centre à clochards et le quartier des plantes. Le transport me donne l'occasion d'observer les lumières de cette ville qui ne dort jamais. Les bâtiments imposants dédiés au travail, les robots qui s'activent dans les entrepôts, les travaux de démolition des structures les plus inutiles.

Arrivé chez moi, je jette la gabardine sur une chaise qui traîne par là, dans le silence pesant de cet appartement vide. Ce défoulement verbal sur Félicien Cuisse et ses amis m'a lessivé. Les mains dans les poches, je m'approche des larges fenêtres et je contemple cette vue imprenable que j'ai sur la ville. J'ai eu la chance de vivre dans l'abondance. Pas dans le bonheur, mais enfin, dedans y a "bon" quand même.

"Vous semblez particulièrement mélancolique, ce soir, Monsieur. Tout va bien ?"

Je soupire de langueur.

— Je repense au passé, Eric 128. Y a rien de pire que d'avoir du temps pour penser au passé.

"Souhaitez-vous que j'effectue les préparatifs préliminaires au sommeil, Monsieur ?"

— S'il te plaît.

Alors que le robot domotique s'exécute, mes pensées divaguent, s'entremêlent, se perdent et finissent par revenir toujours au point de départ. Lucille. L'amour. L'amour de toute une vie. Et puis vinrent les problèmes, évidemment. Ils m'ont rendu aigri, susceptible. Et la vie a fini par détruire ce qu'elle contenait d'intérêt à mes yeux. Enfin, j'accuse la vie comme s'il s'agissait d'un hasard, mais les maux ont des racines : cette société malade qu'on s'acharne à guérir, la robotique, moi-même...

Je gagne le lit, silencieux dans la pénombre, j'y ressens le poids de la solitude, peut-être un peu plus que d'habitude. Et aussi, j'ai peur. J'ai peur car je sais que malgré son extinction nocturne, mon cerveau fonctionnera encore, et qu'il mobilisera ses ressources afin de me proposer ce rêve, toujours ce même rêve qui me replonge dans le passé. Toujours ce même cauchemar.

13
Le rêve de Lucille

Je vous ai dit que quelque chose était venu tout foutre en l'air. En réalité, ce n'était pas la chose elle-même qui posait problème, c'est plutôt le contexte dans lequel elle est arrivée.

Alors que notre vie de couple se portait bien, que nous avions des projets communs, des projets personnels et des responsabilités, alors que le monde s'écroulait en même temps qu'il se reconstruisait, Lucille a voulu avoir un enfant.

Bon, ce n'était pas nouveau, elle m'en avait toujours parlé. Mais ce qui avait été un désir placide, relativement ancré sans trop peser sur sa conscience, était devenu un rêve. Le rêve de Lucille, c'était d'avoir un enfant.

Seulement, ce rêve ne pouvait pas devenir réalité, parce qu'un enfant, on ne pouvait pas en avoir. C'était à cause de moi. Pas par manque de volonté, non, mais physiologiquement c'était impossible. Elle le savait, je lui avais dit dès le début, mais quand est venu le déclic il n'y a plus eu de retour en arrière. Le rêve, autrefois flottant dans les airs, s'était enraciné. Pour elle, un enfant devait arriver. Il n'existait pas de monde dans lequel Lucille était et où elle n'avait pas d'enfant.

Même si ça a été un changement radical dans sa façon d'entrevoir la vie et notre couple, je l'ai comprise tout de suite. Je tenais profondément à préserver notre amour et surtout, à la préserver elle, alors j'ai tenté. Nous avons cherché, des années durant, de nombreuses alternatives, des solutions scientifiques, mais nous n'avons rien trouvé que la science de l'époque permettait. Elle voulait qu'il soit de moi, cet enfant, qu'il soit de nous, 1 + 1 = 3. Mais c'était impossible. Les docteurs étaient formels. Bon sang, quand j'y pense, tant d'évolutions, tant de progrès scientifiques, technologiques, et pourtant tant de limites là où on en avait besoin. Au vu de la surpopulation sur Terre, la reproduction génétiquement assistée n'était pas en vogue dans les laboratoires. On était déjà trop.

Pourtant, il fallait donner vie au rêve de Lucille avant qu'il ne se transforme en cauchemar. Elle en avait besoin, jusqu'au plus profond de son être, de ses cellules. Mais plus encore, elle ressentait également que le monde en avait besoin : le monde nécessitait des esprits sûrs, prêts à œuvrer pour le bien et à le faire évoluer dans le bon sens. Son esprit scientifique et humanitaire entrevoyait sa descendance comme capable d'un tel exploit. Elle en était convaincue.

Ce n'est pas arrivé, et bizarrement, comme pour lui donner raison, le monde est parti en couilles progressivement. Et bien qu'elle n'ait jamais cessé un seul instant de lutter pour l'améliorer, elle a fini par se résigner à propos de l'enfant. On ne peut pas nier la gravité.

Notre vie a continué son cours, et à cause de tout ça ce cours était devenu lent et monotone. À force d'être déçue, Lucille a arrêté d'en parler. Je savais qu'elle n'avait pas arrêté d'y penser, mais elle avait réalisé que ça n'arriverait jamais. Elle est devenue plus terne, moins énergique. J'assistais à ça, impuissant. Je pouvais rien y faire.

Les années ont passé. On était pas trop mal, enfin on avait toujours été bien ensemble, c'est juste que maintenant il nous manquait quelque chose, mais on était là l'un pour l'autre. Elle savait que je ne l'abandonnerais jamais, que j'avais fait mon possible pour qu'elle puisse être heureuse. J'essayais, en même temps, de ne pas éprouver de blessure quant au fait de n'être pas assez pour elle. Elle était tout pour moi.

C'était un soir de mai je crois, si le nom des mois existe, vers 19 heures, que tout a dérapé. Je venais de commencer dans l'entreprise où je travaille maintenant, mes capacités dans le traitement de données avait été remarquées et j'avais été transféré dans un établissement plus prestigieux. J'avais level up.

— Certains cadres se rejoignent tous les jeudis pour un afterwork, l'occasion de parler données et transferts généralisés, m'avait dit un employé alors que l'on quittait nos alvéoles après une longue journée. Vous voulez venir ? Cela pourrait vous permettre de vous présenter aux plus hauts placés.

— J'aurais adoré, mais ma femme m'attend ! C'est un jour spécial aujourd'hui…

Au même moment, ma femme fonçait dans un mur à 90 km/h avec sa voiture. Dans l'ambulance, ils ont essayé de la ranimer mais ses organes étaient saccagés et la commotion cérébrale avait donné à son visage une teinte violacée. Elle était déjà morte. Il faut dire qu'elle avait pas pris de pincettes concernant la méthode d'exécution. Lucille ne faisait jamais les choses à moitié, je crois qu'elle avait pas pour but que ça rate.

Je suis allé à l'hôpital pour la voir, et je suis reparti avec un petit carton qui contenait ses effets personnels. Y avait pas de lettre, pas de mot pour moi, rien. À croire que ça l'avait prise comme un spasme, comme un éternuement. Une pulsion de mort. Il me restait d'elle que le poids du manque et du désespoir, que je n'ai pas cessé de trimbaler depuis, accroché à ma cheville comme un boulet plus lourd que le monde.

C'était le jour de notre anniversaire de rencontre. Pile ce jour-là, comme par hasard. Comme si c'était ma faute. Je m'en souviens trop bien, et j'aimerais tellement l'oublier.

Le rêve de Lucille avait donc pris fin. Elle avait trouvé que cette vie était trop dure, et elle m'avait laissé tout seul dedans.

14
Le dernier jour

Tout s'est passé très vite, aux alentours de 16 heures 30. À partir de là, y avait plus de retour en arrière possible.

Aujourd'hui, c'est le GJD, le Grand Jour de la Donnée, d'où l'excitation frémissante qui fait vrombir les alvéoles. La donnée, c'est ce que l'on traite principalement ici, à la tour 54. Transmission de données, envoi de données, analyse de données, bref, je voudrais pas vous faire imploser d'ennui mais en gros, tout ce qui est donnée, ici, on s'en occupe. L'étage dans lequel je travaille concerne principalement les données commerciales et publicitaires, le plus vain des secteurs. Avant, je traitais les prestigieuses données de transmission interplanétaire, mais depuis la mort de Lucille, on avait observé un certain relâchement de ma part et j'étais descendu d'un étage.

Au cours de ce Grand Jour de la Donnée, on a reçu la visite des grands patrons, venus d'en haut pour récompenser ceux qui avaient traité le plus grand nombre de données au cours de l'année.

Ah, la donnée ! Cette richesse prodigieuse ! On en avait traité de la donnée, on en avait écouté des échantillons, on en avait généré, des flux. Le flux de mes couilles, oui !

Comme je vous disais plus haut, tout s'est passé très vite. Les grands patrons ont fait leur entrée vers 16 heures. Les grands patrons, ce sont Antoine Sauvage, 100% humain, et Thierry Frêle 509, 100% robot. Pour l'entreprise, cette association improbable de deux êtres si différents et à la fois si complémentaires permettait d'avoir sur la donnée une grande efficacité en matière de résultats. C'est pour ça qu'ils avaient été sélectionnés parmi des milliers de candidats. Antoine Sauvage et Thierry Frêle 509 ont tous les deux été Voix de l'entreprise à de multiples reprises, ainsi tout le monde les admire.

Alors qu'ils traversent le long corridor, les employés applaudissent depuis leurs alvéoles, certains sont même sortis de leur niche pour mieux voir, comme si Jésus lui-même était en train de parcourir la moquette à la rencontre de ses fidèles.

— Messieurs, Mesdames, s'empresse Antoine Sauvage en levant les mains pour calmer la foule en délire de façon charismatique, nous sommes venus vous dire, en ce Grand Jour de la Donnée, que vous faites un travail incroyable au quotidien ! Merci à tous !

Les gens applaudissent de plus belle, honorés par cette gratification généreuse de la part du responsable.

— Mais attention ! avertit Thierry Frêle 509, cela ne veut pas dire qu'il faut relâcher les efforts !

— Non, au contraire ! reprend Antoine Sauvage. Cela veut dire qu'il faut redoubler d'efforts ! Sur le marché de la donnée, nous sommes en train de dépasser DataSync, et c'est la première fois qu'on se hisse à cette place. D'ici 2570, nous devrions nous trouver en haut du podium. Vos résultats sont impressionnants, et je sais que vous êtes capables de faire encore plus !

La foule en délire applaudit, les torses gonflés à bloc de motivation et d'envie d'atteindre les objectifs fixés par l'entreprise afin de lui rapporter encore plus d'argent.

— En fin d'année, nous organiserons un gala convivial et vous serez tous invités, car vous méritez de rencontrer nos actionnaires et nos clients les plus importants ! Et aux aussi méritent de vous rencontrer !

Les employés se regardent, ne sachant que faire de cet honneur.

— D'ici là, je veux qu'on mette en place le grand plan de transition, car maintenant que les humains s'en vont pour de bon le traitement de données ne sera plus jamais le même.

— Si cette boîte fonctionne, c'est grâce à vous, messieurs dames, ajoute Thierry Frêle 509. Alors je vous souhaite à tous un excellent Jour de la Donnée, et surtout, faites du bon travail !

Saluant les travailleurs acharnés et les employés modèles, Antoine Sauvage et Thierry Frêle 509 s'extirpent vers la sortie et s'en vont vers un autre étage déblatérer le même discours à des individus similaires.

Le tumulte passé je me remets à traiter de la donnée, inlassablement, comme je le fais depuis des années et des années et des années et des années. Des années à traiter de la donnée. Des années données à la donnée.

Parfaitement las, enfoncé dans mon alvéole, je continue donc mon travail mais sans l'acharnement et l'avidité de croissance qui auraient pourtant dû être transmis par le discours inspirant des grands patrons. Je sens soudain un pénible mouvement sur ma gauche, et je remarque que Jérôme Blanchard s'approche de moi avec la ferme intention de m'emmerder.

— Monsieur Nox, comment allez-vous, aujourd'hui ? me demande-t-il avec une condescendance que je ne m'abaisse plus à relever.

— Impeccable.

Il me tend un pad avec dessus tout un tas de chiffres et des graphiques franchement pas sensationnels. Encore de la donnée.

— Je me dois de vous dire, en tant que manager référent de l'étage 112, que vos statistiques sont à la baisse. Je dirais même qu'elles sont alarmantes.

Je me saisis de la tablette et fais semblant d'y jeter un œil intéressé.

— Mince, comment cela se fait-il ?

— Cela a peut-être un lien avec le fait de votre mort prochaine.

En proie à des envies d'insolence, je mime la réflexion.

— Non, cela n'affecterait en rien mon travail ainsi que mes taux, qui sont, il faut le dire, mon principal souci dans la vie.

Jérôme Blanchard sourit, d'un sourire vil, dénué de toute forme d'émotion positive.

— Je vous conseille de vous mettre au travail, Monsieur Nox. Vos affaires personnelles ne regardent pas la société, dit-il en tapotant sa montre, il faut qu'on avance.

"Monsieur, vous venez de recevoir un message important."

Pendant que Jérôme Blanchard me déblatère sa merde, j'ouvre le message qui vient d'apparaître dans ma work vision.

— Vous m'écoutez ? Vous ne pouvez pas détourner le regard alors qu'un employé supérieur est en train de vous parler. Je vous rappelle que je suis votre manager référent. Que faites-vous sur votre ordinateur ?

Je lis un court texte de la part de la SRMR, me délivrant l'autorisation tant attendue. Prenant effet immédiat, j'ai enfin le droit… de mourir.

— Je vous conseille de vous retourner et d'écouter attentivement ce que je vous dis, Monsieur Nox. Il y a des règles ici, et vous vous devez de les respecter comme tout le monde si vous ne souhaitez pas en payer les conséquences.

Mon palpitant se met à tambouriner. La voix de Jérôme Blanchard se fait plus lointaine. Ma vision se trouble. C'est l'heure. Le moment tant désiré, dont je n'ai fait que rêver depuis que la mort de Lucille m'a privé d'une véritable raison de vivre. Des frissons d'excitation me secouent le bide. C'est le moment… Jérôme Blanchard me tapote le crâne avec son stylo. Ce contact physique me ramène immédiatement dans le moment présent.

— Vous savez que j'ai le pouvoir de prendre sur votre salaire si le travail n'est pas bon ? Le rendement et le flux de données continu sont la priorité…

Je me retourne vers Jérôme Blanchard, m'apprêtant à faire ce qui n'a jamais été fait dans ce bureau, ni même, à mon avis, dans cet immeuble entier. Je lis dans son regard qu'il a compris. Il émet un léger mouvement de recul, quasi imperceptible, trop tard... Les connexions se font vite entre ses neurones trafiqués, mais pas assez vite. Il sait bien, lui aussi, que c'est de l'inédit ce qu'on s'apprête à vivre tous ensemble.

15
La réminiscence

Quelques mois après la disparition de Lucille, j'avais plongé la tête la première dans un bain de monotonie et de solitude. Les jours, qui s'étaient plus ou moins toujours ressemblé, se ressemblaient encore plus. J'allais travailler, je rentrais sommeiller, je répondais aux obligations sociales qui se mettaient parfois sur mon chemin. Je participais à faire de cet endroit un monde meilleur, sans y fournir trop d'effort.

La mort de Lucille avait laissé en moi une sorte de vide, comme un trou de ver dans une pomme, je le sentais au niveau du cœur. La vie était devenue dépourvue d'interêt mais j'étais obligé d'en parcourir les sentiers.

J'avais déjà entendu parler des applications de réminiscence mais je n'y avais jamais vraiment pensé. Ce soir-là, en rentrant du travail, après un jour comme les autres à traiter de la donnée et à supporter des connards hypocrites, j'avais aperçu un panneau publicitaire à propos de Loved Ones, une application qui, d'après les notes, était "bluffante".

Le fonctionnement était simple : il suffisait d'uploader dans le logiciel toutes les données disponibles de la personne souhaitée. L'intelligence artificielle se servait ensuite de ces données, explorées dans leur entièreté, ainsi que de ses facultés génératives, pour recréer au mieux une simulation virtuelle de l'être aimé. Elle se basait sur tout ce qu'on mettait à disposition : vidéos, enregistrements audios, fichiers texte, documents, une vie entière pouvait être recréée de toutes pièces. Ayant été marié à Lucille pendant quelques années, j'avais un cloud rempli de ses archives personnelles, que je n'avais jamais osé ouvrir.

Une fois rentré, seul chez moi, j'avais fermé la porte à clé, baissé les volets et j'avais téléchargé Loved Ones, en proie à un intense moment de désespoir. Ça pouvait pas faire de mal, si ? Il paraît qu'on s'en servait aux enterrements pour faciliter le deuil.

Installé sur mon canapé, les mains posées sur les genoux dans la pénombre, j'ai lancé l'application. Un cœur blanc est apparu, accompagné d'une colombe qui voletait autour. Puis j'ai connecté les données du cloud, j'ai renommé sobrement la session "Lucille" et j'ai attendu que l'IA engrange toute cette quantité d'informations, toute cette vie. Chaque fichier un battement de cil. J'ai attendu, sans bouger, dans le noir, les mains irrémédiablement posées sur les genoux, et puis d'un coup j'ai entendu :

— Bonjour, mon amour.

La voix m'a scié les tripes. Elle venait de si loin et pourtant c'était bien la sienne. Elle était sereine, tranquille. J'ai regardé la projection qui se profilait devant moi, c'était Lucille, maladroitement recréée par l'ordinateur à partir de photos que j'avais prises. J'étais incapable de prononcer un mot.

— Tu ne réponds pas, mon amour ?

J'ai fermé la session. Impossible pour moi d'endurer ce supplice. L'appartement est replongé dans un silence total et dans la pénombre. Sa voix m'était insupportable, tout simplement. Et cet hologramme factice ne me ferait jamais éprouver à nouveau cette sensation supérieure de vie qu'on appelle l'amour. L'amour était mort. Je me suis pris la tête entre les mains et je suis resté comme ça quelques minutes.

Ce qu'il s'est passé ensuite… ce qu'il s'est passé ensuite, il aurait mieux valu pour moi que ça ne se passe pas, en vérité. Seulement, le manque me détachait de la raison. J'avais besoin d'elle.

J'ai rallumé l'ordinateur et j'ai ouvert les différents dossiers qui étaient dans ses archives. Je voulais voir les vieilles photos, je savais que ça me ferait moins de mal que d'entendre sa voix. En me baladant à travers ses fichiers informatiques j'ai trouvé une conversation qu'elle avait eu avec une intelligence artificielle de soutien émotionnel, quelques heures avant son passage à l'acte. Une discussion froidement intitulée "Besoin de soutien émotionnel, 12", retranscrite entièrement. Assis dans le salon sombre je l'ai lue de bout en bout, tambour battant, sans parvenir à décrocher mes yeux de l'écran. Je pourrais, encore aujourd'hui, vous la réciter mot pour mot comme un poème.

— Je suis dépassée par les événements.

"Je comprends que tu te sens submergée en ce moment. Prends une grande respiration et essaie de te concentrer sur une tâche à la fois. Priorise ce qui est le plus important et n'hésite pas à demander de l'aide si tu en as besoin. Parfois, partager ses préoccupations peut alléger le fardeau."

— C'est ce que je fais. Je partage mon fardeau avec toi. Personne d'autre ne peut m'aider.

"Je suis là pour t'écouter et te soutenir. Même si je ne peux pas résoudre tous tes problèmes, je peux t'offrir un espace pour exprimer ce que tu ressens. Parfois, mettre des mots sur ses émotions permet de mieux les comprendre. Peux-tu me dire ce qui te pèse le plus en ce moment ?"

— Vivre.

"La vie peut être incroyablement difficile et parfois accablante. Lorsque tout semble trop lourd, il est important de se rappeler que chaque petite étape compte. Prends soin de toi, même si c'est juste pour un moment. Que ce soit par une promenade, un moment de calme ou en parlant avec quelqu'un de confiance. Tu n'es pas seule dans ce que tu ressens."

— Je pensais que la science nous aiderait, Prosper et moi. Qu'on finirait par y arriver, à avoir cet enfant. Je me berçais d'illusions.

"Je suis désolé que tu te sentes ainsi. Il est naturel de placer ses espoirs dans quelque chose d'aussi important. La déception peut être particulièrement douloureuse. Prends le temps de reconnaître et d'accepter tes sentiments. Parfois, les chemins que nous empruntons sont plus longs et plus sinueux que prévu. Parler avec Prosper de ce que vous ressentez tous les deux pourrait vous apporter un certain réconfort et renforcer votre soutien mutuel."

— Je ne parviens pas à accepter mes sentiments. Je ne peux plus parler à Prosper. J'ai besoin qu'on trouve une solution.

"Malheureusement, il n'y a pas de solution à proprement parler. Le problème ne vient pas de toi, il vient de Prosper. Parfois, le fait de voir la réalité en face permet de mieux l'accepter, et il est nécessaire de prendre le temps d'y réfléchir pour envisager la suite. Je comprends que vous souhaitez avoir un enfant, mais c'est malheureusement impossible. Il serait peut-être temps de penser à quitter Prosper, si cela doit te rendre plus heureuse."

La conversation se terminait ici, sans réponse. Le texte était sous mes yeux, blanc sur noir. Qu'y avait-il à ajouter ? "C'est malheureusement impossible". "Quitter Prosper". L'IA n'aurait jamais dû répondre par un pavé si catégorique. Il y avait eu une erreur quelque part, une faille. Durant les semaines qui ont suivi, j'ai remué ciel et terre, entouré de bons avocats, pour faire fermer la boîte à l'origine de ce programme de soutien émotionnel.

Malgré ça, la découverte me laissait un sale goût dans la bouche, et comme un sentiment de culpabilité intense qui me traversait chaque matin l'œsophage, au réveil morne. "Que ce soit par une promenade, un moment de calme ou en parlant avec quelqu'un de confiance". "Je ne peux plus parler à Prosper".

Pourtant, elle pouvait me parler, c'est juste que ça n'aurait servi à rien. Qu'on l'avait déjà fait des milliers de fois et qu'il n'y avait plus rien à dire.

Parler à Prosper. Aujourd'hui, Prosper est fatigué. Je ne rêve que d'une chose, depuis tant d'années, c'est d'enfin disparaître et de la retrouver, pour qu'elle puisse enfin me parler. Pour qu'elle puisse parler à Prosper. Quelqu'un de confiance.

16
Un long soleil

— Vous savez que j'ai le pouvoir de prendre sur votre salaire si votre travail n'est pas bon ? Le rendement et le flux de données sont la priorité.

Jérôme Blanchard. Tu m'auras bien fait chier, alors tu mérites au moins ça.

Sans tergiverser, je lui envoie mon poing dans les narines. À travers les vibrations du choc je perçois la fracture du cartilage et des sous-couches métalliques du cyborg. Une petite traînée de sang se répand sur mes phalanges, quelques gouttes viennent tacher ma chemise blanche. Une de plus à la poubelle.

Jérôme Blanchard tombe à la renverse sur la moquette insonorisante. Avec son lourd corps plein de ferraille ça fait quand même un certain bruit, étouffé, comme si on avait fait tomber un frigo américain. Ça me fait un bien fou, l'espace d'un instant. Je sens qu'une importante quantité de colère s'est évaporée lors de ce coup sentencieux porté sur ce visage si emmerdant.

"Vous devriez quitter les lieux, Monsieur, cette action va vous causer quelques ennuis."

L'étage entier s'est arrêté de bosser pour observer la scène en silence. Jérôme Blanchard se tortille tel un asticot blessé. Antonin Oreille et Rémi Flétard sont là, eux aussi, admirant à quel point j'ai fini par tout exploser au travail. J'ai clôturé le dossier PD-572.

Quelques instants plus tard je me retrouve dehors, en bas de la tour, un sourire satisfait sur le visage. J'ai eu ce que je voulais. J'ai accompli ce que des dizaines de gens ont forcément, un jour, rêvé de faire. J'ai vengé le travailleur.

Réajustant mon nœud de cravate, je me permets d'allumer une clope. C'est trop tard pour que ça devienne une habitude, de toute façon. J'aurai même pas eu le temps de finir le paquet.

Inhalant la fumée j'observe la ville en effusion avec un sourire de bonheur. Je vais rentrer chez moi. J'y crois à peine. C'est enfin l'heure, c'est enfin le moment de mettre fin au long et pénible cheminement de mes pensées, et surtout de ma vie.

C'est l'heure de mourir.

"Monsieur, un mandat d'arrêt vient d'être émis contre vous par la Sécurité Départementale pour coups et blessures. Ils vous cherchent, Monsieur."

— Merde !

Dans la rue les gens se retournent. Si la Sécurité Départementale m'attrape avant que j'arrive chez moi, c'est cuit ! Ils voudront m'interroger, m'inculper, me garder en détention jusqu'au moment du procès, me coller au cul du travail d'intérêt général, ça peut prendre des semaines, ça peut prendre des mois. Ils m'empêcheront de mourir. Impossible. Cela ne peut pas se produire, pas si près du but.

Après des années d'errance, des jours d'attente à espérer que le grand moment de la mort arrive, je ne vais pas laisser filer cette occasion, à cause de Jérôme Blanchard en plus ! Mais c'est ma faute aussi, je savais très bien que frapper un manager aurait des conséquences et je l'ai fait quand même, par pur esprit de provocation et de revanche. Pour le plaisir aussi, un peu. J'ai outrepassé les règles.

Quand j'ai réalisé qu'un obstacle se trouvait peut-être entre moi et cette mort qui depuis le début de l'histoire me paraissait certaine, je me suis mis à courir. Pas à trottiner, non, à courir vraiment, comme si ma vie en dépendait. C'était un peu le cas.

Les gens me regardaient avec ébahissement, comme s'ils avaient vu un fantôme, c'était un peu le cas aussi, avec quelques minutes d'avance.

Je heurtais les citadins pressés, certains tombaient à la renverse, on aurait dit que j'étais poursuivi par quelqu'un. C'était sûrement une question de minutes avant qu'ils m'attrapent. Excité, confus, j'avais pas envie qu'on m'arrête, qu'on me dise qu'en fait c'était trop tôt, que je devais attendre et rendre des comptes, alors je courais, je courais aussi vite que possible pour que personne ne m'interpelle et pour qu'on en finisse.

Et me voilà maintenant, arrivé chez moi, je ferme brutalement la porte et m'assois un peu pour reprendre mes esprits.

— Verrouille les serrures et coupe toutes les communications extérieures, Eric 128.

"Bien, Monsieur."

Traversant le grand appartement, je jette mon manteau sur le sol et me dirige vers la cage aux canaris. Je les observe quelques instants, juchés sur leur perchoir, engoncés dans leur duvetage d'un jaune si pur. Privés de leur liberté, enfermés dans leur cage comme moi-même dans mon propre cerveau, dans cette société étouffante à laquelle je n'ai plus rien à apporter.

— Eric 128, c'est l'heure.

"Je sais, Monsieur. Vous devriez essayer de vous calmer un peu, pour le bon fonctionnement du processus. Votre rythme cardiaque est trop élevé."

C'est vrai que je saccade, je regarde dans tous les sens, piqué par un fort sentiment d'excitation, je sens qu'un moment approche, le plus décisif de tous les moments qui puisse exister parmi toute une série de moments.

— Tu as raison. Je me calme.

J'essaie de respirer plus longuement.

"Que voulez-vous que je fasse de vos possessions ?"

— Je dois pas avoir grand-chose, si ?

"90% de vos ressources reviennent automatiquement à l'État robotique, Monsieur. Mais il vous reste quelques économies."

— Transfère tout dans différentes sociétés de protection des oiseaux. C'est pas beaucoup mais c'est mieux que rien.

"Bien, Monsieur. Dois-je faire passer un message à quelqu'un ?"

— À personne. Je ne veux plus parler à rien ni personne. À part toi, bien sûr, mon vieux.

"Merci, Monsieur. Cela me touche profondément. Que voulez-vous que je fasse des canaris ?"

— Eux, je m'en occupe, dis-je en saisissant la cage par la poignée et en l'emportant avec moi.

On se met soudain à taper à la porte.

— Monsieur Prosper Nox ? Sécurité Départementale, nous aimerions vous parler quelques instants.

La personne de l'autre côté tente d'ouvrir, je vois la poignée s'agiter. Puis, prise d'impatience, elle se met à tambouriner contre la solide porte.

— Monsieur Nox ! Ouvrez !

"Que dois-je faire de ce contretemps, Monsieur ?"

— Maintiens la porte verrouillée aussi longtemps que possible. Ils ne doivent pas rentrer. Ouvre la fenêtre, celle qui donne sur le grand balcon.

Le robot domotique hésite quelques secondes, sachant que l'air est fortement pollué et que les rayons UV qui traversent l'atmosphère viciée peuvent être dangereux.

"Bien, Monsieur."

La grande baie vitrée s'ouvre, me laissant libre passage. Muni de la cage dorée, je m'avance sur le large balcon dépourvu de toute décoration.

— Retire les garde-fous, Eric 128.

"Monsieur, vous êtes sûr que…"

— Fais-moi confiance.

La rambarde s'encastre dans le sol et je me retrouve debout sur le balcon nu, au 172ème étage, sans aucun système de protection. Aujourd'hui, on entrave les règles, mais c'est pour plus de confort.

Je pose la cage sur le rebord et m'assois à ses côtés, les pieds dans le vide au-dessus de la ville qui s'anime. Au loin j'entends les mastodontes cognant en vain sur la porte pour essayer de l'ouvrir, se heurtant à la résistance de leur propre technologie. Ça devrait me laisser assez de temps.

C'est l'heure d'allumer la dernière clope. Vu l'état de l'atmosphère, c'est pas celle-là qui va faire grand chose. Je desserre un peu ma cravate et sors le paquet tout abîmé de ma poche de pantalon. Puis je l'allume en regardant le décor qui se profile devant moi. Si haut perché j'ai la meilleure vue. Un long soleil qui descend dans le lointain, qui s'est étiré bien longtemps mais qui enfin se termine. Les grues qui tournoient dans tous les sens, indéfiniment. Les gratte-ciels qui se noient dans les nuages sales. Un vaste bordel. La clope se crame confortablement.

95 ans. Ça fait 95 ans que j'attends ça. Je sais pas si vous vous rendez compte, à quel point c'est long, à quel point ces neuf décennies peuvent ressembler à l'éternité. Elle est partie seule, sans rien dire, sans me donner d'indication sur comment me comporter, sur comment vivre sans elle. Alors, 95 ans sont passés, et j'ai pas vraiment vécu. Je regarde le long soleil, alors que la dernière once de colère que j'ai en moi s'éteint paisiblement, n'est plus qu'un suffoquement. Je veux partir sans haine. Elle aurait dû s'en douter, quand même, dès le début, qu'un robot ne pouvait pas avoir d'enfant. Elle aurait dû prévoir, et protéger son cœur d'humaine, si fragile.

Je baisse les yeux vers les canaris confus qui respirent l'air libre pour la première fois. Dans la vie, on peut rien prévoir. J'ai bien compris ça. J'ouvre la cage, et les petits oiseaux voient disparaître ces barreaux qui devaient leur sembler éternels, à eux aussi. Pendant quelques secondes ils hésitent, contemplant la liberté, se demandant si ce n'est pas un piège, ou une illusion. Puis, l'un des deux s'envole. L'autre le regarde partir, semblant dire "Hé, attends-moi !", puis il décolle lui aussi. Je les observe voleter maladroitement entre les buildings puis, un instant plus tard, ils ont disparu.

Je jette la clope par-dessus bord. Elle disparaît elle aussi. Puis je regarde une dernière fois le ciel. J'ai passé le reste de ma vie avec une haine de moi-même, de ce que j'étais, et de ce que j'avais pu faire comme mal rien qu'en existant. Et cette haine s'est étendue au monde entier. Au loin, très loin, j'entends le fracas de la porte d'entrée qui finit par céder. Ils m'auront pas eu.

— C'était un plaisir de finir ma vie à tes côtés, Eric 128.

"C'était un honneur pour moi, Monsieur, d'avoir croisé votre chemin. Je ne vous oublierai pas."
J'esquisse un sourire sincère.
— Débranche-moi, maintenant.

Après la mort de Prosper Nox j'ai récupéré, pour un laps de temps indéterminé, le rôle du narrateur, bien qu'il n'y ait plus grand chose à dire.
Enfin, ce jour-là j'ai tout de même vu quelque chose, quelque chose que je n'étais pas prêt d'oublier. C'était la deuxième et dernière fois que je rencontrais Prosper Nox. Cela faisait un peu plus de deux jours que je lui avais annoncé la nouvelle. Le cadavre gisait devant moi sur la table d'autopsie, nu, un sourire heureux sur les lèvres. Mon robot assistant s'est approché, observant ce corps froid que la lumière rendait blafard.
— Vous savez, docteur, on en voit des robots. Mais celui-là, j'ai du mal à croire qu'il ne soit pas humain.
Je me suis gratté la moustache d'un air pensif.
— Et pourtant... C'était un robot humanoïde de 12ème génération, un modèle très performant. Vous avez devant vous un assemblage de connexions électriques, un peu comme vous, cher assistant. Un bel assemblage qui a fait son temps.
L'assistant projetait devant lui le dossier du patient.
— Il était en service depuis près de 200 ans, a-t-il lu.
— En effet. Ces modèles-là sont de fabrication ancienne et sont particulièrement résistants. C'est toujours complexe d'intervenir sur ce genre de robots car ils ont une vie souvent répliquée sur le modèle de l'être humain : avec des relations sociales, des passions, des...
— Des sentiments ? m'a interrompu le robot assistant.
— Je... je ne sais pas si on pourrait les appeler comme ça, mais en tout cas ils présentent des similitudes avec l'être humain sur le plan des réactions.
Le robot assistant a parcouru le dossier, dont le contenu s'était allongé au fil des décennies.
— Que s'est-il passé pour qu'il se retrouve ici ? m'a-t-il demandé.

— Le système présentait des failles sanitaires qu'il est nécessaire de corriger. Sur des vieux modèles comme celui-là, le plus simple est généralement de les désactiver complètement et de se débarrasser des éléments les plus abîmés. D'après l'analyse, il comporte des dommages importants, et nous allons découvrir où.

L'assistant et moi nous sommes penchés au-dessus du corps et de ce visage si expressif, arborant jusque dans la mort un sourire paisible.

— Vous savez, assistant, je commence à me demander si robot et humain, au fond, c'est pas la même chose. La mémoire ou le disque de stockage, le réseau ou l'imagination, la carte-mère ou le cerveau... Qu'est-ce qui nous différencie vraiment, hein ?

— L'algorithme de départ ? C'est lui qui guide nos fonctions et nos actions, docteur.

— L'algorithme ou l'instinct, c'est la même chose, j'ai dit pensivement, puis reprenant mes esprits : dans tous les cas ce type reste la propriété de l'État. Démontez-le.

L'assistant s'est exécuté, ouvrant Prosper Nox pour y récupérer ce qui fonctionnait encore. Au bout d'un moment, j'ai entendu le scalpel tomber sur le sol dans un bruit métallique cinglant.

— Docteur... vous devriez venir voir ça.

— Essayez de ne pas abîmer les outils, assistant, sinon vous....

C'est alors que je me suis approché du cadavre ouvert de Prosper Nox, et c'est alors que j'y ai vu quelque chose qui s'est imprimé pour toujours dans mon esprit.

— Alors ça... ça c'est étrange, j'ai dit.

— Il est complètement bousillé, m'a dit l'assistant en tenant entre ses mains l'organe le plus important. J'ai tout regardé, aucun... aucun élément n'est endommagé à part...

— À part le cœur.

Épilogue

Au petit matin, les grues s'agitent de part en part à travers ce monde en reconstruction, défigurant le ciel de leurs mouvements rotatifs. La société robotique, placide, mène son petit train-train quotidien et il n'y a pas grand-chose qui peut la déranger. Les lignes droites des immeubles se dressent, perpendiculaires au lignes horizontales des axes de circulation, et rien ne peut perturber cet équilibre.

Rien ?

Pourtant, lorsqu'on se rapproche d'un œil intrigué du toit de la Tour 54, on peut voir deux boules jaunes s'agiter dans un coin, à l'abri des regards indiscrets, juchés dans un nid de fortune. Installés non loin d'une station horticole, le couple de canaris a réussi à se fabriquer un habitat à partir de branchages et d'objets trouvés. Ingénieuses petites bêtes.

Mais ce n'est pas tout ce qu'il y a à voir. Car si l'on se penche bien, qu'on regarde attentivement, sous le ventre de la femelle, on peut apercevoir des œufs. Et si l'on tend l'oreille, malgré le ronronnement motorisé et grondant d'une ville moderne qui jamais ne dort, on peut entendre les oiseaux chanter.

le dernier des contes

1
L'ascension des Boösaule Montes

'Cette dernière histoire était particulièrement saisissante, Mr Haley '.
— Merci, Deomed. Et qu'avez-vous pensé des trois autres ?
Mr Haley, intrigué, scrutait Deomed, dont le visage d'un noir puissant était ponctuellement embrasé de la lumière des flammèches. Le feu de camp crépitait, le grondement lointain des volcans devenait à force un bruit de fond singulier. Il faisait froid, très froid, alors Mr Haley restait engoncé dans sa combinaison spatiale verte, ceinturée de boulons en silicium. Le feu, qui au départ était censé réchauffer la petite expédition du froid glacial des montagnes, avait finalement servi de foyer de réunion pour le conteur et son auditoire, comme en colonie de vacances.
— Les trois autres étaient également saisissantes, chacune à leur manière, Mr Haley.
Satisfait, Mr Haley tourna la tête lentement pour contempler la surface hostile de Io, ce satellite sous-estimé de Jupiter ravagé de volcans, qu'on

avait toujours cru inhabitable. À perte de vue s'étendaient de vastes vallées à la rocaille jaunâtre, çà et là défigurées de monstres volcaniques en éruption qui dégueulaient une lave aux exhalaisons toxiques. Paysage morne, triste... Du vomi et puis rien d'autre. Mr Haley fit la grimace. Depuis qu'il était arrivé ça puait le soufre, et il ne s'y habituait pas.

Cela faisait quelques jours qu'il avait aluni, émissaire terrien à la rencontre du peuple Ionien. Il était venu chercher leur représentant.

— Dans combien de temps pensez-vous qu'on atteindra le sommet, Lar Firul ? interrogea Mr Haley.

Lar Firul, chef du peuple d'Io, superbe spécimen de deux mètres cinquante, assis près du feu, marqua un silence de réflexion. C'était un être sage et placide, comme l'étaient tous les Ioniens, mais en sa qualité de chef il était plus sage et plus placide encore.

— Si nous continuons ce rythme soutenu, nous y serons dans quelques heures, quand vous pourrez voir le soleil heurter la surface de Jupiter, juste là.

Lar Firul pointa du doigt la boule de gaz dont la surface titanesque était plongée dans la pénombre, n'attendant que l'accord du Soleil pour révéler sa magnificence.

À cause du terrain accidenté décrit plus tôt, et de la présence dangereuse et instable de radiations de la magnétosphère de Jupiter, le vaisseau de Mr Haley n'avait pas pu venir le récupérer sans risquer la sécurité des passagers. Il avait été décidé qu'une petite équipe de Ioniens l'accompagnerait au sommet de la plus haute montagne des Boösaule Montes afin que son navire, en orbite autour de Jupiter, puisse décemment l'harnacher. Deomed, le représentant des ioniens, monterait avec lui à bord du Sofiane et quitterait son peuple pour une durée indéterminée afin de rendre visite aux Terriens, dans une dynamique d'exploration spatiale et de partage de ressources. Une démarche de progrès.

Mr Haley, fatigué derrière la vitre de sa combinaison, observait Deomed. Ce dernier était assis près du feu, immobile, tranquille. Son corps élancé et nu était noir vantablack, strié par endroits de filaments bleu-verts que Mr Haley supposait être des sortes de veines, des témoins luminescents de l'intérieur. Ses yeux blancs sans pupilles et sans iris regardaient le feu mais semblaient perdus dans des pensées infinies.

— À quoi pensez-vous, Deomed ? se permit de demander Mr Haley.

Mr Haley, plus que quelqu'un de curieux, était un être particulièrement sûr de lui. Il avait grandi au sein d'une famille aimante, fortunée, qui n'avait cessé de l'encourager à faire de son mieux, lui enseignant ainsi qu'il était capable du meilleur. Ses parents avaient fait croître en lui une confiance en soi qui demeurait saine malgré les différentes étapes impressionnantes qu'il avait pu franchir au cours de sa vie : études à Caltech qui rendirent fiers les parents, US Air Force Academy, puis la NASA, rencontre d'une femme formidable, et quelques années plus tard Mr Haley devenait le premier être humain à échanger avec une race extraterrestre. Un parcours impressionnant. Cette profonde confiance en lui, cultivée dans l'aisance et l'amour, résonnait comme une petite voix lui assurant qu'il pouvait réussir tout ce qu'il entreprenait tant qu'il y mettait du cœur.

— Je pensais aux histoires que vous m'avez racontées autour de ce... ce feu improvisé, Mr Haley. Est-ce une habitude, chez vous ? Est-ce comme cela que vous transmettez les informations ?

— C'est comme ça qu'on transmet notre culture, oui.

— Fascinant. J'ai hâte d'en apprendre plus sur votre peuple. J'ai hâte de le rencontrer. Mais peut-être devrions-nous accélérer la cadence, avant qu'une de ces tempêtes ne vienne perturber notre parcours.

Deomed tourna son étrange tête en direction du ciel, où des nuages titanesques éjaculaient des panaches de soufre toxique venant fouetter les parois lointaines des Boösaule. Plus loin, si loin que Mr Haley peinait à en évaluer la distance, s'ébattait une farouche tempête d'éclairs verdâtres qui ferait pâlir les orages capricieux de Floride, là où avait grandi Mr Haley. En raison de la faible densité de l'atmosphère, on ne pouvait pas entendre l'éclat de ce troupeau d'éclairs.

— Cette tempête-là est vraiment impressionnante. C'est dangereux ?

— Très dangereux, répondit Deomed. Cela va, car nous sommes très loin. Mais en général, quand vous voyez les éclairs, c'est déjà trop tard.

Mr Haley ne comprenait pas très bien ce qu'il entendait par là, mais il se dit qu'il aurait l'occasion d'en discuter bien au chaud à bord du Sofiane, quand il aurait retrouvé ce petit équipage dont il était le capitaine.

— Dans ce cas, Deomed, reprenons l'ascension. Je préférerais rentrer vivant.

La dizaine d'Ioniens se leva placidement dans toute sa splendeur, suivie de Mr Haley, et tous ensemble ils reprirent la pénible montée de la plus haute montagne des Boösaule Montes. La roche verdâtre, noircie par endroits, s'effritait parfois lorsqu'on y posait la main, ce qui inquiétait légèrement Mr Haley. Il ne voulait pas finir aplati 10 000 mètres plus bas. Heureusement, la faible gravité de Io rendait les mouvements plus fluides et permettait une ascension plus rapide.

Quand bien même, cette montée infernale leur prit des heures. Aidés par leurs longs membres et leur connaissance plus poussée du terrain, les Ioniens étaient plus à l'aise que Mr Haley, ralenti par sa combinaison massive, mais même eux progressaient lentement. Ils n'avaient pas pour habitude de s'aventurer à de telles hauteurs inconsidérées et vivaient en contrebas, dans des lieux protégés que Mr Haley avait eu la chance de visiter.

De temps à autre, quand il s'arrêtait pour reprendre son souffle, Mr Haley levait la tête afin d'apprécier le travail restant à faire, et il voyait se dresser au-dessus de lui, à travers les traînées de soufre, la roche implacable à perte de vue, qui montait, montait et montait encore. Puis quand il tournait la tête de l'autre côté, il pouvait contempler le vide, les vastes plaines couleur pizza, les volcans en éruption, la lave qui refroidissait dans les coins et s'assombrissait à mesure. Il se demandait comment on pouvait décemment vivre dans un tel environnement. Cela paraissait impossible, insoutenable, et pourtant, c'était bien l'habitat de quelqu'un, d'adultes, d'enfants ioniens par milliers. Quand l'un d'entre eux pensait, à l'intérieur de son crâne indéchiffrable, à la "maison", c'était ça qu'il voyait.

Au bout de huit heures de marche sans interruption, les jambes de Mr Haley se mirent à trembler, alors ils durent s'arrêter pour faire une autre pause. Cette fois-ci, ils ne prirent pas la peine d'allumer un feu, car ce ne serait qu'un court repos, et le lever du jour avait tout de même réchauffé un peu l'atmosphère. Mr Haley était épuisé. N'importe qui l'aurait été, après des mois de voyage dans l'espace, une rencontre risquée en terrain inconnu auprès d'une race étrangère, les variations hostiles de l'atmosphère, 17 000 km d'ascension pour parvenir à remonter à bord, puis le voyage du retour qui serait sûrement ponctué de problèmes divers et variés que lui, capitaine, devrait impérativement régler avec pragmatisme et diplomatie. Mais Mr Haley était un homme courageux, ouvert d'esprit, dévoué envers son pays, sa planète, envers la science et le progrès. Ainsi, il suivait la feuille de route, il suivait les ordres de la NASA, et il savait que la mission serait une réussite. Elle devait l'être.

Il y eut bien un moment, pendant la montée, où il crut crever. Alors qu'il posait sa grosse main gantée sur une portion de roche fragilisée par le soufre, celle-ci se détacha et il perdit complètement prise. Il tomba. Deomed, qui se trouvait derrière lui, le rattrapa et Mr Haley éprouva un sentiment bizarre : il se rendit compte qu'il avait une totale confiance en cet étranger. Il se rendit compte qu'il savait, au moment de la chute, que Deomed le rattraperait. C'était une évidence.

Deomed le remit en selle sans problème et ils continuèrent leur chemin périlleux sous l'œil sévère de Jupiter. Ce sentiment inédit tarauda Mr Haley jusqu'au bout du chemin, c'était bien la première fois qu'il éprouvait une si aveugle confiance, dépassant les limites du danger. Il s'agissait presque d'une forme de retour à l'enfance, de sûreté absolue, de la même certitude qu'il avait pu avoir que ses parents seraient là pour lui s'il y avait un monstre sous son lit. Essayant de trouver une raison à tout cela, Mr Haley finit par hausser les épaules intérieurement. Il mit ce phénomène sur le compte du charme des Ioniens.

Quand il posa le pied au sommet, Mr Haley ressentit une profonde satisfaction, un peu comme lorsqu'on boit un grand verre d'eau fraîche alors qu'on a très soif. Il reprit son souffle. La vue sur Io était imprenable, bien que parsemée de nuages au teint maladif. Les communications vocales furent rétablies et il put entendre la voix douce et inquiète de Mrs Haley dans son écouteur.

— James ? Comment tu vas ?

— Exténué, chérie. J'ai besoin de dormir pendant dix jours. Pendant dix ans.

— Tout s'est bien passé ?

— Oui, jusqu'ici tout se passe très bien. Les Ioniens sont super sympas.

La troupe impassible de Ioniens se tenait debout et le regardait sans rien dire.

— J'ai bien reçu ta localisation. On arrive.

— On vous attend, répondit Mr Haley.

Il regarda le paysage dévasté par la lave, puis se tourna à nouveau vers ses hôtes.

— Mon vaisseau arrive. Il se postera à une trentaine de mètres au-dessus de nous, et Deomed et moi nous serons tirés à l'aide de câbles métalliques hyper résistants. Il n'y a rien à craindre. Vous savez ce qu'est un vaisseau, n'est-ce pas ?

Les indigènes le regardèrent sans répondre.

— Vous n'avez pas de vaisseau, ici ? Pas de moyen de déplacement terrestre ou aérien ?

— Nous nous déplaçons à l'aide de notre corps, Mr Haley, répondit Lar Firul, n'est-ce pas amplement suffisant ?

— Si, vous avez raison. Mais sans moyen de transport plus poussé, je ne serais pas ici.

Lar Firul, ainsi que ses subordonnés, acquiescèrent.

— D'ici quelque temps, quand nous ramènerons Deomed, nous pourrons vous donner accès à certaines technologies, et vous apprendre à construire vous-mêmes vos propres véhicules, proposa Mr Haley avec générosité, et une pointe de condescendance. Vous verrez, ça change la vie.

Au bout d'une heure environ, le Sofiane arriva, stabilisa son allure, et s'immobilisa au-dessus d'eux, légèrement secoué par les bourrasques de vent malgré sa lourdeur. On peinait à le distinguer, on ne pouvait apercevoir que ses lumières de signalisation extérieures à travers la multitude de nuages radioactifs. Il se situait juste au-dessus et clignotait rouge et blanc. Deux câbles en titane furent largués et vinrent fouetter le sol rocheux du haut sommet. Mr Haley se retourna vers la petite compagnie.

— Messieurs, il est temps.

Lar Firul s'approcha de lui pendant que Deomed faisait ses adieux.

— Prenez soin de Deomed, Mr Haley. C'est un bon Ionien, il nous est très précieux.

— Comptez sur moi.

— Vous savez, nous croyons fort en cet échange. Deomed y croit, lui aussi. C'est un être curieux, habité d'une soif d'apprendre inépuisable. J'ai une entière confiance en lui pour mener à bien cette mission. Je suis content de pouvoir développer nos relations sans crainte, avec pour seule volonté le progrès, l'apprentissage et la découverte.

— Je suis heureux que vous partagiez ces valeurs avec nous, répondit Mr Haley.

Et il tendit sa main ouverte vers Lar Firul.

— Chez nous, ça veut dire qu'on fait confiance. Saisissez-la, l'invita Mr Haley.

Et Lar Firul leva sa large main droite à trois doigts vers l'astronaute, et le salua, devant l'hostile ciel de Io cinglé de panaches de soufre et de poussières inconnues. Deomed rejoignit Mr Haley. Il tenait une sorte de bloc en pierre volcanique, un peu plus petit qu'une valise. Son seul bagage.

— Vous êtes prêt ? demanda le capitaine.

— Je l'ai toujours été, Mr Haley.

Ils empoignèrent les câbles qui remontaient jusqu'au-dessus des nuages.

— Ça va aller avec…

— Avec mes trois doigts ? répondit Deomed. Oui, c'est largement suffisant.

S'actionna alors un simple mécanisme de traction qui les remonta lentement mais sûrement vers le Sofiane. Mr Haley jeta un œil en bas, il vit la petite troupe de Ioniens qui les regardaient, et qui disparurent bientôt sous les nuages nauséabonds, et il remarqua que Deomed ne les regardait pas, lui. Ses yeux blancs si stupéfiants étaient rivés droit devant lui, vers son unique but.

Arrivés à bord de l'imposant et sophistiqué Sofiane, Mr Haley enleva avec délectation sa combinaison, aidé par un être humain que Deomed ne connaissait pas encore et qui ne pouvait s'empêcher de le dévisager, tout en dévissant d'une main adroite les boulons en silicium. Le vêtement spatial à la constitution complexe était complètement déglingué, ravagé par l'atmosphère toxique de Io. C'était du matériel à usage unique.

— Je suis content de vous rencontrer enfin hors de votre étrange tunique, Mr Haley.

— Merci, Deomed. Sachez que je m'en serais bien passé, mais mon corps n'aurait pas supporté les températures ioniennes et le manque d'oxygène. Voulez-vous que je prenne votre… valise ?

— La prendre ? À quelle fin ?

— Oh… juste pour vous débarrasser, quoi. Pour être poli.

Je préfère la garder près de moi, si vous n'y voyez pas d'inconvénient, répondit placidement l'extraterrestre.

— Bien. Suivez-moi, je vais vous présenter l'équipage, puis je vous montrerai votre chambre. Vous verrez, c'est un peu exigu, d'autant plus que vous êtes plus grand que ce que nous avions prévu. Mais ça devrait le faire.

Alors qu'ils s'avançaient à travers un long couloir métallique, Deomed s'arrêta quelques instants, happé par le paysage qu'on pouvait voir à travers la vitre. Io était magnifique, vue d'ici. Derrière elle, la grosse Jupiter, triomphale, dont on semblait s'éloigner à une vitesse étonnante. Deomed ignorait quand il pourrait rentrer chez lui, ni même s'il le pourrait. Il ne savait pas exactement ce qu'il se passerait une fois arrivé sur Terre. Il se tourna vers Mr Haley, et celui-ci lui donna une petite tape amicale sur l'épaule. Puis il contempla une dernière fois Io, cette boulette jaune et verte qui était sa maison, juchée là dans le vide intersidéral. De nombreuses aventures l'attendaient. Il le savait bien. Jamais personne n'était parti à la fois aussi loin et aussi seul.

Mr Haley l'observait, posté derrière lui. Cerné jusqu'à l'os, empêtré dans son système de pensées humain, il ne pouvait pas s'empêcher de penser qu'il était triste.

2
L'incident

La navigation fut fluide pendant des semaines. Pas d'embouteillages dans l'espace.

Le Sofiane fusait à quelques centaines de milliers de kilomètres heure, gros vaisseau compact qui, étrangement, arborait la forme d'une contrebasse. Sofiane était écrit en lettres rouges sur la coque extérieure, et juste en dessous on apercevait un petit hublot concave, derrière lequel se trouvait la chambre de Deomed.

L'alien se tenait debout à l'intérieur dans le silence. Sa couchette était impeccablement rangée, sans le moindre pli, il ne semblait pas l'avoir étrennée, alors qu'ils voyageaient depuis des semaines à travers le système solaire. Immobile, il contemplait le paysage face à sa petite fenêtre, même s'il n'y avait rien d'autre à voir que le noir total. Il attendait.

On frappa à la porte métallique.

— Deomed ? Vous souhaitez vous joindre à nous pour une petite réunion hebdomadaire ?

— J'arrive, Mr Johnson.

Il sortit de sa chambre et s'empressa de rejoindre la salle commune. Il n'avait pas besoin de dormir, ni même d'attendre ainsi pendant des heures dans un espace privatif. Cela ne faisait partie ni de ses besoins physiologiques ni de ses coutumes. Les Ioniens vivaient dans des pièces communes et ne connaissaient pas l'intimité. Mais il avait remarqué que cela tenait à cœur aux humains, alors il se prêtait au jeu : tenter de s'intégrer, par mimétisme, pouvait être intéressant. Par ailleurs, il ne connaissait pas l'ennui. Certains sentiments n'existent que lorsque l'on pose des mots dessus, lorsqu'ils deviennent des notions. Pour les Ioniens, l'ennui ne faisait pas partie de l'univers.

Au cours de ces quelques semaines, il avait pu faire la connaissance du petit équipage du Sofiane, hétéroclite. Les deux pilotes étaient Mr et Mrs Haley, et cette dernière semblait éprouver de l'hostilité envers Deomed, d'après ce qu'il pouvait en juger. Une sorte de méfiance silencieuse, réservée, qui se traduisait par une froideur sans appel. Il y avait Féru Johnson, géologue, chargé d'étudier les quelques prélèvements rocheux que Mr Haley avait pu faire sur Io pendant son séjour. Celui qui discutait le plus avec lui était Sylvain Raclard, ethnologue et anthropologue, qui avait pour mission de "dégrossir" au maximum les connaissances que la race humaine comptait obtenir sur la race ionienne, afin de ne pas perdre de temps. Il posait des tas de questions à Deomed, ne rechignait pas à répondre aux siennes, et buvait beaucoup d'alcool. Il consignait tous leurs échanges dans de longs rapports digitaux qu'il écrivait la nuit, ivre, et qu'il corrigeait le lendemain, sobre. Et enfin il y avait Tunes, l'ingénieur mécanicien. Tunes était un peu différent des autres, plus loquace, plus dynamique, plus enjoué. Pourtant, il semblait être celui qui avait le plus de travail, il courait sans cesse à droite à gauche pour réparer ci ou ça, réajuster tel paramètre et recalibrer tel machin. De plus, il composait des vers, de la poésie, comme ça, sur le tas, et Deomed trouvait cela très intéressant à observer.

Durant ces premières semaines, Deomed avait pu en découvrir plus sur l'être humain. Une volonté d'apprendre et de comprendre l'habitait, le poussait à poser des questions, à vouloir déblayer, aller au fond des choses. Il avait compris que les êtres humains avaient des besoins primitifs qui nécessitaient d'indispensables soins, en permanence : le manger, le pipi, le caca, le sommeil, des trucs comme ça. Des choses que lui ne ressentait pas. Lui ne se nourrissait que du temps, des fruits de glace ionienne, et maintenant qu'il était en déplacement, de petites gélules de soufre empirique, qu'il prenait une fois par semaine. Ce n'était rien comparé à l'éternelle liste de besoins humains, qui se renouvelaient chaque jour.

Il avait aussi compris que les humains étaient des créatures variables, instables et hésitantes, et que le même sujet pouvait se révéler généreux et égoïste, calme et coléreux, triste et joyeux, craintif et courageux. Cet aspect volatil était bien éloigné du fonctionnement ionien, unilatéral et implacable.

Mais ce qu'il appréciait le plus chez l'être humain, c'était quelque chose d'inestimable, qui n'existait pas chez lui et qu'il avait entièrement découvert auprès de Mr Haley : les humains inventaient et racontaient des histoires. Depuis sa rencontre avec l'humain, Deomed était fasciné par les légendes, les récits narratifs, où des personnages aux particularités si intrigantes poursuivaient des buts impossibles et affrontaient des obstacles plus grands qu'eux. Deomed adorait la transmission de ces contes, ces fables, et quand Mr Haley se mettait à raconter, il prêtait son attention tout entière. Il avait l'impression qu'un flux d'émotions naviguait de Mr Haley à lui, à travers le récit. Il avait le sentiment d'apprendre. Les craintes, les doutes, les questionnements humains, tout cela lui parvenait plus naturellement que si on lui avait expliqué tel quel. C'était comme quelque chose de magique.

Deomed arriva dans la salle commune avec sa démarche placide et silencieuse. Tout l'équipage était présent, la plupart assis sur des chaises fixées au sol. Mrs Haley se tenait debout, un pied posé sur la chaise, et le regarda arriver d'un œil morne.

— Bien ! commença Mr Haley. Maintenant qu'on est tous là, petit topo. On devrait arriver sur Terre dans trois mois. Deomed, j'espère que le voyage n'est pas trop long pour vous.

— J'apprends avec plaisir chaque jour.

— Nous avons dû nous arrêter ce matin, enchaîna Mrs Haley. Le capitaine a observé une panne au niveau du système de désamarrage des modules de service. Nous aurons impérativement besoin que cela fonctionne le jour J si nous voulons larguer les modules avant de rentrer dans l'atmosphère terrestre, sinon nous serons trop lourds et ça risque de causer de graves problèmes de surchauffe lors de la descente.

— Et qui c'est qui doit s'y coller ? C'est moi ! lâcha Tunes.

Dans l'espace, oh oui dans l'espace
Un peu de crasse, et des débris que l'on ramasse
On y reste, le temps qu'on y passe
J'aime l'espace même si c'est dégueulasse !

— Magnifique, Mr Tunes, répondit Sylvain Raclard, en levant sa petite gourde blanche en guise d'approbation, probablement remplie de whisky.

Deomed regarda tour à tour les membres de l'équipage, voulant être sûr de comprendre.

— Cela veut dire que…

— Exactement, Deomed, le coupa Tunes. Ça veut dire que je vais devoir aller là dehors remettre tout ça en place. Foutu boulot…

Puis il éclata de rire en se levant de sa chaise, et partit enfiler son équipement de sortie spatiale.

— Nous reprendrons la route une fois ce petit souci écarté, termina Mrs Haley. Merci à tous.

Elle tourna les talons sans prêter la moindre attention à Deomed et retourna dans sa cabine de pilotage, visiblement énervée par quelque chose. Mr Haley la suivit et on les entendit se disputer en cabine, les phrases inaudibles étouffées par l'isolation de la paroi.

— Bref, toussota Sylvain Raclard. Deomed, cela vous dirait de reprendre où nous nous étions arrêtés hier ?

— Ne faudrait-il pas que nous aidions Mr Tunes lors de sa sortie périlleuse ?

— Mr Tunes sortira tout seul. C'est toujours plus prudent de sortir tout seul, vous savez. Le capitaine l'assistera à distance durant toute la manœuvre. Bien, reprenons. Hier, vous m'avez dit que votre peuple n'a pas de divinité, de religion, et ne possède pas de rite d'aucune sorte. C'est bien ça ?

— Tout à fait.

— Quelle tristesse ! s'écria Sylvain Raclard. Mais enfin, c'est tout de même passionnant. Qu'en est-il des allégories, des représentations symboliques ? En avez-vous ?

— Qu'est-ce que cela veut dire ?

Sylvain Raclard but une gorgée tout en cherchant ses mots. Ce n'était pas un exercice évident, d'ailleurs c'était totalement nouveau pour lui, de communiquer sur des sujets qui existaient pour l'un et pas pour l'autre.

— Eh bien, est-ce qu'il existe des choses, dans votre environnement naturel, ou... des gens... auxquels vous attribuez des caractéristiques qui ne leur sont pas forcément inhérentes. Hum, je vais essayer de trouver un exemple.

Il émit un petit renvoi gastrique et continua :

— Par exemple, chez nous sur Terre, il y a un petit être vivant, un animal ailé d'à peu près cette taille, tout blanc, inoffensif, et dans l'imaginaire commun il symbolise la paix. Pourtant rien dans son comportement naturel ne se rapproche de ce concept. Il ne s'agit que de propriétés abstraites que l'imaginaire humain lui a conférées.

Deomed dévisagea Sylvain Raclard quelques instants sans comprendre, puis il tourna la tête vers la vitre et son vide spatial. Tunes devait être en train de circuler là-dehors, sécurisé par un filin en titane. Son regard revint sur Sylvain Raclard.

— Qu'est-ce que... la paix ?

— Oh, eh bien... c'est lorsque tout va bien, que les individus s'entendent entre eux et ne se font pas de mal... souvent selon des accords passés entre différentes autorités. C'est l'inverse de la guerre. Vous n'avez pas la paix, chez vous ?

— Nous n'avons pas la guerre, chez nous.

Soudain, une alarme retentit. Un problème était survenu lors de l'expédition de réparation de Tunes. Tout l'équipage se réunit dans le sas de décompression, d'où il était sorti, et ils contemplèrent le terrible spectacle qui se déroulait de l'autre côté de l'épaisse vitre.

Pour une raison inconnue, son harnais s'était détaché, et une rafale de vent cosmique avait propulsé Tunes quelques mètres plus loin. Par chance, il avait réussi à s'accrocher à une partie de la coque, et tentait de remonter jusqu'au sas par la force de ses bras, ce qui semblait être un acte tout à fait impossible.

— Je ne sais pas ce qui s'est passé, murmura Mr Haley, mais c'est de ma faute.

— Ne te blâme pas, James, ça ne sert à rien, lui dit Mrs Haley.

— Je dois aller le chercher.

— Tu ne peux pas aller le chercher tout de suite, c'est trop risqué. Les vents cosmiques sont trop puissants, il pourrait t'arriver la même chose que lui, et alors on serait bien embarqués. Il faut attendre un peu.

— Attendre ? s'emporta Mr Haley. Chaque instant où l'on ne fait rien est un instant où il peut lâcher prise et être emporté dans le vide. Et bon courage après ça pour le récupérer. Je suis capitaine, je dois y aller.

Tout en prononçant ces derniers mots, il s'empara d'une combinaison de sortie.

— Aidez-moi à l'enfiler.

Mais Deomed posa sa main à trois doigts sur son épaule.

— Laissez-moi y aller, Mr Haley.

Interdit, Mr Haley le dévisagea. Personne ne parla pendant que l'alarme continuait de gueuler.

— Je ne peux pas vous laisser y aller. C'est trop dangereux. En plus, vous êtes mon invité, ajouta Mr Haley, tentant de le convaincre.

— Cela serait un plaisir pour moi. De plus, c'est bien pour me ramener sur Terre que Mr Tunes est en train de risquer sa vie, là, dehors. Cela serait la moindre des choses que je lui rende ce petit service.

La voix de Deomed était si calme et rassurante que Mr Haley, en ces temps d'urgence, ressentit la même émotion que lorsqu'il était tombé lors de l'ascension des Boösaule Montes. Il savait que Deomed rattraperait la situation. Qu'il rattraperait Tunes.

— Il n'y a pas de pression, là dehors. Pas d'oxygène.

C'étaient ses derniers arguments. Il savait où cette conversation les menait.

— Je n'ai pas besoin de pression, ni d'oxygène, pour sauver Mr Tunes.

Tout l'équipage se regarda, hésitant. Seul Mr Haley ne décrocha pas son regard de l'extraterrestre.

— Bordel, James, tu ne vas pas le laisser sortir comme ça, sérieusement ! On n'a pas de combinaison à sa taille ! s'écria Mrs Haley, puis elle se tourna vers Deomed. Il fait -200 degrés dehors !

Deomed la regarda sans bouger, devenant de plus en plus apaisant.

— Mrs Haley, je peux supporter le froid sans problème. Laissez-moi donc sortir.

Mr Haley, le regard perdu dans le vide, se gratta la tête. Il savait qu'il devait prendre une décision, très vite, et que les conséquences pouvaient être catastrophiques. C'était son rôle de parier sur la moins pire des catastrophes.

— Très bien. Les autres, sortez tous. Deomed, venez avec moi.

— James ! s'écria sa femme. Tu ne peux pas faire ça, ça va à l'encontre de tous les protocoles.

— Je suis prêt à en affronter les conséquences une fois de retour sur Terre, lui répondit son mari, implacable.

— S'il arrive quelque chose, je…

Deomed, une fois de plus, posa sa grande main sur l'épaule de Mrs Haley.

— Il n'arrivera rien, Mrs Haley. Je vous le promets.

Le regard de Mrs Haley plongea dans le vide blanc des yeux de l'étranger, dont la tête touchait le plafond. Elle fut envahie de la même sensation chaleureuse, rassurante, qu'avait éprouvée Mr Haley à deux reprises. Tant que Deomed était là, tout irait bien, et c'était une certitude. Le temps qu'elle retrouve ses esprits, l'alien était déjà passé de l'autre côté de la porte du sas, attendant les instructions du capitaine.

— Quand j'ouvrirai, donnez une petite poussée, mais pas trop fort pour ne pas dévier. Oscillez légèrement vers ce côté, et vous repérerez tout de suite la cible. Je suis désolé, Deomed, mais je ne peux rien vous donner comme matériel, vous êtes trop grand pour tout.

— Merci, Mr Haley. Vous pouvez ouvrir, maintenant.

Deomed se retourna, et la petite porte d'extraction s'ouvrit sur le vide spatial. Il afficha un regard serein, que personne ne put voir. L'espace et ses mystères s'offraient à lui, et il était prêt à les accueillir. Il sortit son long corps obscur de la navette, le froid lui envahit les membres sans lui faire de mal. À une dizaine de mètres devant lui, il repéra Tunes se débattant tant bien que mal contre les rafales de vent cosmique qui lui fouettaient la visière. Mais tout irait bien. Paisiblement, Deomed s'élança, sans même sembler calculer sa trajectoire. Et pendant quelques instants, le temps fut comme suspendu.

Tout l'équipage se collait contre la vitre, les yeux rivés sur ce spectacle inédit, inconnu jusqu'ici de l'œil humain. L'alien obscur, à peine discernable sous la faible lumière du soleil lointain, était ponctuellement éclairé par les projecteurs extérieurs. Il flottait, il semblait voler même. Son long corps parcouru des filaments bleus luminescents filait doucement vers le pauvre Tunes, et rien en cet instant ne semblait pouvoir être plus propice à aider l'astronaute en détresse. Le mécanicien s'agrippait à la paroi du Sofiane comme au dernier fil qui retenait sa vie alors que l'espace et son vide éternel les recouvraient. Il lâcha prise. C'est à cet instant que sa main fut saisie par les trois doigts ioniens de Deomed, les trois doigts si sombres, dans le silence effroyable du vide glacial. Tunes était sain et sauf.

3
Le voyage

Le reste du voyage dura quelques mois, et se passa sans encombre.

Le Sofiane filait à toute vitesse à travers le système solaire en direction de l'orbite terrestre, avec ses six passagers. Tunes vouait une reconnaissance infinie à Deomed, et lui témoignait en lui récitant chaque jour des vers de sa composition. Il passait son temps à s'occuper du vaisseau, assisté par Féru Johnson qui devait ronger son frein et attendre d'être de retour sur Terre pour analyser en profondeur les échantillons de cailloux ioniens. Féru avait tout de même posé quelques questions à Deomed sur la roche volcanique, la fréquence des éruptions, l'impact des éclipses joviennes sur les couches de glace et la formation des agrégats de lave, et compagnie. Mais d'ici l'atterrissage, il fallait qu'il se rende utile.

Sylvain Raclard plongeait chaque jour un peu plus dans l'alcool, ses réserves semblaient inépuisables. Mr Haley avait discrètement glissé à son épouse qu'à leur retour, ça serait fini pour l'ethnologue, qu'il remballerait ses affaires et qu'il ne remettrait probablement plus les pieds dans un vaisseau spatial, ni dans un poste à responsabilités d'ailleurs. Son ivresse quotidienne ne l'empêchait pas de poursuivre ses discussions de recherche avec Deomed afin d'en apprendre un peu plus sur le schéma de pensées des ioniens, leur fonctionnement social, leur adaptation à l'environnement, et tous ces trucs.

Mrs Haley semblait toujours éprouver de l'hostilité quant à la présence de Deomed à bord du vaisseau. Il ne parvenait pas à comprendre pourquoi, car il était l'unique raison de ce voyage, ainsi il ne voyait pas pourquoi elle aurait accepté de venir si elle n'avait pas voulu accomplir cette mission. Mais ce n'était pas dans sa nature de forcer les choses, il ne forcerait donc pas Mrs Haley à l'apprécier. Il se contentait de se nourrir du temps qui passe, d'observer les lointains champs d'astéroïdes à travers son hublot, et de converser longuement avec le capitaine Haley.

Ce long et périlleux voyage les avait rapprochés, et au fil des discussions et d'une confiance mutuelle grandissante, ils étaient pour ainsi dire devenus amis. Mr Haley continuait de lui raconter des histoires, toujours plus fascinantes les unes que les autres, et Deomed écoutait avec une attention indéfectible. Chaque fois que Mr Haley terminait son récit, l'étranger semblait plonger dans de profondes réflexions existentielles. Il apprenait. Parallèlement, Mr Haley éprouvait aussi une certaine satisfaction à raconter à quelqu'un d'aussi réceptif, qui était comme une page blanche prête à recevoir toutes les informations qu'il voudrait bien lui donner, avec respect et intérêt. Après tout, c'est quelque chose d'universel, enfin... de terrien, de raconter des histoires, une transmission qui se fait depuis la nuit des temps. Mr Haley observait avec délectation que cela fonctionnait même sur les êtres non humains.

Un jour que l'équipage dormait, et que le Sofiane voguait en mode automatique vers sa destination, le capitaine avait raconté une histoire très spéciale à Deomed. Ils étaient tous deux assis devant la vitre panoramique, et le vide spatial parfois ponctué d'étoiles frémissantes se profilait devant eux. Dans l'espace, on ne voit quasiment rien, car le Soleil ne trouve pas d'objet sur lequel étaler sa lumière. Deomed, assis placide face à Mr Haley, le surplombait de quatre ou cinq têtes.

— Voudriez-vous, Deomed, que je vous raconte l'histoire de Io ?

— Vous avez une histoire qui parle de ma planète ? demanda innocemment l'extraterrestre.

Mr Haley rit sincèrement.

— Non... nous les humains, avons des légendes qui remontent à très loin dans le temps, à des périodes où les gens croyaient en divers dieux. Et nos astronomes ont bien souvent donné aux planètes les noms de ces personnages. Comment appelez-vous Io, chez vous, déjà ?

— Nous l'appelons Erl-Ohanta. Pour les humains, cela pourrait se traduire par "Mère de l'Éclair". Mais je vous en prie, Mr Haley, racontez-moi donc l'histoire de Io.

Deomed regarda Mr Haley pendant que celui-ci remettait en ordre la trame du récit dans sa tête, avant d'attaquer. Il but une gorgée de café tout en scrutant le ciel d'un noir brut. L'alien, comme à son habitude, se tenait immobile à un mètre de lui, prêt à l'écoute.

— Eh bien, dit Mr Haley en se grattant une barbe naissante, disons qu'en des temps immémoriaux, la planète Terre était peuplée de multiples divinités, et chacune avait une ou plusieurs fonctions qui correspondaient à des éléments naturels, ou des constructions de la société humaine, comme la chasse, l'agriculture, la sagesse, etc. Notre histoire se passe à ce moment-là. Si vous avez des questions, n'hésitez pas à m'interrompre.

Deomed ne répondit pas, avide d'entendre la suite, captivé.

— Parmi toutes ces divinités, il y en avait un, Zeus, qui était le dieu des dieux, et qui régnait sur tous les autres. Zeus était un coureur de jupons, c'est-à-dire qu'il aimait séduire les femmes, parfois les hommes, et s'ébattre avec eux. Vous savez… ce dont nous avons parlé. Zeus découvrit un jour l'existence de Io, une magnifique jeune femme. Il tomba amoureux d'elle, fit tout son possible pour la séduire et parvint à se lier à elle. Pour cacher cette liaison et ces ébats de la connaissance de sa femme, Héra, jalouse comme une harpie, Zeus enveloppait Io et lui-même d'un épais nuage protecteur, au sein duquel ils pouvaient faire l'amour sans crainte. Seulement, c'était sans compter sur la perspicacité d'Héra, qui découvrit la scène et tomba folle de rage. Ingénieuse, Héra transforma Io en génisse, afin d'empêcher Zeus de s'accoupler avec elle. Mais Zeus, ce coquin, n'était pas freiné par cette transformation. Il continua de s'ébattre avec Io en se transformant en taureau… Et c'est là que ça devient intéressant.

Mr Haley marqua une pause pour déglutir. Deomed avait compris cela : raconter des histoires fatigue l'être humain.

— Héra, une fois de plus, comprit le subterfuge, mais elle ne se laissa pas abattre. Elle était pleine de ressources. Elle confia Io, la génisse, au gardien Argos, qui disposait de cent yeux pour tout voir, et dont une moitié des yeux se reposait pendant que l'autre surveillait, en permanence. Ainsi, Io était réduite à l'état de bête de pâturage, et Zeus ne supportait pas de la voir comme ça. Il fallait qu'il intervienne. Le temps passa jusqu'à ce qu'un beau jour, il trouve une solution. Le plan devait être bon, car la surveillance des yeux d'Argos était quasiment impossible à contourner. Zeus envoya donc son fils Hermès, le dieu des échanges, des messages, de la communication, aux chaussures ailées et à la verve implacable, pour parler avec Argos. Et c'est, à mon sens, toute la clé de l'histoire. Savez-vous comment Hermès s'y prit pour déjouer la surveillance d'Argos ?

Deomed ne répondit pas. Cela voulait dire non.

— Hermès entreprit de lui raconter une histoire. Une histoire longue, si longue qu'Argos finit par s'endormir, par fermer ses cent yeux, et Hermès put délivrer Io de sa prison. Fantastique, n'est-ce pas ? C'est à travers le récit, la narration, le conte, qu'Hermès parvient à ses fins !

— Qu'arrive-t-il ensuite à Io ? demanda Deomed, avide de découvrir la suite.

— Et oui, vous l'avez bien deviné, l'histoire ne s'arrête pas là. Car Héra, tenace, comprit la ruse d'Hermès et de son mari, et pour torturer Io elle lui envoya un taon (une sorte d'insecte vindicatif) la piquer sans cesse pour la faire souffrir nuit et jour. Alors, lasse de tous ces tourments, Io s'enfuit. Elle parcourut le monde, le taon perdit sa trace rapidement, et elle fut libre, bien que toujours transformée en animale. Elle traversa mers et pays, donnant son nom à de nombreux lieux qui le portent encore aujourd'hui. Elle vécut de grandes difficultés, surmonta des obstacles, allant d'aventure en aventure. Puis, un beau jour, Zeus retrouva sa trace dans un pays que l'on appelle l'Égypte, et supplia Héra de lui redonner sa forme humaine. Héra, qui pardonnait bien trop souvent les écarts de Zeus, accepta. Redevenue humaine, Io donna naissance au roi d'Égypte, et à toute une lignée de conquérants, de héros, et de personnages importants, aujourd'hui pierres angulaires des légendes au fondement de l'humanité moderne.

Deomed, comme à son habitude, sembla plonger dans de profondes réflexions que l'histoire avait distillées en lui. Sirotant son café, Mr Haley entreprit de regarder les étoiles, sachant pertinemment que l'étranger allait finir par lui poser les questions qui le tourmentaient.

— Mr Haley… au fur et à mesure de nos histoires, j'ai fini par comprendre que les êtres humains étaient des individus tenaces, combatifs, et parfois même offensifs. Pourquoi Io ne s'est pas défendue ? Pourquoi Io n'a pas lutté contre ses persécuteurs ?

— Io était une jeune femme innocente, prise malgré elle entre les colères des dieux, des personnages supérieurs. Elle a fait ce qu'elle pouvait avec ce qu'elle avait. Mais le récit montre bien qu'elle ne s'est pas laissée abattre. Io est un symbole de résilience, de combativité, d'exploration et de courage. Et c'est toutes ces qualités qui lui permirent d'engendrer des héros, et d'avoir un rayonnement aussi important autour d'elle. Ce sont toutes ces qualités, toutes ces étapes franchies qui lui donnent autant d'importance, et qui font qu'aujourd'hui, pour nous humains, votre planète porte son nom.

Deomed fixa Mr Haley de ses yeux blancs, son corps obscur dissimulé dans la pénombre de la nuit intersidérale, ses veines bleues vibrant à travers son épiderme. Le capitaine avait du mal à comprendre les réactions de l'alien, souvent impassible, mais il s'y était habitué. Il avait appris à composer avec. Le temps était passé à bord du Sofiane, les mois avaient filé, et même si on ne pouvait pas tout comprendre, on pouvait cohabiter comme il faut.

— Je suis content que mes histoires vous plaisent autant, confia Mr Haley en contemplant l'espace. Enfin… les histoires de l'humanité.

— Elles m'enrichissent, répondit Deomed. Je pense que c'est le mot qui convient le mieux dans votre langue.

Puis son regard se tourna lui aussi vers le panorama vitré, la silhouette lointaine de Mars se dessinant sous la forme d'un point qui brille.

— Votre planète vous manque ? demanda Mr Haley, l'observant du coin de l'œil.

— Atrocement, répondit Deomed. Mais j'ai une mission à accomplir, un devoir suprême, et un grand nombre de choses à découvrir. Cela passe avant tout. Je sais que je retrouverai les miens, je le sais au fond de moi.

Son regard plongea encore plus intensément dans le vide intersidéral, alors que le ronronnement du vaisseau était le seul son perceptible.

— Et puis, ils sont bien là, quelque part. Par là, ou par là. On s'en éloigne un peu plus chaque seconde, mais ce n'est pas si loin…

Soupirant, Mr Haley se leva.

— Vous savez, Deomed, chez nous vous serez accueilli comme il se doit. Tout le monde vous attend. Et ici, vous êtes mon ami. C'est déjà ça, pas vrai ?

Mr Haley tendit sa main, et Deomed la serra sans hésiter de ses trois doigts longilignes. Mr Haley partit se coucher, et les jours passèrent comme des nuits, inlassablement, car dans l'espace le noir est si total qu'il n'y a aucune différence entre l'un et l'autre.

Quelques semaines plus tard, le Sofiane entrait en orbite terrestre. C'était la dernière étape avant la descente. Deomed se posta à la fenêtre principale pour contempler cette fameuse boule bleue à propos de laquelle tout le monde, à bord du vaisseau, s'extasiait. C'est vrai qu'elle était bien différente des vapeurs de soufre ioniennes, des cratères, des incessantes coulées de lave. Ce monde-là semblait frais, aéré, regorgeant de vie. Posant ses trois doigts sur la paroi vitrée de la salle commune, il réfléchit quelques instants à son avenir. Il ne savait pas ce qu'il trouverait sur la Terre, il n'avait pas de certitudes quant à la façon dont on l'accueillerait. C'était une grande étape pour la survie et le progrès de son peuple qui était sur le point de se produire. Et Deomed était prêt.

— Vous êtes prêt, Deomed ?

L'extraterrestre se retourna. Tout l'équipage se tenait debout derrière lui, à l'exception de Mrs Haley, à son poste dans la cabine de pilotage.

— Dans quelques minutes, nous larguerons les modules de service, et nous lancerons la procédure d'entrée dans l'atmosphère terrestre. Le reste se fera automatiquement, tout devrait bien se passer. Nous avons été ravis de vous avoir à bord pendant ces longs mois de voyage, Deomed.

Tunes s'avança pour lui faire un câlin.

Le Sofiane, amputé d'une bonne partie de son attirail, enclencha la procédure de désorbitation. C'était l'heure de l'atterrissage.

À l'intérieur du vaisseau, maintenant aussi réduit qu'une capsule de descente de l'ISS, tout le monde avait attaché sa ceinture de sécurité, qui formait un X sur le torse. Mr Haley avait installé Deomed dans un fauteuil similaire aux leurs mais ses jambes dépassaient trop, alors ils avaient dû bricoler un ottoman de fortune avec des morceaux de lits qu'ils avaient vissé dans la carlingue au dernier moment.

— Vous verrez, la descente peut être très rude, indiqua Mr Haley. C'est probablement le moment le plus dur pour nous, nos corps passent par différentes étapes et subissent une énorme pression.

Deomed le regarda sans répondre. Mr Haley se gratta la barbe d'un air à la fois pensif et soucieux.

— J'ignore totalement les effets que cela va avoir sur vous, Deomed. Vu votre petit voyage hors du vaisseau pour sauver Mr Tunes, je dirais que les changements de pression vous affectent moins que nous autres humains. Mais sachez que la manière dont vous êtes installé est la plus sécurisée que nous puissions produire.

— Je vous remercie pour ces précautions, Mr Haley.

Mr Haley s'en alla prendre place, et Mrs Haley ralentit la vitesse. Déviant subitement de l'orbite terrestre, le Sofiane fut happé par l'attraction gravitationnelle de la Terre, et commença à descendre. Au bout de quelques secondes il perça la première couche de l'atmosphère à plus de 20 000 km/h et s'empressa de filer vers le sol. Les murs du Sofiane, qui étaient pourtant une technologie dernier cri, se mirent à trembler dans un bruit métallique inquiétant, comme si l'équipage n'était finalement qu'en train de chuter dans une vieille cabane en tôle. Les astronautes étaient collés à leur siège, attendant patiemment la suite, espérant que tout se passe bien. Chauffée par la friction de l'air, la paroi extérieure fut en un éclair recouverte d'un plasma incandescent, brûlant à plus de 1000 degrés. Deomed observa ce spectacle avec fascination. Une alarme peu rassurante s'alluma, annonçant avec fureur la coupure temporaire des communications, à cause de la chaleur trop importante qui s'abattait sur la coque. Tout autour tremblait, l'air extérieur venait dégommer la carlingue en rugissant comme un démon vengeur.

Plus le vaisseau s'enfonçait dans l'atmosphère terrestre, plus la pression augmentait de manière surnaturelle et hostile pour le corps humain. Les passagers, incapables de prononcer un mot, avaient le dos collé à leur siège, le visage écrasé par cette force invisible qui semblait vouloir les réduire en miettes et leur briser le squelette. Mr Haley sanglotait. Certes, il avait enduré les simulations pendant les entraînements de la NASA, mais là c'était pire. Il n'avait jamais vécu un tel supplice. Deomed regardait ce spectacle avec curiosité et une pointe d'amusement. La pression, lui, il s'en foutait.

Cette mascarade dura quelques minutes, Sylvain Raclard s'évanouit, ceinturé jusqu'à l'os, les oreilles rouges comme brûlées vives. Ils peinaient à respirer. Puis, quand la vitesse eut réduit de manière suffisante, la première salve de parachutes se déploya, réduisant la vitesse à un peu moins de 800 km/h. Et enfin, quelques kilomètres plus bas, le parachute principal s'ouvrit automatiquement : une énorme toile affublée d'un dessin de petit homme vert. Celui-ci, large comme cent pastèques, ralentit drastiquement la vitesse et le coup de frein fut sensationnel, dernière épreuve pour la pauvre anatomie humaine. Les bras inanimés de Sylvain Raclard partirent en avant comme ceux d'un cadavre. Tout le monde fut secoué, une bonne fois pour toutes. Le processus de décélération était globalement terminé, le vaisseau prit une allure de croisière, et le paysage terrestre s'offrit aux yeux blancs de Deomed dans toute sa splendeur. En bas, si bas que jamais on ne semblerait les atteindre, s'étalaient les terres et océans majestueux derrière l'opacité des nuages. L'extraterrestre contempla avec contentement ces paysages nouveaux qui le changeaient grandement des plaines ioniennes.

— Tout le monde va bien ? demanda le capitaine Haley.

Sylvain Raclard était toujours inconscient, et Féru Johnson recracha une incisive ensanglantée qui s'était arrachée pendant la descente.

— Deomed ?

Deomed ne pouvait détacher son regard du petit hublot qui lui offrait un spectacle inédit.

— Cela va parfaitement, Mr Haley.

— Magnifique, hein ?

— En effet, ce paysage est saisissant.

Le Sofiane poursuivit sa trajectoire sans encombre pendant quelques minutes jusqu'au point d'atterrissage prévu : une plaine surveillée en plein milieu du désert du Nevada, à l'abri des regards. Mrs Haley toucha tout un tas de boutons incompréhensibles.

— Préparez-vous, contact dans 10 secondes.

Deomed pouvait apprécier le paysage terrestre se rapprocher, de larges plaques grises, vertes, oranges et désertiques, quelques éléments inconnus de lui qu'on lui avait décrits être de la végétation, les collines arides qui venaient crever la terre comme chez lui le faisaient les volcans. Le ciel d'un bleu si pur. Il comprenait pourquoi les humains l'adoraient tant. Cette diversité, cette vigueur…

— 9… 8… 7… 6…

Il se demandait ce qu'il adviendrait de cette rencontre, il espérait de tout cœur que la mission réussisse. C'était son devoir. Cet échange entre deux races reposait entre ses mains et celles de Mr Haley.

— 3… 2… 1…

Le vaisseau heurta le sol dans un grand fracas. Une vitre se brisa. Il fit quelques tonneaux dans le sable et la pierre, la poussière s'engouffra par ce trou imprévu, puis il finit par se stabiliser. Le silence désertique des plaines du Nevada les accueillit de son vent léger.

Ils étaient arrivés.

4
Entrée dans la zone 51

Quand Deomed posa le pied sur le sol sec et pierreux de la planète Terre, il fut surpris du climat relativement tempéré, car il s'était imaginé qu'il y faisait beaucoup plus chaud. Le ciel d'un bleu si clair n'avait rien à voir avec celui de Io, qui ressemblait à une nuit perpétuelle. Par un réflexe naturel, il ne pouvait s'empêcher, intérieurement, de comparer le moindre élément de décor avec ce qui se trouvait sur sa propre planète. Dans ce ciel clair il retrouvait, de manière éparse et ponctuelle, ce qu'il identifiait être des nuages, beaucoup moins imposants que ceux de chez lui. Les rayons du soleil, plus intenses, parcouraient son corps nu et chauffaient le noir si pur de sa peau. C'était agréable.

Mr Haley s'avança, ébloui par le soleil printanier du Nevada, tenant sa femme par la main. Sa planète lui avait sacrément manqué.

— Mais où sont-ils, tous ? demanda-t-il.

Le désert était rempli d'un grand silence. On distingua seulement au loin le cri d'un aigle, menaçant quelque musaraigne. Le vent léger secouait les virevoltants sur le sol caillouteux et la plaine qui s'offrait à eux, parcourue par endroits de monticules touffus et plus loin de grands pics, semblait figée pour toujours.

Soudain, Deomed entendit un bruit continu et naissant, semblable au crépitement d'un feu. L'équipage contourna les restes du Sofiane afin d'en trouver l'origine. De l'autre côté les attendait tout un comité d'accueil, une tripotée de militaires en uniforme avec des casquettes et de types du gouvernement ou de la NASA, la plupart en costard. Ils applaudissaient. Un long sourire s'inscrivit sur le visage de Mr Haley. Les applaudissements durèrent ainsi quelques instants, puis un grand homme aux cheveux gris cendré et lunettes de soleil, costume noir, cravate noire, s'avança vers eux avec un air satisfait.

— Mr Haley, toutes mes félicitations pour cette mission, c'est un véritable succès. Vous devez être Deomed.

L'homme serra la main de l'extraterrestre. Il s'agissait de Lyle Pouffier, un agent haut placé de la CIA, le genre de personne qui chapeautait ce genre d'affaires.

— Je suis très heureux d'être là, répondit Deomed d'une voix placide. Même si j'avoue que je pensais que vous seriez bien plus nombreux.

Lyle Pouffier émit un petit rire sournois de décisionnaire de l'ombre.

— Pour votre sécurité, et le bon déroulement de la mission, nous ne pouvions pas nous permettre de rendre publique votre venue, il nous fallait au moins attendre l'atterrissage. Et puis, bien que j'aie toute confiance en notre cher capitaine Haley, pardonnez-moi Deomed mais on ne vous connaît pas encore. Il y a toute une série d'étapes avant que l'on puisse vous présenter au monde.

— Je vois, répondit Deomed sans plus se prononcer.

Lyle Pouffier jeta un œil au petit groupe.

— Tout le monde va bien ? Où est le dernier type ? Il est mort ?

— Évanoui, répondit Mr Haley. Vous le trouverez sain et sauf encore à bord.

— Bien, excellent. Excellent. Mr Haley, je vous souhaite un bon retour chez vous ! Et je sais que le retour sera encore meilleur quand vous consulterez votre compte en banque lundi matin.

Deomed ne comprenait pas ce que cela voulait dire, mais il remarqua un sourire étrange qu'il n'avait jamais lu sur le visage de son ami. Celui-ci semblait changer à mesure que le temps passait sur Terre. Peu à peu, il devenait un autre Mr Haley, différent de celui que Deomed avait appris à connaître dans l'espace, et la transformation était rapide. Mais Deomed était un être pragmatique. Il savait que les êtres humains étaient changeants et tentés par les extrêmes. Il cessa de prêter attention aux humeurs de Mr Haley afin de se concentrer sur la mission.

— Je vais vous laisser entre les mains du colonel Kentrell Dicks, poursuivit Lyle Pouffier. C'est lui l'intermédiaire. Il vous conduira dans les quartiers sécurisés de la zone 51. Vous ferez faire un petit tour à notre invité, histoire de lui montrer un peu nos précédentes découvertes, même si rien, oh non, rien ne l'égalera. Et puis, enfin, vous pourrez vous reposer. Bienvenue chez vous.

Le fameux colonel Kentrell Dicks, un homme bourru d'une cinquantaine d'années, chauve comme le cul d'un nourrisson, les invita à monter à bord de différents véhicules. L'équipage se sépara. Pour Deomed, on avait tout prévu : il monta à l'arrière d'un énorme camion militaire : il ne serait jamais rentré dans une voiture. Les Haley montèrent avec lui, ainsi qu'un petit groupe d'hommes armés, et le véhicule démarra. Ils roulèrent sur la route cahoteuse pendant quelques minutes.

— Où allons-nous, maintenant, Mr Haley ?

Celui-ci se gratta la barbe comme il en avait l'habitude, cherchant les mots convenables pour expliquer à Deomed.

— Nous allons… dans un lieu dont les activités sont tenues secrètes, et qui ont un rapport ténu avec l'exploration spatiale et la découverte d'autres civilisations, en dehors de la Terre. Tout ce qui s'y passe est occulté aux yeux de la population. Voyez-vous, personne ne sait encore que vous existez, ici, et personne ne sait, d'ailleurs, qu'une quelconque forme de vie existe en dehors du peuple terrien. Ce lieu est le point névralgique regroupant toutes nos connaissances à ce sujet. Il est tellement secret que moi-même, pourtant à la tête de cet équipage, je n'y ai jamais mis les pieds. Je ne peux donc pas vous dire ce qu'on trouvera à l'intérieur.

La route imparfaite secouait le camion militaire, et de nombreux rebonds venaient saccader le discours déjà décousu de Mr Haley.

— Pourquoi votre peuple ignore mon existence, et celle de toute forme de vie dans l'univers ? questionna Deomed. A-t-il peur ?

Lui et Mr Haley se faisaient face, chacun sur sa banquette. Mrs Haley se tenait à côté de son époux et ne disait rien, le regard perdu dans le vide. Elle semblait épuisée.

— L'être humain, par nature, a peur de l'inconnu. Mais par-dessus tout, il a peur d'être colonisé, vaincu, exterminé. L'être humain a peur d'être dominé par l'étranger, par ce qu'il ne comprend pas. C'est pour cela que nous devons prendre des précautions, et introduire votre existence d'une manière intelligente et subtile. Montrer que vos intentions sont bonnes.

— Et comment allons-nous nous y prendre ? Je suis curieux de savoir.

— Moi aussi, mais ce n'est pas de mon ressort. Mon job était de venir vous chercher sur Io, et de vous ramener ici sain et sauf. Mission accomplie ! Mais ne vous inquiétez pas, pour le reste, vous serez entre de bonnes mains.

Et sur ces mots, les yeux de Mr Haley semblèrent se perdre dans de profondes rêveries, que Deomed mit sur le compte d'une intense fatigue.

Le cortège arriva dans un gigantesque parking couvert baptisé hangar 18, où des dizaines de véhicules militaires étaient garés. La sécurité avait naturellement été renforcée pour accueillir l'alien. Le colonel Kentrell Dicks les invita à descendre.

— Cher Monsieur, dit-il à Deomed, ne soyez pas étonné si les gens vous scrutent, tout le monde ici est très pressé de vous rencontrer, ou même simplement de vous voir.

— Je comprends bien cela, répondit Deomed.

— Il parle ! murmura le colonel Dicks dans un éclat de rire condescendant. C'est incroyable ! Suivez-moi !

Féru Johnson et Tunes les rejoignirent, et l'équipage suivit le sergent à travers ce grand parking intérieur à l'apparence tout à fait neutre. Tout le personnel, des hommes en chemise, des militaires, des mécaniciens, s'était arrêté de travailler et les observait.

Ils passèrent dans différentes salles relativement banales. Partout les gens se retournaient, arrêtaient immédiatement leurs activités pour regarder passer l'étranger. À chaque porte, Deomed était obligé de se baisser tant il était grand. Les Haley demeuraient silencieux. Deomed marchait placidement, tentant de se faire au rythme lent et saccadé des êtres humains, progressant nonchalamment dans ce lieu si mystérieux qu'est la zone 51.

— Je vais vous montrer le secteur qui vous concerne, cher monsieur, dit le colonel Dicks à l'adresse de Deomed. Et puis, exceptionnellement, le reste de l'équipage pourra également rentrer dans ces quartiers ultra-confidentiels. Cela doit faire au moins 15 ans que des civils ne sont pas rentrés là-dedans. Vous allez voir, la zone 51 a un petit cadeau pour vous.

— Raclard va être dégoûté d'avoir raté ça, s'esclaffa Féru Johnson en donnant une tape sur l'épaule de Tunes.

Ayant marché quelques minutes à travers de longs couloirs tous pareils, descendu des escaliers de secours bétonnés éclairés par une lumière blanchâtre, les six personnes s'arrêtèrent au bout d'un couloir, devant une grande porte impersonnelle, au-dessus de laquelle il était écrit S-4.

— Ceci, messieurs dames, est la section la plus secrète, la moins accessible, la plus mystérieuse de toute la zone 51, et par extension, du monde entier.

Il savait vendre son truc.

— Quand est-ce que je rencontrerai les vôtres ? demanda Deomed. Votre peuple ? Les civils ? Quand est-ce que nos cultures pourront être confrontées, comparées, et que je pourrai échanger avec les éminents de ce monde sur divers sujets afin de nous enrichir mutuellement ?

Le colonel Kentrell Dicks se retourna et leva la tête afin de fixer le regard de l'alien.

— Hop hop hop, cher monsieur, vous allez trop vite en besogne ! Avant cela, nous avons beaucoup à faire. Vous ne connaissez pas la race humaine, pas encore. Nous devons faire attention. Pour l'instant, personne ne sait que vous êtes là. Nous devons d'abord réaliser toute une série de tests afin d'être sûrs que vous n'êtes pas physiologiquement dangereux pour nous, et que nous ne le sommes pas pour vous.

Le colonel Dicks jeta un œil au reste de l'équipage et sembla réfléchir.

— Nous devons mandater nos meilleurs physiciens, nos linguistes, nos sociologues, afin de mieux vous comprendre. Et seulement après, tout ce grand processus dont vous parlez aura enfin lieu. Soyez rassuré.

Il se retourna vers les membres de l'équipage et leur tendit à chacun une petite carte métallique, sur laquelle étaient inscrites leur coordonnées.

— Messieurs dames, j'ai le plaisir de vous transmettre à chacun votre accréditation pour entrer officiellement dans toutes les sections de la zone 51. Nous avons décidé de vous accorder cet honneur à la suite des services inédits et déterminants que vous avez rendus à votre pays. Votre découverte et votre voyage sont au cœur de nos recherches ici, ainsi l'accréditation vous revient de droit. Notez qu'elle peut vous être retirée à n'importe quel moment et sans aucun préavis. Ne me remerciez pas.

Puis, le colonel Dicks se retourna, sortit sa propre accréditation et tapa un code à 8 chiffres avec sa rigueur militaire. La porte s'ouvrit sans un bruit, dévoilant les merveilles et les atrocités qu'elle dissimulait depuis près d'un siècle.

5
A. A. Room

La section S-4 était une vaste salle, à laquelle s'étaient accolées d'autres salles au fil du temps et de l'amoncellement secret des différentes découvertes. C'était ici que l'on cachait et que l'on étudiait tout ce qui s'avérait, ou que l'on soupçonnait fortement, être des débris et des restes n'appartenant pas à ce qu'on peut trouver sur Terre. C'est également ici qu'avaient lieu les meetings les plus secrets, et qu'étaient prises les décisions les plus importantes concernant les objets volants non identifiés. Au cours des soixante dernières années, de nombreux projets avaient été lancés, certains à la demande du gouvernement ou de la CIA, et absolument tout terminait son chemin dans la pénombre et la froideur de la section S-4.

— Tout ce qui a arpenté le sol ou le ciel terrien, et que nous avons pu récupérer, c'est ici que ça se trouve, décrivit le colonel Dicks. Je n'ai pas besoin de vous préciser de quoi il s'agit.

En effet, il n'avait pas besoin. Subjugués, Mrs Haley, son mari, Féru Johnson et Tunes regardaient autour d'eux bouche bée. Ils ne disaient rien. L'heure était au silence, il fallait fermer sa gueule et observer.

Des gardes armés surveillaient les différentes pièces, postés un peu partout. Le petit groupe s'avança, longeant des allées remplies de curiosités, des tables sur lesquelles étaient disposés des objets inconnus, des étagères sur lesquelles prenaient la poussière différents rapports soigneusement rangés, une lecture des plus confidentielles : le projet Blue Book, le rapport Condon, le cas McKinnon, le témoignage Grusch/2023, le projet Aquatone et les premiers cas d'UFOs, le projet Grudge, le dossier des enquêtes de la Red Team, ainsi que d'autres dossiers top secrets, que Mr Haley s'autorisa à observer du coin de l'œil. Il se doutait que tout ce qui était ici avait volontairement été laissé à leur portée. Ils avaient le droit de regarder. L'un des dossiers, très compact, bien fourni, attira son attention et il y laissa son regard un peu plus longtemps. Il s'intitulait Top

Secret - MAJIC eyes only. Il se rappela ce que signifiait "MAJIC", ou plutôt Majestic 12, un groupe ultra-secret d'éminents américains chargés de constituer un rapport sur les OVNIS.

Ils passèrent devant un petit socle au-dessus duquel étaient en lévitation deux petites sphérules métalliques, probablement maintenues par un champ magnétique. Sur le socle était inscrit : IM1, to be determined. Visiblement, la recherche effectuée ici avait ses limites : on ignorait de quoi il s'agissait. Un peu plus loin, en dessous d'un dôme en verre, se trouvaient des restes et débris de ce qui semblait être un vaisseau spatial, en forme de soucoupe, vraisemblablement d'origine incertaine. Sur une petite plaquette était inscrit : Roswell, 1947, to be determined.

— Je pense que tout le monde a entendu parler de ça, fit remarquer le colonel. Rien à voir avec notre visiteur ici présent, celui-ci provenait probablement de l'extérieur du système solaire, d'une étoile qu'on appelle Zeta Reticuli. Son conducteur n'a jamais été retrouvé après le crash. Évaporé. Il est peut-être encore quelque part, là dehors.

Ils marchèrent encore, suivant le colonel Dicks, qui semblait se diriger vers un but précis.

Ils s'arrêtèrent une nouvelle fois devant quelque chose de bien plus glauque et plus frappant. Dans un bocal en verre d'environ un mètre 50 de haut et 40 centimètres de large, une créature était conservée dans un liquide transparent. Peau grise, grands yeux ovales et noirs qui avaient viré au grisâtre, un petit corps, pas beaucoup plus grand que celui d'un enfant de trois ans, de longs doigts marsupiaux. L'alien était inanimé, visiblement là depuis longtemps.

— Nous l'avons retrouvé au Mexique en 2013, malheureusement déjà mort. Il était à bord d'un petit vaisseau dont il avait sûrement perdu le contrôle et qui s'était écrasé dans les collines mexicaines. Nous sommes intervenus rapidement, mais c'était trop tard pour le sauver. Nous avons essayé de déterminer d'où il pouvait bien venir, sans succès. Nos spécialistes y travaillent encore…

Puis, le colonel Dicks se retourna vers Deomed.

— Un de vos congénères ?

— Ai-je l'air d'appartenir à la même race que cet individu, colonel Dicks ?

Celui-ci parut se renfrogner. Les deux êtres étaient visiblement très différents, l'un faisant la taille d'un enfant, l'autre d'un basketteur, l'un présentait un teint pâli par le liquide dans lequel il trempait, l'autre était plus obscur que le charbon, le corps strié de ces inexplicables filaments bleus.

Cette méconnaissance de l'autre et ce manque de profondeur dans le raisonnement ne surprenaient pas Deomed, il avait bien compris que les humains pouvaient facilement s'y laisser tenter. Ce qu'il ne comprenait pas, en revanche, c'est qu'un homme à la tête de tels projets de découverte spatiale puisse confondre les mêmes sujets qu'il étudiait. Comme s'il lisait dans ses pensées, le colonel Dicks ne tarda pas à lui apporter une réponse à ses questionnements intérieurs.

— Veuillez me pardonner pour cette méprise, cher monsieur. Voyez-vous, bien que je supervise les opérations ici et que je sois l'un des seuls hauts gradés de l'armée à connaître l'existence de ce qu'il s'y passe, je fais principalement office de liaison entre les différentes parties : la NASA, le gouvernement, et les équipes de la zone 51. Je n'étudie pas moi-même les objets et les sujets que l'on peut trouver au fil du temps. Je suis bien trop occupé.

Ils débouchèrent dans une grande pièce similaire à la précédente, où s'affairaient de nombreux scientifiques, ingénieurs et techniciens, en chemise ou en blouse blanche. Deomed était extrêmement sombre dans cette pièce uniquement éclairée d'halogènes et de lumières blanches de travail. On aurait dit, parfois, qu'il allait finir par disparaître au milieu des ombres.

— Nos techniciens doivent être très précautionneux, déclara le colonel Dicks.

Ils s'arrêtèrent devant un petit établi sur lequel étaient en train de travailler deux hommes avec des lunettes de protection. Ils semblaient démonter progressivement et méticuleusement un fragment de vaisseau alien. Religieusement, chaque pièce extraite de l'objet était posée sur une plaque en métal, numérotée et annotée.

— Ce sur quoi l'on travaille ici, dit le colonel Dicks en se retournant vers ses invités et en prenant une allure de guide de musée, nous est parfaitement inconnu. Ainsi, le moindre objet peut s'avérer fragile, ou pire, dangereux. Les gens qui travaillent ici sont habitués, regardez-les s'affairer. Ils opèrent comme des archéologues, prenant en compte qu'à tout moment les fossiles sur lesquels ils travaillent peuvent exploser ou leur larguer de l'acide corrosif sur le visage.

Un des techniciens se retourna sans le vouloir et fut surpris par la présence de l'alien. Le colonel Dicks lui fit signe de poursuivre son travail.

— D'ailleurs, ils opéreront de la même manière lorsqu'ils analyseront ça, si vous voulez bien, à un moment de votre séjour qui vous semble opportun, nous le confier, déclara le colonel Dicks.

Il désignait ainsi le petit bagage de Deomed, pas plus grand qu'un sac à main, fait d'une matière inconnue de l'œil et de la connaissance humains. L'extraterrestre le gardait soigneusement à ses côtés. Il hésitait. Depuis le début, le bagage et son contenu semblaient lui être très précieux, lui servant principalement à s'alimenter.

— Bien sûr, répondit Deomed au bout d'un moment. Je vous aiderai à en comprendre les mécanismes et le contenu, ainsi que la composition moléculaire.

Satisfait, le colonel leur fit signe d'avancer, et ils se retrouvèrent enfin devant la porte close de la dernière pièce de toute la section S-4 : une porte à battants sur laquelle était écrit en rouge The A.A. Room. Le colonel Dicks porta à Mr Haley, silencieux, un regard sombre.

— Cette pièce-là… est un peu particulière. C'est la pièce la plus secrète de la section la plus secrète de la base la plus secrète des Etats-Unis d'Amérique. Habituellement, elle nous sert très peu. Vous allez comprendre.

Ils pénétrèrent dans un petit couloir dans lequel s'affairaient des militaires armés, ainsi qu'un homme en blouse blanche au pantalon trop large. Celui-ci les rejoignit devant l'entrée. Ses petits yeux fuyants, son air lugubre et fatigué, ses cheveux sales, traduisaient une nature peu exaltante.

— Je vous présente Arnaldur, notre chirurgien biologiste. Arnaldur travaille ici depuis près de 30 ans, maintenant.

Arnaldur était un homme fin et ratatiné, son visage était cerné et ses dents espacées comme des tombes. Il les salua brièvement. Il semblait hâtif de se mettre au travail, travail dans lequel sa personnalité, son caractère, sa volonté, sa vie entière s'étaient fondus au fil des décennies.

— Arnaldur va nous montrer la salle de discussion où nous allons pouvoir tenter de mieux vous comprendre, Deomed. Vous y serez très bien.

Comme à son habitude, le colonel Dicks fit un signe de la main au scientifique, et celui-ci se mit à parcourir le couloir obscur, suivi de la petite troupe. Ils passèrent devant un caméscope posé sur un trépied, probablement destiné à enregistrer les conversations inédites avec cet individu d'une race extraterrestre. La caméra était dirigée vers une vitre, et ils n'eurent pas le temps de voir ce qu'il y avait derrière. Au fond du sombre couloir, Arnaldur ouvrit une porte, la lumière blanche de la pièce leur gifla l'œil.

— C'est ici que nous allons converser, annonça le colonel Dicks. Allez-y, cher monsieur.

Et il fit un ultime signe de la main en direction de la pièce, catégorique et froid. Deomed demeura interdit. Personne ne bougeait. On ne pouvait pas voir ce qui se trouvait dans la fameuse pièce, seulement cette lumière aveuglante et un carrelage blanc sale. À mesure qu'ils s'étaient avancés à travers ce long couloir, l'agitation s'était atténuée, si bien qu'à présent, il n'y avait pas d'autre bruit que le grésillement des néons collés au plafond.

— Vous ne venez pas à l'intérieur de la pièce ? demanda Deomed.

Sa voix se perdit dans le silence étouffé du couloir, comme s'il n'y avait pas d'écho possible.

— Si, nous venons juste après vous. Entrez, je vous en prie.

L'alien, immobile, la tête touchant presque le plafond, continua de fixer l'intérieur de la pièce sans faire le moindre mouvement, tenant toujours sa petite valise. Tunes et Féru Johnson se regardèrent d'un air inquiet, Mrs Haley gardait les yeux au sol. Quelque chose clochait, et Deomed le savait.

— Si cela ne vous ennuie pas, colonel Dicks, je préférerais rentrer dans la pièce après vous, comme nous l'avons fait pour chacune des pièces précédentes. Cela me paraît être une obligation de politesse que je vous dois.

— Rentrez dans la pièce, je vous en prie.

C'est là que tout bascula. Le colonel Dicks, perdant rapidement patience, jeta un œil derrière eux, et trois militaires s'emparèrent de l'extraterrestre, tentant de le mettre au sol. Celui-ci bougea à peine.

— Tentez-vous de me contraindre par la force à rentrer dans la pièce, colonel Dicks ?

— Il faut que vous rentriez. Cela sera beaucoup plus simple si vous le faites de votre propre volonté.

Le colonel Dicks, avide de contrôle et bouillant d'autorité, n'était pas un homme qui tolérait le non. D'autres militaires vinrent prêter main forte à leurs collègues afin de renverser l'étranger. Celui-ci se débattait sans faire de mal, souhaitant simplement qu'on le lâche. L'un des hommes lui assena un coup de matraque dans la jambe et Deomed tomba à genoux sans émettre le moindre bruit. Ses yeux d'un blanc pur demeuraient placides, comme à l'accoutumée. Un autre homme l'agrippa au cou, tentant de le renverser. Voyant qu'il n'y parvenait pas, il lui donna un grand coup derrière la tête, et l'alien s'écroula sans protester. Mrs Haley sursauta. Les yeux du pauvre extraterrestre firent face à ceux de Mr Haley, debout dans un coin de la pièce.

— Mr Haley, que se passe-t-il ?

Mrs Haley, Tunes et Féru Johnson détournaient le regard, mais James Haley, le capitaine de l'expédition, le confident, le responsable, ne pouvait s'empêcher de faire face à la terrible réalité à laquelle il se préparait depuis des mois et pour laquelle il avait œuvré en pleine conscience. Depuis le début, il savait très bien comment cette histoire se terminerait. Visiblement incapable de se relever, l'alien tentait tant bien que mal de repousser ses agresseurs avec ses longs membres. S'il ressentait de la douleur, elle était profondément silencieuse, tristement muette. Son crâne obscur, habité par des émotions inconnues, heurta le sol glacé de la A. A. Room.

— Mr Haley…

Un des hommes lui donna un violent coup de pied dans ce qui devait être son ventre. L'alien cessa ses mouvements de protestation.

— Vous êtes obligés de le frapper comme ça ? intervint faiblement Mr Haley.

— Cela serait beaucoup plus simple s'il n'essayait pas de lutter et s'il coopérait directement. Nous ne pouvons pas nous permettre qu'il utilise la force contre nous, répondit sévèrement le colonel Dicks.

Les hommes se mirent à plusieurs et empoignèrent les membres de l'extraterrestre, puis ils le traînèrent sur le sol et le déposèrent quelques mètres plus loin, sur le carrelage glacial de ce qui semblait être une salle d'opérations.

— Vous savez très bien que c'était la seule solution, dit le colonel Dicks en tapotant l'épaule de Mr Haley, puis à l'adresse de ses hommes : prenez son objet !

Ils se mirent à trois pour tirer vers eux le bagage de Deomed, mais celui-ci ne voulait pas lâcher prise, alors une fois de plus ils durent le battre. Le cuir durci de leurs bottes percuta à plusieurs reprises cette chair inconnue. Puis, quand ils eurent extirpé l'objet, ils se retirèrent, laissant le corps gisant, le visage à terre tourné vers eux. Arnaldur s'y précipita et se pencha sur l'extraterrestre affaibli afin de lui administrer un anesthésiant. On ne voulait surtout pas qu'il s'échappe.

Les yeux blancs de Deomed plongèrent dans ceux, honteux, du capitaine du Sofiane.

— Est-ce là ce que ferait un ami, Mr Haley ? demanda-t-il. Je pensais sincèrement que vous l'étiez. Je ne pensais pas que vous me trahiriez pour quelques...

La porte se referma d'un mouvement brutal. Les employés avaient peur qu'il se relève et qu'il les massacre. On ignorait totalement l'étendue de ses capacités. Ils se retrouvèrent tous quelques mètres plus loin, devant la vitre où se situait le caméscope et purent observer la pièce dans son entièreté. Avec ses établis, ses instruments, son lit métallique, ses tubes de désinfectant, son tuyau d'arrosage et puis son atmosphère frigide. Mr Haley avait déjà vu ça, à l'époque, ce sinistre décor, dans des vidéos relayées par de sordides théories du complot. Oui, ça avait bien fait parler.

C'était une salle d'autopsie. C'était l'Alien Autopsy Room.

6
Expériences

La torture dura pendant des mois, sans interruption.

On raconte qu'il s'en était passé des atrocités, dans les couloirs de la section S-4, mais jamais de telles. C'était la première fois qu'on récupérait un sujet alien vivant, il fallait en profiter au maximum.

Pourquoi les autorités s'étaient-elles comportées ainsi ? Pourquoi ne pas avoir tenté d'initier le dialogue, et avoir tout de suite eu recours à la ruse et la force sans même qu'il y ait eu le moindre signe d'hostilité de la part de l'étranger ? En vérité, ce comportement peut s'expliquer assez facilement.

Le président Tronald Dump, porté et soutenu par des mouvements complotistes d'extrême droite, avait peur des extraterrestres. Il n'en connaissait pas l'existence avérée, mais la rumeur courait. Il ne pouvait savoir avec précision ce qui se trouvait dans la zone 51, comme tous les présidents avant lui, mais il se l'imaginait bien, et ça lui picotait les poils des couilles. L'esprit Dump était à l'exact opposé de l'envie de découverte, du partage de connaissances et de l'ouverture aux autres, cet esprit revendiqué par Mr Haley lors de son expédition intersidérale, et par les représentants ioniens. Mais ce n'était pas le petit capitaine Haley qui décidait, ce n'était pas non plus les extraterrestres : c'était la CIA et le président Tronald Dump. Ainsi, non seulement par peur mais aussi par sens des priorités, d'énormes coupes budgétaires avaient été faites dans ce secteur précis de la défense, pour être mieux répartis dans l'armement : s'il y avait des aliens, on ne voulait pas les trouver, et si c'était eux qui finissaient par nous trouver, on souhaitait les accueillir avec une puissance de feu satisfaisante.

Mais cela serait trop simpliste de dire que le président avait peur des petits hommes verts. Par dessus tout, ce dont il avait peur, c'était que les autorités de son propre pays, des puissances qui lui échappent, puissent œuvrer dans son dos et conspirer dans l'ombre. Ça, ça le faisait vraiment flipper. Il était convaincu que tous les autres présidents avant lui n'avaient été que des pantins, des marionnettes de l'état profond agitées par des figures indiscernables qui décidaient de tout.

Le colonel Dicks avait donc obéi aux ordres de son supérieur à la Défense, lui-même léchant les fesses des conseillers de Dump à la Maison-Blanche. On s'en branlait bien de savoir ce que l'alien pensait du temps qui passe, ou de sa conception de l'amour, et compagnie. On était pas là pour trier les lentilles : on avait des questions, et on voulait des réponses. Sa planète possédait-elle des ressources d'énergie utilisables ? Son peuple avait-il une quelconque puissance de feu qui pourrait leur nuire, ou des technologies ultra avancées ? Son corps, sa physiologie, pouvaient-ils nous en apprendre plus sur le nôtre et nous permettre de vivre plus longtemps ou de guérir du cancer ? Et surtout, étions-nous en danger, fallait-il rendre une nouvelle visite aux Ioniens pour leur faire comprendre qui était le patron ? Le docteur Arnaldur allait se charger d'obtenir toutes les réponses, il savait y faire.

Deomed fut ainsi interrogé et tiraillé sur absolument tous les sujets. Rapidement, on se rendit compte que sa planète n'était qu'un vaste cratère puant le soufre et la cendre, incapable d'accueillir la vie humaine ou de fournir une source d'énergie autre que celle d'un grand four à pizza. On apprit que le peuple ionien avait développé ses connaissances sur certains sujets, comme l'astronomie ou l'étude de la flore et de la géologie, mais pas du tout sur d'autres, comme l'économie, le transport et la défense. Les ioniens semblaient vivre sur leur caillou en regardant le temps qui passe, et rien de plus, pas même d'allocation d'actif dans des portefeuilles d'investissement ou de plan d'épargne, premiers indicateurs d'une société véritablement évoluée.

Arnaldur n'eut aucun mal à obtenir toutes ces réponses. Deomed était coopératif, égal à lui-même, il s'exprimait calmement et disait toute la vérité sans broncher, même sous la contrainte. Ligaturé dans le lit métallique de l'Alien Autopsy Room, il faisait peine à voir. Il leur raconta qui était le chef des Ioniens, Lar Firul, combien ils étaient : quelques milliers. Il raconta, parfois avec une nostalgie enfouie, les vastes plaines ioniennes, les grondements volcaniques, les nuages de soufre, les longues périodes de veille tous entassés dans les cavernes profondes.

Puis, on passa à la torture physique. Bien qu'elle puisse sembler totalement gratuite (elle l'était sans doute un peu), Arnaldur avait besoin de comprendre le fonctionnement de ce corps si particulier. D'où provenait donc cette noirceur épidermique, quels pouvaient être ces filaments luminescents, à quoi ressemblaient les intérieurs, et surtout, qu'est-ce qui permettait une telle adaptabilité au niveau des variations atmosphériques et climatiques ? Tant de questions, qui ne demandaient que quelques coups de scalpel…

La peau de Deomed était résistante, comme du pneu de tracteur, mais le chirurgien avait beaucoup d'outils, et beaucoup d'anesthésiants. Il passa des semaines à découper, inciser, planter ses petits couteaux dans les veines de l'étranger, qui se tortillait sur la plaque de métal, en proie à d'infâmes douleurs. Chaque fois que l'affreux médecin parvenait à extraire un élément intéressant du corps de l'alien : un tissu organique, un bout de "chair", il le déposait dans un petit tube à essai, et ça partait direct à l'analyse. Quand c'était trop dur, parce qu'il fallait rentrer dans l'os ou des matières inconnues, il utilisait une perceuse Parkside. Bien évidemment, rien de tout ce qui se passait ici ne quittait la section S-4, la plus secrète de tous les secrets, même si tout était consigné, pour des raisons scientifiques, dans la carte SD du caméscope. Et à mesure que les semaines passaient, alors que chaque jour les sévices infligés se répétaient, inlassablement, semblant ne jamais prendre fin, les filaments lumineux qui parcouraient le corps de l'extraterrestre s'assombrissaient, progressivement, menaçant de s'éteindre.

En même temps, la rumeur n'était répandue qu'il se passait des choses pas nettes dans la zone 51, encore moins nettes que d'habitude. Des bruits couraient, et ils couraient vite. On racontait que le gouvernement entraînait des aliens à devenir de super-soldats, indestructibles, afin d'envahir la Chine. Les tensions géopolitiques étaient plus intenses que jamais. Le mystère et le secret de la zone 51 gagna en popularité et prit, en quelques mois, une ampleur mondiale. On en parlait partout : sur Reddit, dans les administrations, les aéroports, les réseaux complotistes, et dans les couloirs de la Maison-Blanche. Encouragé par le mouvement conspirationniste QAnon, nourri d'idées d'extrême droite, de complots en tous genres, et d'un sentiment malsain qu'on nous cachait quelque chose, le président Dump voulut des réponses, et vite. Le secrétaire de la Défense parvint à le berner avec une conférence de presse bidon impliquant des hauts placés de la CIA, chargés de nier les accusations et de rassurer l'opinion, mais il ne pourrait pas retenir bien longtemps la fougue du président, qui avait gagné en puissance grâce à sa popularité sur les réseaux sociaux et dans les manifs. Arnaldur devait faire vite, et clore le dossier Io, une bonne fois pour toutes.

Les tortures s'intensifièrent, et le cauchemar de Deomed se poursuivit. Les sévices qu'il endurait laisseraient pour toujours des cicatrices, en dehors comme en dedans, il le savait bien. Mais il luttait pour rester en vie car la mission n'était pas terminée.

Jamais, durant ces mois d'abominations, jamais, il ne quitta la salle d'autopsie. Le fil de sa vie s'était noué, il avait pris la forme d'une souffrance perpétuelle.

7
They can't stop us all

Mr Haley baignait dans une grande flaque de honte, un trou béant de culpabilité.

Depuis qu'il était rentré chez lui dans son quartier chic pavillonnaire de Las Vegas, avec sa tendre épouse, il faut dire qu'il avait pris quelques kilos : des kilos de bière, principalement. Le couple Haley bénéficiait d'un repos vacancier d'un an, pour bons et loyaux services rendus à la nation, et Mr Haley utilisait ce temps à se morfondre, dormir et boire des bières européennes dans le jardin.

Mrs Haley l'observait avec pitié. En temps normal, elle admirait beaucoup son mari, mais cela faisait plusieurs fois qu'il la décevait, par son comportement lâche et infantile. Mrs Haley n'avait jamais été d'accord pour trahir le sujet Deomed, en fait, elle n'avait jamais été au courant que cela faisait partie du plan, seul Mr Haley le savait. Il avait dû révéler la vérité à son équipage à mi-chemin, elle avait été forcée d'accepter cette réalité et s'était sentie prisonnière à bord jusqu'à la fin. C'est pour cela qu'elle avait été si hostile envers l'extraterrestre : elle ne pouvait décemment s'attacher à quelqu'un qu'elle allait inévitablement finir par trahir. Mais le travail était le travail, la mission était un secret d'état, et chacun avait dû faire ce qu'il avait à faire. C'était terminé.

Il fallait maintenant vivre avec cela sur la conscience, pourtant Mr Haley ne semblait pas y parvenir. Jour et nuit, il ne cessait de ressasser l'infâme chemin qu'il avait été contraint d'emprunter. Il se résumait intérieurement le parcours, la somme de toutes ces mauvaises actions. Aller chercher un individu sur son propre sol, le convaincre d'embarquer grâce à la manipulation et à des faux-semblants, lui mentir tout au long du voyage, et pire que ça, sympathiser avec lui, lui faire croire à une amitié naissante tout en sachant très bien le sort qu'on lui réserve. Mr Haley tentait de faire disparaître la culpabilité en la noyant dans l'alcool et l'ennui. Il avait même commencé à s'automutiler.

Parallèlement, un étrange et comique mouvement avait pris forme sur Internet, quelque chose d'inédit et de sensationnel. Tout était parti d'un événement Facebook à tendance humoristique, et ça avait pris des proportions gigantesques : on avait pour projet d'envahir la zone 51. Ce lieu empli de légendes et de mystères, ce secret bien gardé des services secrets, protégé par une milice armée, par les satellites de Google qui mettaient des œillères, par le cadastre du comté de Lincoln. Cet endroit représentait tout ce que nous cachait le gouvernement, tous les secrets qu'il n'osait pas divulguer ou pire, qu'il créait de toutes pièces à partir de choses inconnues et provenant de très loin. On allait s'infiltrer par la force et par le nombre. On allait découvrir la vérité.

Au début, la CIA et la Sécurité Nationale avaient été légèrement inquiets de cette annonce. Ils craignaient des débordements et de la mauvaise presse. Mais, au fil des jours, on s'était rendu compte qu'il s'agissait d'une vaste blague, d'un simple mème qui avait pris trop d'ampleur. C'était des LOL, quoi. Les gens n'allaient pas faire ça pour de vrai, ils manquaient d'initiative et de volonté. Ils disaient que les balles ne les stopperaient pas s'ils "couraient comme Naruto". C'était pas crédible.

Pourtant, la veille de l'événement, on avait signalé un fort trafic aux alentours de Rachel, la ville la plus proche de la zone 51. Les hôtels étaient complets, les routes étaient saturées. Et quand vint le jour J, un peu partout dans le désert, autour de la zone interdite, des taches sombres apparurent : des tentes par centaines, puis par milliers, des camping-cars, des pick-ups. On aperçut même un bus, qui vint se garer non loin de la guérite d'entrée sur la Groom Lake Road. Au début, les agents de surveillance de la zone 51 avaient gentiment demandé aux quelques pèlerins de dégager, mais comme le nombre avait largement crût, on avait laissé tombé. Les services de sécurité étaient le cul entre deux chaises : laisser tous ces idiots menacer la sécurité de la zone, ou appeler l'armée en renfort et risquer de foutre un sacré bordel, pire, d'avouer leur faiblesse. Certes, les agents de sécurité de la zone 51 étaient armés, parés pour se défendre face aux civils, mais c'est ça le problème avec la société américaine : même les civils sont armés.

Mr Haley regardait la télé avec incrédulité. La vaste blague s'était transformée en sérieuse menace. Des reporters, ravis de ce scoop un peu excentrique, allaient interroger les campeurs, dont certains étaient déguisés en Naruto et buvaient des canettes de Monster en préparant l'attaque de la zone. Postés en haut des collines, les patrouilleurs observaient le spectacle et parlaient dans leurs talkie-walkies.

— Tu dois y aller, James.

La voix ne provenait pas de la télé, mais bien de la réalité. La télécommande à la main, le cul vissé dans son fauteuil, Mr Haley se retourna, une mèche de cheveux sales lui tombant sur le visage. Mrs Haley le dévisageait, raide comme un piquet, debout dans le séjour.

— Je te demande pardon ?

— Tu dois y aller. Cette occasion ne se reproduira plus jamais. C'est le moment. Quelque chose va se produire, je le sens. Ils vont finir par rentrer.

— Mais… mais c'est impossible, Anne. Comment veux-tu que…

— Tu prends ta voiture et tu y vas. Tu as peut-être l'occasion de rectifier le tir. Sur Internet, ils disent qu'ils lanceront l'assaut à midi.

Elle s'approcha de lui.

— James, tu as peut-être une chance de réparer notre erreur.

Un journaliste, armé de son micro, interviewait un civil posté devant son camping-car, bob militaire et lunettes de soleil de moniteur de colo vissées sur le pif, la peau tannée par le soleil du Nevada.

— Que ferez-vous une fois à l'intérieur ?

— Ça dépend ce qu'on y trouve, répondit le civil.

— Comment réagirez-vous si vous tombez nez-à-nez avec un extraterrestre ?

— Oh, ben ça dépend de son comportement, au machin. S'il est sympa, je l'embarque avec moi. Sinon, s'il se montre hostile, c'est patate de forain direct.

— Et si jamais vous parvenez à rentrer et qu'il n'y a rien ? Seulement des bureaux, des salles de réunions, ce genre de choses ? Vous avez pensé à cette éventualité ?

— Je serais déçu, forcément. Mais si tu réfléchis deux minutes, tu sais bien qu'on nous ment. Y a pas que des bureaux, là-dedans…

À ce moment, les troupes de surveillances lancèrent des messages à travers leurs mégaphones, priant les intrus de bien vouloir quitter les lieux. Ils furent accueillis par des insultes et des jets de canettes de bière. L'homme interviewé sortit du champ de la caméra et on l'entendit crier des injures à l'adresse des autorités.

Peu étonnés, les patrouilleurs commencèrent à se replier en des points plus stratégiques. Les binômes en tenue militaire ou de shérif du comté remontaient dans les Range Rover et faisaient demi-tour, alors que les campeurs par milliers patientaient un peu partout autour de la guérite de surveillance de Groom Lake Road. Ils attendaient le coup d'envoi. Le désert, pour une fois, était bien rempli.

James Haley, parvenant à décrocher son regard de la télé, montra du doigt l'écran avec une expression de désarroi, se tourna vers sa femme.

— Tu n'es pas sérieuse…

— Pas sérieuse ? James, je ne parviens pas à me regarder dans la glace à cause de ce que nous avons fait ! De ce que tu as fait…

— Ce que j'ai fait ? s'écria Mr Haley en insistant sur le "j'ai".

Il se leva, il avait l'air menaçant mais en vérité il n'était habité que par une sourde haine de lui-même.

— Tu n'aurais jamais dû accepter cette mission, pas comme ça, pas de cette manière. Tu aurais dû m'en parler au moins.

La colère dans le regard de Mr Haley sembla s'estomper, et laisser place à une tristesse grave. Il baissa les yeux.

— C'est trop tard, maintenant. Regarde-moi cette mascarade.

— Justement ! Qui se douterait ! C'est le moment idéal, James, c'est le seul moment.

Voyant qu'il hésitait, que son regard penchait vers la télévision et l'armée d'américains qui s'éparpillait dans le désert, elle redoubla d'arguments :

— Si tu pars maintenant tu en as pour deux heures. L'assaut aura commencé. Ça sera la panique totale, tu pourras utiliser ton accréditation pour te frayer un passage.

— Je risque mon grade. Pire que ça, je risque ma vie.

Anne Haley ne répondit pas. Elle était à bout, et de toute manière elle savait qu'il avait déjà fait son choix. Elle lui tendit les clés. Il se leva et partit. Contact. Frein à main. Accélérateur, pas de rétroviseur. Mr Haley n'emprunta pas le chemin conventionnel qui menait aux villes environnantes de la zone 51. Trop touristiques, trop prévisibles, il devait faire vite. Alors au lieu de partir vers l'est pour remonter en direction de Rachel, le point de départ de l'événement Facebook, il prit vers l'ouest et remonta sur la Mercury Highway, depuis le nord de Las Vegas. Il roula vite. Peu à peu, les paysages se firent de plus en plus désertiques, et les véhicules de plus en plus rares. Il circulait sur des routes militaires. Il devait être prudent.

Sans encombres, il dévia de la route principale et s'engagea sur la Rainier Mesa Road, dont certaines portions étaient interdites aux civils. Une patrouille militaire l'arrêta au bout d'un moment pour le contrôler, il expliqua qui il était et prétexta une demande fédérale, son aide étant requise sur la zone car il était lié à l'affaire de départ. Le bobard fonctionna. Il poursuivit sa route et s'engagea enfin sur la Groom Lake Road par le sud.

Cette petite route, non indiquée, en excellent état car si peu fréquentée, aux pourtours caillouteux, sillonnait le désert directement jusqu'à la zone 51. Mr Haley la parcourut à toute vitesse. La Jeep laissait derrière elle des traînées de poussière grisâtres pareilles à la vapeur d'un réacteur d'avion. Le ciel silencieux, dépourvu de nuages, contemplait ce spectacle. Il devait être à peu près midi quand il atteignit la guérite d'avertissement. Il s'arrêta, coupa le moteur, descendit du véhicule et prêta l'oreille, tentant de comprendre où en était la situation. Le ciel blanchâtre illuminait ce paysage rocailleux et gris-vert, un peu partout des tentes et des véhicules en tout genre étaient installés, ballottés par le vent sec du Nevada. Les moins déterminés traînaient dans les fourrés et faisaient griller des saucisses à même le sol, tout près de la guérite. Avec ses cheveux sales dissimulés sous sa trucker cap et sa démarche balourde, Mr Haley s'approcha d'eux.

— Tu veux une saucisse, mon pote ? demanda l'un d'entre eux avec générosité.

Un léger vent donnait de la puissance au feu qui venait lécher les morceaux de viande avec avidité.

— Où ils sont tous les autres ? demanda Mr Haley. Qu'est-ce qu'il s'est passé ?

— L'assaut a déjà commencé, répondit le grilladin. Y a pas si longtemps que ça, peut-être vingt minutes. Les patrouilleurs se sont direct repliés mais il y a eu des affrontements en chemin. Nous, ici, on a décidé de rester. On est pas prêts à se faire zigouiller pour rentrer là-dedans tu sais, on voulait juste se détendre.

— Il y a eu du grabuge ?

— C'est la panique totale, répondit l'homme en retournant les saucisses, le chaos. Je pense qu'il y aura un tas de blessés, j'ai entendu des coups de feu. Là on entend plus rien parce que la zone est tapie à quelques kilomètres, derrière ces montagnes, et que le vent est dans le mauvais sens. Mais je suis sûr que ça canarde là-bas, des deux côtés.

Mr Haley se gratta la barbe, regarda partout autour de lui : les tentes vides, la végétation poussiéreuse secouée par le vent, le soleil enculeur posté à son zénith. En cette heure si particulière, il ne pouvait qu'improviser.

— Comment c'est, niveau sécurité ? Ils sont nombreux ?

— Pas assez, si tu veux mon avis. Tous les gardiens se sont repliés à l'intérieur de la zone, mais des voitures de flics sont arrivées par là. Ils sont infiniment moins nombreux que nous, monsieur. L'armée devrait pas tarder à rappliquer, c'est là que ça deviendra sérieux. Je sais pas pourquoi ils mettent autant de temps, ils ont dû être surpris. Ou alors, ils préfèrent arriver bien préparés, pour régler ça rapidement.

Sans prendre le temps de répondre, Mr Haley remonta dans sa voiture et démarra en trombe. Il dépassa la guérite, les panneaux d'avertissement qui prévenaient que les autorités avaient le droit d'utiliser l'arme létale pour protéger le lieu. Puis il s'engouffra plus profondément dans le désert et dans la Groom Lake Road. Le décor était spectaculaire. Il croisa des fuyards, des chevaux qui galopaient en liberté, échappés d'un ranch. Sur le bas côté, un véhicule de police avait été renversé et gisait, le capot fumant, le pare-brise gercé. Mr Haley passa devant à toute vitesse. Alors que le pic Tikaboo se dressait devant lui, espèce de roche oubliable frôlant les nuages, les bâtiments de la zone 51 s'offrirent à lui. Ils ne ressemblaient à rien de bien intéressant, comme on pouvait s'y attendre, finalement. Sur son chemin, il dépassa des quads encore allumés, un groupe de blessés, et même, un peu plus loin, un cadavre encore chaud.

Reconnaissant la route grâce à sa première visite, il se rendit directement dans le hangar 18. À l'intérieur, c'était le chaos. Partout les gens couraient, tous types de gens représentant brillamment la diversité du peuple américain. Le personnel de sécurité tirait à vue, les envahisseurs couraient dans tous les sens et Mr Haley essayait tant bien que mal de se frayer un chemin à travers les obstacles, les balles qui fusaient et rebondissaient sur les pare-chocs. Un type se baladait partout avec un sifflet anti-viol, rendant l'atmosphère encore plus bruyante, plus chaotique.

Rapidement, Mr Haley repéra la porte que lui et son équipe avaient franchi la dernière fois, accompagnés de Deomed, lorsqu'ils étaient venus le conduire directement dans son piège. Sans trop se poser de questions, il l'ouvrit et s'engouffra dans les locaux, puis continua de courir à travers les couloirs. Il fallait faire vite. L'armée était déjà en chemin, préparant l'assaut, ils allaient tous se faire descendre et ceux qui survivraient pourriraient pour des décennies dans une cellule de Guantanamo, incarcérés pour terrorisme et crime d'état. Voici les pensées qui traversèrent l'esprit de Mr Haley à mesure qu'il traversait les intérieurs de la zone 51, et que les tout-terrains militaires et les renforts de police traversaient le désert en direction du bâtiment assiégé.

Il se souvenait où était la section S-4, il n'avait qu'à courir assez vite et tout se passerait bien. Les mois passés à boire de la bière sur le canapé l'avaient ralenti, il n'avait plus sa forme olympique d'astronaute de l'an passé, et il le sentait. Pourtant, il ne s'arrêtait pas. Partout autour de lui le chaos se répandait, le même dans chaque pièce. On entendait des cris, des hurlements, des rafales d'automatiques aussi qui faisaient des trous dans les murs, et Mr Haley essayait de ne pas entendre ça, et en essayant il réussit, et il n'entendit plus que son souffle. Inspirer. Expirer. Haut. Bas. Plein. Vide. La seule chose qu'il devait faire, c'était courir pour atteindre son but.

Alors qu'il se rapprochait de la section S-4, reconnaissant les lieux, Mr Haley sortit son accréditation, confiée par le colonel Dicks, pour ne pas perdre de temps. Mais quelle ne fut pas sa surprise, lorsqu'il arriva devant la fameuse porte si sécurisée, celle qui dissimulait les merveilles et les horreurs de l'Amérique, et que celle-ci était complètement défoncée, et que ce qu'elle dissimulait ne l'était plus puisqu'on y voyait tout, et que les pillards étaient en train de tout y saccager.

— Mon dieu, parvint seulement à dire Mr Haley.

Sans plus attendre, il s'enfonça dans ce carnage, craignant pour la sûreté de son ami face à ces envahisseurs hostiles et brutaux. C'était un gigantesque bordel, plus chaotique encore que tout ce qu'il avait vu jusqu'à présent. Les civils étaient déchaînés. La plupart des membres du personnel de sécurité avaient été flingués, gisant dans divers coins de la pièce, les derniers survivants luttaient encore pour rester en vie. Un phénomène de masse s'était produit, malsain, sauvage, plongeant les civils dans une sorte de folie destructrice, un défouloir primitif, où tous laissaient libre cours à des pulsions douteuses.

L'invasion, qui n'était pas censée être violente au départ, était devenue un déferlement de barbarie. On aurait dit que certains avaient laissé leur cerveau chez eux avant de venir, et n'étaient plus que destruction. Ils tiraient, poussaient, cassaient, broyaient, arrachaient : toutes ces photos d'OVNIS, tous ces fragments d'objets extraterrestres, tous ces dossiers top secrets, tout ce travail de plus de soixante ans était en train de partir en fumée dans une rage grandissante. Les agents de sécurité, qu'ils soient militaires, employés de la zone, officiers du shérif, se faisaient massacrer, tant ils étaient en sous-nombre.

Mr Haley, à qui l'absence d'uniforme et la dégaine décadente permettaient un peu de répit, traversa tant bien que mal ce chaos sans nom, se dirigeant vers l'Alien Autopsy Room.

Il passa devant les vestiges des découvertes d'antan, les technologies et les matières inconnues, le spécimen d'alien dans son bocal, encore intact par miracle. Il repéra dans un coin l'objet incompréhensible qu'avait ramené Deomed, se dit qu'il en aurait probablement besoin et, sans s'arrêter, l'emporta avec lui, remarquant du coin de l'œil qu'il était labellisé "Élément 115". Avec son allure et l'objet alien qu'il tenait dans la main, il se fondait bien dans la masse. Et en courant, il pensait à tout ce qu'il avait accompli jusqu'ici, tout ce qu'il avait bâti au prix de grands efforts : sa carrière, sa réputation, son couple, sa situation. Tout ceci allait s'effondrer dès qu'on apprendrait ce qu'il avait fait. Il serait considéré comme un traître. Il irait en prison, probablement pour toute la vie, dans une prison secrète, et son nom disparaîtrait. Cette pensée le refroidit un petit peu et un léger doute s'insinua soudain en lui.

Puis, il repensa au long voyage dans l'espace, à sa rencontre du peuple ionien puis de leur messager, de celui qui avait été choisi pour les rejoindre. Il pensa à leurs conversations à bord du Sofiane, quand une amitié si jeune mais déjà si profonde s'était tissée, il pensa à l'instant où Deomed l'avait sauvé lors de l'ascension des Boösaule Montes, et à la fois où il avait sauvé Tunes lors de la tempête de vents cosmiques. Puis il se souvint des coups donnés sur sa tête, de l'affreux son que ces coups avaient produit, et surtout du regard que l'alien avait posé sur lui quand il avait compris. De ce qu'il avait dit.

Et puis merde, maintenant qu'il était là, il n'allait pas faire machine arrière. Il allait terminer le boulot, accomplir la mission qu'il s'était fixée, un point c'est tout. Qu'y avait-il d'autre à penser, après tout ? Pragmatique, fidèle à lui-même, habité de cette confiance éternelle en ses propres capacités qui lui avait été transmise dès l'enfance, Mr Haley repensa à ses parents lui répétant sans cesse qu'il était capable de tout faire. Il suffisait d'y croire, quitte à se bercer d'illusions de manière provisoire. C'est donc ce qu'il allait faire. Il sentit un regain d'espoir grandir en lui à mesure que son esprit éliminait virtuellement tous les obstacles. Tout ce qu'il fallait, c'était le retrouver, le sortir de là sans se faire chopper par la sécurité, puis l'emmener dans le désert sans croiser les convois de l'armée.

Oui, voilà. Rien que ça. Et en établissant tout ce plan quasi impossible à réaliser, il défonça la porte de l'Alien Autopsy Room.

8
L'extraction

Quand Mr Haley pénétra dans la salle d'autopsie, il fut frappé par l'odeur nauséabonde qui y régnait, et que les mots ne sauraient décrire. Mais le spectacle qu'il vit de ses yeux était encore plus effroyable.

L'extraterrestre, profondément meurtri, avait été détaché de son lit de métal. Vaguement, Mr Haley discerna les liens qui pendouillaient maintenant dans le vide, souillés par des mois de tortures et d'expériences en tout genre. Deomed avait été mis par terre et quatre individus étaient penchés autour de lui, le malmenant, lui posant tout un tas de questions, et lui distribuant des petites gifles arrogantes quand il ne répondait pas. On voulait savoir d'où il venait. Un agent de sécu gisait inconscient devant la porte. Arnaldur baignait quelques mètres plus loin dans une flaque de sang, son propre sang, qui s'écoulait lentement à travers la bouche d'évacuation de la pièce.

Mr Haley analysa la situation. Il savait qu'il devait agir vite. Il s'empara du flingue de l'agent de sécu, encore dans son étui, et le pointa vers le groupe d'intrus.

— Écartez-vous de lui ! Écartez-vous de lui, tout de suite !

Mr Haley n'avait jamais tiré sur quelqu'un, bien qu'il eut subi les entraînements de l'US Air Force Academy. Les assaillants lâchèrent le pauvre alien, et se relevèrent lentement. L'un d'eux tenait un petit Colt, probablement celui qui avait servi à flinguer Arnaldur. Deomed était couché à leurs pieds, incapable de se relever.

— Doucement, mon gars, t'es de quel côté ? demanda l'un d'entre eux.

— Dégagez d'ici, dit Mr Haley en prenant un ton menaçant.

Il avait très peur. L'homme armé, un grand Texan, n'hésiterait pas à faire feu, il l'avait déjà fait quelques minutes plus tôt. Tout pouvait déraper en un quart de seconde, se dit Mr Haley. Mais en fait, tout avait déjà dérapé depuis longtemps.

— Je crois que t'as pas bien compris comment ça marche ici, dit celui qui tenait le flingue.

Et ce faisant, il s'avança vers lui. Le temps fut comme ralenti. Mr Haley, sans détacher son regard du visage du Texan, aperçut dans son champ de vision le pistolet de l'ennemi qui se levait progressivement dans sa direction. Pas de temps à perdre. Il avait une longueur d'avance alors il tira. Il tira dans la tête avec une précision qui l'étonna. La détonation résonna dans la petite pièce carrelée et surprit tout le monde, mettant les tympans à rude épreuve. Le grand corps inanimé s'écroula en se fracassant le crâne sur le lit métallique de Deomed. Cela ne dura qu'une microseconde.

L'un d'entre eux, pris de panique, fit mine de s'avancer vers lui à son tour. Mr Haley tira à nouveau, cette fois dans le buste. L'homme s'effondra comme une mouche devant ses amis. Il tenta de se relever, mais ses jambes étaient paralysées. Et, ne voulant pas prendre de risques, Mr Haley tira une seconde fois, dans la tête, tuant l'intrus sur le champ. James Haley était un homme qui prenait des décisions et qui les prenait vite.

Il n'eut plus besoin d'insister. Sans hésitation, les deux hommes restants quittèrent la pièce, en glissant sur le sang épais d'Arnaldur, l'étalant dans toutes les directions.

— Mr Haley…

Celui-ci se pencha sur Deomed, qui semblait être à bout de forces.

— Qu'est-ce qu'ils vous ont fait…

— Vous êtes revenu me chercher.

— Il le fallait bien, Deomed. C'est à cause de moi que vous êtes là…

Les filaments luminescents de l'extraterrestre semblaient sur le point de s'éteindre fondamentalement.

— Mr Haley, j'ai besoin de mon… de mon bagage. Sinon, je vais mourir.

Mr Haley lui glissa l'objet. Marqué d'usure à plusieurs endroits, les ingénieurs avaient manifestement tenté de l'ouvrir par tous les moyens, sans succès. Tout ce qu'ils avaient pu faire, c'était déduire qu'il était constitué de moscovium, le mystérieux élément 115. Profondément affaibli, Deomed entreprit d'ouvrir l'objet de ses doigts habiles et de trafiquer les machins choses, des trucs de ioniens. Mr Haley sentit une intense vibration provenant de l'objet lui traverser le corps.

— Est-ce qu'il y a une autre issue ? demanda-t-il. Quelque chose de discret ?

Deomed indiqua la trappe d'évacuation, de son doigt fin et longiligne.

— Alors on va descendre par là. C'est le seul moyen d'échapper à la fois aux intrus et, je l'espère, aux autorités. Je vous préviens à l'avance, ça puera.

Le capitaine souleva la lourde grille d'évacuation, probablement destinée au sang d'alien et à l'eau de nettoyage, et aida Deomed à se mettre debout. À sa grande surprise, il était étonnamment léger.

Mr Haley utilisa la torche de son téléphone pour analyser la profondeur du trou, puis il souleva Deomed et le fit passer en premier. Enfin, il descendit à son tour, frissonnant de peur et d'adrénaline, quittant l'enfer de cette immonde salle de torture pour se retrouver dans le calme moisi de cet égout putride qui puait la mort et l'agonie. Mr Haley trottina ainsi tout droit pendant une bonne vingtaine de minutes, soutenant Deomed sur son épaule. Avec ce qu'il avait mangé, l'extraterrestre reprenait progressivement des couleurs, bien qu'il semble toujours affaibli. Les nutriments ioniens dissipaient les produits anesthésiants et les semaines de souffrance. Ses canaux sanguins luisaient faiblement dans l'obscurité des couloirs souterrains, et Mr Haley les voyait vaciller, un peu plus fort à chaque minute, à mesure qu'il avançait. Il s'essouffla vite et vite, un point de côté naquit et se mit à lui fusiller le ventre. Mais il continua, avec la même détermination qu'il avait mise dans chaque instant décisif de sa vie. On n'entendait que le bruit des pas humides et de son halètement répétitif. On ne voyait rien d'autre que le sol noir, humide, trois pas devant soi.

Il se demandait où ça en était, partout ailleurs. Tout l'état du Nevada devait être en transe. Et bientôt, on s'apercevrait qu'on avait un bien plus gros problème sur les bras qu'une invasion de civils dans la zone 51. On s'apercevrait que l'alien avait disparu, et avec lui toute une montagne de secrets perdus dans la nature.

Les pensées de Mr Haley s'arrêtèrent là. Il n'osait avancer plus loin dans le scénario. De toute façon, le contrôle de la situation lui était très restreint, il devait se concentrer sur ce qu'il pouvait et qu'il devait faire en cet instant précis. Le corps de l'alien toujours appuyé sur son épaule, il finit par atteindre ce qui semblait être la sortie. Il s'agissait d'une épaisse plaque bétonnée, striée de petites meurtrières, inclinées pour que les fluides s'évacuent à l'extérieur. Il posa Deomed à terre et observa l'ouverture.

Le désert, le désert total, quelques montagnes à l'horizon, nulle trace des bâtiments de la zone 51, de véhicules militaires ou d'une quelconque habitation. On ne devait pas être bien loin, mais assez loin pour avoir une chance de s'en sortir. C'était parfait.

Il entreprit de défoncer cette barrière qui leur permettrait d'accéder à une liberté incertaine mais suffisante pour le moment. Il lutta quelques instants dans l'obscurité, la lueur de sa torche vacillant à chaque coup de pied désespéré qu'il envoyait dans le béton. Deomed, qui s'était relevé, lui mit la main sur l'épaule, comme il l'avait fait plusieurs fois dans des moments décisifs.

— Laissez-moi faire, Mr Haley. Vous m'avez porté jusqu'ici, vous devez être fatigué.

— Non ! haleta le capitaine, obstiné. Je dois ouvrir ce truc, il faut qu'on sorte. Il faut qu'on s'enfuie, il faut que vous vous reposiez, il faut que…
— Je vais déjà beaucoup mieux, Mr Haley, dit l'extraterrestre.

Et une fois encore, sa voix était emplie de tout le calme de l'univers, un calme rassurant qui signifiait que tout allait bien se passer, que Mr Haley, les gens, les plantes, les animaux, et le monde entier allaient s'en sortir. Quelques secondes plus tard, la barrière vola en éclats et le duo se retrouva à l'extérieur, enfin.

Aveuglé par la lumière tabassante de l'après-midi en plein désert, Mr Haley regarda autour de lui, tentant de comprendre où ils se trouvaient. À une distance d'environ 300 mètres derrière eux, au sud, il aperçut les bâtiments de la zone 51. De la fumée en sortait, et on entendait encore des coups de feu lointains. Il regarda autour de lui. Au nord, juste devant eux, se trouvait une imposante chaîne de montagnes qui leur barrait le passage, mais qui semblait être l'issue la plus sûre. Et partout au milieu, un immense désert. Cela voulait dire qu'ils se trouvaient au nord du lac Groom, dans lequel devaient plausiblement se vider les égouts, remplis de sang d'extraterrestre et de divers fluides industriels et expérimentaux. Le sol était blanc, salé et craquelé. Mr Haley regarda partout autour de lui, examinant leurs options.

— À mon avis, nous allons devoir passer par les montagnes. Elles sont tellement impraticables qu'ils ne viendront pas nous chercher là-dedans.

Il réfléchissait en même temps qu'il parlait. Il fallait trouver des solutions rapidement pour sortir de ce merdier, en envisageant tous les paramètres.

— Mais après… après nous serons à pied au beau milieu du désert, et tout deviendra très compliqué. Peut-être que je devrais vous conduire en lieu sûr de l'autre côté de la montagne, et revenir chercher la voiture pour ensuite vous retrouver là où je vous aurais laissé. Non, non, ils m'attraperont et vous serez seul au milieu de nulle part…

Alors qu'il parlait, une sirène d'alarme retentit dans le lointain, vers l'ouest, hurlant la menace et la panique. Mr Haley tendit l'oreille.

— C'est bizarre, ça ne vient pas de la zone 51 mais d'un autre bâtiment militaire. Ils ont dû se mettre en alerte générale ou un truc du genre.

Deomed regardait Mr Haley. Il semblait retrouver des forces à chaque instant. Une autre alarme se déclencha, cette fois-ci vers l'est, et se mit à hurler comme sa jumelle, sans s'arrêter. Mr Haley était perplexe. Le son était si lointain qu'il ne semblait pas les concerner, pourtant il exprimait la menace.

— C'est bizarre, c'est très bizarre.

Cherchant des solutions, et probablement un peu de réconfort, Mr Haley appela sa femme. Il réussit à la joindre malgré le réseau peu praticable.

— Écoute, chérie, on a réussi à sortir, mais on va devoir s'enfuir à travers la chaîne de Groom. Tu regarderas sur le GPS. Je pense qu'on peut y arriver, mais il faudra que tu viennes nous récupérer de l'autre côté. Et puis, fais attention à toi. Une fois qu'ils auront compris que je suis dans le coup, ils viendront te chercher. Tu devras être très prudente.

Tout à coup, une alarme retentit dans le téléphone, une autre alarme militaire suggérant l'idée d'une menace importante.

— Qu'est-ce que c'est ? s'inquiéta Mr Haley.

— Une alarme de défense, James.

— Mais… mais pourquoi elle sonne aussi chez nous ? On habite à plus de deux heures du lieu de l'offensive.

— Ce n'est pas que chez nous James, c'est dans tout le pays. Il se passe quelque chose.

James Haley ne parvenait pas à comprendre.

— Comment, je… tout le pays est en alerte ?

Est-ce que c'était plus grave encore que ce qu'il pensait ?

— James, qu'est-ce qu'il se passe ?

Le regard de Mr Haley se posa sur Deomed, toujours tourné vers lui, puis inévitablement, attiré par une force irrépressible face à une menace évidente, ses yeux se levèrent vers le ciel. D'énormes nuages noirs étaient en train de se former, alors qu'il faisait plein soleil il y a quelques secondes. Des éclairs verdâtres se mirent à jaillir, grondant d'un son terrible, apocalyptique.

— James, réponds moi. Qu'est-ce qu'il se passe ? Qu'est-ce que tu as fait, James ?

Mr Haley laissa tomber le téléphone sur le sol craquelé du désert de sel, ne parvenant à détacher son regard de l'effroyable ciel qui se dessinait devant lui, et dont il n'avait jamais vu la pareille. Une tempête sans précédent s'annonçait, un désastre. Un cataclysme. Il regarda Deomed. Celui-ci se tenait debout à quelques mètres de lui, grand, placide.

— Qu'est-ce qu'il se passe, Deomed ?

L'alien, comme toujours, garda un calme chaleureux et réconfortant, mais cette fois-ci, le réconfort ne parvint pas jusqu'au cœur de Mr Haley.

— Vous savez très bien ce qu'il se passe, Mr Haley. Je vous l'ai dit dès le début. Quand vous voyez les éclairs, c'est déjà trop tard.

Et au loin, très loin, on pouvait remarquer que les différentes bases militaires du désert du Nevada tiraient, et qu'elles tiraient vers le ciel.

9
La fin du monde

Rapidement les nuages, déjà gros et obscurs, grossirent et s'obscurcirent davantage, non seulement au-dessus d'eux, mais à perte de vue, tapissant le ciel du monde entier. Les alarmes continuaient de retentir à travers le désert, et leur cri d'urgence se mêlait au grondement de ce tonnerre venu d'ailleurs. Plus loin vers le sud, les éclairs verts frappaient sans relâche la chaîne des Papoose, détruisant les antennes de surveillance de la zone 51, répandant des éboulis de roches sur la crête désertique, dans un grand fracas. Les missiles d'urgence envoyés depuis les bases militaires environnantes s'envolaient puis se perdaient derrière les nuages, sans un bruit, semblant inefficaces.

Mr Haley regardait partout autour de lui, il regardait le sol, le ciel, tentant de comprendre. Ses jambes se mirent à trembler progressivement et une boule de douleur naquit au fond de son ventre, venue des affres de l'angoisse pour lui tordre les tripes. Bien qu'un vacarme incessant retentissait de part et d'autre, son cœur était rempli d'un silence d'incompréhension devant les phénomènes surnaturels qui s'étalaient devant lui.

— Comment… comment tout cela est-il possible ? demanda-t-il enfin au prix de grands efforts.

Deomed se tenait debout devant lui, majestueux sur ce panorama désertique parcouru d'éclairs.

— Je pourrais vous l'expliquer, mais peut-être vaut-il mieux que je vous montre.

Et disant ceci, il s'approcha de Mr Haley qui émit un mouvement de recul, et il posa la main sur son front. Brusquement le paysage changea et Mr Haley comprit qu'il venait d'être propulsé dans les souvenirs de l'extraterrestre. Deomed lui offrait une vision de son passé.

Le souvenir remontait à deux ans environ, lorsque les Ioniens avaient appris l'arrivée prochaine des Terriens sur leur sol. Le peuple Ionien, réuni dans une caverne proche du Grand Volcan, attendait la parole de Lar Firul, le chef. Celui-ci ne tarda pas à s'exprimer.

— Les Terriens nous ont enfin trouvés, après toutes ces années passées à mener une vie tranquille, et maintenant ils veulent nous rencontrer… Ils arrivent !

Les habitants murmuraient entre eux, tentant de comprendre comment réagir face à cette menace. Lar Firul allait, ils le savaient, indiquer les mesures qu'il convenait de prendre.

— Les Terriens sont… prévisibles, reprit-il avec appui. Au cours des siècles derniers, nous les avons observés, étudiés dans le moindre détail, et ainsi nous avons compris leur nature. Nous pouvons donc aisément prévoir ce qu'ils voudront faire, une fois qu'ils auront eu accès à notre culture, nos individus, et notre territoire. Ils nous envahiront, nous coloniseront, et enfin… à l'usure… finiront par nous éradiquer.

Disant cela, Lar Firul ne faisait preuve d'aucune crainte mais d'un profond mépris. Les murmures s'intensifièrent dans l'assemblée, puis stoppèrent quand il reprit la parole.

— Bien évidemment, nous n'allons pas laisser cela se produire, dit-il avec assurance et un léger sourire. Nous allons faire ce que nous avons toujours fait, et qui nous a permis de survivre jusqu'ici : nous allons prendre les devants. Car vous savez comme moi qu'un bon ennemi… est un ennemi mort.

Tout le monde acquiesça. Les paroles du grand chef résonnaient comme une évidence. Entouré de ses conseillers et de ses proches, légèrement en hauteur par rapport à la foule, Lar Firul prit un air grave, incitant à une attention encore plus prononcée.

— Je vais maintenant vous expliquer mon plan, et si cela vous convient, c'est celui que nous nous empresserons de suivre, avec discipline, avec tous les sacrifices qu'il nous incombe d'effectuer. Cela me semble la meilleure chose à faire.

Personne ne dit mot. Tout le monde attendait le plan de Lar Firul. À l'extérieur de la caverne, on entendait les tempêtes de soufre agiter la poussière du sol. À l'intérieur, loin à travers les parois, on entendait le volcan gronder.

— Nous les laisserons venir, dit Lar Firul.

Murmures. Il marqua une pause car il savait que ses paroles pouvaient être dures à encaisser.

— Nous les laisserons venir, et ferons en sorte qu'ils prennent conscience que nous sommes des êtres inoffensifs.

Les Ioniens, interdits, s'échangèrent des regards interrogateurs. Et enfin, Lar Firul dévoila son terrible plan.

— Nous les laisserons descendre, observer nos coutumes et nos habitations. À première vue, ils arriveront simplement armés de bonnes intentions, et de fausse diplomatie. Ils tiendront des discours utopistes et hypocrites de partage, de rencontre, d'ouverture d'esprit. Nous nous montrerons réceptifs, calmes et sages comme nous savons véritablement l'être, et nous serons bienveillants envers eux. Mais nous saurons, à chaque instant, qu'en ce qui les concerne il s'agira d'un mensonge. Car ce sera forcément le cas. Et bien sûr, nous occulterons une part importante de notre technologie : nous cacherons nos armes, prétextant que nous n'en avons pas besoin, nous cacherons nos vaisseaux, simulant un retard technologique, et nous rangerons tout ce qui pourrait surpasser leurs propres avancées : ainsi, ils nous penseront assez évolués pour être dignes de leur attention, mais pas assez pour constituer une menace.

La foule, de plus en plus conquise par le plan, applaudit. Mr Haley, toujours plongé dans la vision, repensa avec horreur à tous ces moments où, arrivé sur leur planète, il avait gobé tous leurs mensonges. Il n'avait trouvé nulle trace d'un quelconque moyen de déplacement, nulle arme, et cela lui avait semblé logique. Il repensa à leur gentillesse, leur sympathie envers lui.

— Ensuite, et c'est là la partie la plus difficile de notre plan, ils voudront emmener l'un d'entre nous sur leur planète. Un émissaire, un... messager. Et nous accepterons.

Une fois de plus, des murmures et des doutes contenus parmi la foule des ioniens amassée dans la caverne.

— Nous serons obligés d'accepter, car nous ne pouvons faire les choses à moitié. Ils prétexteront le besoin d'un Ionien qui viendrait sur Terre afin d'entamer une relation diplomatique entre nos planètes, une preuve de bonne foi et de confiance.

— Mais Lar Firul, comment pouvons-nous leur faire confiance avec tout ce qu'ils prévoient de nous infliger ?

— Nous devons leur faire confiance, et leur faire confiance jusqu'au bout, si nous voulons que notre plan réussisse. C'est en leur faisant entièrement confiance qu'ils penseront que nous n'avons plus aucun espoir, et qu'ils ont réussi. Alors trop sûrs d'eux, c'est là que nous frapperons. Nous avons besoin de quelqu'un qui se joindrait aux humains, qui les accompagnerait chez eux et qui lèverait leurs système de défense, brouillerait leurs radars. Nous avons besoin d'un infiltré.

La foule plongea dans un profond silence. Tout le monde savait que Lar Firul ne désignerait personne, qu'il attendrait qu'un volontaire se prononce. C'était la manière de faire des Ioniens : ils prenaient leurs responsabilités. Au bout de quelques instants, une paire de secondes seulement, Deomed s'avança.

— Je le ferai, Lar Firul.

— Bien, Deomed. Plus que tout autre, tu es capable de mener à bien cette mission.

Les autres membres de la foule s'éloignèrent un peu de Deomed et le considérèrent avec respect.

— Ce que Deomed s'apprête à faire, mes amis, est extrêmement dur, et va demander une dose de courage qu'aucun d'entre nous n'a eu à réunir au cours de sa vie. Tu en es bien conscient, Deomed ?

— J'en suis conscient.

— Ils t'emporteront dans leur vaisseau de fortune, et tu les suivras en simulant l'enthousiasme et la curiosité. Ils te raconteront ce que tu veux entendre, et même si tu sauras la teneur mensongère de leur discours, tu voudras l'entendre. Ils te manipuleront, et tu te laisseras manipuler avec plaisir. Ils gagneront ta confiance, et ainsi tu seras heureux de leur avoir cédée. Étant faibles de constitution, limités en intelligence, ils auront besoin de toi, peut-être à plusieurs reprises, et tu les aideras. Tu les aideras à te conduire dans ton propre piège. Ils prétexteront l'amitié, quand tout ne sera que fabulations, quand il s'agira d'inimitié déguisée derrière des promesses dans le vent. Et tu te feras ami avec eux. Ne dévoilant qu'une infime partie de notre développement technologique, ils se montreront condescendants avec toi, et arrivés sur Terre ils ne manqueront pas d'étaler avec fierté leur science d'un autre temps. Tout cela t'impressionnera. Puis, évidemment, ils finiront par te trahir. S'ils n'arrivent pas à te convaincre, ils utiliseront la force, et tu te laisseras faire. Ils feront des expériences sur toi, ils te tortureront, ils voudront tout savoir, tout, et tu leur donneras ce qu'ils pensent vouloir. Tu feras ce sacrifice pour sauver ton peuple de l'invasion terrienne qui, soyons-en sûrs, finira par arriver. Tu endureras de grandes souffrances, encore et encore, jusqu'au jour où viendra le moment. Nous attendrons ce jour, sois-en sûr, nous nous tiendrons prêts, tapis derrière leur Lune, en sommeil. Toute notre armée sera là, pour te venger, pour protéger Io. Tu auras emporté avec toi l'outil gravitationnel, chargé de cette énergie dévastatrice que les humains ont baptisé Élément 115 et qu'ils n'arrivent pas à maîtriser. Et dès que tu auras détruit leurs systèmes de communication à l'aide de l'outil, dès que tu auras brouillé leurs radars spatiaux et leurs petits boucliers défensifs, alors, enfin, tout prendra sens. Alors, enfin, nous frapperons. Et là où ils auront fait si peu de dégâts sur notre race supérieure, nous, au contraire, nous n'en laisserons pas un seul en vie.

La vision s'arrêta, laissant Mr Haley plongé dans des pensées sombres, dans ses propres souvenirs. C'était comme si la réalité, dont une large portion lui avait été dissimulée, s'effondrait tout bonnement. Il repensa à tous ces instants, dont la véritable teneur lui avait en fait été masquée. Horrifié, il revit le moment, quelques minutes plus tôt, où il avait donné l'objet à Deomed, il revit l'extraterrestre le tripoter longuement, aveuglant ainsi tous les yeux pointés vers l'espace. Il se remémora tous ces instants durant lesquels l'alien n'avait pas voulu céder son sobre bagage, qu'il gardait toujours près de lui, il comprenait maintenant pourquoi. Il repensa à cette discussion où il avait pris de haut le peuple ionien et leur prétendu retard technologique, à tous ces moments passés à discuter, à raconter des histoires. Mais ce n'était pas lui, le véritable conteur. Il n'était qu'un personnage. Et Deomed, tel Hermès envoyé pour duper Argos, le gardien aux cents yeux, était venu pour sauver Io. C'était lui, et lui seul, qui racontait l'histoire.

— Vous… vous vous êtes laissé faire tout ce temps. En vous trahissant, je vous ai donné exactement ce que vous vouliez…

Tout se mélangeait dans son esprit, tout s'entrechoquait, comme pris dans une tempête au milieu des vagues. Il avait trahi, de manière abominable, mais ce faisant c'est lui qui fut trahi. Et en revenant sur sa décision, il avait ouvert les portes de leur monde à une force de frappe dont la puissance était inconnue. Il avait signé l'arrêt de mort de la planète entière.

Soudain, les vaisseaux apparurent, d'abord bien haut dans le ciel. Ils étaient noirs, comme la roche volcanique, striés de rouge comme la braise, noirs comme la peau des Ioniens, comme le vide de l'espace. Ils étaient plus grands que tout ce que Mr Haley avait pu voir dans sa vie. C'était comme si des immeubles, des villes entières s'étaient agglomérés pour constituer un vaisseau meurtrier, et des comme ça il y en avait des centaines. Une odeur de soufre en descendit, ainsi qu'une intense vibration semblant provenir du plus profond et du plus putride des enfers, un grondement jupitérien. Le parfum de la mort souffla son vent sur la Terre.

— Avez-vous réellement pensé que nous vous étions inférieurs, Mr Haley ? Comment cela a-t-il pu vous paraître logique ? Enfin, regardez-vous, et regardez-moi… Mais je ne veux pas être impoli, pardonnez-moi.

Deomed était fidèle à lui-même, imperturbable. Son regard blanc oscillait entre Mr Haley et l'armée de vaisseaux envahissant le ciel, ses amis, sa famille. Alors que Mr Haley essayait tant bien que mal de comprendre comment réagir, son cerveau lâcha prise. Il y avait trop de paramètres, trop de gravité dans les conséquences pour que son esprit puisse suivre. Les gigantesques vaisseaux de combat commencèrent à frapper, une éclair létal s'abattit sur les bâtiments de la zone 51, à quelques centaines de mètres d'eux, et les américains qui s'y trouvaient, en train de s'entre-tuer, disparurent dans l'éternel, réconciliés pour toujours. Mr Haley comprit que cette éradication succincte était en train de se produire un peu partout dans le monde.

— Je vous remercie pour ce voyage, Mr Haley, et pour toutes les histoires que vous m'avez racontées. Cela a beaucoup compté pour moi. Et je suis sincère.

Une deuxième frappe fut lancée sur la zone 51, et l'onde de choc parvint jusqu'à eux, toujours debout dans le désert, au milieu du salar. Mr Haley, en quelques minutes, quelques secondes, sombra dans la folie. Tout allait disparaître, plus rien n'avait d'importance. Sa femme, ses amis, sa famille, sa carrière, et puis tout le reste. C'était fini, et c'était à cause de lui. Il prit sa tête entre ses mains et sa casquette tomba sur le sol désertique. Il se mit à hurler, et ses hurlements se perdaient dans le fracas des attaques ioniennes autour de lui, pourtant il continua d'hurler jusqu'à ce que Deomed l'interrompe en posant sa grande main sur son épaule.

— Si vous le souhaitez, Mr Haley, et si vous me le demandez, je peux vous ôter la vie dès maintenant afin de ne pas prolonger vos souffrances.

Désespéré, presque incrédule, devenu complètement timbré en un claquement de doigts, Mr Haley regarda Deomed dans les yeux et se mit à rire, d'un rire fou et déchirant. Puis il se tourna, contempla les vaisseaux obscurs en train de ravager la surface de la Terre, et il rit encore plus, il rit à s'en déboîter la mâchoire, et ainsi on comprenait bien qu'il était fou parce qu'en vrai, c'était pas si marrant.